麦嘉——著

炼狱

（上）

谨以此书

献给

那场悲剧事件中死去的和活着的人们

献给

我的母校和我精神的故乡

——北京大学

自序

经过六年的努力，终于把这部书写完了。现在我想，即便把我抓到监狱里去也无所谓了。虽然这部书除了灾难以外不会给我带来什么，我却终于完成了自己的一桩心愿，做了我最想做也最应该做的事情。

在这六年的时间里，这部书可以说是我的一切。我把生命中这段最宝贵的时光都花在这部书上，却从来没有把自己当作一个职业作家，也没有打算让自己成为一个职业作家。写完这部书，只是了却了心愿。她是我第一部作品，也可能是最后一部。

我的确也是做过作家梦的，还在上初中的时候，我就尝试过写小说。那时我是一个各科成绩都很优秀的学生，诱人的理想使我在高中文理分科的时候选择了文科，又以全县文科状元的身分考上了大学中文系。以后到北大上研究生，学的也是文学。

我常常嘲笑小时候的天真，对当初的选择却不曾后悔过。然而在真正寻找到文学的真谛并具备真正的创作能力以后，反而厌倦起文学来。

在我的心目中，文学是神圣的。以前没写过东西是因为把创作看成是一件很神圣的事情，老以为自己的功力和境界达不到那样的地步，不愿意让自己粗俗的灵魂去玷污那神圣的殿堂。

我对当今中国文学的失望由来已久。解放以来，中国便不曾有过真正的文学也没有真正的作家。在这片拥有悠久文明的国土上，文学

早已堕落成为一个没有操守和廉耻的娼妓，原来是卖身投靠政治，现在又成为金钱的奴隶。所谓的艺术家们既没有思想也没有人格，成为出卖灵魂的精神娼妓。

如果不是发生了八九年的那场事件，我也许永远不会搞创作。那时我的确也打算让自己成为一个平庸的人：或者在大学里当个教师，或者在某个研究所搞搞研究，到了年头便像许多人那样混个教授当当，安安稳稳地把自己这一生打发掉。那场惊心动魄的事件改变了我，也改变了一切。

我在政治上从来不是一个激进派，也很少关心政治。学潮开始时，我的感觉是麻木的，一直站在边缘冷眼旁观。后来发生的事件震撼了我，我感到了幻灭。几十年来形成的一些观念发生了根本性的动摇，一夜之间，我好象变成了另外一个人。在痛苦的日子里，我很少说话，在孤独中思考了许多问题。我真正领悟了人生，也寻找到了文学的真谛。

小说是因那场大屠杀而起，写书的时候我也的确有过一种强烈欲望：要用我的笔把那些刽子手永远钉在历史的耻辱架上。然而我真正关注的却是人性，书中所要揭示的是专制制度对人性的压抑和扭曲。在我看来，这个历史悲剧本身只不过是一个炼狱，在这里各种各样的人都展示着自己的灵魂，有的人经不起这炼狱之火的考验，堕落下去；有的人悲观失望，颓废消极；更有的人经受了痛苦的磨练以后，灵魂获得了升华。

知识分子的命运是我所关注的中心，当代中国知识分子是中国文化最复杂的载体。在中共统治的几十年里，知识分子在经济上被剥夺而成为赤贫，继而又被夺去了思想的权力。那场举世瞩目的学生运动使中国知识界的精英人物不约而同地集合到一起，为他们提供一个展示自己灵魂的舞台。

在我看来，文学是艺术家心灵的外化。一个真正的艺术家所要做的只是真诚而自然地表达自己，表达他所感悟到的理念。小说里的故事也好，人物也好，都不过是艺术家心灵的载体。虽然我面对的是我自己亲身经历过的真实历史事件，里面却更多地包含着我个人对历史的理解，而正是这些赋予了这些历史事件以艺术的生命。

看我书的人肯定会把书中的人物等同于当年的历史人物，书中的有些人物的确也在一定程度上依据了某些人物原型。但事实上，小说中的每个人物都是从我的灵魂里演化出来的。在那场运动中我始终只是普通的参与者，与那些叱咤风云的人物很少认识，除了其中一两个以外，大多数人都不曾见过面。

人们难免要把这部小说当作政治小说来读，但我的确很希望她成为一部真正的艺术作品。我最大的愿望是过了十年乃至几十年甚至在人们把这段历史淡忘过后还能有人把这本书读下去，正是抱着这样的目标，我才会用六年的时间来写它。是否达到了初衷，得由读者和历史来检验。唯一可以告慰自己和他人的是：我的确尽力了。

我一直孜孜不倦地追求着艺术上的完美境界，却从来没有刻意追求艺术上的技巧。受过许多年西方文学的熏陶，却依然保持着中国人思维的特征。在文学艺术中，技巧性的东西是外在的，人人都可能学会。学不到的是艺术家的境界，这也是决定艺术家作品特性和成就的最本质的因素。无论写的什么，艺术家所要表达的只能是他自己。

每天来到计算机前坐下，我的脑袋里一片空白。打开电脑，喝上一杯咖啡，静静地思考着，寻找那稍纵即逝的灵感，却几乎没有过技巧上的考虑。以至在很长一段时间里，我一直对自己的艺术功力没有信心。

在过去的六年里，孤独始终在伴随着我。但止是这孤独的境地给了我思考的空间，我的灵魂在孤独和痛苦中不断升华着。从写这部书的那天起，我便对所要承担的危险有着足够的心理准备。无论现在和将来，我对自己的选择都不会后悔。

我常常想，是历史赋予了我这样的契机。尽管这六年里我过得很苦，上天却赋予了我写作这部书的一切条件：痛苦的经历、与社会接触的机会、自由的空间和时间、孤独的处境、生活中的种种失意等等。庆幸的是我没有错过这样的机会，而尽我所有的力量做了我该做的一切。

一九九五年九月八日于哈法

目录

自序 3
第一章 8
第二章 31
第三章 54
第四章 80
第五章 102
第六章 131
第七章 157
第八章 184
第九章 214
第十章 239
第十一章 267
第十二章 294
第十三章 320
第十四章 344

第一章

三月六日　星期一　晴

姑娘说她要回去了，麦嘉只是歉意地笑了笑，并没想挽留她。姑娘抬头幽幽地看他一眼，默默地离去。麦嘉从她那眼神中看到了她内心的失望，也只能苦笑地看着她渐渐远去。

姑娘的身影在远处的路口消失，麦嘉孤零零地站在湖边那棵枯老的柳树下，竟有些怅然。他知道他和姑娘间这段若有若无的感情已告结束，事先却没有想到会是这样的结果。他约她来是要向她表白的，他们在未名湖畔徘徊了一个多小时，姑娘不止一次用期待的眼光看他，用含蓄的语言暗示他，他也不止一次下了决心，好几次那话儿都到了喉咙口，却含在嘴里没能吐露出来。他感到有些沮丧，却也知道这迟疑并不是缺乏勇气或自信，而是过于诚实。他对这姑娘并没有所谓爱的感觉，也就没法对她说“我爱你”！他不能存心欺骗别人，更没法欺骗自己！要不是感情战胜了理智，事情完全会是另一种样子，他早就从姑娘的眼神里看到了这样的答案。可是他知道他和那姑娘之间并不存在那种被称为感情的东西，姑娘愿意选择他，并不是因为爱他，而是因为除了他以外或许没有更好的选择，他对她又何尝不是这样？说到底把他们连在一起的只是一种需要，而不是感情。

麦嘉在未名湖边徘徊着，想到姑娘眼里那幽怨的神情，觉得实在有些可怜。其实他也说不出那姑娘有什么不好，她虽然长得不漂亮，却也不难看。凭自身的条件，他不知道自己是否能够找到更好的姑娘，但他不后悔，因为他实在不想像许多人那样和一个自己不爱的姑娘生活一辈子。他早就意识到了寻找爱情的艰难，但至少在现在这个时候还没打算与生活妥协。

三月的春天，阳光明媚，清新的空气中透着丝丝寒意。未名湖畔一片寂静，除了风吹树叶的声音，什么也听不到。麦嘉沿着湖边的小路漫步走着，脚底下一个孤寂的黑影伴随着他。看见一对情侣相互搂抱着走过来，孤独的心难免受到刺激。扭过头想不去看，他们却迎面走过来，躲都躲不过去。当他们从身边走过的时候，他仿佛看到女孩娇美的脸上满足的笑意和男孩脸上无法掩饰的自豪感。从那年轻的脸上，麦嘉断定他们不过是刚进校门的本科生，看看他们，想想自己，不由得忿然：来到这个世界二十六年，从来没有得到过女人的爱。父母给了他聪明的大脑、善良的心灵和顽强的性格，却没有给他高大的身躯和潇洒的风度。不知道这是命运对他的捉弄还是对他的磨炼，虽然每一次爱情上的挫折都会使他更加发奋，从而得到事业成功的回报，爱情离他却总是那么遥远。他知道自己长得并不帅气，不足一米六五的身高更令那些只看重外表的女孩望而却步，但他相信一个男人的价值绝不只是取决于他的外貌，更重要的是取决于他的灵魂。对男人来说，事业上的成功才是至关重要的！成功会给人带来金钱或者名誉，也会带来爱情。庸俗的社会里，金钱或者荣誉会使任何丑陋的躯体充满魅力，灵魂的高尚或卑微则是无关紧要的。在权力和金钱主宰下，道德和人格越来越成为多余的东西，爱情和人生也失去了本来的诗意。麦嘉也曾有过梦想，希望有一天事业的成功会使他得到女人的爱。然而他知道金钱买来的爱其实是最为廉价的，他宁愿在自己最潦倒落魄的时候得到真实的情感！和那姑娘两年多的交往曾使他相信自

己毕竟是有人爱的，他用这种虚幻的情感来维持着男子汉的自尊。

麦嘉坐在湖边的长椅上沉思着，听到一阵嗤嗤的笑声，扭过头去，发现旁边长椅上坐着的正是刚才那对男女,他们依偎着，两只脑袋紧贴在一起，私密的笑声里透着某些情色意味，很令人遐想。

麦嘉调正了脸，往湖里看着。风吹过，湖面泛起道道涟漪，映在湖底的蓝天连同湖边美丽的塔影飘浮着，变得有些模糊。无法排遣的孤寂中，一个清丽少女的身影在他的脑海里浮现出来，如同一缕阳光照进他阴暗的心田，他感觉到一股暖融融的气流在身上流淌着，把心里郁积已久的阴霾冲洗干净！再回过头去看那对男女时，只觉得他们是那样丑陋！那被人搂在怀里的姑娘更是满脸俗气，那矫揉造作的表情简直不堪入目。然而在那双纯净的眼睛的注视下，他心里却也有些发虚。那眼光便随即变得冷漠，身影也变得模糊起来。

又一阵嗤笑声，麦嘉觉得有些扫兴，用厌恶的目光向那对不知趣的男女瞥去。那对相互交接着的嘴唇已经分离，女孩正坐在男孩的大腿上，双手吊着他的脖子，脉脉含情的眼睛紧盯着男孩那张傻笑着的脸，男孩低声地说着什么，逗得女孩“咯咯”直笑。

“真没劲！”麦嘉推着自行车在湖边走着，看看远处的高塔和映在湖里面的倒影，眼睛里像罩上了一层迷雾，周围的一切变得模糊起来。

怀着落寞的心离开幽静的未名湖畔，麦嘉往导师家住的中关园走去。想着许久不见的丽华，心里不由得叹息。从见她那天起，这个看上去并不很美丽的女孩便以她清纯的气质打动了他的心，成了他日思夜想的偶像，这份情感随着时间的流逝却沉淀得越来越深也越来越浓厚，可他和她之间总有一道无形的障碍，有时似乎相离得很近，有时又离得很远。他也曾尝试要跨越这道障碍，可每一次都以失败而告终。

眼看着就要毕业了，他对自己也丧失了信心。

“对于美的东西，能够欣赏也就够了，不一定非要据为己有！”麦嘉自我解嘲似地笑了笑，像是要给自己一些安慰。

去找导师是要谈论文的事，他知道丽华通常是在导师家里。丽华是导师的侄女，为照顾导师的生活，除了上课以外通常都在导师家住。同平时一样，想到要与丽华见面，心里总感到莫名的紧张。他对这位比自己小许多的女孩始终怀着一种圣洁的感情，从不允许别人也不允许自己亵渎这份感情。

导师家在一楼，麦嘉敲着门，听到里面熟悉的脚步声，感到自己的心在猛烈跳动。门开了，里面站着一个身体颀长的女孩，见是麦嘉，清纯的脸上绽开了惊喜的笑容。麦嘉顿时舒展眉头，心情也开朗许多。

“杨老师，在吗？”麦嘉微笑地看着丽华，问。

丽华点点头，说：“在，正冲你们那笑面狐书记发火哩！”

听说系党支书记胡坤在里面，麦嘉变得有些犹豫，他不喜欢这个人，也不想见到他，于是对丽华说：“那我呆一会儿再来吧。”

“没关系，进来吧，先到我屋里坐一会儿。”丽华说着，退后两步把门让开。

丽华的表情很自然，麦嘉却有些吃惊。平时没少到导师家来，却从来没有到丽华的房间去过。除了偶尔在校园里相遇，他们也很少有单独在一起的机会。

“快进呀！”丽华看着他，微笑着说。

看到丽华脸上那无邪的笑容，麦嘉突然感到有些愧疚，内心也坦然起来，迈步走进了门槛。

到丽华的房间得经过导师的书房，麦嘉一进门却听到了导师那苍劲的声音：“没什么可说的，名是我自愿签的，我并不后悔！”

书房的门半开着，声音正是从门里面传出来的。导师的声音很宏亮，像包着很大的火气。麦嘉心里一动，不由得停住脚步，凝神听着。

“先生，这事不能怪您，你也是不了解情况嘛！现在已经清楚了，那个找您签名的吴军是反动组织中国民联的成员，他们搞这次活动是有预谋的。”说这话的正是被丽华称作“笑面狐”的系党委书记胡坤。

“有什么预谋？别老拿这一套来吓人！我说过，我会对自己的行为负责的。如果你们认为我犯了法，上法院告我好了。要我违背良心写悔过书，办不到！”导师的声音更大了，接下来却是一阵咳嗽声。

很显然他们说的是不久前国内几十名著名学者联合签名要求大赦政治犯的事！麦嘉几天前听宋玉提过这事，没想到平时并不关心政治的导师也参与了。按宋玉的说法，这事在国内外产生了很大的影响，使官方很难堪。传说中央要拿参与这事的学者们开刀，好在知识界来个杀一儆百。宋玉把话说得骇人听闻，麦嘉不能不为导师担忧。

“走吧！”麦嘉转过脑袋，见丽华正站在自己身旁看着自己，不好意思地笑了笑。

麦嘉随着丽华走进了她的房间，心里却很有些不自在。站在房间中央四处打量着，里面的摆设如同丽华本人一样朴实而典雅。床头挂着小风铃，枕头边放着的玩具娃娃和墙上挂着的山水画，一切都体现着丽华的情趣和性格。

“坐吧。”丽华指指旁边的沙发，对麦嘉说。

麦嘉在沙发上坐下来，却觉得身体有些僵硬，眼睛也不敢去看旁边的丽华。对这样的机遇和场面，他确实没有足够的心理准备，一时不知道该怎么打发自己。

丽华在床边坐下，皱着眉头说一句：“真讨厌！”

麦嘉看着丽华，心里有些惶恐不安，问：“是说胡坤？”

“反正是他们这号人！你不知道，就因为伯父参加了要求大赦政治犯的签名，几乎每天都有人上门来做工作，想让伯父写悔过书，都快把伯父气疯了。”丽华撅着嘴，愤愤不平的样子。

麦嘉素来对搞政治的人没有好印象，便问：“胡坤不是杨老师的学生吗，怎么也这样？”

“你以为你们这位系书记是好人吗？别看他平时见人三分笑，像个弥勒佛似的，其实是个大滑头。伯父最看不上的就是这种人。”丽华冷笑着说，脸上充满鄙夷的神色。

麦嘉平时没见过丽华生气，想不到她说话也会这么刻薄，倒觉得很有趣，不由得微笑起来。

“你笑什么？”丽华把脑袋歪在一边，看着麦嘉。

“没什么！”麦嘉笑了笑，有些不好意思起来。

丽华似乎也有些拘谨，从枕头边拿了个洋娃娃放在手里端详着，笑着问麦嘉：“可爱吗？”

麦嘉觉得丽华很有些孩子气，微笑着点头：“很可爱！”

丽华满意地笑着，突然看着他说：“好长时间没见你来了，很忙吗？”

见丽华用那样的眼光看着自己，麦嘉有些感动，连忙说：“说不上太忙，上星期我还来过，你不在。”

“是吗，伯父怎么没告诉过我？”丽华说着，似乎也很遗憾。

麦嘉心里一热，似乎觉得这句话里包含着某种情感的暗示。可一见丽华那明净的眼睛，却又不敢多想。

“毕业后你打算干什么，想留北京吗？”丽华瞪大眼睛看着麦嘉，问。

“谁不想留北京呢？只是不知道留不留得下来。”麦嘉苦笑着，

一副无可奈何的表情。

“留北京很难吗？”丽华好奇地问。

“得看情况，听说今年找工作很难！”麦嘉叹息着说。

丽华看着他，过了好一会儿，突然说：“我真希望你能留在北京，要是到了外地，以后想见你也不容易了。”

麦嘉知道丽华这话里并没有别的意思，但还是很感动，说：“我会尽量留下来的。”

“我想你肯定会留在北京的！”丽华笑了笑，用肯定的语气说。

隔壁书房的门响动了一下，接着是一阵脚步声。是胡坤要走了，麦嘉暗自叹息着，看了看丽华，竟有些惆怅。

“到书房去吧！”丽华站起身来，对麦嘉说。

走进书房，见导师杨慎之教授正端坐在书桌前默默地吸烟，麦嘉不由得站住了脚步。

老教授抬眼看见门口站着的麦嘉，叹了口气，用手指指旁边的沙发，说：“坐吧！”

麦嘉在沙发上坐下，看着对面坐着的老人。白发苍苍的老教授看上去像一座雕塑，给人一种不怒而威的感觉。

“谈谈你的论文吧。”教授看着麦嘉，语气变得平和起来。

麦嘉对导师说了自己的论文设想，心里却有些忐忑。老先生治学严谨是出了名的，而且不留情面，他可不愿意再让导师生气，何况还有丽华在场！

教授显得有些困倦，用手在眼皮上轻轻地揉了揉，戴上眼镜，再从桌上拿了几张稿纸来看着。麦嘉看出那是自己那份论文提纲，心不由得往上提着，眼睛直看着那冷峻的满是皱纹的脸。

“你的论文，选题还不错，我看可以做下去！”教授慢条斯地说。

麦嘉舒了口气，悬着的心总算落了下来。

丽华端着两个茶杯走进来，一杯放在教授的书桌上，另一杯则放在麦嘉旁边的茶几上，对麦嘉微笑着，竟也在旁边坐下来。

麦嘉对着丽华笑了笑，依旧转过脸去看着教授，却有些心不在焉。他觉得她离自己很近，她那黑亮的眼睛正看着自己，身上不由一阵发热，头上冒出了汗珠。

看上去教授对麦嘉还是比较满意的，在肯定了他的选题和构思以后，教授也谈了一些不足，最后语重心长地对麦嘉说：“要写好这篇论文并不容易，要下一番苦功夫才行！你要记住，做学问一定要严谨，不要追求那些华而不实的东西！”

麦嘉知道导师对自己寄予厚望，郑重地点点头。转过脸去，见丽华正微笑地看着自己，顿时觉得一股暖流在身体里涌动。

沈鸿张大嘴巴打了个哈欠，觉得有失礼貌，便用手掌放在嘴上掩饰着，看看旁边的“苏格拉底”，心里有些厌倦。

“我认为，哲学是超越一切科学的伟大学问，它对于人类的意义并不亚于一切自然科学和社会科学的总和，因为只有哲学才能给人类提供一个完整的灵魂，哲学的衰微是我们这个时代的悲剧……”苏格拉底皱着眉头，似乎正沉浸在自己的哲学冥想之中。

沈鸿苦笑了笑，心想这女人也真够邪门的！好好的轧钢专业不念，竟退学到北大来旁听哲学。这年头最不值钱的就是哲学了，正儿八经哲学系毕业的硕士博士都找不到工作。而哲学这玩意还不是什么人都能学好的，有些人搞了一辈子哲学，甚至人模狗样地混了个教授的名份，却没弄清楚哲学是怎么回事，何况一个半路出家的女人！

“我崇拜尼采，他使我感到一种心灵的震撼。”“苏格拉底”并没在意他的心情，又谈起尼采来。

沈鸿耐着性子听着，偶尔敷衍几句，觉得和这女人谈论哲学还是有些吃力，他本来就不是学哲学的，生性对故弄玄虚的理论不感兴趣。这几年校园内兴起西方文化热，萨特尼采叔本华弗洛依德的哲学成为一种时髦，在北大这种地方是个人就得侃点哲学。他当然看过几本哲学书，却没有真正下过功夫，平时随便瞎侃还能应付，在行家面前就难免要露马脚。这个“苏格拉底”当然不算什么，却也是真读过几本书的，她脱口而出的许多概念听起来都很陌生。作为一个男人，他不能在女人面前示弱，靠着自己的悟性和平时练就的随机应变的本领，总算还能应付，但这样的谈话实在令人厌倦。见“苏格拉底”说得来劲，不禁想起寝室里哥儿们给她取绰号的事，真不明白为什么要叫她“苏格拉底”，她所崇拜的明明是尼采和叔本华，就哲学观念而言，和苏格拉底是两回事！

“你对人生怎么看？”“苏格拉底”突然转过脸，盯着沈鸿问道。

看“苏格拉底”那一本正经的样子，沈鸿觉得很滑稽，苦笑了笑，强打着精神，说：“叔本华说过，人生的追求如同吹肥皂泡，无论吹得多大，总归是要破灭的，人生的悲剧就在这里。”

“这能代表你的观点吗？”“苏格拉底”皱起眉头，似乎并不满意。

“差不多吧！不过我觉得讨论这样的问题实在毫无意义，就算人生像叔本华老先生说的那样无聊，充满了痛苦，我也不会去自杀的。我是一个实用主义者，我关心的只有怎样才能使自己活得更好一些。”沈鸿用一种玩世不恭的口吻说。

“苏格拉底”斜眼看着他，像是在体味沈鸿话里的含义，点着头说：“这其实也是一种自我选择，在这个问题上你和萨特的存在主义是比较接近的。”

沈鸿不愿去看那张缺乏女人韵味的脸，心想：谁要是娶了这女人做老婆一辈子也真够受的！这么想着，更觉得腻味，想尽快从她身边摆脱出去，便故意问她：“你是怎么想到要搞哲学的？我想你作出这样的选择一定需要很大的勇气，要知道世界上还没有一位真正的女哲学家。”

“苏格拉底”冷“哼”一声，用鄙夷的眼光注视着沈鸿，好像在为他提出这样愚蠢的问题而感到遗憾，说：“我明白你的意思，以前也有很多人这样问过我。可以告诉你，我选择哲学并不是为了讨碗饭吃，你知道哲学是不能当饭吃的，只有那些并不真正懂哲学的智力低下的人才会那样去想！我和他们不一样，我研究哲学只是为了探索人生的奥秘，并没想过要当什么哲学家。”

“那你到底想干什么？”沈鸿做出困惑的样子，看着这女人。

“也许我更迷恋的还是文学！我现在正在构思一部规模宏大的巨著。”“苏格拉底”说着，眼睛直发亮。

“是一部小说？”沈鸿做出一副饶有兴味的模样。

“也可以说是一部哲学著作，里面包含着许多形而上的东西，是我对人生的全部思索的成果，无论在内容上还是在形式上，它都是空前的！”“苏格拉底”说，眼睛里冒着幽幽的光亮。

“那一定是惊世骇俗的作品！什么时候能拜读一下？”沈鸿用夸张的语气说。

“你会读到的！它是我整个生活的希望所在！为了这部书，我已经付出了许多，将来还会付出更多，不过我并不在乎！”“苏格拉底”神情变得悲壮，如同一位视死归的殉道者。

沈鸿注意地看着“苏格拉底”，似乎从那平庸的外表和不加修饰的穿着上感觉到这番话的深意，透过那傲慢的眼光看到了她内心的自卑和孤独！他开始可怜起这个女人来。

“苏格拉底”似乎看出他目光中的含意，冷冷地说：“我知道你想说什么。是的，我很孤独，在这个世界上很少有人能够理解我，我知道别人是怎样看我的，包括你在内，不过我并不在乎！一个超越时代的天才总是不被时代理解的，尼采是这样，叔本华是这样，我也是这样。天才总是在孤独中产生！”

沈鸿觉得这女人是在故意掩饰着自己，她害怕让人看到她的内心里去，便故意做出一副不在意的样子，问她：“你以为自己超越了时代？”

“当然，至少在思想上是这样！我们这个时代只能造就出失去思维能力的奴才，而我从来都是我自己！也只能是我自己！”“苏格拉底”眯缝着眼睛，一副唯我独尊的神态。

“这只能说明你是有个性的，说到超越，那又是另外一回事！”沈鸿用嘲讽的语气说。

“苏格拉底”没有理会沈鸿的话，继续说：“我经常想，生活在这样一个时代对大多数人来说是不幸的，对我却是例外。这个荒涎的时代激发了我对社会的热情，给我提供了思考的契机。是的，智慧只能在痛苦中产生！”

“你觉得自己很痛苦？”沈鸿的眼光里包含着怜悯和蔑视。

“当然！”“苏格拉底”用咄咄逼人的眼光盯着沈鸿：“你为什么用这种眼光看着我？你是在可怜我，对吗？你用不着否认，我知道许多人都是用怜悯的眼光来看我，对这一切我早巳习以为常了。对我来说，孤独和痛苦都是一种财富！我的性格，我的自尊，还有我的思想都是在这样的痛苦中磨炼出来的。我失去了很多，但得到的更多！”

沈鸿觉得有些愧疚，歉意地说：“我这人玩世不恭惯了，对谁说话都是这德性，你别见怪！”

“苏格拉底”叹了口气，很失望的样子，说：“人家都说你是一个有思想有个性的人物，在以往的学生运动中很出风头，没想到却是这样！”

沈鸿像被什么东西刺了一下，淡然一笑说：“你这么看我就对了，其实我根本什么都不是！”

“苏格拉底”摇摇头，说：“这并不是你的心里话，你本来是一个很有热情很有社会责任感的人，只是对现实感到失望，又不知道怎样去改变它，找不到自己在生活中的位置，这就是你的悲剧！”

沈鸿心里感到一阵厌恶，冷笑说：“你好像很了解我！”

“不如说我更了解这个社会！你这种人不过是这个社会形态的产物，当然也是它的细胞！这种人在这样的社会里是很有典型性的，老实说，我早就想把你作为研究对像，甚至希望你能成为我作品中的主人公！”“苏格拉底”说。

“我倒没想到我还有研究价值！很荣幸，不过，在你的巨著中我大概只能成为一个反面人物，比如迷失了道路的青年之类，之后在一种伟大力量的感召下终于觉醒，成为坚定的革命者，是这样吗？”沈鸿苦笑说，心里很讨厌这自命不凡的女人。

“照按传统小说的模式是可以这样写，不过我对你说过，我的作品无论在内容和形式上都是全新的，外在形象对我来说是无关紧要的。就传统文学而言，这将是一场革命！真正的文学革命！”“苏格拉底”说。

沈鸿瞥一眼那张长着雀斑的丑陋的脸，觉得有些变态，一个丑陋

的女人在生活中难免有许多不如意，情感压抑太久反而容易萌发出狂妄来。

“你为什么不说话？是不相信我的话？”“苏格拉底”继续用咄咄逼人的目光看着沈鸿。

沈鸿无可奈何地叹了口气，说：“我是在想，像你这种性格的人，也许不应该去搞什么文学。搞政治，或者经商，对你更合适！”

“别人也这么说过，的确，我是喜欢在风口浪尖上生活的人，从来不惧怕任何挑战。说到经商，我可不想让自己沾上太多的铜臭味，那不是我要追求的！至于政治，以后有机会也会搞一搞。不过，我认为，真正能够使人不朽的是思想，而不是别的什么东西！所以，我更愿意在思想领域施展我的才华！”“苏格拉底”昂着脑袋，很自豪地说。

沈鸿讨厌女人的自命不凡，又想到去找李娜的事，更没心思听她胡诌下去，便不加掩饰地打了个哈欠，抬起手来看看手表，脸上露出不耐烦的神色。

“苏格拉底”觉察到了什么，便冷着脸问他：“你还有别的事吗？”

“我同女朋友约好下午要出去的，她在寝室里等着我。”沈鸿说着，观察着女人的脸色。

“苏格拉底”脸色红一阵白一阵，但很快镇静下来，对沈鸿说：“也好，我也有别的事！”

总算可以摆脱这难缠的女人了！沈鸿舒了口气，心里一阵快意。明明知道她在说假话安慰她自己，也没在意。

“有空我会去找你的！”“苏格拉底”不自然地笑着，故作潇洒地伸出手来。

沈鸿握了握女人的手，什么感觉都没有。

从梦中醒来，逸夫听到自己心的狂跳声，脸上湿漉漉的，用手一摸，满是清冷的汗珠。他躺在床上不动弹，迷茫的眼睛望着顶上的天花板，搜寻着那梦中的碎片：一望无际的荒漠……灰色的天空。没有星星，也没有月亮。一个孤独的人影在荒漠上行走着，前面是无尽的黑暗。他停住脚步，茫然四顾，周围死一般寂静，仿佛所有的生命都停止了运动。一种强烈的孤独感突然攫住了他，不由得浑身颤栗，只觉得周围那浓重的黑暗正向着自己压过来，他惊恐地瞪大了眼睛，在那黑暗的逼迫下不断地往后退着，脚一落空，只觉得自己的身体正向着那无底的深渊坠落……

可怕的梦境！逸夫的心仍在不安地跳动着，为什么这些日子老做噩梦呢？小时候常听大人们说，梦总是反着做的，按弗洛依德的理论，这提法倒也勉强说得通，可从以往的经验来看，这样的噩梦绝不会是好征兆！

床边挂着的旧床单遮住了视线，也把床同外面隔绝开来。里面这小小的空间是真正属于他的天地！三年来他的大多数时间都是在这里面度过的，除了睡觉以外，也在里面看书、写字。里面是狭小了点，也很凌乱，却令他感到舒适，他对这床充满着依恋，不到万不得已是舍不得离开的。

从枕头上摸出手表看看，已经是三点十分。他翻过身，侧身躺着，眼睛只是看着墙上贴着的那张安格尔画的贵妇人像，却没想过要从床上起来。就算起来又能干什么？这些日子干什么事情都是没情没绪的。再说，在这个屋子里，还有什么比躺在床上更有趣？

寝室里难得这么清静。麦嘉、沈鸿，还有金哲，他们都干什么去了？是在图书馆查资料写论文，还是到外面去忙着找工作？他们倒是有事可干，而且看上去都干得很有劲，只有自己活得这样没情没绪！写毕业论文，找工作，多无聊！都上完研究生了，还得自己找工作！说是双向选择，可是自己在北京无亲无故的，平时又懒得与人交往，找谁选择去？这些事情一想起来就让人烦躁，可不想还不行！毕竟是关系到自己前程，自己不操心，又有谁来为自己操心？金哲老说，三年研究生熬下来，为的就是有个好工作，这话倒也实在！可是工作还得自己出去找，这算什么？

逸夫想着，觉得自己真是很不幸。凭心而论，对生活他并没有过多奢望，不过想有一份稳定而轻闲的工作，一个属于自己的空间，能够看自己喜欢看的书，做自己喜欢做的事。可是这一切离自己却是那样的遥远，像梦幻一样！

外面有人在念外语，是宋玉！这家伙每天这个时候都要走廊里念一通外语，这事曾经引起很多人的抗议，可是碰到这样一个不知趣的人，又有什么办法？这外语实在念得难听，带着家乡口音不说，好几个音都没念准，还越念越起劲，这家伙自我感觉总是那样好！生活是这样沉重，烦心事接踵而至，都快把人压得喘不过气来，总有一天会把自己压趴下的。也许，只有到了那个时候，自己才能真正获得解脱。

宋玉的声音停顿下来，好像有人同他说话。过了一会儿，寝室门被推开了，是谁回来了？逸夫正想着，床前那块大红花布被撩开了，看见的是宋玉那张似笑非笑的脸。

“哥们，快起来，有姑娘找你来了！”

“什么姑娘？”逸夫疑惑地看着宋玉，除了林琳以外他想不出什么女孩会到寝室里找自己。

“说是你的老乡，就在外面站着，你不起床，人家不好进来。”

逸夫看着宋玉那张阴笑的脸，总觉得里面隐藏着某种阴谋，这本就是宋玉的拿手好戏，对他的话也就不敢轻易相信。

“不蒙你，不信，你把脑袋伸出来看看就知道了！”宋玉说，脸上的笑容显得有些暧昧。

逸夫抬起身子，脑袋探出床去，果然看见一个穿着牛仔服的女孩在门外站着，脸面却是陌生的。

“快起来吧，不能老让人在外面站着嘛！”宋玉说着，把那大红花布放下，走到外面去同那女孩说话去了。

逸夫叹了口气，撩开身上的被子坐起来，边穿着衣服，心里还是有些不踏实，实在想不出自己在什么时候见过这女孩。

好不容易把裤子套上，在床上把腰带系好，把脚硬塞进了那双破旧的皮鞋，逸夫这才从那块大红布里钻出来，站在寝室中间，眼睛朝门外那姑娘看着，仍是一副慵懒的表情。

穿牛仔服的姑娘走进来，身后背着牛仔包。样子很难看，高颧骨，尖下巴，嘴向前噘着，脸上长着许多红疙瘩，显得凹凸不平，头发也散乱，像是很久没有梳理过，那身件仔服连同牛仔包也都是黑乎乎的，给人一种邋遢的感觉。

“这就是逸夫，外语特棒，那表让他来填绝对没问题。”宋玉指着逸夫对那女孩说。

一听这话，逸夫便知道自己到底还是上了宋玉的当，转过脸去瞪了他一眼，他却很得意地对他笑了笑，走了出去。

“我叫黄露，是师院艺术系的。”“疙瘩姑娘”笑了笑，故作潇洒地把手伸给逸夫。

逸夫没有把手伸过去，皱着眉头问：“你找我有什么事？”

“疙瘩姑娘”咧嘴一笑，样子更是难看，说：“是这样，我要到美国去学习编导，人家把申请书给我寄来了，他们都说你英文好，我想请你填一下。”也不管逸夫是否同意，从牛仔包里掏出一迭纸来，交到逸夫手上。

逸夫接过表看了看，随口问：“都要到美国去留学了，怎么连表都不会填？”

“会填就不来找你了！”“疙瘩姑娘”噘着嘴说。

逸夫一见她那副忸怩作态的模样便感到恶心，便低头看着手里的表，问：“你考托福了吗？”

“没有，考托福干吗？”“疙瘩姑娘”反问。

“不考托福，谁给你奖学金？”逸夫用嘲笑的口吻说。

“不要奖学金，找个老外作经济担保，不是照样可以出去吗？”“疙瘩姑娘”满不在乎地说。

“那你找到经济担保了吗？”逸夫又问。

“没有，对了，你有没有认识的老外，有的话给我介绍一下。”“疙瘩姑娘”大大咧咧地说。

“不，我不认识老外！”逸夫瞥了她一眼，心想：就你这德性，又有哪个老外会看上你！

“你先帮我把表填完了再说。”“疙瘩姑娘”用命令的口吻说。

逸夫心里感到厌恶，只想填完表以后让她走人，便不再说什么，走到书桌前坐下，埋头看着那些表，用笔填起来。

“疙瘩姑娘”到他的身后站着，一种古怪的气味从她身上传过来。逸夫不由得皱起了眉头，对她说：“没事你就一边坐着去吧。”

“我看看你是怎么填的，下回我就自己会填了。”“疙瘩姑娘”说着，勾头看着桌上的表。

真没见过这样不知趣的女孩！逸夫无可奈何地笑了笑，硬着头皮继续去看那些表。那女人却越靠越近，嘴里还不时念出几句蹩脚的单词来，她的头发挨到了他的脖子上，呼吸的气息声传到他的耳朵里，使他难以忍受。

“你能不能等填完了再看？你站在这里，我实在没法填下去。”逸夫皱着眉头对她说。

“我打扰你了吗？那好，我就在屋里坐着看看书，不说话就是了。”“疙瘩姑娘”说着，终于走到一边去。

填这样的表对逸夫来说并不困难，可是要填的内容实在太多，到吃晚饭的时候还没填完。他可不愿意让别人见到自己同这样的女孩在一起，可表没填完又不好让人走，心里不由得有些烦躁。

“吃了饭再填吧。”“疙瘩姑娘”走过来对逸夫说。

逸夫以为她要请自己吃饭，便说：“不用，再有半个小时就填完了。”

“我可是饿了，这样吧，你在这里填，我到食堂去打饭。”“疙瘩姑娘”说着，站起身来。

逸夫疑惑地看着她，问：“你有饭票吗？”

“你没有吗？”“疙瘩姑娘”反问了一句。

逸夫苦笑了笑，只好把自己的饭菜票取来给她。

从教授家出来，金哲已是心灰意冷。他是抱着很大的希望来找这老头的，原来他想这年头想读博士的人本来就少，古代文论又是冷门专业，老头已经连续两年没招到学生了，按有关规定，三年不招生，博士点就要被取消。据说为这事系领导很着急，专门找老头谈过。原以为自己来得正是时候，老头见有人报考一定会很高兴，甚至会轻而易举地同意接收自己作他的博士生，没想到老头这么倔，一点口风都不肯吐。说什么他招的学生必需是出版过学术专著或者发表过有影响的学术论文的，这明摆着是不想要自己嘛？既然这老头没看上自己，这博士还有什么好考的！

“碰上这么个怪老头算是倒了死楣！”金哲在路灯下走着，抬头看看宁静的夜空，叹息着。

“你得在古文上多用功！”老头对他说这话的时候倒是很认真，可他话里明明是说自己的古文底子不行。不错，搞古典文论靠的是古文吃饭，可是他又怎么知道自己的古文不行？就因为自己原来学的是文艺理论？一定是这么回事！听说自己的导师是汪学文，老头的神情竟那么古怪！碰上这么一个没本事名声又不好的导师，做学生的也免不了受气！也怪自己，当初报考的时候，只是一门心思要考北大，却没想要找个好导师！

“也好，总算死了这条心！”金哲这么想，却又不甘心，对他来说，这毕竟是最好的选择！他昨天还向一个在国家人事部工作的老乡打听过，按照国家政策，有了博士学位，马上就可以把家属调来北京。系里搞古代文论的人又少，估计毕业后留校不会有大问题，留在北大搞学问，不正是自己一直向往的？要说做学问，还能有什么地方比得上北大这块风水宝地？可惜自己的如意算盘却让这倔老头轻而易举地打破了。

“钱丽知道这个消息倒会高兴的！”想到妻子，金哲也很不是滋味。妻子也是上过大学的，却从来反对自己搞学问，当初考硕士她就坚决反对，甚至在自己复习功课的时候同自己捣乱，使他不得不躲到朋友家去。这三年她是过得很不容易，一个人在家拖着个孩子，住在那十平米的小房间里，与母亲关系又不好，时常吵架。上次回家就说过她没法在那个家里过下去了，要是他毕业再不回去，她就要离婚，这当然是气话，但没准也能做出来。事实上每次回家都能感觉到和妻子间的隔膜正在加深。也难怪，她毕竟是一个女人，女人总是讲求现实的，何况又有一个无所不能的妹夫在那里比着！无论相貌还是学识，她妹妹钱雯都是比不上她，可是他一个穷书生拿什么去同那个当司令员秘书的连襟去比呢？不错，自己是名牌大学研究生，张磊只有高中文凭，那又怎么样？人家有权又有势，送来的礼品都多得没处放，还能把自己的老婆调到一个只拿工资不上班的单位，就连自己那位在军队里当过军长的岳父大人不也得仰仗他？说起来，他对自己也是不错的，上学这几年没少往家里跑，路费都是人家给报销的，儿子出生以后，许多衣物和玩具也是人家送的，可慷慨的施舍后面却是怜悯！可是又有什么办法呢？都说百无一用是书生，难怪岳父一家都看不上自己，他们眼里看得见的只是金钱和权力，而这两样自己都没有，将来也不可能有！自己就是这德性，别人怎么看是他们的事，自己毕竟不是为了他们才活着的！

夜晚的校园是那样静谧，路上几乎没有行人，电线杆上的水银灯正发着清幽幽的光亮，映照在路边的池塘里。

“我该怎么办？”想到未来，金哲感到茫然起来。不管怎么样他还是想做学问的，当初抛家舍业，不也是为了这个吗？自己本来有一份很好的工作，收入高又体面，完全可以把小日子过得好好的，况且单位正准备给自己分房子。为了上研究生，自己作出了多大牺牲！而且，除了搞学问以外，自己还能干什么！要做学问，自然是留在北京好，北大、社科院都是做学问的风水宝地！同样是教授，同样的水平，处在不同的位置，分量绝对是不一样的，这一点谁都知道！环境是这

样恶劣，北京尚且如此，到了地方，这学问更没法做了！可在北京也不容易，自己一个人的话还好说，总不能把老婆孩子撇下不管！妻子态度十分坚决，除非能在一年以内把她和孩子一起调进北京，不然就别想留北京！

金哲越想越烦躁，脚步越走越慢。到了勺园，才想到了美惠子。今天晚上本来是要与她一起学习语言的，因为要去拜访老头，这事给耽误了。他心里正烦，不想回那闹哄哄的寝室。抬头看看，美惠子房间窗口亮着灯光，看看表，才八点钟，稍微犹豫了一下，迈腿朝楼里走去。

走进大门，看见那张阴沉沉的脸和那双警觉的眼睛，金哲心里暗叫倒霉，但还是硬着头皮闯过去。

“你找谁？”铜铃般的眼睛看着他，冷冷地问。

金哲一看那宽大的麻脸心里就来气，却不得不勉强地装出一副笑脸来回答他：“我找美惠子小姐。”

那人审视着他的脸，过一会儿才说：“你去吧，别呆得太久！”

金哲心里压着一股火，身上弦也绷得紧，见那家伙没有与自己为难，这才松驰下来。

“金哲君，你来了！”美惠子一见金哲便用汉语说，脸上露出由衷的笑意。

看着美惠子那温柔的眼睛，金哲脸上的愁云化解了许多。论长相，这位小巧玲珑的日本姑娘并不很漂亮，金哲对她也没有什么非份之想。但她是那么温柔，那么善解人意，同她在一起总能感到轻松愉快。

金哲走进房去，像往常一样在地毯上席地而坐。外国留学生的生活条件是比国内学生好得多，美惠子一人住的这间屋子比他们四人住的寝室还宽敞，屋里的摆设处处散发着日本少女的气息和情调。

“金哲君，你不是找教授去了吗，怎么这么快就回来了？”美惠子边倒着茶水边用汉语问金哲。

金哲不由得叹了口气，苦笑着说：“事情没办好。”

“为什么？”美惠子在地毯上坐下，瞪大眼睛看着金哲。

金哲把同那老头见面的事简单地说了一遍。

美惠子听着，脸上露出了困惑的神色，说：“可是，你还没有参加考试，怎么知道自己没希望呢？”

“这不是明摆着的吗，他没看上我，对我不感兴趣！”金哲苦笑着说。

“那又有什么关系呢？不是讲公平竞争吗？要是你考得好，他还能不要你？”美惠子不解地问。

金哲长长地叹口气，说：“你不知道，在中国，说的是一回事，做的又是另外一回事！说是公平竞争，其实根本不可能！拿考博士来说，即便我的成绩比你好，要是你同导师的关系很好，或者原来就是这导师的学生，他肯定是要你不要我。而且，没准在考试以前就已经把题目告诉过你。事实上考试以前有些导师就有内定名额，考试只不过是一种形式。”

“怎么会这样！”美惠子皱起眉头，轻声地说。

“这不算什么，在中国办什么事情都是要讲究关系的，上学，找工作，做生意，当官，都是！没关系，你的本事再大也没用！”金哲叹息着说。

“那你打算怎么办？”美惠子关切地看着金哲，问。

金哲没去看她，说：“先在北京找找工作，不行的话就只能回老家了。”

美惠子低头想了想，说：“金哲君，你这么有才华，日语又好，

为什么不想到国外去深造呢？”

“这事我也想过，可是谈何容易！”金哲说着，抬头看着美惠子。

“如果你愿意的话，我也许可以帮助你。我叔叔是东京大学教授，下个月就要来中国讲学。”美惠子说。

金哲心里一热，却说：“谢谢！可是，远水解不了近渴，你知道，我马上就要毕业了，出国的事没有一年半载是办不好的。再说就我这体格，即使出国去也未必吃得消！”

“金哲君，不要悲观，事情也许会好起来的。”美惠子仍然用那双温柔的眼睛看着金哲，说。

金哲低头叹息着，没说话。

第二章

三月二十一日　星期二　晴间多云

沈鸿泠泠地看着对面坐着的那个名叫安德森的老外，心里想着怎样才能打倒他。别看这家伙生得虎背熊腰，个头比自己高出半个脑袋，要打倒他并不难。只要朝着那裆部猛踢一脚，趁他失去抵抗身子下沉之机，朝他下巴狠抽上一拳，这老小子准得趴下！

李娜用蹩脚的英语同老外交谈着，嗑嗑巴巴的，还时常出现语句错误，沈鸿听着觉得别扭。这么次的外语也敢拿来同老外对话，真不嫌丢人！

"她那样子真难看，简直让人恶心！"沈鸿暗自叹息着，把眼睛从她身上转开去。

李娜并不是讲究穿着打扮的女孩，经过一番刻意修饰，反而显得难看。她身上穿着不久前花五百块钱从西单商场买来的黑色西服套裙，坐在沙发上，一双套着肉色丝袜的大腿从裙子底下露出来。脸上涂着一层粉，眉毛和眼圈也被描画过，嘴唇红得像在流血，矫揉造作的表情和流转顾盼的眼神，看上去像正在向人卖弄风情的荡妇。

"为了出国，她是什么事都肯干的！"沈鸿心里感慨着，对李娜出国的事，他一直很消极，倒不是像李娜说的怕她出国以后把自己甩了。李娜学的是中国古典文学，这专业还用得着到国外去学？再说李娜的外语水平也实在不怎么样，她上本科学的是俄语，只是为到美国

去留学才改学的英语，就算很用功，要说到美国留学还继续学文学，实在有种说不出的古怪。

“妈的，这老外也不是什么好东西！”沈鸿看安德森那鹰样的眼睛又盯在李娜高耸的胸部上，心里暗暗地骂道。真不明白李娜为什么要来找这家伙，就算他是斯坦福大学的教授，毕竟素昧平生，你不给人家点好处，人家凭什么给你提供经济担保?

沈鸿又对李娜使了个眼色，想让她离开，李娜却不理会，脸上露出厌恶的神色。当她把脸转向老外时，又换上一副做作的微笑。

“安德森教授，到美国去学习，是我多年的愿望，也可以说是我的梦想！在我看来，美国不仅有高度发达的经济和先进的科学技术，更重要的那是一个充满着民主和自由的国度,而这正是我所向往的。”李娜用英语说。

沈鸿觉得李娜这话说得很虚伪，“民主”“自由”之类的词语从她嘴里出来也似乎变了味。说到底她出国不过是想得个博士学位然后留在美利坚合众国过好日子，什么“民主”“自由”，瞎掰的事！

“密斯李，你是我来中国以后第三个向我提出类似愿望的人。我真不明白，中国的年轻人为什么老想着要往国外跑？美国是一个伟大的国家，但是在许多方面并不像你们想像的那样好。在美国，我也同一些中国留学生接触过，他们中的许多人都生活得很艰难。”安德森说。

“安德森教授，我们许多同学都到了国外，我们对国外的情况也了解一些。不过，我们到国外去并不是为了享福，而是为了学到知识，回来报效国家，为了这一点，即便吃点苦也算不了什么！”

李娜把自己出国的目的说得很崇高，沈鸿知道她是想告诉老外学成后还是要回国的，并没有移居美国的想法，可这么说又有什么用?

老外连一点要帮助她的意思都没有，她怎么这样不知趣？平时的那份自尊自傲都到那里去了？沈鸿想着，不由得皱起了眉头。

“不错，中国是一个吃苦耐劳的民族！”安德森点点头，说。

安德森的语气中明显带有一种讥讽的意味，李娜却没听出来，继续说：“我是个女孩，到国外学习，生活，自然会更加困难，可是我相信自己完全能够承受这一切，我有这样的心理准备！”

安德森教授耸了耸肩膀，说：“密斯李，我欣赏你的执着。可是，我又能为您做点什么呢？”

“我想到您任教的斯坦福大学学习，您是否能为我联系一下？如果可能，我想请您作为我的经济担保人！”李娜看着安德森，讨好地说。

“经济担保人？”安德森看着李娜，摇着头说：“这是不可以的！密斯李，您要知道，在美国，作为经济担保人，是要承担责任的，我对您并不了解，怎么能够为您承担责任呢？”

李娜勉强地笑了笑，说：“其实，您用不着为我承担什么风险。据我所知，经济担保不过是一种形式，没听说过在这方面什么不愉快的事情。再说，您还得在中国呆上一段时间，完全有可能更多地了解我！”

“很遗憾，我恐怕没有太多的时间来了解您。我是一个经济学家，这次来中国主要是要研究中国的经济问题，再过几天我就要到南方去考察。”安德森教授耸耸肩膀，做出无可奈何的样子。

“您要了解中国的经济问题，我们也许可以帮助您。”李娜指了指沈鸿，说：“我的男朋友是经济系的硕士研究生，他的硕士论文就是关于中国国有企业改革方面的。也许他可以为您搜集资料。”

“哦！”安德森教授饶有兴趣地打量沈鸿，说：“密斯脱沈，你

对中国国有企业的改革现状是否有所了解？”

沈鸿没想到李娜会把自己推出来，有些恼火，见安德森对自己提问，便用英语说：“我曾经参加系里的课题组到国内部份大中型企业做过调查，也参加过这方面的学术讨论会。”

“密斯脱沈，想不到您的英语说得这么流利！我们的谈话可以轻松一些了。”安德森满意地笑着，说。

沈鸿矜持地笑了笑，偷偷瞥了李娜一眼，见她阴沉着脸在一旁坐着，心里很有些得意。

“密斯脱沈，您能不能谈谈您对中国企业改革的看法？”安德森问。

沈鸿想了想，说：“在我们国家，所谓企业改革是指国有企业的改革。您知道，国有企业是我们国民经济的支柱，也是我们制度的经济基础。但从另一个角度看，国有企业又集中了这个制度的所有弊端和矛盾，所以国有企业的改革必然牵涉到整个国家体制的全面改革。”

“您所说的‘弊端’指的是什么？您能不能说得更为详细一些？”安德森饶有兴趣地看着沈鸿，说。

“我所说的‘弊端’主要是指高度集中的计划经济体制造成的企业无权化及其对政府的依附，产权模糊带来的无责任化，平均主义分配原则带来的懒惰化。”沈鸿得意地说着，不由得看了看晾在一边的李娜。

“您说的这些‘弊端’都是由你们国家的制度造成的，那么是不是可以这样理解，要消除这些‘弊端’，就必须改革你们的制度，也就是实行私有化！”安德森说。

“从理论上说是这样，可是在现实中却是另外一回事！”沈鸿说。

安德森摇摇头，说：“我不明白您的意思。”

“您知道，任何改革从根本上说都是一种利益关系的改变，所以那些既得利益者总是要反对改革的。事实上他们经常处在这样的矛盾之中：一方面他们中的有识之士也看出来，现成制度已经丧失了生命力，不改革是没有出路的；可是另一方面改革本身却是对他们自身的否定！您想想，如果真要在中国实行私有化，不就等于证明他们搞的所谓‘革命’带来的不过是历史的倒退，那么这样的‘革命’又有什么意义呢？”沈鸿说着，情绪有些激动。

安德森点着头，说：“不错，这样的现实对你们当局来说未免太残酷了些，可是从国家的前途着想，他们没有理由不接受这个现实。”

沈鸿冷笑着说：“可惜他们没有这样的勇气！他们总是习惯于把政党的利益凌驾于全民的利益之上，从来不肯为了全民的利益而牺牲政党的利益。所以他们对改革的态度也是极为矛盾的，一方面他们也想把国家的经济搞上去，另一方面却不想动摇现有的体制，放弃政党和个人的既得利益。他们所搞的那些改革都给人一种不伦不类的感觉，这也就是他们所说的中国特色的社会主义的由来！”

“那么你是不是认为中国改革的出路就在于实行私有化？”安德森问。

“坦率地说，我个人对私有化并没有太多的好感。从文化学的角度来说，私有化不过是通过满足人的私欲来调动人的潜能，推动社会经济的向前发展，也就是亚当斯密说的‘看不见的手’在起作用，从人性的角度是可悲的，可是我们没有别的选择！”沈鸿侃侃而谈，把被冷落的李娜抛到了脑后。

安德森想了想，说：“我和你们一些教授交谈过，他们对您说的那种改革好像很有顾虑，一般来说，他们比较赞成眼下实行的这种循序渐进的改革方式，譬如说通过在企业实行股份制逐渐实现产权的转

移，您对这个问题怎么看？”

“这不过是一种无奈的选择！”沈鸿简单地说。

安德森看着沈鸿，若有所思地点点头，问：“在中国持您这种观点的人是不是很多？”

“只要真正了解中国的现实，并进行过认真的思考，我想并不难得出这样的结论。”沈鸿瞥一眼旁边坐着的李娜，笑了笑。

“密斯脱沈，看得出你是一个坦率的人，也很有独到的见解。我这次到中国来的目的也是要考察对中国企业实行私有化改造的可能性和途径，所以我很愿意认真地考虑一下您这位女友刚才提出的建议。”安德森说着，瞥一眼李娜。

李娜脸上堆着僵硬的微笑，目光却有些茫然。

沈鸿知道她根本没有听懂他同安德森的谈话，冷笑着问安德森：“您需要我干什么？”

“如果可能的话，我想请您作为我的翻译和助手，陪我到南方去。”安德森看看李娜，又看着沈鸿，说。

沈鸿觉得自己的脚被重重地踩了一下，知道李娜也听懂了安德森话里的意思，却故意不去理会，对安德森说：“对不起，尽管我对您的建议很感兴趣，可是我有很多自己的事情要做。”

“既然这样，我只能表示遗憾！”安德森耸耸肩膀，摊开双手，说。

沈鸿没去看李娜，带着幸灾乐祸的心理故作潇洒地对安德森说：“我也很遗憾！”

天空是单调的淡蓝色，看不到太阳，阳光却白得耀眼。逸夫微眯着双眼，同林琳一起在校园里走着，脸上满是慵懒的神色。

“外面阳光这么好，你却整天躺在床上！”林琳挽着逸夫的手，撒娇似地把脸紧靠在他的臂膀上。

逸夫苦笑着，没有说话。他本没有心思来逛校园，没料到林琳会在这个时候到寝室里来找自己。林琳到寝室里敲门的时候，他躺在床上睡得正香。到现在他仍然觉得浑身懒洋洋的，像没睡醒似的。

“这校园多美，我们有很久没到这里来了！”林琳感慨地说着，看了看逸夫，似乎有些抱怨。

校园是美的，逸夫闻到了他所熟悉的春天的气息。阳光下，眼前那几座古老的宫殿式建筑，长着嫩芽的树木，还有刚刚返青的草地都在静穆中显出苍劲来。他知道林琳要他到这里来并不是要欣赏这景致，她是有重要的事情要告诉自己，到底是什么事情？又是找工作的事儿？刚才已经问过她，她却神秘兮兮的不肯说。林琳就爱玩这些鬼把戏，原来还觉得有些情趣，可是老玩这套就难免让人生厌。看林琳的脸色还不那么难看，料想不是什么坏事情。

走过北阁，径直朝着对面的小路往前走，这地方是他们经常来的，旁边的那片小树林就是他们第一次亲吻的地方，还有那片草地。那一切仿佛已是久远的过去，逸夫没有心思去回忆，只想等林琳说完便钻回自己的被窝里去。

林琳好久没说话，身体却越靠越紧。逸夫只觉得自己身上像吊着个沉重的布袋，走路很不方便。本想不让她靠得那么紧，却有些不忍心。林琳是个温柔善良的女孩，十分敏感。平时老说自己不关心她，对她的感情已不如先前那般热烈。的确，他们在一起的机会是比原来少多了，前些日子对她说自己要忙着写毕业论文，让她没事不要随便来打扰。当时林琳倒也没说什么，不过他知道她会怎么想。作为一个

男人，他不大习惯过份缠绵的感情，平时在校园里看到一对对小情人像连着裤褪似的整天贴在一起，真为他们感到难受。林琳却是喜欢那样的，她老说他们间的爱情从来没有浪漫过，可这样的浪漫却实在让人消受不起！

从小路走出来，对面是蔡元培塑像，两座长着许多树木的小山包环绕着这块三角形地带，翻过去便是未名湖了。林琳指指旁边的那片小树林，对逸夫说："我们还到那里去坐吧！"

小树林是在山坡上，里面有一条长椅，也是他们常来的地方。逸夫坐下来，林琳便同往常一样把脑袋靠在他臂膀上。逸夫心里很有些不耐烦，对她说："有话你就说吧！"

林琳脑袋竖起来，看着逸夫，说："先告诉你一个好消息，我爸爸给我找了两个单位，一个是机械进出口公司，另一个是老外办的一家通讯器材公司。你说，我该到哪里去好？"

林琳是人大学国际贸易的，父亲又是机械部的一个司长，找个单位自然不成问题。不过逸夫总认为林琳不是个做生意的人，做生意要机敏果断，要心狠手辣，林琳却是个温柔善良的女孩，缺乏主见。听完林琳对这两个单位的介绍，逸夫想了想，说："要我看，你还是到国内的公司干好，在外企的收入是会高一点，可是干活也累，你未必受得了！"

"我爸爸也这么说。可是说实在的，我倒很想到外企干着试试看！"林琳说着，把手放在逸夫的手上。

逸夫握了握那只小手，漫不经心地说："那你就去试试吧！"

林琳看着逸夫，眼睛里流露出失望的神色，小嘴翕动了几下，说："你对我的事情怎么这样不关心？"

逸夫皱皱眉头，说："我怎么不关心了？我不是把我的想法都告诉你了吗？你听不进去，我有什么办法！”

“你就不能劝劝我！我就是自己拿不定主意才来找你商量的。”林琳噘着嘴，显得有些不高兴。

逸夫把她的手放开，说：“我要是真劝了你，没准又要说我不尊重你的意见了！再说，对你说的这两个单位，我一点也不了解，又能说出什么来！”

林琳看着逸夫，叹了口气，说：“那好吧，什么时候你陪着我到这两个单位去看看。”

逸夫勉强地点了点头，没说什么。

“你自己的事打算什么办？”林琳看着逸夫，问。

“还能怎么办，出去找工作呗！”逸夫无精打采地说，一提起这件事，心里便感到烦躁不安。

“可是人家都说，今年在北京找工作特别难，尤其像你们这种长线专业。”林琳说着，瞥一眼逸夫。

逸夫领会了她眼光中的含义，冷笑着说：“这是没办法的事，只能走一步算一步，实在不行的话，只能回老家去了。”

“你走了，我怎么办？”林琳说着，眼圈便红了起来。

逸夫看着林琳，不说话了。

林琳用手在眼睛上擦了擦，轻声地说：“昨天我到医院去过了……”说到这里，抬头看着逸夫。

逸夫觉得她的眼光有些古怪，便问：“你去干什么？”

林琳低下头，低声说：“医生说……我有了……”

“有了……有什么了？”逸夫不解地看林琳。

林琳瞪着他，说：“我，怀孕了！”

逸夫瞪大眼睛，吃惊地看着林琳：“怀孕？怎么会？”

林琳抬头看着他那惊慌失措的样子，叹了口气，说：“是真的，医生说，已经有三个月了，你摸摸看！”说着，便抓了逸夫的手，放在自己的腹部。

逸夫手贴在林琳肚子上，一点感觉也没有，心里却有些沮丧，林琳今天来找他，就是为了这事儿。

“你说怎么办？”林琳抬头看着逸夫，问。

逸夫的心绪完全被打乱了，一时不知道怎么办才好，茫然地看着林琳，反问道：“你说呢？”

林琳把脸贴在逸夫的臂膀上，轻声地说：“我想，反正我们都要毕业了，干脆毕业后马上结婚，这样就可以把孩子生下来……”

“结婚？”逸夫吃惊地看着林琳，心里有些慌乱，说：“你开什么玩笑嘛！我们还要三四个月才能毕业，现在我连工作还没找到。就算能找到工作，也没房子，我们住在什么地方？”

“我们可以同我父母住在一起，他们就只有我这么个女儿！”林琳说。

“我说过我不愿意这样，你父母也未必会同意的。”想到要结婚，逸夫感到一阵恐慌，虽然他同林琳谈恋爱已经两年多，但总从来没有想过要结婚的事儿。

林琳想了想，也没了主意，看着逸夫，问：“那你说，怎么办？”

逸夫叹了口气，说：“还能怎么办？只能到医院去……”

“刮掉？可是我害怕！听说这种手术是要开证明才给做的，我们到哪里去弄证明？”林琳用手紧抓住逸夫的手臂，显得有些慌乱。

“这，我也没办法！”逸夫苦笑着，听天由命的样子。

“再想想看，还有没有别的办法？”林琳期待地看着逸夫，手抓得更紧了，像抓住一根救命的稻草。

逸夫没敢正视林琳的目光，低下头，叹息着说：“都到这个份上了，还能有什么别的办法？”

林琳的目光暗淡下来，脸色变得很难看，说：“可是总得想出点办法来，不然的话，我怎么办？”

逸夫苦笑着，一副很无奈的样子。

林琳眼圈一红，眼泪流了下来。

逸夫一见林琳就要哭起来，一时也慌了神，忙说：“你这是干什么，又没人欺负你！”说着，用手去扶住她的肩膀。

林琳一把推开的他的手，说：“别管我，反正你也没把我放在心上！”说着，低头哭泣起来。

“我不是不把你放在心上，我……实在是没有办法！”逸夫苦笑着，觉得有些厌倦。

林琳抬起头来，一双含满泪水的眼睛看着逸夫，痛苦地说：“不，你就是心里没有我，这回我算是看清楚了！你想想看，平时我让你为我做过什么？我一直把你看作是一个可以依靠的人，可是在这种时候，你对我却是那样冷漠，那样无情……”说着，哭得更伤心了。

逸夫看着林琳，心里一片混乱。原来林琳也是这样看待自己的！不过也许她是对的，不管怎么说，林琳总还算是个好姑娘！她的条件那么好，追求的人又多，可偏偏爱上自己这么个农村来的穷光蛋，也算是难得了！他知道自己是爱林琳的，但没想到爱情竟也会变得如此沉重，在这方面他是毫无经验的。麦嘉说自己生的是副溜肩膀，担不得责任，无论对社会还是对个人，看来他是对的，在现实生活中自己的确是个很无能的人！

林琳还在哭泣着，逸夫看着她，突然觉得有些内疚，用手抚摸着她那颤动着的肩膀，轻声地说：“别哭了，我陪你到医院去就是！”

林琳看了看逸夫，停止了哭泣，问："什么时候？"

逸夫伸手去擦了擦她脸上的泪水，说："什么时候都行！"

林琳揉了揉那双哭得红肿的眼睛，又把脑袋靠在他臂膀上。

逸夫伸手把她紧紧搂住，在她的额头上轻轻地吻了一口。

"你看到我女朋友了吗？"高歌站在金哲面前，很得意的样子。

金哲穿着西服，对着镜子梳理着头发，对高歌的话本没在意，随口问："是昨天和你走在一起的那女孩吗？"

"不错，你看她长得漂亮吗？"高歌看着金哲，问。

金哲犹豫着，一时不知说什么好。昨天他是看见过高歌和一个女孩在一起，但因为自己眼睛高度近视，连眼睛鼻子都没看清楚，哪里说得上漂亮不漂亮？不过他知道高歌的用意，敷衍说："看上去很漂亮的！"

高歌满意地笑了笑，似乎并不满足，又问："和冬雪比怎么样？"

冬雪是黄凯的女朋友，也是在同学中被公认的美人。高歌和黄凯学的是同一个专业，却不是一个导师。平时俩人看上去关系不错，其实却在暗中较劲。论长相，高歌个子要高一些，外表也很秀气。黄凯个子稍矮，却更强壮。高歌自诩为诗人，没事爱写打油诗，而黄凯做学问比较扎实。只是在爱情方面高歌屡屡失利，黄凯却找到一个令人嫉妒的漂亮女孩。就为这个，高歌一直感到压抑，如今总算找到自己的意中人，难免会有扬眉吐气的感觉。金哲知道高歌的心态，含糊说："看着比冬雪要秀气些！"

高歌这才笑得满脸开花，说："别人也都这么说！不过我觉得，我女朋友的气质更好！要知道，冬雪毕竟是出生在小市民家庭，看上去总有那么点小市民的俗气。我女朋友就不一样了，她父母亲都是正儿八经的知识分子，父亲还是大学教授，绝对的书香门第。你想想，这种家庭出来的女孩能一样嘛！”

金哲笑了笑，抖了抖自己那瘦长的腿，低头看裤子是否笔挺，又找了块布擦着脚上的皮鞋，顺口问道：“你们谈得怎么样了？”

“那还用说吗？昨天我们在一起的时候，是她主动挽住我胳膊的，后来我搂住了她的腰，她也没拒绝，那感觉真是太妙了！”高歌得意地说着，很陶醉的样子。

金哲觉得高歌的话有些言过其实，不想令他扫兴，说：“行，我看这回是大有希望！现在我得到导师家去，回来再听你的罗曼史。”

高歌意犹未尽，很遗憾的样子，说：“我这就到她们学校找她去，你要听，以后给你讲。”

离开宿舍楼，金哲步行往导师家走去，想到要同导师汪学文见面，心里就像吃了食堂里大肥肉那样腻味。他知道汪学文找他去是要谈毕业论文的事，论文的初稿是半个月前交上去的。这篇论文其实是他正在写作的专著《悲剧现像学》中的绪论部分，书中的理论基点是胡塞尔的现像学，虽然在写的时候也做过技术处理，牵强附会地引用了一些马列理论，这种挂羊头卖狗肉的勾当却也未必能够瞒得过汪学文！

“老汪肯定不同意我写这样一篇论文的，说不准还得重写！”金哲边走边想着，心里有些烦躁。为写这篇论文，汪学文已经找他谈过三次，虽然每一次都把自己装得很开明很大度，可他话里的意思谁还能听不出来？老汪是搞马列出身的，这些年因为大势所趋，也搞一点西方的东西，号称“补天派”，但骨子里却还是马列那一套，学术上左得可怜，为人气量又小。上届有位师兄就因为不肯屈从他的意志，愣害得毕业了没拿到学位。师兄一怒之下，连毕业证也没要就下海经

商去了，后来听说发了些小财。师兄是个性情中人，脾气也大，可这样一来，三年研究生算白读了！这样的事自己不会去做，老汪毕竟还掌握自己的命运，硬顶是没有好处的。再说为了一篇毕业论文，也犯不上！写论文目的不就是为了学位吗？只要能让论文通过，怎么写还不一样！可问题并不那么简单，答辩委员会也不由他老汪一人说了算！汪学文在系里的名声太臭，别说老先生们没把他当回事，就连那些刚留校的青年教师也敢拍着他的肩膀叫他“老汪”。碰上这样一个导师，当学生的日子也好过不了，别人提到自己的导师都能昂首挺胸，充满自豪，自己却从来羞于在别人面前提到老汪。每年硕士论文答辩，老汪的学生都很难通过。很显然，别人对他的学生看不上，所以还真不能完全照他说的干！也算跟着他上过三年研究生，可真没从他那儿学到什么！平时他老要自己读什么马列原著，可这年头谁有心思读那些玩意儿？那些被官方奉为经典的东西，在同学中已经没有市场，如果有人对你说，你马列学得不错，那分明就是在损你，说你层次低，没水平！这篇论文本来就是要用胡塞尔的现像学阐述悲剧理论的，跟马列那套完全挂不上！他的印象中马列对悲剧的论述只有一句话：“历史的必然要求和这个要求实际上不可能实现之间的矛盾。”搞马列文论的人都把这句话奉为经典，不敢越雷池一步！胡塞尔的现像学与马列完全是两回事，真要像汪学文说的那样用马列的理论去套，算什么？即便汪学文会想办法让自己过关，别的教授也会笑话的！

“碰上这么个没本事的导师，真是倒死楣了！”金哲叹息着，后悔当初选了这么个专业和这么个导师。那时他也是抱着投机的心理，以为这是个冷门专业，导师又没有太大的名气，考上来容易。想不到碰上这样的导师，名声这么臭！当初室友们说他是一不小心上了贼船，当时还没在意，现在想起来倒也真是这么回事。可事到如今，又有什么办法！中国有多少人是吃马列饭的？马恩列斯毛这些人其实并不精通文艺，只不过在几篇文章里偶尔提到一点文艺问题，就让成千上万人研究了几十年！汪学文算得上是其中的姣姣者，不管怎么说，四十岁能够在北大这种地方混上副教授，总还不是太草包，可是有什么意思！无论怎样自己绝不能走他那条道。

“做学问真要到这个份上就太没意思了！”金哲边走边想着，神情沮丧。他一直把做学问看得很神圣，可有时候想起来又觉得很没劲。眼下这种环境，这学问也是没法搞的！课堂也好，教科书也好，说来说去也还是马列那一套。“物质决定意识”“经济基础决定上层建筑”是基本的世界观，一切学问都可以从这里演绎出来，文学、伦理学、政治学、法学……都是一样，一部文艺理论教材，只要把“文艺”两个字改成“道德”就能成为一部标准的伦理学教材，学社会科学也可以一通百通。即便你有什么独到的见解，也要包裹一层马列的外衣才能推销出去，不然就会受到官方舆论和那帮吃马列饭人的围攻。最明智的办法是“大路朝天，各走一边”，这在离现实比较远的学科譬如文献学古典文学等等倒也不难做到，可文艺理论也好文艺美学也好，离现实总是很近的，又属于受中央严格控制的意识形态范畴，想躲都躲不开的！

“可是除了做学问，我还能干什么呢？”金哲眯缝着眼睛，看看宣传橱窗里贴着的照片，心里一片茫然。

汪学文住在电教馆对面的十七号楼，旁边还有两座同样的楼房，构成马鞍形。这些三层的旧式小楼，本是让那些单身或者刚结婚的年轻教师住的。汪学文早就是副教授，结婚也有些年头了，按理早该住上套间，不知为什么却一直住在里面的两间旧房里，据说其中一间还是向人借的。金哲每一次来到这里，都觉得这老汪活得太窝囊，同时

也会增添几分对他的怜悯和蔑视。

汪学文住二楼，楼道里光线暗淡，亮着灯，两边堆放着许多纸箱、煤气灶和杂物，中间留下的通道刚好可以过人。金哲不轻易到这里来，每来一回都会感到一种说不出的压抑，做学问的信念也随之产生动摇。

看到来给自己开门的老汪，金哲脸上便换上恭敬的微笑，叫一声："汪老师！"眼睛看着老汪嘴里的那颗大金牙。

老汪看着金哲，青铜色的脸上没有表情，说："进来吧！"

金哲习惯了这不阴不阳的冷漠，心里有些别扭，硬着头皮随他走进那兼作书房和卧室的房间。

房间不大，一张席梦思床，一张书桌，两排书架占去了大部份空间，倒是收拾得十分整洁，也透着书卷气，这自然是那位年轻而漂亮的师母的功劳。

"我今天找你来主要谈谈论文的事。"汪学文手拿着论文的初稿，抬起眼睛看着金哲。

金哲咽下去一口唾沫，堆出笑脸，虔诚地看着导师老汪。

听着汪学文对论文的评价，金哲脸上的笑容越来越勉强，没过多久，脸上的肌肉僵住了。正如所料，老汪是反对他论文中的观点的。在他看来，海德格尔也好，胡塞尔也好，他们对悲剧的解释都是不科学的，他们理论本身有着很大的局限性，在本质上说是反马列主义的。而他在论文里非但没有采取批判的态度，反而作为经典来运用，因而得出许多错误的结论。

"马克思主义经典作家对悲剧有很多精彩的论述，要研究悲剧，不认真读他们的著作，怎么行？"老汪看着金哲，很不满意地说。

金哲觉得嗓子发涩，看着汪学文，说："那些著作，我也是读过的。他们对悲剧的理解是很深刻，可是这个问题别人都研究得很多了，我也不是反对他们的观点。写这篇文章，目的是想改变一下视角，希望从新的角度来证实马克思主义经典作家的悲剧理论。”

老汪清了清嗓子，说：“我并不反对你研究悲剧，也不反对你研究胡塞尔或者海德格尔，可是你应该知道，我们从事社会科学研究，关键在于有一个正确的立足点，用过去的话说是立场问题。你把马克思主义作为自己的立足点，还是以别的什么主义，譬如存在主义、尼采哲学等等作为立足点，这就决定你科研工作的成败！现在校园里有种很不好的风气，有些人一提起马克思主义就反感，把马克思主义研究的人都说成是保守派，其实他们根本不懂得真正的马克思主义，甚至连马列原著都没读过……这实在是很幼稚很可笑的！”

金哲觉得他说的是自己，也不想与他争辩，说：“你给我开的那些书目，我都看过一遍，不过我总觉得自己的理论功底还很不够。”

老汪见他认怂，满意地点点头，说：“这就好！不过，关键还在于运用，你要学会用你从书中学到的知识和观点去研究学术上的问题，这样你才能立于不败之地，写出真正有价值的论文来。”

金哲笑了笑，心想：你搞了半辈子马列研究也没见你写出一篇真正像样的论文来！嘴里却试探着问：“汪老师，您看我这论文是不是要推翻重写？”

老汪想了想，说：“这得由你自己决定。我看嘛，悲剧这个问题还是很值得研究的，只是你的观点要彻底改变一下……不然的话，别的老师那里也是难得通过的。”

金哲明白他的用意，便说：“我会按您的意见去改的，只是现在又要到外面去找工作，又要写论文，时间紧了点！”

“现在离论文答辩的时间还有两个多月，来得及！不行的话，还可以推迟答辩嘛。”老汪似乎也很体谅他的难处，说。

正说着，汪学文夫人走进来，金哲对师母的感觉比对老汪要好得多，只是不明白她当初怎么爱上老汪这种男人的，见她对自己点头，便站起身来对她笑了笑。看她走出门去。

“你还有什么问题吗？”金哲回过头来，见老汪皱着眉头看自己，感到有些窘迫，说：“我想看些这方面的著作，只是不知道看什么好？”

老汪想了想，起身从书架里抽出一本书来，递给他，说：“这是我新近出版的一本专著，里面有一章是专门论述马克思悲剧理论的，送你一本，你回去看看，或许对你有点启发。”

金哲满脸堆笑，从汪学文手里接过书，一看封面才知道是汪学文对他说过的那本著作。老汪花五年时间写这本书，好不容易找到一家出版社愿意出，却要自筹资金五千元，还要包销五百册。不知道后来汪学文找了什么路子，这书到底出来了。可是书里都是那些陈词滥调，除了让老汪有了评教授的资本，还能有什么学术价值？然而在表面上，金哲却努力做出受宠苦惊的样子，说：“这书出版真是太好了！”

汪学文叹了口气，说：“真正有学术价值的书，总是能够出来的，这还是教委社会科学基金会赞助出版的。”

“汪老师，您在书上签个名吧。”金哲虚伪地看着汪学文，说。

“好吧！”汪学文说着，取出笔来，很认真地在书的扉页上签上自己的名字。

看着汪学文那煞有介事的样子，金哲觉得他既可怜又可悲，脸上却做出虔诚的样子接过书，装模作样地翻看了几页，然后小心地把书收起来。

“这书上的观点当然也不一定都是正确的，你可以作为参考嘛！最重要的是要多读原著！”汪学文又一次嘱咐说。

金哲点点头，起身向汪学文告辞。

麦嘉把手里的五块钱交给正排队的宋玉，走到圆桌前坐下来。

餐厅的面积不大，环境清静优雅，雪白的墙上镶着壁灯，顶上的吊灯也很华丽，玻璃窗上挂着黄色窗帘。

排队人不多，很快就轮到宋玉了。麦嘉过去帮着他把买好的酸奶、花生米和瓜子端过来。

“还剩五毛钱，还你！”宋玉把几张皱巴巴的毛票子递给麦嘉。

“干吗不都用了？”麦嘉没去接那钱，看着宋玉说。

“这地方就这档次，没办法！下回赌大点，到燕春园去撮一顿，敢不敢？”宋玉把钱放到桌上，坐了下来。

“有什么不敢的！”麦嘉嘴里这么说，神情有些沮丧。这回本来也是有把握赢他的，别看宋玉比自己要高上大半个脑袋，手上却没有几斤力气，扳手也好，较手力也好，都不是自己的对手。原以为举杠铃无非也是靠有力气，寝室里的同学也都说自己肯定能赢他，可是到了健身房，却连那六十公斤重杠铃也奈何不得，只好把口袋里仅存的五块钱掏出来请客。

“我说你赌不过我，你偏不服气！”宋玉喝着酸奶，得意地笑着。

麦嘉不愿去看宋玉那得意样，便把脸转到一边，看看旁边桌前坐着两个老外，说：“这里环境不错，很有情调！”

“可惜没叫两个女孩来。”宋玉说，眼睛往四处搜寻着。

宋玉自诩为系里第一美男子，平时老吹嘘自己的艳遇，好像校园里所有的漂亮女孩都是他的囊中之物。

麦嘉笑了笑，心里却有些不以为然。外表看，宋玉有着高大挺拔

的身躯，腿却短了些；方正的脸，五官也很端正，眼睛却小了些，是单眼皮；脸上一副似笑非笑的表情，也少了点男人的英武。他仗着这感觉不错的脸面在校园内外招摇撞骗，肚子里却没有什么货色。

麦嘉同他谈了几句，便觉得话不投机，心里实在别扭，只想赶快喝完酸奶回寝室去。

“你看那姑娘长得怎么样？”宋玉对麦嘉呶了呶嘴，说。

麦嘉随着他的目光向门口看去，见一个穿紫红色风衣的女孩从外面走进来，身体修长，戴着眼睛，给人文静秀丽的感觉。从宋玉那双似笑非笑的眼光中，知道他又在打什么歪主意，淡淡一笑，说：“凑合吧！”

“我把她叫到这里来怎么样？”宋玉看一眼麦嘉，说。

麦嘉知道他想逞能，说：“有本事你就叫好了！”

“你以为我没这本事？再赌一场！”宋玉说。

“怎么个赌法？”麦嘉看着他，故意问。

“要是我把女孩叫来了，你请喝她酸奶，另外晚饭再请我吃小炒，不行的话，由我来请！”宋玉说。

麦嘉想看到宋玉出丑，煞煞他的傲气，见他那样胸有成竹，便又有些疑虑，说：“你也许早就同她认识的。”

“傻逼才认识她！老实说，赌不赌？”宋玉看着麦嘉，说。

麦嘉看宋玉那挑衅的目光，激发了内心的豪气，说：“赌！”

宋玉笑了笑，把一粒花生米扔进嘴里，说：“看我的！”说着，站起身来。

麦嘉看宋玉向女孩走去，想起什么，一摸衣袋，心里有些慌乱。原来他从寝室里出来的时候就揣了那五块钱，现在除了桌上那几张毛票，身上再没一分钱。要是宋玉真把那女孩带了过来，可真要出丑了！

他紧张地看着那女孩，那女孩看上去倒不那么俗气，那双清亮的眼睛却显得过于单纯。宋玉可是情场老手，这小子什么事都敢干的，但愿这女孩不要上他的当！

宋玉走到女孩面前，对她说着什么，因为离得太远，麦嘉听不清他说什么，却见女孩对宋玉摇着头，一脸惊讶，看上去像拒绝了他。宋玉却很有耐心，仍然微笑地对女孩说着，女孩困惑地看着他，摇头。

麦嘉正得意，却见宋玉领着女孩走过来。宋玉一脸微笑，对他直眨眼睛，麦嘉知道自己又是败了，觉得很是沮丧。

“这是我同学麦嘉！”宋玉指着麦嘉对女孩说。

女孩对麦嘉笑了笑，露出洁白整齐的牙齿，很大方地说：“我叫冬梅，东语系的。”

女孩的笑靥很自然很灿烂，麦嘉有些窘迫，勉强地对她笑了笑，转过脸对宋玉说：“我去买酸奶！”

“等一等！”宋玉请女孩坐下来，问她：“小姐，你来点什么？”

麦嘉手里攥着那几张角票，紧张地看着那女孩，担心女孩的要求会超出自己的支付能力。

女孩想了想，说：“就来瓶酸奶吧。”

麦嘉松了口气，准备要走，宋玉却伸手按住了他，说：“还是我来吧。”没等麦嘉反应过来，便起身去了。

麦嘉觉得有些窝囊，在女孩面前，他也想潇洒的，可是到了这种场合却总是拘谨得很。

麦嘉悄悄地打量着女孩。她看上去不到二十岁，皮肤洁白细腻，像个南方姑娘。外貌不太漂亮，却有种特殊的气质，看上去绝不是浅薄轻浮的女孩。宋玉一定是用了欺骗的手段才让她到这里来的，未必就是对宋玉有好感！

“你学的什么语种？”麦嘉看了女孩一眼，鼓着勇气问，话没出口，便觉得自己过于笨拙了。

“越南语。”女孩眼睛正看着正在排队的宋玉，听了麦嘉的问话，便回过头来看了看，礼貌地笑了笑。

麦嘉见女孩心思不在自己身上，觉得很无趣，勉强又问了一句：“学这专业将来干什么？”

女孩看他一眼，敷衍地说：“这可难说，反正学了总是有用的。”说完又转过脸去看宋玉。

女孩的冷漠刺痛了麦嘉的自尊，内心里刚刚燃起的热情又熄灭了，他板着脸孔，埋头吃着花生，不再同她说话。

宋玉把东西买来了，除了酸奶以外，还有一袋牛肉干和两袋酸梅干，那姑娘一见果然喜笑颜开。麦嘉虽然嫉妒，但宋玉撩妹的本领也不能不佩服，这小子对女孩的脾性真是摸得准，马屁拍到家了！

宋玉便和女孩谈起来，俨然是热恋中的情人。宋玉在女孩面前谈笑风生，潇洒自如，说话也是风趣幽默，神态和语气都带有玩世不恭的洒脱。女孩似乎被迷住了，满脸微笑地看着他，不时发出愉快的笑声。

麦嘉被冷在一旁，很是尴尬。宋玉的眉飞色舞和女孩的脉脉含情不时在他的眼前闪动，女孩悦耳的笑声刺痛着他的心。

“其实世界上许多事情都是命中注定的，有的人生来是做学问的，有的人生来是当官的，有的人生来就是挣大钱的。”宋玉洋洋得意地对女孩说。

“那你生来是干什么的？”女孩好奇地看着宋玉，仿佛已经被他这惊世骇俗的观点所打动。

“我当然是要挣大钱的！我的梦想就是要成为中国的包玉刚！”

宋玉微笑地说着，踌躇满志的神态。

麦嘉冷笑着看着宋玉，心想：这小子吹起牛皮来真不脸红，就他这德性还能成为包玉刚！

“我要是真成了包玉刚，首先就给咱北大捐献一座图书馆！那图书馆的规模和气派绝不能比北图差，造这么一座图书馆用十个亿总够了，那时候这点钱对我来说也就是小意思了！我也不用我的名字来命名，这种做法未免太俗气！不管怎么说，咱们的层次总不是一般的资本家比得了的！”宋玉吹嘘说，那语气如同真成了包玉刚似的。

麦嘉看宋玉那自鸣得意的神态，很有些反感。类似的话他听宋玉说过多次，平时不过是当笑话听的，并不当真，现在听来觉得特别刺耳，看那女孩听得认真，倒觉得她有些可怜了。

“这位老兄生来就是做学问的，他在国内一流的刊物上发表过论文。”宋玉拍拍麦嘉的肩膀对女孩说。

“真的吗？”那女孩转过脸来瞥了麦嘉一眼。

麦嘉脸上有些发烧，本想做些解释，可他知道女孩对自己并不感兴趣，转而对宋玉的恶作剧有几分恼火，这小子真恶毒，明着是夸他，其实分明是想让自己在女孩面前出丑！

麦嘉被冷落在一边，他们说的那些话，他插不上嘴，也不想插嘴，他同他们本来就不是同类型的人，也没法谈到一块去。

“对不起，我和朋友还有个约会，得先走一会儿！”麦嘉终于忍不住，站起身来对宋玉说，故意不用去看女孩。

“有什么约会？怎么没听你说过？”宋玉困惑地看着麦嘉。

麦嘉勉强地笑了笑，没作解释，矜持地对那姑娘点点头，走出餐厅。

第三章

三月二十五日　星期六　多云转晴

从教学楼走出来，麦嘉有些心灰意懒，他原本对前途是抱有希望的，如今却变得暗淡起来。按胡坤的说法，今年就业形势格外严峻，即便是号称中国最高学府的北大，也不轻松，尤其对中文历史哲学这样的长线专业，前景不容乐观。

“你，怎么样？”麦嘉看着走在身边的金哲，问。

“能怎么样，反正，我是准备回老家了。”金哲叹了口气，神情有些沮丧。

麦嘉笑了笑，知道他说的不是真心话。在寝室同学中，金哲是最能折腾的一个，他是一门心思要做学问的，在他看来，要学问就留在北京，到地方去本事再大也没有用！他是不会甘心回老家去的，但他不想揭穿他，于是故意安慰说：“用不着这么悲观，找工作的事是要靠些运气！”

“不是运气的问题！你想想，要是你们这些单身汉找工作都这么难，我这样拖家带口的，谁要？”金哲眯着眼睛，笑了笑说。

麦嘉笑了笑，心里却有些不以为然。在他看来，金哲已经够幸运了，他原先在一家杂志社做编辑，收入很高的，老婆是当年学校的校花，家境也好，又有了儿子，家庭事业都很顺当的，好好回家过日子得了，犯得着在外面瞎混！

“也许，并不像胡坤说的那样糟糕！”麦嘉低声说，倒像安慰自己。

“这些天我到外面去跑过几家单位，都没有要人的。”金哲苦着脸，说。

麦嘉知道金哲对找工作的事很敏感，还是忍不住问他：“你都跑了什么单位？”

“大学，还有出版社，反正这类的。”金哲含糊地说。

麦嘉看他那讳莫如深的样子觉得可笑，心想金哲这人真有些小心眼，他们关系也算不错的，自己可没想到大学里去做学问，自己也不是那块料，再说俩人所学专业又不一样，还怕自己跟他抢职位！

“怎么，连大学也难进？”麦嘉看着金哲，故意问。

“现在大学里普遍实行工资包干制，多一个人少拿份钱，大学老师一个个穷馊馊的，又没事，都想着多上点课，多赚点钱。”金哲说。

“听说有的系连留校也没人愿意，还得教授去求学生。”麦嘉想起前些天听宋玉说过的事，说。

“那是英语系，人家出去都能赚大钱，谁愿意留在学校里受那份罪？可是咱们出去能干什么？”金哲苦笑着，颇有自我解嘲的意味。

金哲向来是以做学问为傲的，平时谈起学问来也是眉飞色舞，得意忘形，但麦嘉知道他心里其实也很自卑。中文系原先也是很红火的，录取分数高，很多高考状元都报的中文系，可是这年头个人价值是以金钱来衡量的。谁能赚钱谁就是有本事，也会活得好！学外语的可以到外企去帮外国人赚中国人的钱使自己得到应有的报酬，学工科的可以到企业帮人创造效益赚大钱人家自然也不会亏待你，可学文学或哲学有什么用？当年麦嘉也是怀着文学梦想报考的中文系，后来才知道中文系要培养搞学问的人而不是培养作家，当作家需要天赋，并不是

谁都能当好的。这年头就算当作家又能怎么样？大不了也就是当个帮闲文人而已，还一辈子穷嗖嗖的，倒还真不如凭力气干点苦力赚钱来得踏实。

“你老乡来了！”金哲用手碰了碰麦嘉的手臂，呶呶嘴说。

麦嘉一时没反应过来，觉得金哲的笑里有些古怪，便转过脸去看，只见自己那位已经很出名的老乡郭焱正从对面走过来。

“麦嘉，好久不见！”郭焱甜腻腻地笑着，伸出手来，握住麦嘉的手，同时另一只手又向他的肩膀搂过来。

麦嘉手被握得很紧，有些生疼，他不习惯被男人搂肩膀，便稍微闪了一下身体，用半调侃的口气，说“哦，你，过得还好？”

“好，还好！”郭焱笑着，握着麦嘉的手不放。

麦嘉与郭焱是老乡，来北京复试时在火车上遇上的，后来一同住在大澡堂子里，算是熟悉了。郭焱是代培研究生，按规定得由代培单位出钱租房子住，偶尔也会来寝室找他玩，后来就来得少了，麦嘉问他为什么，他说那寝室里的人好像并不怎么欢迎他。麦嘉知道室友的确看不上这位法律代培生，也就不好说什么。后来郭焱在柴庆丰事件中出足了风头，成为全校的风云人物，即便这样，室友们对他的看法也没有改观。也难怪，北大人是崇尚学问的，搞政治的人通常是被人看不起的。虽然他们也会为北大出现过陈独秀李大钊毛泽东这样的政治领袖而自豪，但他们还是认为，只有搞不了学问的人才会搞政治，即便郭焱出尽风头的时候他们也是这样看待他的。

郭焱上次来寝室里还是去年暑假，那时学潮刚刚过去，他情绪显得很消沉，全然没有学潮时的激情和豪放，室友们对他也仍是爱搭不理的冷淡。他告诉麦嘉学校正要开会研究对他的处分，说不准会把他开除的。麦嘉看他那害怕的样子竟有些幸灾乐祸，还安慰了他几句，后来听说他只是受了党内警告处分。

麦嘉心里其实不大看得上郭焱。郭焱个子不高，性格也是粘不拉叽的，室友们都说他不像个男子汉，他在情场上似乎很得意，麦嘉经常看到他同一些漂亮姑娘在校园里散步，他在学潮时的表现更令他大跌眼镜。在他看来，郭焱的性格并不适合搞政治，也看不出他有过什么政治才能，对社会对人生也谈不上有什么深刻见解，说话缺乏逻辑性。但无论如何，他在学潮中真是火过几把的，虽然他的表现更像滑稽的小丑，但到底有过万众瞩目的壮举并成为著名的学运领袖。

“在忙什么？”郭焱握住麦嘉的手，眼镜后面的小眼睛笑成了一条缝，满脸都是过度的热情。

“这时候还能有什么忙的，写论文，找工作！”麦嘉说着，把手从他的掌握中抽出来。

“有眉目了吗，找工作的事？”郭焱关切地问。

“在想呢，没开始找。”麦嘉苦笑着说。

“听说今年工作不好找。”郭焱同情地看着麦嘉，感叹说。

麦嘉听着，觉得郭焱话里有着幸灾乐祸的意味。也难怪，当初郭焱是因为成绩不好才上代培的，委培单位就是北京的一所普通大学，就算没名气，但总算是能留在北京。平时老看不上这些代培生，以为他们要差些层次，想不到今天反倒让人家同情来了！

“还是你小子省心，单位是现成的，什么都不用自己操心！”麦嘉拍拍郭焱肩膀，笑着说。

“那单位太差劲，请你也不去的。”郭焱笑着，显得有些得意。

“我倒真想去，可也得去得了嘛！”麦嘉半开玩笑地说。

“别跟我开玩笑了！那单位连我都不想去的，只是没办法，早就签了卖身契的。”郭焱说着，又在麦嘉手臂上抓了一把。

麦嘉把他的手推开，随口问："你不想搞政治了？"

郭焱不好意思地笑了笑，说："不搞了，在这种环境下能搞什么政治呢？你说得对，还是多读点书好。"

麦嘉觉得他言不由衷，用试探的口吻说："听人说今年还有闹的！"

郭焱眼睛一亮，看着麦嘉，问："谁说的？"

麦嘉注意到他脸色的变化，故意说："很多人都这么说，听说一些教授也都站出来了！"

"他们站出来当然会好一些，可又有什么用？我现在对这种事情真没什么兴趣了！"郭焱说着，把脸往旁边看了看。

"怎么又变主意了？"麦嘉用讥讽的口吻说。

郭焱竟有些脸红，说："别笑话我了！我得去上课，咱们有空再谈！"

麦嘉看郭焱走开，低头看看自己那只隐隐作痛的手，苦笑着摇摇头。

看着林琳表姐走进妇科诊治室，逸夫扶着林琳在走廊旁边的长椅上坐下。林琳脑袋斜靠在他的臂膀上，像受伤的小鸟。逸夫伸手搂住她的肩膀，感到那瘦弱的身体在自己怀里微微颤动。低头看，那张苍白的脸布满愁云，黑亮的眼睛里隐含着深深的忧虑和不安，他不由长叹一声，眼睛里流露出些怜爱来，本想说上几句安慰的话，却又不知道说什么好。

此时的逸夫也是心乱如麻，知道林琳怀孕以后，他过得并不轻松。这事成了他的一块心病，一道抹不去的阴影，一副不能推卸的重担！

一切乱了套，他再没法安安稳稳地躺在被窝里，更没心思去干别的事情！更让人受不了的是林琳。这些日子，她几乎每天都来找他，在他的面前摆出受苦受难的模样。她每一个动作都像在提醒他，她现在正在承受着世界上最大的苦难，而所有的这些苦难都是他造成的，她是他的牺牲品，她正是为了他在忍受这深重的痛苦和耻辱！在一起的时候，她总是有意无意地抚摸着自己的腹部，有时还用他的手去摸，甚至路上走时也这样！他知道她这样做只不过是为了让他时时记着自己的罪恶，记着她为他忍受的痛苦和所作出的牺牲，增加他的心理压力，而所有这一切又都是在所谓爱情的名义下进行的！逸夫觉得自己陷入了一个预先布置好的圈套里，有劲无处使，只好听人摆布任人宰割。

“我真的很害怕！”林琳一只手搂住逸夫的腰，身体往他身上紧靠了靠，一只手在自己的腹部上面轻轻按摩着。

“别怕，表姐不是说过了，这不过是一个很简单的小手术，不会有什么危险的！”逸夫这么说，其实心里也没有底。

“可我从来没有动过手术。”林琳叹息着说。

“这根本不算什么手术，连手术刀也不用的！”逸夫含糊其辞地说，对这类手术，他是完全不懂的。

“等一下你和我一起进去好吗？”林琳仰头看着逸夫，恳求说。

“别尽说傻话了，这是妇科诊治室，哪能让我进去！”逸夫苦笑着，心里觉得林琳实在太懦弱也太孩子气。

“那你就在外面等着我，一下也别离开，好吗？”林琳把逸夫的手抓在手里看着，说。

逸夫叹了口气：“放心吧，我在外面等着你就是！”

诊治室的门开了，林琳表姐走出来，后面还跟着一个穿着白大褂戴着眼镜的高个子男人。

“这是我表妹林琳！”林琳表姐指着林琳对高个子医生说。

高个子医生盯着林琳，淡淡地笑了笑。

“这是她的男朋友！”林琳表姐又指着逸夫说。

高个子医生瞅了逸夫一眼，微微点点头。

逸夫礼貌地对他笑了笑。

“这是王医生，你这就跟他进去吧！”林琳表姐对林琳说。

林琳有些迟疑，转过脸看看逸夫。

逸夫握住她的手，安慰说：“去吧，我在外面等你！”

高个子医生看看逸夫，又看看林琳，说：“走吧！”

林琳使劲攥住逸夫的手，对他说一句：“我去了！”说完凝视了他一会儿，往前走了几步，到了门口又停住脚步，回头对逸夫凄楚地笑笑，神情中有种视死如归的悲壮。

逸夫看着林琳进了诊治室，舒了口气。心里觉得刚才林琳的大义凛然实在有些做作，不过是一个小小的刮宫手术，至于这么生离死别！

“别紧张！这是一个小手术，不会有事的！”林琳表姐说。

凭直感，逸夫知道这个四十岁还没嫁过人的老姑娘对自己没有好感。刚才一见面，她就把林琳数落一通，虽然没说他，话里却明显含着对他的责备。她分明也同林琳一样把他看作是罪祸魁首，对他的态度也始终是冷淡的。林琳把他介绍给她的时候，她只是冷冷地瞥了他一眼，便把他冷落在一边。逸夫几乎从见她那一刻起就不喜欢她，也不想同她应酬。不过她好歹也是林琳的表姐，这次又帮他们了结这件事，面子上总要过得去。见她主动同自己说话，便也搭上一句：“没事儿，我不紧张！”

“这件事千万不能让林琳父母知道！林琳是个独生女，父母亲都很疼她！知道了一定会很难过的。”老姑娘说话的语气倒像是很能体谅人。

“哦，我知道！”逸夫本想缓和一下气氛，话一出口却仍然显得生硬。

老姑娘叹口气，不再说什么。

逸夫见她依然站在自己身旁，又没话可说，心里别扭得慌，便对她说：“您有事先去吧！”

老姑娘叹口气，说：“也好！你在这里等着，林琳出来后你先扶她到我宿舍休息，等我下班回来。这是我宿舍的钥匙！”说着，把钥匙递到逸夫手里。

逸夫接过钥匙，笑了笑，说：“哦，好的，您忙去吧，我会照顾好林琳的。”

“有事找我，我就在住院部上班，问林琳就知道了。”老姑娘叹了口气，转身离开。

逸夫看她远去的背影，感到有些内疚。不管怎么说人家也是林琳的表姐，又是帮了自己的，应该感谢她才对。

逸夫觉得有些疲倦，便在长椅上坐下来。这些日子他真有一种身心交瘁的感觉。毕竟头一次碰上这样的事，林琳又是个没主意的人，什么事情都指着他，他一时也是茫然无措。他曾特意到图书馆去查过医学资料，知道事情到了这等地步，除了刮胎以外别无良策。可是一说要上医院，林琳又害怕得不行。他自己心里也是没底，又找不到门路。本来也想过请沈鸿帮忙的，沈鸿有过许多风流韵事，又是北京人，有路子，干这种事肯定没问题。可林琳却怕羞，说沈鸿也是经常要见面的人，让他知道了以后再怎么见面。除此以外，逸夫再想不出别的办法。后来林琳想起了这位表姐，事情才算有了眉目。

逸夫以前从没听林琳提到过她这位表姐，来的路上林琳告诉他，

表姐三十多岁了还没嫁人，是个老姑娘，脾气很古怪。林琳说到这位表姐语气时总流露出居高临下的怜悯，似乎一个女人不能享有爱情是天底下最大的不幸。逸夫却不这么看，婚姻并不等于爱情，爱情也不意味着幸福。每个人都有自己的活法，恋爱结婚是一种活法，不结婚也是一种活法。人活着就是要给自己那漂泊无依的灵魂找到归宿，爱情只是追求精神安宁的一种途径和方式。所谓幸福其实只是主观的感受，心灵和谐就意味着幸福。有人追求事业，有人迷恋于爱情；有人清心寡欲，有人醉生梦死；有人拚命赚钱，有人追名逐利，无非都是要为自己的灵魂找到寄托。富甲天下妻妾成群的国王未必比沿街乞讨为生的流浪汉更幸福，世人总是看不到这一点，一味听从欲望的驱使，拚命地追求那些不应该属于自己的东西，和谐的心灵总是被不断膨胀的欲望所打破，痛苦也由此而生。

想到这些天来的经历，逸夫更怀念过去那种无牵无挂自由自在的生活。爱情是自由的羁绊，在认识林琳陷入这场马拉松式的感情角斗以来，逸夫感觉到自己拥有的自由在一天天地减少。灵魂也好，肉体也好，因为有了羁绊，也失去了原有的灵气和力量。钱钟书说，婚姻就像一座围城，外面的人想进去，里面的人想出来。恋爱又何尝不是这样？男女间的关系只有在保持一定距离的时候才是看着美的。走得太近，梦幻的色彩一经褪去，一切都会变得平淡无奇。

逸夫也承认，林琳是个好姑娘，不然他也不会爱上她。室友们说他能找上林琳已是天大的福气！话里的意思是无非是说他根本配不上林琳，当然也包含着他们对他的羡慕嫉妒恨！这令他有几分得意，的确，跟林琳在一起，他也很有面子，他也是爱林琳的，可有了林琳他却失去很多的自由，他不得不改变自己。这爱情变得越来越沉重，让他难以承受！但这不怪林琳，她其实也是在尽力地迁就自己，迎合自己！只是自己太无能，太软弱。还是麦嘉说的对，他这种人压根就不应该恋爱也不应该结婚。

等待是痛苦的！逸夫眼睛盯着那关闭的门，有些忐忑不安。时间过得真慢，都说是一个小小的手术，林琳进去这么久了还没出来，会不会有什么意外！想起刚才医生看自己那眼神，逸夫觉得不是滋味，那感觉就像是做了坏事当场让人抓到了似的。其实这有什么呢?

门又开了，林琳扶着门走了出来，脸色苍白，歪着脸，呻吟着，很虚弱的样子，一见逸夫便叫起来:“死人，快过来扶我一把！”

逸夫忙不迭地走过去，用手架住了她的胳膊，帮她站直了身体，慌忙问：“怎么样，没事吧？”

“哎哟，痛死我了！”林琳叫了一声，身体又要往下沉。

逸夫使劲把她扶住，说：“先坐着休息一会儿吧。”

林琳扶住他的手，摇着头说：“不，你先背我到厕所去！”

逸夫稍一犹豫，便蹲下身子，让林琳伏在自己背上，双手抱住她的腿，站起身来，往厕所的方向跑过去。

同麦嘉分手后，金哲独自在校园里懒散地走着。看看手表，刚到十点，他可不想这么早回到寝室里去。室友们肯定又在谈论毕业找工作的事，这是一个令人厌烦的话题，尤其在这个时候！

金哲眯缝着眼睛，觉得眼前蒙着层淡淡的白雾，那古色古香的建筑，大路两旁的树木和路上行走的人影都显得有些模糊不清。

“怎么会这样？”想起胡坤会上说的话，金哲不由得皱起眉头。尽管他在室友们面前很少吐露自己的真实想法，其实对找工作的事儿，他还是有所指望的，当初抛妻舍业，克服那么多阻碍，不就是为了留

在北京做学问嘛！要是灰溜溜再回老家，这面子上怎么挂得住?按往年的情况，凭自个儿的本事，在北京找个工作应该是没问题，没准还能把老婆一同调过来，这些都是他早就算计好的！没想到今年的就业形势竟是如此之严峻！

校园里的人突然多了起来，不时有人从他身边经过，有骑车的，也有步行的，个个行色匆匆，有往图书馆去的，有往教室的，也有往宿舍区的。金哲小心避让着，心绪有些紊乱。

走过图书馆门前，人也少了许多，金哲站在路口犹豫了一会儿，一时没想好往哪儿去。往右走是回宿舍，往左走则是到三角地，邮局、商店、书店和本科生的宿舍楼都在这边。对此时的金哲来说，到什么地方去并不重要，重要的是寻求内心的宁静，金哲想了想，还是决定往三角地去。

越往前走，行人越少，金哲心里空荡荡的。又想到找工作的事儿，他觉得自己真是够倒霉的，真是命运弄人，费了这么大劲儿，几年苦读，只不过是绕了一个圈，没准还得回到原点去，这叫什么事儿！也许从开始就错了，在这儿，自己终究不过是来去匆匆的过客，本不属于这里。可是他真不甘心，他不是个轻易向命运屈服的人，即便命该如此，好歹也得挣扎一番，万一实现了呢！

三角地不大，右边是一排平房，有书店，有理发店，钟表店，还有一家商店，左边是一长排的橱窗，有几十米长，直到前面的学生宿舍区，后面则是学生食堂和大讲堂，勉强构成了一个不规则的三角地带，平时看着很不显眼，人来人往的，很是平常。学生们几乎每天都会经过这儿，到教室要经过这儿，到商店买东西要经过，到电教馆要经过，到大饭厅看电影也要经过，而那些宣传橱窗里也会张贴着各种各样的信息，有官方的，也有学生自己贴上去的，各种各样的消息都是从这里传播出去，所以这里也是最好的信息发布平台。

三角地在外面很有名，主要还是与历次学潮有关系。每次出现学潮，都是在这里张贴大字报，每次非官方的集会也是从这里开始。那次他就是在这儿听到了郭焱的演讲，郭焱这人看着很羞涩，不像个男子汉，他本不认识他，只因为他是麦嘉的老乡，偶尔会到寝室里来玩才知道有这么个人。他对这位法律系的代培生是有些看不上，觉得他没什么思想，智商也不高，逻辑混乱，却没想到他居然搞起了政治，还出了名。很多人都说北大人关心政治，但他们不知道北大人其实是很看不起搞政治的人，在很多人看来，北大人真正喜欢的还是做学问，只有做不了学问的人才会去搞政治，政治本身就有投机取巧的意味。郭焱那天的演讲其实很糟糕，逻辑混乱，但有几句话后来却很出名，比如:“所谓改革就是下来一批饱鬼，上去一批饿鬼！”之类，但这也改变不了金哲对他的看法。

金哲没想好要到哪儿去，平时他来的最多的是书店。逛书店是他一大嗜好，今天本不想买书，衣袋里也没带着钱，但了书店门口，他还是习惯性地走了进去。

书店是再熟悉不过了，他几乎每星期都要来几趟。里面有什么书，那些书放在哪个书架上，哪些书是新来的，他都很清楚。三年来，光在买书上花的钱也有几千块！好在张磊给自己报销一部份，要不还真承受不起。买了那么多书，看的也不算少，可是又有什么用，到头来还不得回老家！

金哲随意浏览着，在放着哲学书的书架前站住，见有一本《新权威主义论》，以前没见过，便抽出来看，作者还真是葛明！宋玉说这小子靠宣扬新权威主义出了大名，还深得官方的宠幸，看来是不错的了。

继《河殇》的轰动以后，关于新权威主义的争论已成为理论界热点，金哲对此却不甚了了。他本对政治不感兴趣，近来让找工作的事情弄得焦头烂额，很少看报，对报上那些理论文章不屑一顾。“新权威主义”这个名词还是不久前从宋玉嘴里听到过，宋玉是极力反对新权威主义的，说是一群没有人格的知识分子为迎合官方提出来的。所谓“精英政治”，无非是对民主的反动！说到葛明，那是一个政治野心家，卖力地鼓吹这套理论不过是想为自己捞取政治资本往上爬。金哲不以为然，他知道宋玉向来就爱走极端，说人好的时候必然好到极点，对不喜欢的人也总要贬得一文不值。

金哲很少看政治书籍，但因是葛明写的，他好奇地翻看起来。葛明上大学时与自己是同届，上的还是同一所大学，现在人家都上完了博士，还出了专著，在学术界混出了名声，而自己却沦落至此，真是令人惭愧！

从学问来看，金哲其实也是不大看得上葛明的，在他看来，政治学也算不得什么学问，对葛明来说，学问不过是从政的跳板，他是成了心在做政治的，他当过学校团委书记，明着就是往仕途上走的。不过这家伙脑瓜子好，路子野，跟很多当官的多有来往，消息也灵通，没准还能帮上自己。

葛明住 30 号楼，离三角地不过几百米，从书店走出来，到商店门口南拐，再走几十米就是。金哲在路上走着，心里老有些不自在。毕竟是求人的事，平时来往又少，到底有些抹不开脸面。

30 号楼是座老楼，里面住的都是博士生，所以也被称为“博士楼”。在北大，学历不同的人之间界线也是分明的，待遇不同，彼此往来也少。博士生比硕士生住得好，待遇高，通常都是两名博士住一间寝室。葛明去年毕业留校，因为校舍紧张，妻子在外地，住的是单间，算是特殊待遇。

很久没来，金哲觉得有些陌生，见到门上贴着白纸，上面写着："闲谈不得超过五分钟"，知道没找错，抬起手来敲门，不见有动静，便又敲了几下，还加大了力度。

"谁呀？"里面终于有了动静。

金哲听出是葛明的声音，便对着门大声地说："我，金哲。"

里面又响动了一阵，又过了好一会儿，门开了一道口，葛明那粗壮的身躯塞在门与门框之间。

"有事吗？"那葫芦瓜般的脸上没有往日熟悉的微笑，语气中也明显含着厌烦的意味。

金哲心里顿时凉了半截，看他身上只穿着毛衣，以为刚从床上爬起来，怪自己扰了他的清梦，便歉意地笑了笑，说："有事，找你聊聊！"

眼镜后面那双变形的眼睛盯着金哲看着，眉头皱了皱，说了一句："那就进来吧。"

走进屋去，发现有个女孩正坐在书桌旁，手捧一本书看着，脸红扑扑的，头发有些散乱。金哲知道来得不是时候，却又不好再退出去，站着屋中间，尴尬地笑着。

"这是我的学生，找我，借书。"葛明指了指女孩，对金哲说。

女孩抬起头来，对金哲微笑了笑。

金哲对女孩点点头，那张脸并不很漂亮，却很年轻。早听说葛明是个风流才子，身边是离不了女人的，没想到会让自己碰上。

金哲刚坐下，女孩却把手里的书合起来，站起身对葛明说："葛老师，我先走了。"

"也好，你把这几本书带走吧。"葛明说着，拿了桌上的几本书，递到女孩手上。

金哲知道他们在演戏给自己看，觉得很滑稽，脸上装出不经意的样子。

女孩走了，葛明把门关上，回头看金哲，神情有些冷淡。

金哲知道他是在怪自己坏了他的好事，有些难为情，却又不好解释。

“好久不见，忙什么呢？”葛明在床边坐下，看着金哲，勉强笑笑。

金哲本想客套几句，缓解一下气氛，见葛明问话，叹息着说：“还能忙什么？还不是为找工作的事瞎忙乎。”

“有眉目了吗？”葛明随口问道。

“没有！系里刚开完会，说今年的形势很不妙！”金哲把系里开会的事说了，想看看葛明的反应。

葛明看一眼金哲，问：“你有什么打算？”

“我是想留北京，可我这样拖家带口的，恐怕不大好找单位。”金哲说着，看葛明的脸色。

“这是个问题！”葛明用手理了理头发，看着前面的镜子，漫不经心地说。

金哲觉得声音有些干涩，咽下一口唾沫，说：“你知道，我学的这个专业越到底下去越没用，最好的选择就是留在北京，做学问。”

“你个人在北京找单位没问题，可是你的家属怎么办？这年头要一个进京指标可是比登天还难，你看我毕业都快一年了，老婆的问题也没解决。”葛明皱着眉头说，语气中居然带着某种优越感。

金哲心里觉得别扭，勉强笑了笑，说：“嗨，我能跟你比嘛！不过我听说在中央和国家机关，都有指标。有的去了不到半年就解决了，还有房子！你路子野，消息灵通，所以想问问你，是不是有这事！”

葛明想了想，说：“这个嘛，说实话，在国家机关总比在学校和科研机构要好些，不过情况也不一样。我有一个同学博士毕业后分到中央编译局，到现在也还没解决。”

“我要求没那么高，三年内解决就行，好歹总还有个希望！”金哲又咽下一口唾沫，说。

“看今年的情况，只怕不容易。”葛明笑得有些古怪，说。

金哲觉得他分明不想帮忙，又不甘心，说：“我也知道希望渺茫，但总得试一试！不然，太亏了！”

“就你这专业，还有你这性格，到国家机关去恐怕不合适！再说，你不是一直想做学问嘛？到了机关，那还能做学问嘛？”葛明说。

金哲苦笑了笑，说：“我是想做学问，可由不得我嘛！只能留下再说。”

“大家都这么想，可是就你这情况，还真不容易！”葛明摇了摇头，说。

金哲觉得他有些看不上自己，很有些恼怒，但不敢得罪他，毕竟还得求着他，勉强地笑着，说：“我知道，你认识人多，路子野，请你帮我留意一下，看什么机会，帮我引荐一下。”

“这没问题！”葛明说着，打了个哈欠，似乎有些困倦。

金哲觉得话不投机，很是尴尬，说了几句客套话，便起身告辞。

葛明把金哲送到楼梯口，对他说：“有消息我会告诉你的。”

金哲知道他说的客套话，暗自叹了口气，转身离开。

沈鸿骑在车上，蹬着脚踏板，脑袋歪着，眯着眼，神情冷漠，身体压在车上，懒散的样子，像个没有骨架的软体动物。

想到要与导师见面，沈鸿有些心虚。因为杨柳的缘故，他其实对老太太还很尊重，甚至有点怕她。老太太人不错，也很正直，眼里容不得沙子，左得要命，是典型的马列主义老太太。

沈鸿断定，老太太这个时候找自己，八成又是论文的事儿，这令他心虚。上次同老太太谈过以后，他连一个字也不曾动过，也没想动，这不怪自己，原来自己也是想把这篇论文写好的，可论文提纲交上去，老太太就把自己叫去训斥一番，说选题不行，还说他观点有问题，分明是要否定社会主义公有制，有反社会主义的错误倾向。最后说来说去，无非是想要按她的来，这样保证政治正确，他听着却傻了眼，老太太在经济学院是出了名的左派，她对经济学的理解没有超出中学学过的那本《政治经济学》教材，真要听了她的，那还是论文吗？再说，论文是她写还是自己写？本来他是想当场反驳的，后来一想觉得犯不上，好歹她是导师，更是杨柳的母亲，他犯不着得罪她。

沈鸿忍受老太太快三年了，都是看在杨柳的面子上。他和杨柳分开已经好些年了，但他依然忘不了她。离开杨柳以后，他与很多女人来往过，但都不过逢场作戏，行尸走肉。女人对他来说，既不神秘也无诗意，唯有对杨柳的那份情爱却永远隐藏在他记忆深处，不轻易提起，也不容亵渎。

沈鸿其实并没有真正得到过杨柳，他们之间的爱恋只是精神上的。逸夫说，爱情只有处在单相思阶段才是真正浪漫而富有诗意的，离得越近越乏味！在他交往过的女孩中，杨柳不是最漂亮的，也不是最有才华的，却从来没有人像她那样打动过他！那时他已经玩过许多逢场作戏的爱情游戏，懂得怎样去赢得女孩的欢心，被人说成是撩妹高手，他也觉得没有他拿不下的女人。可是在杨柳面前，却总那样拘谨，笨拙，说的是不着边际的傻话，做的是不着调的傻事，事后想想都觉得那简直不是自己！

那奇异的情感是从见到杨柳的那天产生的。野山坡春游，还有篝火晚会，记得杨柳是同李娜一起出现的。优美的身材，清丽的面容，迷人的舞姿，他被迷住了，他看着她，心在狂跳着，眼睛再没有离开过她，跟别的女孩跳舞，眼前却晃动着她的身影。他想请她跳舞，却没有勇气走近她。这样的事情是以前从来没有过的，那是他第一次在女孩面前产生自卑感！在他的心目中，她始终是那样美丽那样圣洁！他对她的感情既是爱，也是虔诚的膜拜！

根据自身的体验，沈鸿觉得男女间的情爱包括形而下的肉体之爱和形而上的精神之爱，肉体之爱是为满足生理需要，是短暂的欢娱和麻醉；精神之爱则是灵魂之爱，是永久的爱。他与其他女人的逢场作戏都属于前面一种，对杨柳的爱才是精神之爱，超越肉体的。

对女人的事，沈鸿向来看得很淡。他被人抛弃过，也抛弃过别人，可是在失去了杨柳以后，他才真正品尝到失恋的痛苦，那是刻骨铭心的！她走了，离开了他，他不恨她，那个女人出于嫉妒在杨柳面前揭发了他，他没想去报复，找她算账，那原本就是他的错，怪不得别人，自己种下的苦果得自己品尝！他知道自己失去了杨柳，感到了幻灭，那天晚上，他走进一家小酒馆，半斤二锅头下肚，喝得酩酊大醉……从那以后，他再一次走向了堕落。

想起杨柳，沈鸿感到有些愧疚，他相信杨柳其实也是爱自己的，是他伤害了他。后来听说杨柳在美国结婚了，男人原来是北大生物系毕业的，对杨柳暗恋已久，很优秀，是斯坦福大学生物学博士。那以后他们再没联系过，但他时时想起她，偶尔听到她的消息，知道她活得好，感到欣慰的同时又难免会有几分失落。

导师家住农科院家属区，是杨柳父亲单位的房子。沈鸿以前来过

几次，来以前导师告诉过她门牌号，所以很快就找到了。来到门前，他抬手按门铃，不知为什么突然有些紧张，听到里面传来的脚步声，心莫名地狂跳起来。

门打开，一位漂亮姑娘探出头来，看着他，微笑着。沈鸿的心往上提着，在喉咙口卡住，竟说不出话来。

“不认识我了？”杨柳笑吟吟地看着他，说。

沈鸿缓过神来，惊喜地看着杨柳，尽量平息自己的心情，笑着说：“杨柳，什么时候回来的？”

“昨天！哦，快进来吧！”杨柳说着，把门打开，闪到一边。

沈鸿进来，杨柳把门关上，笑了笑，领他往里走着。沈鸿跟她走进客厅，心情舒展了许多，一路的猜疑和忧虑也被抛到脑后。

杨柳让沈鸿坐下，说她妈出去了，很快就回来，让他等着，在这儿吃晚饭，还说她已经把饭都做好了，等她妈回来就开饭。然后给他倒了茶水，在他对面坐下，拿了苹果，用刀削着皮。

沈鸿坐在沙发上，微笑地看着她，听她说着，有如梦幻般的感觉。尽管每次来导师家都有莫名的期待，但没想到来得这么快这么突然，这意外的惊喜甚至令他有些不知所措。

杨柳边削着苹果边告诉他，这次是陪着一个美国旅游团回来的，旅游团是由她上学的那所大学的教授组成，明天还要陪他们到广州去，可能还会到西安。说着把削过皮的苹果递给他。

沈鸿伸手接过苹果，偷偷打量杨柳。多年不见，她还是那么漂亮，身体丰满了些，头发也剪短了，不再是原来的披肩发，看上去成熟，气质典雅，浑身散发着迷人的气息。

他们闲聊着，杨柳问起他的近况，说她听她妈说过他参与学潮的事儿，又问起今后找工作的事，还说他看上去有些颓废。沈鸿听她说着，尽情地享受着在一起的时光。分手多年，他相信她仍然在关心他。当年是他伤害了她，她没有提当年的事儿，他看得出她是原谅他了，这令他有些失落。难道她根本不在乎他们之间那段感情？倘若在乎，她应该恨他才对，不应该这么轻易原谅他！他对她结婚的事不也是至今耿耿于怀嘛！尽管知道她与生物博士结了婚，她手上也戴着戒指，但他相信杨柳真正爱的还是自己，他本来想问问她在美国的生活，随便看看她婚后是不是过得幸福，但又难以启齿，他怕杨柳误解他，以为他在嫉妒。

杨柳倒是主动说起她在美国的生活，说的都是她上学和工作的事儿，却从来没有提到她那位生物博士的丈夫。沈鸿猜想她是怕伤害他，也可能她跟丈夫过得并不好，不愿意提起。沈鸿当然是希望她过好的，但他是男人，难免也会嫉妒，他希望带给她的幸福是他而不是别人！

俩人正谈在兴头上，导师回来了,杨柳连忙起身上前迎接，帮母亲脱下外衣，拿到衣柜前挂好。沈鸿也早就站起来，微笑着，跟她打招呼。

导师是个精瘦小老太，六十多岁，短发，脑门宽而亮堂，脸小而精瘦，皮肤白却有些干瘪，没有多余的肌肉，嘴抿成一条细缝，眼睛小却时时闪着精光，似乎能把人看穿，穿着朴素，举止优雅，颇有欧洲贵族的风范和气质。

沈鸿坐在沙发上，看着导师。杨柳给导师倒上茶，导师端起来，小心地抿上一口，慢条斯理地把茶杯放在桌上，抬头看沈鸿，微笑着，歉意地说她系里临时有事，把她找去了。

沈鸿听她说着，他知道导师已经退居二线，但她是个闲不住的人。对于自己导师，他的感情也很复杂。导师是个马列主义老太太，在整个经济学院，乃至全国学术界，以左派出名。论学问，她信奉的是马

列，尽管是老掉牙的，但她是真信，甚至已经成为她的信仰，任何人敢在她面前说马列的不是，她都会拍案而起，也不怕别人说她左派，说她保守，说得上旗帜鲜明。沈鸿对导师的学问很看不上，她的那套早就过时了！但他知道，老太太是真诚的，至少不像别人那么虚伪，系里有些教授明明不相信，却违心去骗人，他之所以对老太大怀有敬意，不只是因为她是杨柳的母亲，更因为他相信她是个好人。听别的老师说，老太太是当过系主任的，也是出了名的正直和无私，经济系能有今天的局面，也是她当年打下的基础，她从来不谋私利，即便思想很左，但从来没整过别人，所以尽管她早就退居二线，但仍然有很多人念着她的好，每次他到系里去，别人知道他是她的学生，对他也是很客气。

老太太并不知道他与杨柳的关系，平时对他也很好，但他知道她是一个原则性很强的人，对马列的信仰绝对虔诚。别看她表面也是慈眉善目的，但如果哪一天她知道自己与她不是一路人，或者反对她所信仰的那一套，她会毫不犹豫地开枪把他打死，眼睛都不眨一下。

沈鸿相信导师骨子里是个好人，但她偏偏又是个有信仰的人，而有信仰的人骨子里往往透着冷酷，为了所谓的信仰，他们可以排斥异己，甚至消灭他人的生命，这是很可怕的！在学生里有很多共产党员，他们其实也都是没有信仰的，他们人党只是为了得到好处，为了当官，但老太太不一样，她是真的有信仰，甚至可以为了信仰去死，去杀人。在沈鸿看来，这可能与她的出身和所受的教育有关。听别的老师说，她父亲是个开国将军，原是国统区的知识分子，后来投笔从戎到了延安，她算得上红二代，上过延安保小，后来到苏联留过学，文革时受到迫害，杨柳就是在监狱里生下来的，文革后才平了反，恢复了职务。尽管经历过那么多的苦难，到今天她也没得到多少好处，但她的信仰一点也没有改变。

刚聊了一会儿，杨柳已经把炒好的菜端到了桌子上，并请他们上桌吃饭。

家里只有他们仨，杨柳特意倒了三杯红酒，说是她从美国带回来的，让他们尝尝，沈鸿原本不想在导师面前喝酒的，但跟杨柳在一起很兴奋，也就顾不得那么多了。

吃饭时的气氛也是很融洽。女儿的归来使老太太显得格外兴奋，她破例喝了酒，还不断地劝沈鸿多喝。脸上不像平时那样严肃，话比往常要多，也显得很通情理。对沈鸿偶尔说出来一些过激的话，也不十分见怪。

“现在老百姓最不满意的就是党内的腐败！听说那些高干子弟连批文也倒，一个批文卖出去，就值几十万乃至几百万，难怪冤声载道！”谈到社会上的事，沈鸿便有些愤愤不平。

“在国外我也听说，那些高干子弟用国家的钱到香港去做投机生意，赚了装进自己的腰包，赔了是国家的，这些传闻在留学生造成很不好的影响。”杨柳说。

“这种事情嘛，不可轻易相信！大多数干部还有好的嘛，搞腐败的只是少数人。当然，现在的腐败现像是够严重的！前些日子我看过一部电视剧，名字我忘了，写战争年代的事，边看边流眼泪……我老问，当年我们打天下到底为的是什么？难道就是为了让人这样糟踏？当年我们党是打着打倒三座大山的口号起来革命的，现在可好，地主、资本家还有外国资本都被请回来了，还有人说要在中国搞私有化。历史真像是给我们开了一个大玩笑！”老太太叹息着说。

沈鸿不以为然，看了看杨柳，忍不住说：“我倒有一种感觉，好像今天改革的每一份成果都在证明昨天的错误，从农村的包产到户到

企业承包制，再到目前埋论界宣扬的股份制改革，总的趋势是一步步地在向着私有化方向退却，这也不奇怪，肯定是原来做的错了，所以才要改革的，要都是好的，那还改什么。这里面有个二律背反的命题：要么承认今天的改革是错误的；要么承认几十年前的那场革命本身造成了历史的倒退，发动这场革命的人也将成为历史的罪人！”

老太太皱起了眉头，脸色变得有些难看，说：“我们应该用历史唯物的观点来看待历史，而不是凭着自己的个人感情和主观臆想，这是容易犯错误的！你们都没有经历过旧社会，不知道解放前的中国是什么样子……我是从那个时代走过来的，感受当然也和你们不一样！”

“妈，我看您的思维方式太陈旧，为什么老同过去比较呢？在国外呆了几年，我最大的感受就是我们太落后了，不只是说经济，还有我们的制度！过去老是说，这种落后是文革造成的，可是文革不也是他们那些人搞起来的吗？您总是说我们没有经历过您那时代，可是这几十年的历史又给我们带来了什么呢？五七年反右，大跃进运动，三年困难时期，然后是十年文革……所有这些又怎会给人带来美好的回忆呢？”杨柳插嘴说。

沈鸿见杨柳支持自己的观点，心里一阵发热，对她笑了笑，说：“我们也并不想否定过去，否定现行的这个制度，说到底我们也是在这制度下长大的。可是生活在这样一个时代，我们的确有许多困惑，所以不能不去思考。”

“你们这种思想是很危险，这样下去会犯错误的！”老太太的脸色变得越来越难看，声音也有些颤抖。

饭桌上的气氛变得有些紧张，沈鸿抬头看看杨柳。

杨柳对他使了个眼色，对默不作声的老太太说：“妈，您炖的排骨真好吃！在国外我也自己炖过几回，可总没您炖的这么好吃，这回您可得教教我！”

话题一转移，大家的心情才又变得轻松起来。沈鸿却有些不是滋味，见杨柳不时地对自己使着眼色，也附和着说几句话。

吃完饭，老太太便把沈鸿叫到书房里谈起了毕业论文的事。她先问起了论文进展的情况，沈鸿告诉她，这段时间到图书馆查了些资料，也看了些理论著作，论文题目却还没有最后定下来。

“论文题目要早点定下来！我还是那句话，做人也好，做学问也好，一定要有主见，不要人云亦云，不要随风倒。拿我自己来说，可能会有人说我思想保守，跟不上形势，但至少在人格上人家说不出什么来，因为我从来不去迎合别人，说话也总能对得起自己的良心！现在的年轻人都爱赶时髦，观点越新越激进，就越容易接受，其实对那些所谓的新理论新观点并没有完全理解！这是很危险的！是的，我们研究经济学理论，最重要的就是要为自己找到真正的价值观和世界观，这就是马克思主义！现在理论界思想比较混乱，有人想否定马克思主义，否定社会主义公有制，在这个时候，我尤其希望你能够站稳立场，认真研究中国的国情，多读一些马列原著，提到自己的理论水平，写出真正有价值的论文来。”老太太语重心长地说。

沈鸿只是皱着眉头听着，没有争辩。

从导师家走出来，天色已经很晚。杨柳送他到楼下。想到明天她就要南下，以后再难得见面，沈鸿不忍离去。他在楼门口站住，看了一眼杨柳，轻声地说了一句：“今天，过得真好！”

“我也是。能见到你，我很高兴！”杨柳微笑着说。

沈鸿抬头往天空看了看，说：“今晚月亮真好！”

杨柳笑了笑，似乎明白他的心意，说：“我陪你走一段吧。”

宁静的夜晚，无数的星星在天空中闪烁着，朦胧的月光把他们的身影映在洁白的水泥路上。沈鸿低头看着脚下那两个靠得很近的黑影，仿佛又回到了过去：那时候他们经常一起在月光下散步，肩并着肩，有时在未名湖畔，有时在公园里，谈得那样投机，玩得那样开心，那愉快的笑声仿佛仍在耳边回响……

“我妈刚才和你谈什么了？又是毕业论文的事？”杨柳的声音打破沈鸿的思绪，那梦一般的意境顿时从眼前散去，他转过脸来，看到那双纯净的眼睛，竟有些失望。

“我知道，你是不会同意我妈那些观点的。”杨柳说。

沈鸿叹了口气，说：“我真不知道说什么好！”

“我知道我妈很保守，在家的时候我也老同她争论，可站在她的角度想想，又很同情她。她毕竟是那个时代造就出来的，她的观念，她的思维方式都是属于那个时代的，跟我们不是一回事！”杨柳说。

“其实，对你妈我还是很敬重的，不管怎么说，她是一个有信仰的人！”沈鸿说着，有意放慢了脚步。

“我觉得我妈是个悲剧性人物，到现在还死抱着自己的信仰，而她所信仰的那些东西却在瓦解和崩溃，她心里是很苦闷的。”杨柳用低沉的语调说。

“许多人都有这种失落感。在某种意义上说，他们也是理想主义者，看到为之奋斗一生的理想就要破灭，难免要痛苦的。”沈鸿说。

杨柳转过脸看着沈鸿，笑着说：“你还那么自信，就好像你能主宰世界！”

沈鸿苦笑了笑，说：“我现在连自己都主宰不了，不用说去主宰世界了。”

默默地走了一会儿，杨柳突然问：“毕业以后你打算干什么？”

沈鸿看了看杨柳，说：“没想好，说实在的，我还真不知道该干什么才好！”

“怎么又变得这样颓废了？”杨柳奇怪地问。

“我本来就很颓废！”沈鸿说着，不敢去看杨柳。

“可你原来并不是这样的。记得你对我说过，你要成为一个政治家，把国家改造好。”杨柳说。

沈鸿脸红了起来，说：“人总是在变的！我早不是原来那个我了！”

“可我不希望你这样……”杨柳说。

沈鸿身子一颤，只觉得杨柳那双明亮的眼睛正看着自己，却没有勇气把脸转过去。到大院门口，他站住脚步，对她说：“别送了，回去吧！”

杨柳点点头，说：“我明天到南方去，大约一个月以后回来，到时我想回学校看看。”

“我等着你！”沈鸿看了她一眼，说。

“我会很快回来的。”杨柳说。

“再见！”沈鸿推着车往前走了几步，回过头来，见杨柳仍在原地站着，又说了一句：“回去吧！”

杨柳挥挥手，说：“再见！”

看着杨柳的身影在大门口消失，沈鸿叹息着，骑上车往学校赶去。

第四章

三月二十六日　星期四　阴转多云

在高楼林立的街道上，围墙里面这栋灰色的大楼并不特别引人注目。从外表看，它更像某大机关的办公楼，而不像宾馆。要不是路人的指点，金哲真没想到这就是赫赫有名的京西宾馆。

来到门口，看到四个荷枪的士兵笔挺地站在两边，金哲才意识到里面的威严和神秘。毕竟不是他一个书生可以随意进出的地方！见旁边有一个小门上面写着“传达室”字样，便走过去。

传达室里有好几个人在窗台前站着，负责接待的是两位年轻的士兵。金哲排在队里等候着，轮到自己，便微笑着说：“我找人！”

那小眼睛高颧骨的士兵抬眼朝他看了看，问：“找谁？”

“一个亲戚，来开会的！”金哲又笑了笑。

“是会议代表吗？”士兵的脸上没有表情，一副盛气凌人的模样。

金哲摇摇头：“是首长秘书！”

士兵瞥了金哲一眼，问：“你知道他住哪个房间？”

“知道！我这儿有他的电话号码。”金哲勉强笑着。

“你是哪单位的？带证件了吗？”士兵依旧板着脸孔。

“带了！”金哲把手中的学生证递过去。

士兵接过证件看着，又抬头查看着金哲的脸，说：“你先填一下会客单，我打电话联系一下。”

金哲把电话告诉告诉他，然后填写会客单。

“房间里没人！”那士兵撂下电话，说。

金哲皱起眉头：“怎么可能呢？我是打电话同他约好了的！要不，您再拨一次试试。”

士兵脸上显出不耐烦的神色：“人不在房里，再拨也没用！”

金哲强笑着，用恳求的语气说：“我是大老远跑来的，您帮帮忙吧！”

士兵瞥了他一眼，很不情愿地拿起话筒又重拨一次，等了一会儿，把话筒一放，冷冷地对金哲说：“没人接！”

金哲却不甘心，对士兵说：“我是同他约好时间的，也许他到别的房间去了。您让我进去，我去找他好了！”

士兵板起脸孔，冷冷地说：“你不能进去，这是纪律！”

从传达室里走出来，金哲神情沮丧。明明是昨天晚上约好了的，自己老大远从北大跑来，原指望同他见上一面，没想到会发生这样的事情！自己白跑一趟倒不要紧，手里的这一大袋礼品怎么办？这些东西比不上他给自己的那些礼品值钱，却几乎花去了一个月的生活费！

金哲在大门附近徘徊着，看着那几位面无表情的士兵，心里很有些恼火。按张磊平时的为人，约定好了的事情总不致于失信，即便临时有事出去，也肯定会想办法通知自己或留下口信，除非他存心要拿自己寻开心！

张磊是前天到学校去的，金哲正好到图书馆借书没在寝室，回来看到床上放着一大堆礼品才知道他来过。不久前收到妻子来信，说张磊要随首长来北京参加人代会，估计会抽空来学校一趟。金哲对这事却没怎么放在心上，这个有能耐的连襟对自己其实很不错，上学这几年家里的许多事更亏了他照应，平时对自己也算客气，但金哲总是小

心地同他保持一段距离。一个小小的少校秘书本没什么了不起，在社会上却的确比自己混得好。他是既得利益者，自己则是一个穷书生！那道戒备森严的大门就像横在他们中间的界线，没有他，自己就迈不过那道门槛。

“这回可是把我害苦了！”金哲看着手里提着的那一大袋礼品，心里直冒火。对他来说，见不见张磊已不重要，反正来找过他也就有了交代。见了面免不了又要谈到找工作的事，张磊是一个很现实的人，没准也要劝自己回老家去，而这样的话是现在自己最不愿意听到的！手里的礼品却成了麻烦事，里面的东西大都是给孩子买的，自己留着一点也用不上。原来想万一见不到张磊，找个人转交一下就是，可偏偏自己连大门都进不去，真是惨死了！

怀着侥幸的心理在门外转悠了一会儿，以为不会再有什么奇迹发生，金哲朝门口那几位士兵地看了一眼，转身准备离去。一辆黑色的小轿车开到他的面前突然停下来，车门打开，下来一位穿夹克衫的英俊小伙。金哲一看，正是张磊。

“对不起！首长让我出去办事，路上堵车耽搁一会儿。”张磊拉住金哲的手，歉意地说。

金哲勉强地笑了笑，说：“没什么，我也刚来没多久。”

金哲同张磊一起上了车。经过门口，见门口的士兵正举手行着军礼，不由得冷笑了笑。

张磊的房间在四楼，里面有两张床，摆设也没有什么特别的。平时老听张磊说他享受的待遇有多高本事有多大，人家送礼也好，住高级饭店也好，都是与首长平分秋色，但这房间显然就不是首长享受的规格！想着自己刚才在大门口所受到的委屈，金哲有些不是滋味，便故意问张磊：“你那首长也住在这？”

“怎么会呢？他在隔壁，住的是套间。平时我也可以享受这样的待遇，不过眼下在开人代会，房子紧张，所以我暂时同司机住在一起，等有空房间，就会给我调的。”张磊说。

金哲把手里的那袋礼品放在桌上，对张磊说：“这是给你孩子的一点礼物！你带回去吧。”

张磊没去看那礼品，却用责备的语气对金哲说：“你给我来这客套干什么？你现在在上学，经济上本来就困难……”

金哲觉得脸上有些发烧，忙摆着手说：“这不算什么！”

张磊打开一罐饮料，递给金哲，随口问：“你最近怎么样？”

“还行吧！”金哲淡淡一笑，说。

“经济上有困难吗？”张磊又问。

“还过得去！”金哲勉强笑着说。

张磊从衣袋里掏出一个信封来，递给金哲，说：“里面有五百块钱，来的时候钱丽让我交给你的。”

金哲犹豫了一下，接过信封一看，见信封上的字果然是妻子钱丽写的，便说：“其实不用，我的钱够花！”却还是把信封塞进衣袋里。

“毕业以后有什么打算？”张磊看着他，随意问。

“没想好，当然，能留北京最好，除了做学问，别的我也不会，希望有个好环境，像我学的这种专业，到了地方更用不上。”金哲边喝着饮料边说。

“听说今年的大学生都不好找工作！”张磊说。

金哲觉得张磊的话里含有幸灾乐祸的意味，便说：“这得看什么学校，什么专业了。从北大出来的学生，要在北京找个单位并不是什么难事！”

“那当然，中国毕竟只有一个北大嘛！”张磊讪笑着说。

金哲看张磊那样了，心里有些得意，又说：“不过，像我这种情况就难说了，我毕竟是个有家室的人，不能只顾自己……”

“钱丽也是这个意思！来以前，她到我家去过，看她的意思，还是希望你回家去。女人嘛，总是比男人要现实一些，她们并不希望男人在事业上有多大的成就，能够经常守在身边，她们就会感到很满足！你知道，她这三年也过得不容易！”张磊感慨地说。

张磊的话显然不只是代表了钱丽，也代表了他自己，还有妻子全家！他们都是属于同一个阶层同一种类型的人，一群所谓讲求实际会生活的人。在他们眼里，自己是一个不识时务者，一个不通人情的怪物！金哲想着，对张磊说：“我并不是一个不负责任的人！我早对钱丽说过，我要真留北京的话，一定会想办法把她调过来。不然的话，就只能回家去了。”

“这么说，我就放心了！”张磊舒了口气，说。

金哲不喜欢他用那种口吻对自己说话，没搭腔。

“钱敏的事，你知道吗？”张磊突然问。

钱敏是他们的小姨子，去年才从军队卫校毕业，张磊把她安排到一家部队疗养院当医生。不久前金哲听妻子说过，她竟同疗养院的一个从农村来的志愿兵谈上了，岳父岳母为此大为生气。现在看张磊那神态，好像又发生了什么事，便问：“怎么啦？”

“她和那志愿兵的事总算解决了！”张磊得意地说。

听口气，这事又是他出面解决的！金哲很厌倦见到这副嘴脸，却又止不住好奇心，便问：“怎么解决的？”

“说起来这事还真棘手！钱敏这丫头这回也真是鬼迷心窍，你想凭她那条件，什么样的男孩找不到，偏偏要找一个志愿兵！要文凭没文凭，要本事没本事，长相也很一般！”张磊鄙夷地说。

金哲听着很不顺耳，就好像是在说自己，除了多一张并不值钱文凭以外，自己比那个志愿兵未必能强到哪去！于是忍不住说：“感情上的事本来就难说，毕竟不是做买卖，不好讲价钱的！”

“话是这么说，现实却是另外一回事！钱敏年纪太小，一时头脑发热，以为就是爱情，其实自己也闹不清怎么回事！你说得对，感情不是做买卖，但相互间的条件总得说得过去，否则家庭就会失去平衡！很明显，钱敏嫁给那个志愿兵是不会幸福的。她生长在那样的家庭里，从小娇生惯养，过惯了养尊处优的生活，一个小小的志愿兵哪里侍候得了她？人都说，恋爱的时候讲究的是浪漫，是爱情，结婚以后讲究的是实际，是过日子，主要的问题是钱敏现在还没有感受到生活的压力。家里人之所以要阻止她，也是为了她一生的幸福！”张磊说。

金哲听着身上直发冷，张磊的话好像是在影射自己，岳父一家本来就是这样看待自己的，他们之所以要阻止小姨子嫁给那个志愿兵，就是不想步她大姐的后尘！这么想着，不由得对那个未曾见过面的志愿兵有了一种同病相怜之感，对眼前得意洋洋的张磊则感到有些厌恶，于是问他：“你是怎么处理的？”

“我开始找钱敏谈过几次，她不听劝告。没别的办法，只好把那男的调走了！”张磊淡淡一笑，说。

对这种无理的做法，金哲感到愤愤不平，冷笑着说：“这样做，钱敏知道了恐怕不会高兴！”

张磊苦笑起来，说：“这回我是把钱敏给得罪了，到现在她见了我还不肯给好脸色。说实在的，我也不愿意这么做，可是老人交办的事我不能不办，再说也是为钱敏好，她现在恨我，将来会感谢我！”

金哲感到一阵悲凉，对那个与自己并不亲近的小姨子的命运却异乎寻常地关心起来，问张磊：“钱敏现在怎么样？”

“她当然很痛苦，不过时间会冲淡一切。我相信不用多久她就会把那志愿兵忘掉的。”张磊自信地说。

看着那自鸣得意的嘴脸，金哲心想：要是将来自己与钱丽之间发生什么事情，他是不是也会用这样的手段来对付自己？岳父一家对自己也是一直看不上的，没准什么时候也会想办法把钱丽从自己身边夺走，况且自己与钱丽之间也是早有裂痕。好在自己也不是泥捏的，不像那可怜的志愿兵那样好摆布，他们玩什么花样一定瞒不过自己！

“钱敏的事我是没法不管了，我想等她平静下来以后给她介绍几个部队里面的高干子弟，在那样的圈子里生活一段，她也许会改变的。”张磊像欣赏自己的杰作一样不厌其烦地谈论着小姨子的事。

金哲感到厌倦，却有些无可奈何。

一股淡淡的香味沁入鼻孔，向肺腑渗透着。看着身边的李娜，沈鸿再一次感受到那丰满的肉体对自己的诱惑，不由得加把劲搂紧那柔软的腰肢，使那具熟透了的躯体贴在自己身上。他的努力却没有得到所期待的回应，那淡红的脸上仍是那样阴沉，冰冷的表情就像一盆冰凉的水。他感到兴味索然，脸上也恢复了往日那副懒洋洋的神态。

李娜突然把他的手扳开，眼睛并不看他，问：“杨柳从美国回来了，你见她了吗？”

沈鸿吃了一惊，他知道李娜对自己与杨柳的关系一直是耿耿于怀的，与杨柳见面的事也就没必要告诉她，没想到她的消息竟如此灵通！事到如今，也没必要瞒她了，便做出一副漫不经心的样子，说：“见了，怎么啦？”

李娜冷笑了一声：“她对你还真不错，一回来就想到你！”

“怎么，吃醋了？”沈鸿看着那张变幻莫测的脸，笑着说。

李娜冷“哼”一声：“吃醋？谁不知道你是被人家抛弃的！”

“可某位小姐却把别人不要的当作宝贝捡了起来！”沈鸿反唇相讥。

李娜停住脚步，冰冷的眼睛直瞪瞪地看着沈鸿，冷笑着说：“谁把你当宝贝了？你以为你是什么！”

沈鸿看她真生气了，觉得自己有些过火，讪笑着说：“我不过跟你开句玩笑，你又何必这样认真！”

“我可不喜欢开这种无聊的玩笑！”李娜说。

“其实你也知道，我同她的关系是很清白的！”沈鸿说。

“那是因为人家看不上你！”李娜板着脸孔说。

“人家看不上没关系，只要你看得上就行了！”沈鸿说着，试探着把手放在了她的肩膀上。

“我不希罕！”李娜撇撇嘴，却没有把他的手推开。

在校园里无情无绪地走着，淡白的日光如温热的水在地面上流动。沈鸿抬头看看阴郁的天空中那闪耀着白色光亮的太阳，突然感到厌倦起来。

“沈鸿！”两辆自行车在沈鸿面前停下来，前面推车的是刘伟，跟在后面的是一位戴眼镜的小男孩。

“好久不见！”刘伟抓住沈鸿的手，那张缺少表情的脸也绽开了微笑。

看着这位在学潮中结识的朋友，沈鸿心里也是别有一番滋味！看上去刘伟比自己活得滋润。前不久听说他辞去了中科院的工作，专门在各高校活动，成了“职业革命家”，正想找机会同他聊聊。见他依旧那副神采飞扬的模样，问他：“听说你把工作辞掉了？”

“你知道我对那工作本来就没兴趣！”刘伟淡淡一笑，说。

刘伟原来是在北大学物理的，毕业后分到科学院物理所，但他老说自己最感兴趣的是政治。这些年来哪次学潮都少不了他，却从来没有担任过重要角色。同他认识以来，沈鸿也一直认为他是不适合于搞政治的，对他放弃自己的专业去参与政治很不以为然。

“那你现在干什么呢？”沈鸿问他。

“也没干什么，只是到处走走，参加一些社会活动。”刘伟说。

沈鸿知道他的话意味着什么，不能不为他担忧，没有了工作就意味着断绝了经济来源，东奔西跑到别人那里蹭饭吃毕竟不是长久之计！在中国成为一个非官方的职业政治家绝不是容易的事，走出这一步需要很大的勇气，在这方面刘伟实在是令人敬佩的。

“这是张锋，认识吗！”刘伟指着旁边站着的那位男孩介绍说。

沈鸿这才注意地看了看这个面目清秀的男孩，他看上去二十一二岁，脸瘦长，皮肤白净，刚才同刘伟说话的时候，一直微笑地看着自己，那眼光却让人感到不舒服。沈鸿觉得有些面熟，却想不起在哪里见过。

刘伟似乎感到很失望，忙解释说：“他是我们‘民主沙龙’的主要发起人，你想起来了吧？”

沈鸿终于想起来了，是美国驻中国大使洛德到塞万提斯铜像下讲演的那次，主持讲演会的正是这个小男孩，当时对这个并不起眼的小男孩并不曾留意，没想到他还是“民主沙龙”的发起人。

“您好，我在三角地听过您演讲，很高兴认识您。”那男孩上前一步，微笑地对沈鸿说。

沈鸿矜持地笑了笑，说：“都是过去的事了！”

“常听刘伟他们谈到你，我对你也很敬佩，希望你能参加我们沙龙的活动！”张锋说。

“这正是我想说的，真的！我们的活动在校内外造成了很大的影响，下一步是要迫使校方承认我们，使我们的组织合法化！”刘伟说。

这一年来校园内兴起两个有影响的社团，一个是“中国现代问题研究会”，另一个就是“民主沙龙”。他们每周都有活动，并有固定的活动场所，前者在未名湖的湖心岛，后者则在塞万提斯铜像附近的草坪上。沈鸿对政治上的事早已心灰意冷，对这类活动自然也不情愿参与，那次听洛德讲演还是让人硬拉着去的。在他看来，社团也好，活动也好，不过空谈而已，并无现实意义，对刘伟他们的雄心和规划大不以为然，于是冷淡地说：“我可没那份闲心，再说，我就要毕业了！”

“怎么能这样说呢！”刘伟皱着眉头，看看身边的张锋，显出不满意的样子。

“我们并不是让您参加我们的沙龙。严格地说，我们还说不上是社团，也不是一个组织，只不过以这种方式使一些关心中国前途的人能够坐在一起，讨论一下中国的问题。我知道您是一个很有思想的人，所以希望您能参加我们的一些活动，这对大家都有好处！”张锋说。

“过奖了！”沈鸿冷冷地说，对这个瘦弱的小男孩有些另眼相看。

“今晚我们在塞万提斯铜像下有活动，你来参加吧！”刘伟拉住沈鸿的手，热情地邀请着。

沈鸿看一旁站着的李娜正不耐烦地向自己使着眼色，便敷衍地说：“有时间我会去的。”

他们走了，沈鸿继续在校园里走着，心里竟有些怅然。尽管对刘伟的选择大不以为然，但又觉得他们比自己活得更为充实，至少他们活着还有一个目标，可是自己的目标又是什么呢？

“可别跟他们掺乎在一起！”李娜用告诫的语气说，刚才她一直在旁边站着，对搞政治的人，她向来是看不上的。

沈鸿听着却有些不是滋味，他不喜欢她对自己说这样的话，更不喜欢她说话时的语气。

“这些人都是政治冒险家，是小丑！”李娜轻蔑地说。

沈鸿苦笑了笑，心想：她没准也是这样看待自己的，除了出国以外，世界上的事好像就没有她能够看得上眼的。可是一个搞中国古典文学的人竟也要到外国去留学，这不荒唐嘛！

“政治是变幻莫测的，三十年河东，三十年河西，谁知道将来会发生什么事？我看这个国家是烂透了：人口那么多，素质那么低，经济那么落后，当官的又那么腐败，一点希望都没有！最好的办法就是出国去。我们都有条件，为什么不走呢？”李娜说着，斜过脑袋看着沈鸿。

“你不是一直在想办法出去吗？”沈鸿冷笑着说。

“我说的是你！你外语好，其他方面也有条件，要想出去，肯定不用费很大的劲。”李娜说着，主动挽住沈鸿的胳膊，身体靠在他身旁。

沈鸿依旧懒洋洋的提不起精神来，苦笑说：“可是出去了又能怎么样？拿个博士学位，然后留在美国找份工作，或者回来当买办，帮助老外赚中国人的钱，自己也发上一笔小财当个中产阶级什么的！”

“留在国内你又能干什么？我知道你不死心，还是想搞你的政治，可是人家会让你搞吗！要不就只能像刘伟那样，多惨！”李娜说。

沈鸿竟有些脸红，说：“我可没说过我要搞政治！”

“那你想干什么呢？”李娜讥笑说。

沈鸿一时不知说什么好，内心也是一片茫然：到底该干什么？这正是近来最让他烦心的问题。搞学问？自己不喜欢也不是那块料；到国家机关去？不符合自己的个性和信仰；到公司干？赚钱的欲望又不是那么强烈。也许李娜的话是对的，自己还是不想离开政治，那又怎样？就算自己也有勇气像刘伟那样不顾一切，可是又有什么能力来改变现状！

“我真不知道，对这样的国家你还有什么留恋的！这年头谁都想捞上一把，没人把这个国家当回事！那些整天要别人爱国的人，好处也捞得最多！最倒霉就是我们这些知识分子了。你别这样看着我，说实在的，要是这个国家不这样糟糕，没有希望，谁又想到国外去呢？你也看到了，像我们这样，读了这么多年书，有了这么高的学位，混到现在却连找个工作也很困难。即便有了工作，一辈子也是穷馊馊的，还得时刻夹着尾巴做人，这样活着又有什么意思！”李娜说。

沈鸿叹口气，说：“你要这么想，出去不就行了！”

李娜却苦笑着说：“要是能马上出去，我还有什么可说的！”

沈鸿知道李娜心里有事，便说：“你又有什么想法？”

李娜看了看沈鸿，说：“看来今年我是出不去了，所以想先在北京找个单位挂靠一下，然后再找机会。”

“这主意倒是不错，只怕这种单位并不好找。”沈鸿说。

“孙波说他有一个叔叔在一家出版社当社长，如果我愿意的话，可以暂时到那里去，到时候要走的话，他叔叔肯定也不会阻拦的。”李娜说着，看着沈鸿。

沈鸿心里明白她的用意，但这个孙波的确是一个很讨厌的家伙，作为情敌，他是自己的手下败将，却不肯死心，还经常去找李娜。想找机会揍他一顿，却又找不到借口。他知道李娜可能只是在利用孙波，却绝不愿意让他插手这件事！便对李娜说：“这家伙贼心不死，你的

事最好别让他插手！”

“我倒觉得这是一个很难得的机会，你知道，我这种专业要在北京找个单位也不容易，尤其我又是一个女孩！”李娜说。

“你不要去找他，你的事我会给你想办法的！”沈鸿咬咬牙，说。

“你能有什么办法，除非你们家老头子肯帮忙！”李娜说。

沈鸿知道李娜的用意，皱着眉头说：“你最好别打这样的主意，你也知道我同父亲的关系并不好，我自己的事也从来没有求过他。”

李娜冷笑一声，说：“我可不管，反正你要没有办法的话，我就找孙波去！”

沈鸿心里直冒火，恨不得朝那白嫩的脸上甩去一巴掌，好不容易才克制住内心的火气，说：“好吧，我来想办法就是！”

李娜莞尔一笑，说：“我就知道你会这样的。”

沈鸿苦笑着，不知说什么好。

又是红灯！麦嘉下了车，心里直犯嘀咕：今天运气怎么这么差？每到路口都是碰上红灯，就像专门要与自己作难似的，可不是什么好兆头！

“本就不该来的，这件事根本没希望！”麦嘉没精打采地蹬着车，眼看着离电影厂越来越近，心里却越来越空虚。都说电影厂这地方山头林立，裙带风盛行，没关系是进不去的。自己不过在学校电影展上听了王崇碧那句话就冒然闯去，能有什么好结果！

“系里的同学知道自己到这种单位来找工作会怎么想？”麦嘉苦笑着想。别看都是学文学的，系里的研究生中能够想到这里来找单位的除了自己以外恐怕不会有第二人。他们真正看重的只是做学问，尤其上了研究生，更觉得读了这么多书不在学业上做出点名堂来是一种浪费！除此以外，对别的工作总有几分看不上眼。麦嘉却不以为然，在他看来在中国做学问实在是顶没意思的事情，尤其是搞文学研究，纯粹靠死人吃饭，这样的事情他不想干也干不来。

不知为什么，麦嘉一直以为自己与电影有难解之缘。小时候就喜欢看电影，家里穷，便想方设法到电影院去混。上小学的时候，课本里总夹着许多用过的电影票，碰上有自己喜欢看的片子，便从中找到一张相同的旧票用手攥住撕去副券的一头趁着人多拥挤时蒙混过去。考研究生的时候，也想报考电影学院文学系，只是因为有些课程没学过才不敢冒然一试。上北大后也不死心，老想毕业以后进到电影界去，到电影学院教书也好，到电影厂干编辑也好，只要与电影有关的就行。他相信凭着自己的才华完全可以干出一番事业来。

他也知道，眼下电影厂并不景气。按王崇碧厂长的说法，内部管理混乱，资金紧张，负债累累，发工资还得靠银行贷款，王厂长也是受命于危难之中，然而内部改革却是阻力重重。对这一切，麦嘉并不感到惧怕，他对于中国电影还是充满信心的。在他的书包里放着一份《对中国电影的分析与展望》的文章，是他听完王厂长的讲话以后花三天的时间写出来的。准备同王厂长见面以后交给他，权当一块敲门砖。

“欢迎北大同学到电影厂来工作！”这是那天王厂长在大饭厅演讲的最后一句话，一般人肯定都没在意，麦嘉却觉得心里闪亮一下，仿佛看到某种希望。是的，这是一种机遇，也是一种缘份，是他与那个高大肥胖的王厂长之间的一种缘份！这个王厂长上台不久就向社会各界陈述电影界的各种弊端，并扬言要在电影厂推行股份制为中心内容的体制改革，在社会上造成了很大的影响。麦嘉以前只是在报纸上

看到有关他的文章，却对他产生了良好的印象。听过他的演讲，更把个人的希望寄托在他身上。倒不是要通过他走后门，而是要以自己的真才实学去打动他！都说英雄相惜，王厂长也算是个有魄力的人，关键要看自己是否有这样的运气。

麦嘉想着，心里却不踏实：毕竟不是学电影的，一个比较文学专业的研究生到电影厂来找工作总有点名不正言不顺。电影厂文学部到有中文系毕业的，上到研究生这档次的却一个没有。在许多人的眼里干编剧也好，干编辑也好，本科生就够了，用不了研究生！而在这方面自己又说不上有什么优势。原来倒也偷偷写过电影剧本，却幼稚得很，来时都没想拿来让人看一看。

过了蓟门桥，远远看见了电影厂的大门。麦嘉经常从这里路过，这个被红墙围起来的院子是他向往巳久的。不是因为这里面住着许多自己熟悉的电影明星，拍了不少在国际上获奖的影片，而是寄托着自己的理想！走近那并不十分起眼的大门，就像走近一个久远的梦幻，心情既激动又紧张。

看见门口站着的两位面无表情的门卫，麦嘉却不由得踌躇起来。他不是没有见过世面的乡巴佬，平时对什么事情都是满不在乎的，可是面对着这样一个负债累累的电影厂，却失去了往日的狂傲和自信。

扶着自行车在离大门口十来米的路旁边站着，不时地朝着门口看看，心里很不自在。两个穿着蓝色制服的门卫好像注意上了他，其中一个朝他看过好几次，那眼神就好像在看行迹可疑的人。这使他大为恼火：有什么好犹豫的？自己好歹是名牌大学的研究生，这么高的学位在整个电影界也未必能找出一个来，又何必妄自菲薄自轻自贱？这么想着，便觉得一股热血在身上流淌起来。把自行车推到路边锁好，取了书包，冷眼向着大门口走去。

走近大门，麦嘉才注意到一个土里土气背着黑色皮包的小伙子正被一个满脸凶气的门卫拦在门外。

“走开！”门卫挥着手，不耐烦地说。

麦嘉皱起眉头，心里很有些愤愤不平：不就是看大门的，这么神气干什么！

“我是特意从安徽跑来送剧本的，想找这里的编辑谈谈，求求您让我进去吧！”小伙可怜巴巴地说。

“我跟你说过了，这地方是不能随便进去的，快走开！”门卫推了小伙一把，让他到一边去。

“我来一趟不容易！求您帮帮忙吧，大哥！”小伙说着，从衣袋里掏出一支烟来递到门卫跟前。

“快走开！”那门卫推开小伙的手，厌恶地说。

麦嘉一旁看着，觉得那小伙实在有些可怜。猜想这是一个农村来的业余作者，抱着满腔的希望来到这里，不过想同编辑们见见面，因为找不到门路，竟没法迈过那道门槛。那些人都是没有同情心的人，又怎能理解他人的艰辛！

麦嘉正想走开，却见那个业余作者向着自己走过来了。见到麦嘉，笑了笑，用同病相怜的语气问：“我看你在门口站半天了，也是送剧本来的吗？”

麦嘉脸上一阵发热，忙说：“不，我是来联系工作的。”

“那你为什么不进去呢？”业余作者微笑地看着麦嘉。

麦嘉不喜欢他对自己说话的神态和语气，生硬地说：“我这就进去。”

“你认识里面的人吗？”业余作者问。

麦嘉摇摇头，说：“不认识！”

“他们能让你进去吗？”业余作者说。

麦嘉淡淡一笑，说：“我是来找他们厂长的。”

“厂长？”业余作者把麦嘉重新打量一遍，问：“你同他认识？”

“不，我只是听过他的演讲。”麦嘉摇着头说，脸上却是很自信的模样。

“你是干什么的？”业余作者好奇地问。

“我是学生。”麦嘉说。

“是大学生？”业余作者露出羡慕的神色。

“不，是研究生！”麦嘉说。

“研究生？比大学生高吗？”业余作者问。

麦嘉苦笑了笑：“就算是这样吧！”

“哪个大学？”业余作者又问。

“北大，北京大学！”麦嘉说。

“北京大学？听说过，我们有一个亲戚也考上了北京的大学，他叫李文强，你认识吗？”业余作者笑着，向麦嘉套着近乎。

麦嘉苦笑着摇摇头：“不认识！”

“大哥，你帮我个忙，等下带我一起进去好吗？我大老远跑来，就是想同这里的编辑导演见见面。”业余作者涎着脸，恳求麦嘉。

麦嘉感到厌恶，说：“我帮不了你。再说那几个门卫都认识你了，他们不会让你进去的。”

业余作者想了想，又说：“那就麻烦你把我的剧本带进去吧。这剧本是我花了两年的功夫写出来的，他们让我放在传达室，可我不放心！”

麦嘉让他纠缠得有些不耐烦，便敷衍着说：“我进去看看再说吧。”说完也不再理会他，径直向传达室走去。

“我找王崇碧厂长。”麦嘉对传达室那戴眼镜的老头说。

老头抬眼看看麦嘉，问：“你是哪个单位的？”

“我是学生，北大的！”麦嘉把学生证递过去。

老头接过去看着，问：“你找王崇碧干什么？”

麦嘉勉强地笑了笑，说：“我是来找工作的。”

“你认识王厂长？”老头用审视的目光看着麦嘉。

麦嘉有些心虚，说：“不认识！”

“你预约过吗？”老头又问。

“没有！”麦嘉摇摇头。

“预约好了再来吧。”老头冷冷地说，把学生证递出来。

“现在预约行吗？”麦嘉硬着头皮说。

“不行，王厂长忙得很，不是谁要见就能见的！”那老头用生硬的语气说。

麦嘉一看没办法，只好说：“那好吧，这里有点东西，请您转交给王厂长。”说着从书包里掏出一个大信封来交给老头。

老头接过去看了看，问：“什么东西？”

“材料，王厂长要看的。”麦嘉说。

从传达室走出来，看见那位业余作者仍在大门外站着，见他出来，急切地问：“怎么样？他们让你进去吗？”

麦嘉觉得他这话里有一种嘲讽的意味，没好气地说：“王厂长不在，他们让我明天再来。”

书房小得像个鸟笼子，除了一张书桌，一个书架和一条长沙发外，剩余的空间都堆著书，只在中间留下一条一米宽的过道。

逸夫坐在沙发上，导师郭仲衡教授则背靠书桌坐在那张方木凳上，手指上夹着不带咀的香烟，那条不停颤动着的腿离得很近，几乎挨住他的膝盖。沙发太低，只好微仰着脑袋去看那张布着许多皱纹却润红的脸。

那是一张宽厚朴实的脸，嘴角挂着微笑，眼睛却眯缝着，发着豆点大的亮光。都说导师这人慈眉善目的，很有些佛像。逸夫却觉得导师其实也是高傲而倔强的，眼睛里容不得半点虚伪，认准了的事情没人能够改变他。

听导师述说事情的原委，逸夫并没觉得可笑。换了自己，这件事并不算什么，不就是把译著同专著混同起来了吗？这样的错误在辞典上早已司空见惯，不足以为奇。况且责任又不在他身上，人家要那么写，有什么办法！可是放在导师身上就是另一回事了，他是一个很认真的人，事情不了结，心里是不会安宁的。

“专著就是专著，译著就是译著，这是两个不同的概念，怎么能混为一谈？不知道内情的人，还以为是我在沽名钓誉！他们怎么能这样不负责任呢？”导师皱着眉头，很不安的样子。

看着导师那茫然无措的神态，逸夫觉得他就像刚刚做错事的小孩。老头整日坐在自己的书斋里做学问，对外面的世界太缺乏了解了，在为人处事方面，还不如自己。

“你看这事还有补救的办法？”导师看着逸夫，问。

逸夫没想到导师竟会向自己讨主意，心里慌乱了一阵，含糊其辞地说：“我想，应该给出版社写封信，说明一下情况。”

“这个我早想到了，可是书都已经出来了，他们又有什么办法？”导师脸上显出失望的神色。

逸夫感到有些惭愧，又想不出别的办法，只好叹息说：“这事是有些难办！”

“我倒有个想法，不知道行不行。”导师想了想，说。

逸夫期待地看着导师，真希望能有办法使他摆脱困境。

“我想在报上登个广告，把情况说明一下，你看行不行？”导师说着，好像也没把握，不安地看着逸夫。

逸夫觉得导师未免小题大作，说：“我看没有太大的必要，看报纸的人并不多，对这种事也没人会在意的。”

导师点点头，说：“我知道这种办法也不一定能起什么作用，这样做对自己只能是一种安慰。”

逸夫理解导师的心情，对他的想法却不以为然，说：“听说登广告要花很多钱的。”

“花点钱倒不在乎，只是不知道这样的广告让登不让。”导师说。

逸夫知道导师生活并不富裕，平时花钱又节俭，为这件事花钱实在不值，便故意说：“我好像从来没在报上看到过这样的广告。”

“那怎么办？昨天我到系资料室去过，那里也有一本这辞典，我在那里面夹了张字条说明情况。看来能做也只有这些了！”导师叹息着说。

逸夫舒了口气，心里想着怎样开口谈论文的事。

导师从烟灰缸里拿了两截烟头，对接在一起，衔在嘴里，划火点燃，抽一大口，看着逸夫问：“论文写得怎么样了？”

“我最近有一些新的想法。”逸夫说着，看看导师。

导师刚要抬手把烟往嘴里送，到下巴处却停下来，盯住逸夫问：“什么想法？”

“我想换一个题目。”逸夫看着导师，心情有些紧张。

“我想探讨一下审美与死亡的关系，题目暂时定为《审美与超越

死亡》，这是论文提纲。”逸夫说着，从衣袋里掏出一迭稿纸递给导师。

“为什么要做这个题目？”导师翻着稿纸看了看，随口问道。

“这是我一直都在思考的问题，我觉得审美与死亡有着一种根本的联系，它是人类抗拒死亡的一种手段。”逸夫说。

“哦？把你的想法说来听听！”导师笑了笑，很有兴趣的样子。

受了导师的鼓励，逸夫也就没有了顾虑，兴致勃勃地说了起来：“我认为，人类不可抗拒的敌人是自身的死亡，人类从存在的那天起就在同死亡进行着抗争，人类文明正是在这种抗争中产生的。自然科学是为了改善人类生存的外在环境，增强人类在死亡面前的物质力量，延长人类生存的寿命；哲学则试图在人类生存过程中找到人在自然和社会中的位置，以理性的方式寻找人类生存的意义，而宗教则是在人类肉体的消亡不可避免的情况下，通过对来世的创造，增强人类生存的欲望，超越对死亡的恐惧。道德、法律等则是为了抑制人类自身的邪恶，寻找人类生存的规则，以达到人与人及人与社会之间的和谐，改善人类生存的社会环境。而艺术是通过对美的创造，使人们沉醉在美的幻想中，暂时忘却死亡的恐惧。当然所有的超越都只局限在意念上，也可以说是一种精神上的麻醉，而不是真正意义上的超越。”

导师专注地听着，连连点头，微笑说：“你的观点很有点意思，这么说，你认为人生是没有意义的，因为人是要死的，对吗？”

“我认为是这样的！”逸夫点点头，继续说：“人生的意义只有在一种梦幻中才有可能存在，只有在梦幻中，人类才有可能暂时摆脱对死亡的恐惧，感受到人生的快乐。在某种意义上说，人生本来就是靠这样的梦幻支撑起来的。表面上看，人类的生活是丰富多彩的，每个人都有自己独特的生活追求和生活方式。有人皈依宗教，把生存的希望的希望寄托于来世，也有人醉生梦死，放浪形骸；有人孜孜不倦追求着理想，也有人得过且过；有人追求权力和金钱，有人追求爱情……其实他们都是在为自己的人生制造一个梦幻的世界，以消解对死亡的恐惧，达到心灵的和谐。”

“这已经是哲学问题！”导师皱着眉头，说。

逸夫点头，说：“是的，我是想从整个人生的高度来把握审美的本质，这正是我论文的基础。”

导师好像在思考着什么，过一会儿才问逸夫：“你最近是不是在看叔本华的书？”

逸夫知道导师话中的含义，回答说：“看过一些，不过，我的观点更多的是来自我个人的感受和思考。”

“这个时候改变论文题目，时间上会不会感到仓促？”导师又说。

逸夫觉得导师并不希望自己写这样的题目，急切地说：“我想不会的，这是我思考多年的问题，又主要是些理性的分析和阐述，并不需要查太多的资料。”

导师把烟头放在烟灰缸上掐灭，对逸夫说：“我先看看你的论文提纲，你自己也再好好想一想。”

逸夫点点头，轻轻地舒口气。

第五章

三月三十日　星期四　多云转晴

沈鸿觉得身上有些温热，睁开眼睛，看到的是李娜的脸。李娜贴得很近，正看着他，微笑着，脸潮红，温柔可人的样子。他咧嘴笑笑，李娜把手伸过来，细长的手在他脸上轻轻地抚摸着，像一阵怡人的轻风吹在他脸上，一股熟悉的肉体的温香泌入心肺，他感到身体一阵燥热，把手伸过去放在那犹如丝绸般光滑的肉体上，抚摸起来。

“起床吧！”李娜轻声地说，用手理了理他的头发。

“起这么早干吗？”沈鸿漫不经心地说，手指在她那平滑的腹部轻轻滑动。

李娜把他的手推开：“说好今天要找工作的，你忘了？”

沈鸿有些扫兴，仰面躺下，说：“没忘，只怕老头没出去，让他碰上！”

“你，怕他？”李娜从床上坐起来，被子从她身上滑落，肥硕的乳房如水袋般在胸前颤动。

“不是怕，是不想见他。”沈鸿叹了口气，说。

李娜看着他，皱着眉头问：“你是不想让他看到我？”

“不完全是！”沈鸿揉了揉眼睛，说。

李娜身体往后一仰，脑袋靠在床背上，说：“我倒没觉得他有什么可怕！”

沈鸿扭过头去看着她，问：“你见过他了？”

“我饿了，到橱房去，想找点吃的，见一胖老头，穿着睡衣，肚子挺得老高，见了我，用眼睛瞪了半天，我也看着他，猜想可能是你老爹，便冲着他笑了笑。”李娜嘻笑着说。

沈鸿皱起眉头，问：“他没说什么？”

“他又不认识我，能说什么？不过我觉得他挺没风度的，人家都对他打招呼了，他脸上连一点笑容也没有，那样子也土，真不像当部长的！”李娜撇着嘴说。

不用李娜描绘，沈鸿也能想像父亲的狼狈样。这样的事情以前也发生过，每次都能把父亲气得半死。在父亲眼里，他就是个浪荡公子，道德堕落的化身，对他已根本不抱希望，而他也乐于用这种方式来刺激父亲，想到父亲见到李娜时的的愤怒和窘迫，他既不担心也不害怕，反而感到有种莫名的兴奋。

沈鸿从小对父亲就没有什么亲切感，这个父亲对他来说一直都陌生的，他一直都在疏远他，抗拒他。记忆中，他对父亲的反叛是从懂事的时候就开始了，那时还说不上他对自己有什么不好，只是觉得他对自己和对哥哥有些不一样，看自己的时候眼睛里似乎有种难以捉摸的东西。表面的客套后面隐藏着冷漠乃至仇恨，当年他以优异的成绩考上北大而对父亲似乎却是沉重的打击，就像哥哥三番五次考不上大学对他的打击一样。他永远忘不了自己拿了录取通知书同母亲一起去见他时的那副表情！从父母之间那种不自然的关系中似乎也感觉出了什么。

对自己身世的疑问是从偷听了父母的那次争吵开始的，父亲从来不让人感到亲切和蔼，却也不轻易发火。对母亲的态度固然冷漠，却也客气。那一次却对着母亲发了雷霆大火，说话声音很大，很刻薄，

似乎在发泄积郁多年的仇恨！他在外面偷听着，心里有些发毛。从父亲的话中，他知道母亲曾经有过一次背叛行为，那个“他”是在文革中死去的，像是受了什么冤枉，母亲就是为了请求父亲给他平反才惹父亲生气的。父亲还提到了自己，似乎自己与这件事也是有某种关联。

从那以后他心里便留下了一道阴影,与母亲在一起更感觉不自在。他很谅解母亲，看过父母当年的结婚照，那时母亲的确很漂亮，而父亲则完全是另一回事，况且又比母亲大了十来岁。想起从小父亲对自己态度的暧昧，他更怀疑自己就是母亲那次背叛行为的结晶。他并不因此责怪自己的母亲，反而感到一种莫名的快意，一直想在母亲面前证实这件事，却又不忍心使母亲伤心难过。

“看你的好儿子又做了什么？”父亲总是当着自己的面对母亲说，那口气好像自己并不是他的儿子。正是这句话刺激了他，而他的放荡行为在一定程度上又是对父亲反叛的结果。他并不害怕父亲，每次见到父亲狼狈的样子，心里总是感到一种复仇的快感。只是因为母亲的缘故，他才不得不容忍父亲的专横霸道。

昨天晚上他本没想过要把李娜带回家来住，可是从电影院出来已经很晚了，没等到回学校去的公共汽车，李娜又想着今天要到社科院去找工作。他们走到家时父母亲都已经睡下，原想神不知鬼不觉地睡上一晚就走，没想到李娜竟会与老头狭路相逢，也算是在劫难逃了！

“你在想什么，是不是以前你也带别的女孩回来住过？”李娜掐住他的手臂，疑虑的目光盯着他的脸。

“随你怎么想！”沈鸿叹了口气，懒洋洋地说。

“你别骗我了，其实我一看你父亲看我时那眼光就知道了，要是以前没有过这样的事，他肯定不会那样来看我！”李娜说。

“他怎样看你？”沈鸿翻翻眼皮，问。

“说不清，反正很古怪，让人不舒服！”李娜撇撇嘴，说。

沈鸿打着哈欠，从床上坐起来，双手捧住脸，轻轻摩擦着。

李娜把手放在他的背上，说：“我看你一点也不像你父亲，要是你也长得那德性，我肯定不会看上你！”

沈鸿苦笑着，不知该说什么好。他早知道自己与父亲不相像，这种感觉在偷听到父亲的那次争吵后变得更加强烈。每回站在父亲面前，都不由自主地要把自己同父亲进行一番比较，对自己身世的疑问由此也不断在加深。

传来一阵敲门声。沈鸿知道敲门的是母亲。父亲每次找他都是通过母亲，尤其在认为他犯下什么罪过的时候。在指责自己的同时，也在折磨母亲，沈鸿很小的时候就看出了父亲的用意，却不知道他为什么要这样做。这种做法的结果却使他与父亲的关系变得更为疏远，对母亲却更为亲密。多少年来他就是这样与母亲组成了统一联盟，反抗着父亲的淫威。

“小鸿，该起床了！”母亲柔弱的声音从门外传过来。

“就起来！”沈鸿冲着门说。

敲门声停息下来，沈鸿却感觉到母亲仍然在门外等待着自己。如果不是母亲的缘故，他会故意躺在床上不起来。父亲现在一定在客厅里等着教训自己，他平时可是个讲面子的人，什么时候都不肯放下部长的架子，连在家里也这样。从部长位置上退下来以后性情也大为变化，整天阴沉着脸，就好像别人欠他什么似的，家里最直接的受害者自然是母亲。能够整天去面对那张死板的脸确实需要很大的勇气，他在同情母亲的同时却不能不佩服她的韧性。今天的事肯定把老头气得够呛，不然也不会当着李娜的面把自己叫出去。

“是你爸爸找你？”李娜抬手把脸上的头发挪开，斜眼看着沈鸿。

"大概是吧！"沈鸿慢吞吞地穿着衣服，说。

"我倒想同老头认识一下！"李娜说。

"想法倒不错！"沈鸿冷笑着，把腿从被窝里移出来，手拿了裤子往腿上套。

"这有什么，难道他不知道我们之间的关系？"李娜把手扳住沈鸿的肩膀。

"别添乱了好不好，也不看看什么时候！"沈鸿一起身，使李娜的手从肩上滑落下去，自己也双脚落地下了床。

"不就是去见你父亲吗，用得着这么紧张！"李娜阴沉着脸，嘴里嘀咕着。

沈鸿穿好衣服，瞥一眼李娜，说："等着我，我同你一道出去找工作！"

"你说这话让人有一种义无反顾的悲壮感。"李娜看他一眼，用讥讽的语气说。

从房间里走出来，看见的是母亲那双忧郁的眼睛。在沈鸿的印象中，母亲的眼睛是很美丽很温柔的，可是每次父亲为自己的事情发了脾气，她就会用这样的眼光来看自己。那里面包含着的感情是复杂的，有怜爱、担忧也有几分无奈几分愧疚。母亲就像一只老母鸡总想把自己保护在她那并不强壮的翅膀之下，可是在强大的敌人面前，却显得那样无力。不仅保护不了他，反而自己也受到伤害。

"你父亲在书房里等着你。"母亲叹息着，说。

沈鸿点点头，完全理解母亲这句话的含义。这句话不知母亲说过多少年多少遍了，他们之间早就达成了一种默契，听到这句话，他就能理解母亲的心情。父亲只有在有事的时候才会主动找他到书房去谈话，沈鸿记不起自己有哪一次能够轻松地走进那间书房去并且愉快地从那里走出来过。可是为了安慰母亲，他不得不强作笑容。

“不要和父亲顶嘴，他近来心情不好！”母亲等沈鸿走到跟前，轻声地说。

“妈，您放心，不会有事的！”沈鸿故作轻松地笑了笑，向着你父亲的书房走去。

书房是宽敞而明亮的，却没有太多书香气。靠墙立着两个书架，里面的书很新排得也整齐，好像从来没人动过。父亲参加革命前上过初中，凭着这么点笔墨竟在政府部门爬到了副部长的位置！在他的印象中，父亲除了看报纸和中央文件以外几乎不看别的书籍，他的思想和思维方式也是由此而形成。平庸、谨慎、不近情理的原则性和上级的赏识是他官运亨通的奥秘。

和往常一样，沈鸿是带着戒备和挑战的心态走进书房的，多少年来父亲的冷漠葬送着他与父亲间的亲情，小时候对父亲的尊敬和爱戴已被另一种复杂的情感所代替。即使心里没有那样的疑问，或者不能证实现存这种血缘关系的真实性，父亲这个字眼也不会使他感到太亲切。

父亲坐在沙发上看着一份文件，看上去就像一个盘腿而坐的大青蛙：上尖下圆的胖脸，鼓起来的眼睛，山包一样隆起来的腹部和两条又粗又短的腿。每次在书房里见到父亲这模样，沈鸿都禁不住要产生类似的联想。

父亲并没有抬头，沈鸿知道他其实注意到了自己的存在，只不过想以这种沉默来给自己一个下马威。类似的手法父亲早已用过不止一次，沈鸿也学会用一种死猪不怕烫的赖皮心态来对付。见父亲没有理会自己的意思，便主动对他说：“我妈说，您找我！”

父亲终于抬起头来，右边的眼睛抬得高高的，眉毛也往上扬着，左眼则微眯着往下斜，眼光里明显流露出厌恶的神色，却又努力想掩饰这种心态，摆出一本正经的严肃脸孔，用手指指旁边的沙发，吐出两个字：“坐吧！”

沈鸿带着嘲弄的神情观察着父亲脸上表情的变化，竟感到有些快意。在这个回合的交锋中，他觉得自己已经占据了上峰，于是坦然地在沙发上坐下来，迎着父亲的目光，面带微笑。

父亲先把眼光移开了去，把手上的红头文件放在旁边的茶几上，叹了口气，对沈鸿说：“小鸿，你很久没回家了，有些事情我想和你交换一下意见！”

父亲说话的语气并没使沈鸿反感，从很小的时候起父亲就用这种对下级说话的语气来对待自己，而对深受宠爱的哥哥却是另一回事。这个发现曾使他敏感的心大受伤害，现在却习以为常。他对父亲淡淡一笑，说：“有话您就说吧，我还得出去找工作！”

父亲像是被什么东西噎了一下，眼睛瞪着沈鸿，却没发出火来。沈鸿心里一阵快意，在脸上做出不在意的模样。

父亲脸色有些阴沉，说“这些年我整天忙于工作，你又住在学校里，在一起的时间并不多，所以，我对你的关心和照顾是很不够的，尤其是在政治上！”

父亲说话的口吻让沈鸿感到厌恶，强打起精神说：“我并没有怪过您，说实在的，我倒是觉得关心我的人太多，在学校有老师，有党支书，在家里又有您和妈妈！”

父亲皱起眉头，说：“你怎么能这么说话？大家关心你，不都是为了你好嘛！”

“我也没说对我不好！我只是想告诉您，我已经是一个独立的人，有自己的思想，也有自己的行为准则，用不着别人来告诉我怎么做！”沈鸿绷着脸说。

父亲肥胖的脸一下拉长了许多，愠怒地说：“这么说，你做的事情都是正确的？你就永远不会犯错误？”

“我没这么说，可就算跌倒了，我也能自己爬起来，连拐仗也不用！”沈鸿说着，故意不看父亲。

父亲冷“哼”一声：“说得倒好！只怕犯了错误还不知道，以为是正确的，一意孤行，知道这会导致怎样的后果？”

沈鸿知道父亲有意要同自己绕圈子，便直接了当地说：“您说的不就是昨天晚上的事，这件事我没有错，她是我的女朋友！”

父亲一怔，恼恨地说：“就算她是你的女朋友，可你们这样没结婚就住在一起总不对吧？”

“这个问题我们争论过多次了，我们的观念不一样，也谈不到一块去。我只希望您能以宽容的态度来看待这些问题。”沈鸿说。

父亲似乎有些沉不住气，大声地说：“这不是观念的问题，而是道德问题！”

“这里面不存在道德问题！我们彼此相爱，在一起感到很幸福，并没有损害他人的利益！”沈鸿的声音很平静，不想惊动外面的母亲。

“狡辩！这完全是狡辩！”父亲气急败坏地说。

沈鸿正想说什么，却看见门口站着的母亲。母亲正看着自己，眼光里交织着惶恐、担忧和哀求。他不忍心让母亲为难，便遏力克制住自己的情绪。

父亲一见母亲火气更大，冲着她大声说：“你来得正好，看看你的好儿子都成什么样子了！”

沈鸿知道又要故伎重演，不由得以鄙夷的眼光去看父亲，冷冷地说：“请你别这样对母亲说话，成什么人是我的事，和妈没关系！”

“你怎么能这样对你父亲说话！”母亲走进屋来，不安地看着沈鸿。

“我并不想这样，是他逼我的！”沈鸿冷冷地说。

“我逼你什么了！好吧，别的我都不说了，现在当着你母亲的面说说看，昨晚上的事怎么解释？”父亲用手指着他，对母亲说。

一见父亲对母亲说话的口气沈鸿便来气，咬咬牙，说：“没什么可解释的，我并没有做出什么大逆不道的事情！”

父亲气得满脸通红：“你还记不记得你原来当着你母亲的面是怎么向我保证的？嗯？”

沈鸿抬头迎着父亲那双发红了的眼睛，坦然地说：“我是说过以后不要随便把女孩子带回家来住，可昨晚看完电影出来已经没有回学校去的公共汽车了，我们总不能睡在大街上吧？再说，李娜真是我的女朋友，我们谈恋爱都两年多了，这一点你们又不是不知道！”

父亲紧盯着沈鸿，过了好一会儿，才长叹口气，说：“我找你谈话，不过是想尽尽父亲的责任，既然你听不进去，我也不想多说。不过我要当着你妈的面要你记住，你在外面怎么胡搞我管不了，只是不要让我看见就是了！”

“我会记住的。”沈鸿嘴里说着，心里却有些发凉。

父亲却转过脸去对母亲说：“他的话你也听到了，以后再让我见到这样的事情，别怪我不认他这个儿子！”

母亲脸上现出焦虑的神情，过去对父亲说：“老沈，你可别这样，小鸿是个孩子，不懂事，又任性，犯不着同他生气！”

父亲冷笑几声：“都上完研究生了，还小？他懂得事情可比你我要多。”

母亲又回过头来劝沈鸿：“小鸿，听妈的话，快向你父亲认个错！”

“我没什么可说的。”沈鸿转过脸，没去看母亲那满含着痛苦的脸。

“小鸿，你别这样，就算妈求你还不行？”母亲哀求着说。

沈鸿有些心软，看到父亲那张冰冷的脸，却又硬着头皮说了一句："我没错！”

父亲挥着手，大声地说：“我用不着他道歉！给我出去，都给我出去！”

沈鸿心在颤抖，对母亲说出一句：“妈，我走了！”

“小鸿！”母亲痛苦地叫着。

沈鸿没再回头，急匆匆往外走。

人多得像蚂蚁，潮水般往大门拥去。麦嘉夹杂在人群中间，很无奈的样子。他不相信能在这里找到什么好工作。要是单位好的话，人家早把门槛踏破了，哪里用得着到这儿来招人？

看着周围的那一张张企盼的脸，麦嘉倒也有几分羡慕。他自己是有些底气不足，越往里走便越感到心虚。如果不是系里发了票，他根本不会到这里来。不管怎么说，总还是怀着些饶幸的心理，万一真有好机会，错过了也是可惜，顺便总还可以看看今年的行情到底如何。

按麦嘉的理解，这样的人才招聘会就像摆出一场擂台赛，有没有本事都得到台上见。说起来倒也公平，自己却没有勇气到台上去。论文凭，论学问，论学校的招牌，并不比别人差，可是学的专业却是先天不足。什么“长线专业”，说白了就是没人要的。这年头能赚钱的专业都是好的，也有人要，不能赚钱的都没用，也没人要！哲学、文

学、历史还有数学什么的，也就在校园里还能作为摆设，到了社会上却是一点用处也没有！几乎所有与文化有关的单位都与贫穷联系在一起，从实用的角度说，学文学的人，还能给人当当秘书之类的，那些学哲学历史或数学的恐怕连这点“荣幸”也得不到。

“真像个人肉市场，我们都是到这里来出卖自己的。”在身边走着的高歌用自我解嘲的口吻说。

麦嘉苦笑了笑：“只怕还卖不出去！”

“那就降价处理吧！”高歌笑着说。

走进展厅，拥挤的人群立即把他们包裹得水泄不通，麦嘉双手扳住前面高歌的肩膀，觉得自己就像夹在榨油机的里的油籽，前后两股力量向他挤压着，他感到有些喘不过气来，只能随着人流缓缓地向前移动。

墙上张贴的白纸黑字在眼前晃动着，上面写着招聘单位招聘的专业和人数，来招聘的人坐在摊位前，被密不透风的人群围住。正如所料，来这里招聘的主要是企业，有的还在郊区县。需要的也主要是理工科专业，文科方面只有外语、法律和经济类的还有市场。好不容易看到有家企业需要一个学中文的人去当秘书，却又注明需要的只是本科学历。

从展厅里挤出来，除了一身臭汗以外，麦嘉并无任何收获，神情变得十分沮丧。高歌总算比他强一点，他自以为外语学得不错，便在一所需要外语教师的招聘单位填了登记表。

“还到别的展厅去吗？”麦嘉看着高歌问。

“看看去吧，反正已经来了。”高歌说。

“看不看都那么回事！要不你去吧，我在外面等着你。”

“再到别的展厅去看看嘛，没准会有意外收获的。”

“就算有意外收获也早轮不到你和我了！”麦嘉这么说，却又经不住高歌的劝说，只好陪着他进了第二个展厅。

这展厅的面积显然要小一些，同样被人群挤得水泄不通，他们只能在人群的隙缝中穿插着往前走，麦嘉个子矮，只能踮着脚后跟从前面蹿动着的脑袋丛中去看墙上挂着的招聘榜。结果正好证实着他不愿去正视的猜测，他的自信心逐渐地瓦解。在那弥漫汗臭味的大厅里，他感到难以支持下去，顾不得把墙上那些招聘榜看完，也顾不上在招聘台上与人交谈的高歌，独自一人走出大厅。

来到大厅外面那片宽阔的场地，麦嘉长长地舒了口气。天空晴朗，阳光如同初生的婴儿，娇嫩而明媚。场地上有不少人在走动，也有铺了报纸在地上坐着的。麦嘉漫无目的地走着，觉得心里空荡荡的。

生活真是让人无奈，麦嘉的确没想过自己会沦落这样的地步，心里有一种被出卖被遗弃的感觉，对自身的价值也产生了怀疑。原来他是抱着当作家的梦想报考中文系的，至今对自己的选择并不后悔，可是现在却不知道自己所学的那些东西到底有什么用。这年头谁需要文学？谁需要作家？导师杨慎之教授说，社会科学和自然科学一样是社会不可缺少的，自然科学为社会提供肌体，而社会科学则为社会提供灵魂。听这话的时候还觉得很精辟，现在看来却是自欺欺人。这年头任何事物都是以金钱来作为价值衡量标准的，只有那些能够直接创造物质财富的学科才会被看作是有用的，说到那些与灵魂有关的玩意，既然不能卖钱，又有何用？黑格尔康得这样的哲人要是生活在这个社会，肯定也会为生计发愁！

“麦嘉！”听到叫声，麦嘉抬起头来，只见一对男女正走过来，那男的个头不高，小脸庞，皮肤黝黑，正是在清华上研究生的老乡杨向东，他身边的那女孩比他稍高一些，戴着眼镜，外表清秀，麦嘉从

没见过的。

“这是冬冬，我的女朋友！”杨向东指着身边的女孩微笑着对麦嘉说，那语气就像在向人炫耀自己的宝贝。

麦嘉矜持地对女孩笑了笑。

“这是麦嘉，我的好朋友，在北大上研究生，也是今年毕业。”杨国东转过脸对女孩说。

“你好！”女孩微笑着对麦嘉说，很大方的样子。

麦嘉不止一次听杨国东说过找女朋友的事，别看杨国东自己长得不怎么样，谈起女人来却也眉飞色的，就好像全世界的女人都恨不得爱他似的，说到女朋友，更恨不得把所有好听的形容词都用上才好，什么才貌双全，体贴，温柔、大方、高雅等等，麦嘉听着有些不以为然。眼前这女孩或许不像原来说的那么好，看上去却很清纯，也还算漂亮。

杨国东偷偷地使着眼色，麦嘉知道他是在询问自己对女孩的看法，便微笑着点点头，问：“你们也是来找工作的？”

杨国东指着女孩说：“是她要找工作。”

麦嘉看不惯他那粘糊相，又不好意思去看那女孩，问杨国东：“你的工作定下来了？”

“也没最后定，有几家单位都想要我，我想再考虑一下。”杨国东笑眯眯地说着，又向旁边的女友瞟去一眼。

“到你们学校要人的很多？”麦嘉漫不经心地问，眼睛朝女孩看一眼。

杨国东脸上一副得意样，说：“今年的情况也比往年要差一些，不过找单位还是不用太费劲。”

麦嘉并不相信他的话，问：“不是每个系都这样吧？”

“差不多，我们学的专业比较实用，去了就能给人创造财富。”杨国东肯定地说。

麦嘉苦笑了笑，心想说的也是，人家都是学技术的，去了就能用，可是我们能干什么呢！可是见杨国光洋洋得意的样子，却又有些不服气。

“你怎么样，找到单位了吗？”杨国东问。

麦嘉觉得他的语气中含有幸灾乐祸的意味，便冷淡地说：“找到了还来这里干什么？”

“也是的，你们这种专业要找个单位还真不容易。”杨国东用怜悯的口气说。

麦嘉听不得别人用那种口气对自己说话，便傲然地说：“随便找个单位并不难，要找自己满意的就难说了，对谁都一样！”

杨国光附和着点点头，说：“刚才我们也到里面去看了看，是没有什么好单位。”

“好单位也就用不着来招聘了。”麦嘉这样说，似乎是在给自己寻找某种安慰。

“你会找到一个好单位的！”杨国光用安慰的口吻说。

“应该不成问题。”麦嘉勉强地笑着，看一眼那女孩。

“老梁那里有客人，咱们等会儿再去。”李伟放下电话，对金哲说。

“没关系！”金哲笑了笑，坐回到沙发上。

“怎么想到来这里找工作的？”李伟端着一杯茶从办公桌前走过来。

没有葛明的引荐，金哲怎么也不会想到中宣部来找工作，他是一门心思要搞学问的，对政治没有兴趣，对那些舞文弄墨搬弄是非的人更是没有好感。不过葛明说这地方也许能为他解快家属问题，眼下又没有更好的选择，只好来碰碰运气，并没抱太大的希望。李伟是去年从北大哲学系毕业的博士，葛明说他也是一个很有思想的人，但毕竟是第一次见面，金哲没敢把自己的真实想法说出来，却反问道："你觉得这地方不好？"

"怎么说呢？这得看你图的是什么。如果你是想做学问，最好不要到这里来，这不是做学问的地方！"李伟把茶杯放在茶几上，对金哲说。

金哲猜想葛明把自己的情况对他介绍过，便微笑说："我听葛明说，你到这里来以后也发了不少文章。"

李伟摆摆手，说："别提了，用北大人的话说，那都是些狗屁玩意，是文字垃圾！那里面十句话大概还没有一句是我自己心里想要说的，可是没办法，吃上了这碗饭，不干也是不行的。人在江湖，身不由己嘛。"

这一番话使金哲对他的印象改变了许多。刚见面的时候，觉得他不像博士，也不像从北大出来的，倒像一个循规蹈距谨小慎微的公务员，说起话来却流露出北大人傲慢的本性。

"你们平时都干些什么？"金哲问。

李伟自我解嘲似地笑了笑，说："还能干什么！除了写些狗屁文章，还有许多行政上的杂事，要不就是出去开开会，听人胡诌一通。"

金哲看看办公桌上堆着的资料，问："我来这里能干什么？"

李伟喝了口茶水，扭过脑袋看他，说："葛明没跟你说吗？是这么回事，我们这里有一个内部简报，缺一个编辑，我看你原来在杂志社干过，对老梁一说，他好像还有点兴趣。”

听说是干编辑，金哲觉得有了信心，急切地问：“你觉得怎么样？他会答应要我吗？”

李伟皱了皱眉头：“很难说，老梁这个人也是让人捉摸不透的，不过关键还得看你是不是能够适应这里的环境。”

“这里环境不好？”金哲看着李伟，小心地问。

李伟叹口气，说：“倒不能这么说，干宣传嘛，都是这德性，最好不要有自己的思想，也不要有什么个性，领导说什么就干什么。对北大人来说，要适应这样的环境并不容易。北大出来的人在社会上混得好的并不多，原因就是个性太强，不肯轻易地去适应社会。所以我说，可能的话，最好还是到学校或者科研单位去。”

金哲看着李伟，琢磨他话里的用意，问：“你当初怎么到这里来的？”

李伟苦笑了笑，说：“我也是为了家属的事，没办法！再说学我们这种专业的，也没有更好的去处。”

“我的情况也一样！”金哲笑了笑，问：“家属的问题解决了吗？”

“说是今年给我解决，到现在还没个影，中国的事情谁他妈的说得准！”李伟脸上一副不耐烦的神色。

李伟一说粗话，金哲反而觉得亲近了许多，又追着问：“像我这种情况，你看得多长时间才有希望？”

李伟想了想，说：“这得看你同领导的关系怎么样了。关系好的话，没准很快就给你办了，好歹也是中央机关，办这种事情总比在学校方便些。当初我来这里也是看中这一点，不然谁会到这种地方来呢？”

“你对梁局长说过我家属的事吗？”金哲担心地看着李伟。

“简单地提了提，他好像并不很在意。”李伟漫不经心地说，端起水来喝了一大口。

金哲心中一喜，觉得机会难得，害怕会失去，问李伟：“听葛明说，梁局长也是北大毕业的？他这人怎么样？”

“他属于那种比较传统的知识分子，为人很正派，有学问，思想不算太保守。”李伟说，腿在不断地晃动着。

金哲还不放心，又问：“你看他会考我些什么？考马列什么的，我还真不行！”

“这可难说！不过你要到这里来工作，不懂这些是不行的，吃的就这碗饭嘛。”李伟说着，看看手表。

金哲心又凉下去半截，平时对马列不屑一顾，想不到找饭碗还得靠这些破玩意，这不是命运的嘲弄又是什么？要是当初听了导师汪学文的话哪怕看上一两本马列原著，今天也用不着这么心虚！

“你不用担心，你到这里主要是干编辑工作的，理论上的要求不会那么高！”李伟用安慰的口吻说着，走到办公桌前拿起了话筒。

“真要这样就好了！”金哲苦笑着，心里并不踏实。

“走吧，老梁让我们现在过去。”李伟放下话筒，对金哲说。

金哲心里打着鼓，心想反正来的时候就没抱太大的希望，太不了事情办不成就是，于是振作精神，带着慵懒的笑意，跟着李伟走出办公室。

走进那间铺着红色地毯的办公室，金哲看见一个五十多的男人坐在堆着许多文件和书籍的办公桌前。

梁局长身材魁梧，红润的大脸庞，宽大的脑门发着光亮，浓密的眉毛下一双眼睛深陷下去，给人以精明的感觉。如果不是后面那两排大书架，金哲很难想像眼前这个彪形大汉竟也是舞文弄墨的人，然而他的气势和他那高大的躯体却又好像给人以某种安慰。

“他就是金哲！”李伟对着梁局长弯了弯腰，很恭敬的样子。

“你好！”梁局长站起身来，微笑着把手伸过来。

金哲赶忙接住了那只宽厚的大手，却是软绵绵的，没有感受到所期待的那种力量。

李伟看一眼金哲，说自己有事给梁局长打了招呼便走了出去。房间里只有金哲和梁局长两人。梁局长用审视的目光看着金哲，金哲尽量笑着，想要迎合他，心里却有些发慌。

“我看过你的材料，小李也把你的情况介绍过……”说到这里，梁局长突然停顿了一下，手在一堆文件里翻起来。

金哲看着那张没有表情的脸，心一下又提了上来。

梁局长从那堆文件里抽出一张纸来，金哲看着，知道是自己让葛明转交的那份简历,不好意思地笑了笑。

梁局长看着那份简历，抬头对金哲说：“看来你对哲学是比较感兴趣的。”

那份简历是专门为来这里写的，按金哲的理解，在这样的机关里文学是很难用得上的，便有意突出自己在哲学方面所下的功夫。这一招果然有用！他得意地笑了笑，对梁局长说：“文史哲不分家嘛，对于一个搞文学的人来，没有一定的哲学功底是不行的。”

梁局长点点头，似乎赞同他的观点，问：“哲学方面，你看过什么书？”

金哲知道梁局长原是中央党校的哲学教授，便故意做出很谦虚的模样，说：“看得也不算太多，也就是西方古典作家的一些著作，黑格尔、康德，还有尼采、叔本华、海德格尔、萨特的书也读过一些。”

“在这些哲学家里面你最喜欢哪一个？”梁局长不动声色地问。

金哲猜不透他的用意，笑了笑，说：“我对海德格尔的现像学比较感兴趣，我毕业论文就是想用现像学理论来研究悲剧。”

梁局长沉吟了一下，问：“你论文的主要观点是什么？”

金哲素来对搞哲学的人有几分敬畏，以为比搞文学的人思维层次要深一些，对眼前这个北大毕业又是哲学教授的人更不敢稍有轻视，况且这个人又掌握着自己的命运！于是恭敬地笑了笑，谈起了自己论文中的一些观点。

梁局长吸着烟，烟雾缭绕，棱角分明的脸也变得有些模糊。金哲面带着微笑，注意观察着，那张没有表情的脸动摇着他的自信，思维好像变得混乱起来，说话有些语无伦次，心情越来越感到沮丧。

梁局长好像在想着什么，突然看着金哲，问：“你以为在马克思与海德格尔之间能找到共通点吗？”

“在某些方面是可以的！”金哲几乎已经丧失了希望，强打着精神说。

“你读过马列原著吗？”梁局长又吸了口烟，问。

金哲感到有些心虚，勉强地说：“读过一些！”

梁局长总算没有追问下去，脸上露出了讥讽的微笑，说：“北大那种地方愿意读这种书的人可是不多了！”

“一般人都喜欢西方现代哲学，尼采、叔本华、海德格尔这些人在北大是很有市场的。不过我的情况不一样，我导师搞的是马列文论，不看原著是不行的。”金哲迎合着梁局长，为自己说的违心话感到不安。

“你导师是谁？”梁局长问。

金哲后悔提到导师的事，听梁局长一问，觉得脸上有些挂不住，不自然地笑了笑，说：“汪学文，在中文系算是比较年轻的教授。”

“他现在也是教授了？”梁局长皱着眉头，似乎很知道汪学文的底细。

“听说系里已经报上去了，还没批下来。您认识他？”金哲看着梁局长，似乎想从那张不冷不热的脸上，找出某种答案来。

“我们在一起开过几次会，听过他发言。”梁局长淡然地说。

金哲感觉得到他话里的含意，讪笑着，心里很不是滋味。摊上这么个导师到哪里也没好脸色看！

梁局长却把烟头放在烟灰缸上掐灭了，慢条斯理地对金哲说：“对我们这里的工作情况，你是不是了解一些？”

金哲边琢磨着他的用意，说：“听李伟说过一些，可能了解得不够全面。”

梁局长把身体往后靠了靠，说：“这是党的宣传机关，和学校，尤其是和北大是很不一样的。我们所有的人所有的工作都必须围绕党的工作来进行，每个人的思想和行为都必须同党中央保持一致，这是不能含糊的。就拿刚才你谈的来说，从纯粹学术的角度来看，我对其中的许多观点都是赞同的，从工作的角度来看就是另外一回事了……你以前参加过工作，又是干编辑的，这一点我想你是能够理解的。你们这一代人与我们那时候不大一样，要做到这一点并不容易，又是清水衙门……”

金哲从他的话中感觉到了希望，心里不由得一阵惊喜，赶忙表白说：“我对钱的事向来是看得开的，又是参加过工作，许多想法同那些从学校到学校的同学毕竟不一样！”

梁局长微微点头，说：“我们这样的单位，进个人也是不容易的，还要有进京指标，可别来了就想走。这样的情况我们以前有过，前年也是从北大进来一个博士，我们刚帮他把家属问题解决就闹着要走，弄得大家都不愉快。”

“我是不会这样的，不说别的，总不能让您感到为难！”金哲像表决心似的，却有些脸红，这分明就是在拍马屁。

梁局长用手拍了拍自己那发亮的大脑门，又把桌上那份简历拿在手里看了看，像发现了什么，盯着金哲问：“你是党员吗？”

金哲从他脸上的神态中意识到了危险的意味，无可奈何地摇头，说：“不是！”

梁局长皱起眉头，发亮的脑门中间挤出一个很深的川字来，说：“这可难办，这是党的机关，不是党员怎么行呢？”

眼看着刚刚到手的希望又要失去，金哲感到了命运的捉弄，抱着最后一线希望可怜巴巴地看着梁局长说：“我已经写过入党申请书，毕业以前能批下来！”

“你有把握？”梁局长的眼睛又落到金哲的脸上。

“系里学生支部的书记就同我是一个班，他已经同我谈过话说没问题。”金哲说着，感到心虚，表情很不自然。

“那好吧，我先把你的材料报上去看看，你自己也要抓紧！”梁局长把手放回桌面上，像是下了决心。

金哲舒了口气，悬着的心也落了下来，用感激的目光看着梁局长，说：“好的好的，您放心，我会抓紧的！”

海子死了！逸夫是在学三食堂外面的那个广告牌上看到那份讣告的，那白纸黑字的讣告并不显眼，纸不大，字迹也不很工整，却有个性，像是带着情绪写的，一看就知道出自某个同学之手。逸夫从几个人头顶上看到“讣告”两个字时并没在意，也没想过要走近去看过究竟。听到旁人的议论，又在那白纸黑字上看到了海子的名字，他的心像被什么东西猛烈撞击了一下。

站在广告牌前面，眼睛死死地盯住那上面的白纸黑字，可怕的阴影从内心里滋生出来，向四处扩散膨胀，像要把他整个的身体吞没了似的。他浑身颤栗着，眼前无数星点在飞舞，向四周扩散开去。很快，那白纸黑字的讣告从眼前消失，化作飘忽的影像，他仿佛看到那个熟悉的背影，没错，那就是海子，矮小的身材，小孩般的圆脸，头发被风吹得散乱，在宽阔的额头前飘动。那身影在那条通往远处的火车道上时隐时现，灰色的阳光把他孤独的影子照在黑色的枕木上，脚步却迈得深沉有力，嘴角上挂着慵懒而疲倦的笑意，脸上的神情很安祥，似乎不是在向死亡迈进，而是在走向永恒。

一个杰出的生命消逝了！逸夫悲叹着。死神是这样无情，对每个人都一样。可是海子却是自己选择了死亡，还是采用那样残酷的方式！

周围零零散散站着几个人，脸上神情各异，或困惑或茫然或不屑或淡漠。看得出他们并不知道海子，更没有读过他的诗。读过他的诗的人就不会这么冷漠！对他们来说，海子只是与自己毫不相干的陌生人，一个抽像而模糊不清的符号。

“有什么可看的，快走吧！”那个长着漂亮脸蛋的女孩使劲地拉着身边男朋友的胳膊不断地催促着，脸上一副很不耐烦的神色。

“又从哪里冒出来一个著名诗人，我怎么一点也不知道呢！”那男孩边从人群里退出去，小声嘀咕着。

逸夫瞥他一眼，内心生出一片悲凉来。说不清是为海子，还是为那对男女。海子活着时候是孤独的，死的时候也是。这是一个可悲的年代，一切有价值的东西都在被摧残被毁灭。诗人算什么？诗歌值几

个钱？死个把诗人又有什么了不起？多么可悲可叹，可是又有什么办法！

逸夫苦笑着，脸上一副悲悯的神情。想到男孩脸上那嘲讽的冷笑，心里很不是滋味。是“诗歌王子”“著名的青年诗人”这样的称谓刺激了那可怜男孩的神经，高傲的北大人是不轻易接受这样的字眼的，多少名人在他们眼里都不过是一堆臭狗屎。可是这一回你错了，海子的确是无愧于这样的称号的。

逸夫呆站着，周围的人已经散尽，风吹得广告牌上的纸呼啦啦地响，一种莫名的孤寂感攫住了他，他感到一阵寒冷，不由得缩紧了身体。

回到寝室，麦嘉和金哲正在谈论海子的事。

“你读过海子的诗吗？”麦嘉脸上那困惑的神色就如同广告牌前见过的那男孩一样。

“没有，我还是第一次听说这名字。”金哲摇摇头，漫不经心地说。

“我也是，真奇怪，这么一个有名的‘诗歌王子’我们都不知道，是不是也太孤陋寡闻了吧？”麦嘉自我解嘲的口吻说。

“有什么奇怪的？很多人什么都没写出来，不也当了一辈子作家吗？”金哲冷笑着，一副不屑的神态。

见逸夫阴沉着脸不说话，麦嘉问：“逸夫，你是在北大上本科的，听说过这个叫海子的人吗？”

逸夫感到厌恶，不忍心在这样的心境下以那样的口气来谈论海子，便索性摇着头，没说话。麦嘉以奇怪的眼光看着他，他没有理会，撩开床外的大花布，钻到床上去躺下来。

逸夫躺在床上，感到极大的愤怒。他平时与麦嘉和金哲关系不错，他们也不是没见识的人，可是他们居然用那样的语气谈论海子，把他与那些沽名钓誉的家伙相提并论，这不是对海子的亵渎又是什么！那些只会拍马屁的御用文人也好，那些只会玩弄技巧的所谓现代诗人也好，同海子一比简直狗屁不是！“诗歌王子”的称号也不是官方给的，更不是那些百无聊赖的评论家给的，而是那些真正读过而且懂得他的诗人给的。读过他的诗的人谁不为他的才气感到震撼？即便不能完全理解他诗歌中的意蕴，也会为那里所包含的高远意境和纯洁的情感所打动。你不能不承认这是一个真正的诗人，是诗歌的化身。

麦嘉和金哲还在谈论着，话题转到找工作的事。麦嘉说：“我去了几家单位，也不是不要人，就是没有进人指标。”

“你为什么不到政法大学去看看，那个叫海子的诗人死了没准那里正缺老师。”金哲这样说，语气有些兴奋，似乎找到了好的机会。

“我可不去干这缺德事，人家尸骨未寒，你就打这样的主意……”麦嘉不以为然，说。

“这有什么，就算是继承他的遗志嘛！再说这年头这样的机会也是不好找的。”金哲说。

听着他们的对话，逸夫像胸上压着块大石头似的，差点憋不过气来。这都是些什么人！他们居然把海子的死看作是给自己提供的就业机会！多么可怜，多么无耻！这难道就是海子生命的意义？死亡并不能唤醒麻木的灵魂，即使是天才的毁灭。

逸夫没有起床吃午饭，躺在床上又睡不着。海子的死在他心中留下了一道抹不去的阴影，生命的消失竟是那样轻而易举，人生也似乎无聊乏味了许多。他的脑子里在嗡嗡地响着，如同沙子在脸盆上摩擦的声音，那样刺耳，眼前一片片黑影在不时闪烁着。在他的印象中，海子是一个热爱生活的人，在他那窄小的胸膛里蕴藏着诗人的热情，

然而在他的脸上却时时流露着悲悯的忧郁。逸夫心想，海子在面对着死亡的时候一定没有恐惧，不然就不会以那样残酷的方式来结束自己的生命。

小戈来的时候逸夫还在躺在床上，同来的还有他的女朋友小静。她一直站在外面，直到逸夫慌里慌张穿好衣服从床上下来才进了寝室。

小戈的脸色很难看，不用说是为海子的死。小戈也是很有名的校园诗人，他曾与海子及另外一个诗人一起被看作是中国诗歌的“三驾马车”，是诗歌复兴的希望。他同海子还是好朋友，逸夫正是通过他才与海子认识的。

那是在湖心岛举行的一次诗歌晚会上，当瘦高个的小戈把矮小的海子介绍给逸夫的时候，逸夫对这个土里土气的小男孩很有几分看不上，尽管他知道小戈对他推崇备至，事先又把他在诗歌上的才华大大吹嘘了一把，逸夫还是很难相信在那瘦弱的身体里会爆发出诗人的激情。后来便听到了他在晚会上朗诵自己的诗作，记得他刚走到人群中央的时候好像有些紧张，表情也有些腼腆，但很快被一种严峻的情感所代替。在逸夫的印象中他的朗诵并不很成功，尤其带着明显的地方口音，但给逸夫的印象却是难以磨灭的。他不能承认，这是一个真正的诗人！

小戈在对面坐着好久没说话，清瘦的脸因悲痛而麻木，眼睛里没有了往日那飞扬的神采。陪着他来的小静看上去脸色也不好，时而低头看着地面，时而用她那双带着女性温柔的眼光去看身边的小戈。

说到海子的死，小戈的声音是低沉而痛苦的。他告诉逸夫，海子是十天以前在山海关卧轨自杀的。他在临走前找过小戈，说想到海边去看看。小戈看他的情绪有些异常，便说要陪他一块去，但海子说不用，他只是想出去散散心。城里的生活实在太沉闷太无聊了！小戈知道他近来身体很不好，脑子里经常出现幻听、思维混乱、头痛的症状，心绪也变得很坏，便说出去走走也好，整天呆在学校里会闷出病来的。没想到这是海子在向他作最后的诀别！他默默地看着海子那瘦小的身躯迈着他所熟悉那种农民式的钝重的步伐孤独地离去。

“后来我才知道，他是早有准备的！”小戈自责地说，告诉逸夫海子临走以前曾经请人把自己的诗稿誊写一遍，整理好了，把它们放在上大学时从家乡带来的那个小木箱里。后来为他整理遗物的时候，看着那一箱摆放得整整齐齐诗稿，小戈再也没法控制自己的感情放声大哭了一场。

“这一切就好像是一场梦，到现在我也不相信他已经死了！”小戈痛惜地说着摘下眼镜，用手擦擦脸上的泪水。在一旁的小静用爱怜的眼光看着他，始终没有说话。

逸夫默默地看着小戈那张悲戚的脸，眼前渐渐地浮出这样的画面：一个穿着灰色风衣矮个男孩，展开双手，整个身体像个十字架似紧贴在一面血红色的墙上，那血红衬着他的孤独。他的脸圆圆的，看不出有那种诗人的清秀和聪慧，却带着农民式的坚定和朴实。他的头发很长也很乱，从顶上垂下来遮住他眼镜后那双坚毅自信并为激情所燃烧的诗人的眼睛。他的嘴也是宽厚的，两片厚嘴唇紧抿在一起显示出傲然的个性。这是逸夫在海子那里看到过的一张照片。这张照片给他的印象是这样的深，使他没法忘记。当时他真不理解，为什么海子要把自己设计成一副耶稣受难时被绑在十字架上时的模样，那血红的底色又像征着什么，现在他好像明白了些。

“海子才真正是一位天才诗人，在他的面前，我们所有的人都是渺小的！”小戈感慨着说，语气中含着无限的惋惜。

小戈是一个很高傲的人，平时不轻易用这样的语气谈论别人。他

在大学毕业以后分配到一家出版社工作，干得并不如意。和海子一样，他是一个把艺术看得很神圣的人，对那些亵渎艺术的行为从不肯姑息迁就。他的眼界实在太高，即便那些声名显赫的作家或者诗人的作品在他那里也会成为“臭狗屎”或者“文化垃圾”，为此不得不经常同单位的头头们争吵。然而对海子他却推崇备至，把他说成是中国诗歌的希望，是像但丁、歌德、莎士比亚一样伟大的诗人。这样的说法甚至令逸夫反感，他承认海子的诗歌是写很不错，但在心目中却很难把这么一个矮小的男孩同“伟大”、“天才”之类的字眼联系起来。为此小戈不止一次嘲笑过他，说他根本不懂诗歌，最后竟到要完全闹翻的地步！

逸夫和海子也曾经是诗友，但没能成为挚友！海子是孤独的，虽然他身上带着农民的朴实和憨厚，但骨子里却有着诗人的狂傲，他把自己封闭在幻想的世界里，轻易不让人进入，要成为他的朋友并不容易。他给人的印象是孤僻的，在这个世界上能够称得上是他朋友的也许只有小戈了，但即使小戈也未必能够拥有他那种境界。逸夫也写过诗，却从来不敢把自己看作诗人，他的思维中有太多的理性成份，因而从来没有进入过诗人的圈子。

小戈这次来北大的目的是要捐款为海子出版诗集的。小戈告诉逸夫，他在那只小木箱里找到了海子的全部诗稿，其中包括300首抒情诗和那部总名为“太阳”的长篇诗稿，共有一万余行，在小戈看来，这是海子留下来的财富，也是他给朋友们留下的神圣使命。

逸夫觉得眼睛里有些潮湿，一股热流在心中流淌着。凭心而论，他对海子的评价并不如小戈那么高，在艺术观点上也不同意海子的偏激。但他承认，海子的确是一位天才诗人，他是用自己的生命在写诗，他的生命本身就是一首燃烧的诗。他是一个具有人类意识的艺术家，他用自己全部的思想和情感表现着人类的思想和意志，用自己的梦幻去塑造着理想的人类形象。在他的诗歌中，那个渺小的自我仿佛已经消失，你再也很难找到那个在困苦中挣扎着的忧郁的农民后代的影子。他历经痛苦，却从不用诗歌来渲泻自己，饱尝孤独，却从不在诗中顾影自怜，因为他关注的不是他自己而是整个人类的命运。在他的心目中，诗歌是圣洁的殿堂，他甚至不能容忍个人的情感去玷污她，他在诗中把自己化为了一种元素，一种力量，一种人类化身。他代表着人类向死亡宣战，向邪恶宣战，他像一团火焰在荒寂的大地上燃烧着，想给人类的荒原带来一点光亮，一点温暖，但他自己却因此而化为了灰烬。在一些人看来，现实中的海子是失败的，他一贫如洗，也从来没有得到过女人的爱，但逸夫却不这样看，因为他知道，海子真正拥有一个自己的世界，这个世界也许并不完美满，却是圣洁的，高远无边的。这样的世界也是逸夫自己所向往和所追求的，只是还没有达到这样的境界。

对海子的诗，逸夫其实读得并不多，对那些跳跃着的诗句，他承认自己的理解是极为肤浅的。但每读一次，都会感受到另外一种境界，这种境界对他说来是朦胧的，高远的，神秘的，却能使他感到一种从未有过的狂喜。正是在海子的诗中，他不止一次感受到了艺术的伟大，也感到了自己的渺小和无能。这时他便会毫不留情地把那些庸俗的念头从自己的心底里驱除出去，去寻找一片光明，正因为这一点，海子的诗才能震撼他。

小戈又一次谈到了海子的死因，他把海子的死归咎于命运。他说真正的天才都是短命的，莫扎特是如此，荷尔德林是如此，海子也同样如此。逸夫却不这样看，他认为海子是生活在他自己用诗歌堆砌起来的梦幻世界中，诗歌是他的生命，也是他同死亡抗争的最后堡垒。

他是孤独的，也是悲观的。他是一个超越了时代的诗人，正因为他站得太高，所以总是孤零零的。他发现再也不能超越自我，加上病痛的折磨，便撕破了自己的梦幻，安然地走向死亡。死亡对他来说，是一种逃避，也是超越自我的唯一选择。

商量好捐款为海子出版诗集的事，小戈他们便走了。逸夫心里却难以平静。想到海子的一生，想到他的诗歌，想到他的死，然后又想到他自己。在对死亡的冥想中，他仿佛感到了死亡的幽灵就在他的周围游动着。他感到了一种前所未有的恐惧，他挥手想赶走那可怕的幽灵，那幽灵却纠缠着他，和他捉迷藏似地戏弄着他，使他心灰意懒，使他精疲力竭。

第六章

四月三日　星期一　晴

金哲撕下一张白纸，揉成一团放在桌上，叹息着，从自己的小天地里走出来，愁眉苦脸的样子。

“怎么啦？”躺在床上看书的麦嘉扭过头来，问。

“妈的，写不下去！”金哲苦笑着说。

“堂堂一个中文系研究生写入党申请书还这么费劲！”麦嘉幸灾乐祸似地笑了笑，用讥讽的口吻说。

金哲却有几分气短，无可奈何地笑着：“不服气不行，这种事情我还真是干不来。”

麦嘉不以为然地笑了笑：“有什么干不来的，这种事何必那么认真！怎么好怎么说就是了。”

“那你说怎么写吧。”金哲微仰着头，眯缝着小眼，看着床上躺着的麦嘉。

“别逗了，还用得着我来教你！”麦嘉冷笑一声，说。

“我可是真心向你请教的，给个面子怎么样？”金哲知道麦嘉这人鬼点子多，便缠定了他。

麦嘉想了想，装模作样地说：“这种事情我也没干过，不过我想申请书嘛，大不了先要写自己对党的认识，然后嘛，就是自己入党的动机什么的，也就这些。”

“这不跟没说一样嘛！我也知道这么写，可写起来就没词了，要不就是觉得别扭。”金哲苦笑着说。

“睁着眼睛说瞎话，能不别扭吗！不要太当真就是了。”麦嘉说着，有些不怀好意。

金哲摇摇头，轻轻叹一口气：“我实在写不下去，要不你来帮我写吧。”

“这算什么，又不是我入党。”麦嘉身体往里靠了靠，似乎在躲避什么。

“就算帮我一个忙还不行！”金哲恳求着说。

麦嘉笑着摇摇头，说：“我可没那本事，要不我早就混进党内去了。”

金哲想起麦嘉给刘杰送烟的事，笑着说：“你其实也应该入党，刘杰对你不错，你要入准没问题。”

“我就知道你小子没安好心，想拉我去做垫背。”麦嘉笑骂着说。

金哲却一本正经：“我说的可是真话，这年头入党没坏处！”

麦嘉满脸讥笑：“难怪党内会有那么多投机分子！”

金哲看着麦嘉，叹口气：“你说过不用那么认真的。”

麦嘉苦笑了笑：“有时候我没法让自己不认真。”

金哲自我解嘲地笑了笑，说：“妈的，我算是看出来了，你小子整个一个反动透顶！”

“也许是，不过作为一个人，我觉得自己还是很伟大的。”麦嘉认真地说。

“伟大个屁！要是碰上我这样的处境，还不知道会怎样呢！”金哲悻悻地说着，向着自己的那片小天地走去。

“大不了再回去当我的中学老师呗，有什么！”麦嘉笑了笑，很不以为然。

看着桌上那迭依旧空白的稿纸，金哲心绪更为混乱。他知道现在所干的这一切都是违背自己的心愿和意志的，可又有什么办法！人没法生活在真空中，为了生存，总得去干一些自己不愿意干的事。人不可能总是他自己，为了适应社会，每个人都得给自己戴上人格面具，这才是真正的生活！什么保持自我，实现自我价值，在学校里说说是可以的，走到社会就是另外一回事了！麦嘉也是参加过工作的人，毕竟是当老师的，对这个社会了解太少，别看他现在还嘴硬，不用几年，没准会变成什么样子呢！

金哲想着，心情总算平静下来。拿了笔，在稿纸上写下了“入党申请书”几个字，然后便搜索枯肠，在过去的记忆中去寻找那些久已陌生的语句，并在稿纸上写着，没写几句心里却产生了疑惑，以为这些句子过于陈旧，并不符合今天的现实。心里一烦躁，便把稿纸撕下来，再次走出自己的小天地。

“你干吗不去问问那些入了党的人呢，要不从他们那里找本党章什么的来看上一看，从那里面抄些话下来，也错不了。”麦嘉看着金哲，很同情他。

金哲点点头：“这主意倒不错！”

正好宋玉推开门晃晃悠悠地走进来，金哲知道他是党员，问他：“你的入党申请书是怎么写的？”

宋玉瞥一眼金哲，似笑非笑地说：“怎么，你也想入党？”

宋玉说话总没个认真的时候，金哲便也用半开玩笑的调侃语气说：“妈的，你能入，我干嘛不能入！”

“你别不识好人心，我是不忍心看你往火坑里跳。”宋玉咧嘴笑着，在屋里来回走着。

金哲自我解嘲似地笑了笑，说："咱跟党可是一条心，就是油锅哥们也要跳下去！"

"你这人真他妈没劲！"宋玉说着，推了金哲一把。

金哲也不同他计较，说："有劲也好，没劲也好，到时候还得请你当我的入党介绍人。"

"冲你这态度，还想让我作入党介绍人，门都没有！"宋玉半认真地说。

金哲也真没想让宋玉当入党介绍人，去年暑假他带一个女孩到寝室睡觉让校卫队逮了去，至今还背着个党内警告处分，让这种人当介绍人还能有什么戏！

"别喽嗦了，快说这入党申请书怎么写。"他用要挟的口气对宋玉说。

宋玉看金哲脸上那认真的样子，也收敛起笑容，说："你要真不会写的话，我那里有一本党章，你拿来抄几段就是了。"

"这管用吗，你可别害我！"金哲疑惑地看着宋玉。

"我害你干嘛，当年我就是这么干的。不过我跟你说，最好你还是先同刘杰谈谈，没有他帮忙，你是进不去的。"宋玉认真地说。

金哲想了想，问宋玉："你看他会帮我吗？"

"这还能有什么说的，怎么说咱们也是哥们一场！"宋玉很有把握地说。

金哲却没有足够的信心，他知道宋玉入党的事刘杰是帮了很大的忙，可自己与他的交情毕竟很浅。表面上，刘杰这个人也是肯帮人忙的，三年来自己同他没有过不去的地方。前不久他老婆突然从家乡赶来北京，还是自己把她稳在寝室里，然后让宋玉找到他的"行宫"里通知他的。为这事他还特意请自己到外面吃了一餐饭以示谢意。可是刘杰给人的感觉总让人捉摸不透，同他在一起也缺乏安全感，却又总是说不出为什么，正因为这个原因，平时总也同他保持着一定的距离。可入党的事没有刘杰的帮助还真不行，他是系里学生支部的书记，有他帮忙，这事应该没有什么问题！

“不行的话，把他请出去撮一顿，准没问题！”麦嘉刚从床上下来，边穿着衣服边说。

“你不是送过他两条烟，怎么也没入上？”金哲讥笑说。

麦嘉不好意思地笑着：“我可不是为了入党才送他的，再说我连申请书都没写，怎么入？”

“都是哥们，小意思啦！”宋玉学着广东人的样拉长了声音说。

金哲想想也是，又不是帮不上忙，他何必跟自己过不去！便问宋玉：“刘杰在寝室里吗？”

“在，同那女人在一起！”宋玉笑了笑，说。

金哲一怔，说：“那以后再说吧！”

“我劝你还是现在去好，他跟那女人一走，没准什么时候能回来。”宋玉笑着说，像要寻开心似的。

金哲明白他的用意，又不能不承认他说的有道理。刘杰和宋玉同寝室，就在对面，知道他与那女人在一起，有些犹豫，但他知道刘杰跟那女人在外面有住处，最近很少在寝室，虽说有些不方便，但时间紧迫，再说上次的事，自己也算帮过他们的，不能错失机会。

金哲来到对面的寝室，犹豫了一会儿，轻轻敲门，不一会儿，门打开，开门的正是刘杰。

“找我？”刘杰问。

金哲点点头，说：“有点想找你聊。”

“能不能换个时间，我马上要出去。”刘杰的身体仍然堵在门口，

似乎不想让他进去。

“用不了多久。”金哲歉意地笑了笑。

“好，进来吧！”刘杰说着，身体退到一边去。

金哲一进寝室，一眼便看见了坐在书桌前的女人。女人一见他便微笑着起来打了个招呼，金哲也笑着点点头。女人长得很高大，个头与他相差无几，模样却不如刘杰在家的妻子，不知刘杰看上她哪点。

“有什么事，你说吧！”刘杰的口气很生硬。

金哲知道自己来得不是时候，心里也感到别扭，想缓和一下，便歉意地笑了笑，说：“我想向你打听一下入党的事。”

刘杰皱起眉头：“是你想入党？”不认识似地看着金哲。

金哲让他看得心里直发毛，苦笑着点头：“我，有这个想法！”

“好嘛！”刘杰竟笑了起来，并看看旁边坐着的女人。

金哲脸红了，表情变得严肃起来，说：“我可是认真的！”

刘杰止住笑，说：“没人说你不认真，我只是感到奇怪，你怎么会突然想到要入党。”

金哲知道瞒不过他，便把自己到中宣部找工作的事对他说了。

“这种事你怎么不早说？你原先连一份申请书都没写过，临时抱佛脚的，叫我怎么帮你？”刘杰皱着眉头，说。

“我没想过会这样！申请书我今天就能写好交给你。”金哲觉得喉头发涩，说话也有些吃力。

“太迟了，党员写了申请以后至少得有一年的考察期，可现在离毕业也不过三个月了。”刘杰沉着脸说。

“能不能想想办法，作特殊情况处理？不是还有突击入党这一说吗？”金哲并不死心，说。

“可你有什么特殊情况呢？就为找工作？这恐怕说不过去。”刘杰脸上现出不耐烦的神色。

金哲没想到事情会这么复杂，一时也不知道说什么好。

“你还是同中宣部那边说说看能不能让你先进去了再说。”刘杰说着，翘起了二郎腿。

“我说过了，那是不可能的。”金哲沮丧地说。

“那就没办法了！”刘杰双手一摊开，耸了耸肩膀，爱莫能助的样子。

金哲皱着眉头，脸色阴沉，想了想，突然眼睛一亮，对刘杰说：“能不能把申请书上的日期改一改，说是去年写的。”

刘杰却摇了摇头：“恐怕不行，申请书一般都是交到组织委员那里，谁交了谁没交支委们心里都有数。”

“你帮我说说话就是了，别人的工作我去做！”金哲一狠心，干脆把自己逼到了绝路上。

“你要是能把别人的工作做通了，我这里是绝对没问题的。”刘杰说。

“那好，我们就这么说定了，下午我就把申请书交给你。”金哲说咬了咬牙，说。

“不是我不愿意帮你,这事我说了不算!”刘杰又给他泼了盆冷水。

“我知道这事难办，不过我总得试试，你答应帮我就行了!”金哲勉强笑了笑，看了看那女人，竟有些讨好的意味。

“放心吧，我会尽力的，不过事情办不好可别怪我!”刘杰说着，把他送到门口。

沈鸿缓慢地抬起眼皮，一片迷雾渐渐散去。雪白的墙壁、华丽的吊灯、放着许多艺术品的装饰柜……这不是杨侃家的客厅吗，我怎么会在这里？他抬起身子，却感到脑袋一阵眩晕，无数星花在眼前飞舞。

脑袋回到枕头上，心里却一阵难受，大口喘息着，就好像整个身体都在虚脱似的。一摸额头，手上竟全是汗水。用手捋了把脸上的汗水，身上却觉得难受，用手插在胸前一摸，竟连内衣也湿透了。

沈鸿静静地躺着，手不经意地触到下面的一根铁管上，才知道自己是睡在拆叠床上，上面盖着一条薄被，身上还穿着毛衣和毛裤，脚下的袜子也没脱。

怎么会这样？沈鸿心里一阵惶恐不安，好不容易定下神来，记忆的碎片在依旧沉重的脑袋里总算组合在一块：杨侃家朋友的聚会……无拘无束的交谈……喝酒，最后的印象是同杨侃拚的那两杯酒，那时他脑袋里已经有些模糊了……可后来呢？记忆一片空白！难道说我又喝醉了？沈鸿听到脑袋里嗡嗡地响着，好像那思维已不属于自己。

猛然打个嗝，从肚里涌上一股透着酒味的酸水，嘴里苦得难受，这才确信自己是醉了酒的。沈鸿心里一阵懊悔，为什么要喝那么多酒，又不是有人劝！平时醉了酒总要胡闹一番，不是胡说八道，就是干出一些让人苦笑不得的荒唐事来。昨晚自己肯定也是出丑了，不然也不会这么狼狈！想到自己醉酒时的丑态，真恨不得抽自己两巴掌。

“怎么样，好些了吗？”穿着睡衣的杨侃从外面走进来，看着沈鸿，关切地问。

沈鸿并没有回答他的话，却问：“昨天，我是不是喝得很醉？”

“不算什么！”杨侃笑了笑，说。

沈鸿知道杨侃没说真话，问：“我醉酒后是不是很失态？”

杨侃没回答，只说：“好好休息，不要想那么多！”

沈鸿从他的眼神中找到了答案，却也不敢深究，问：“刘伟郭振清呢？他们没醉？”

“没有，郭振清已经回学校去了，刘伟在书房里睡。”

沈鸿似乎有些失望，不再说什么。

“你感觉怎样？没事了吧？”杨侃关切地问。

“没什么，只是有点头晕。”沈鸿没精打采地说。

“休息一下就会好的。”杨侃用宽慰的语气说。

“我不该喝那么多酒！”沈鸿用手拍打着脑袋，懊悔地说。

“别这么说，大家难得相聚，能够放纵一回也是不错的，我看昨天晚上还是过得很开心的。”杨侃笑了笑，说。

沈鸿却解不开心中的疙瘩，昨晚的情景犹如梦幻一般，离他越来越远，他不愿去面对也不愿去回忆。

“你休息一会儿，我让佳佳给你熬点粥！”杨侃安慰说。

佳佳是杨侃的女朋友，沈鸿也是昨天才第一次见到。醉酒后的丑态她一定也见到了，第一次见面就给人这样的印象，多丢脸！他们为什么没阻止自己？又不是第一次在一起喝酒，自己的酒量他们都是清楚的，难道他们想让自己出丑！

“以后再也不喝酒了！”沈鸿一阵难过，额头上又冒出了汗水。

“喝碗粥吧！”佳佳端着一只碗走进来，动人的脸上带着温柔的微笑。

沈鸿有些慌乱，刚想要坐起来，却有些头昏眼花，身上一点力气也没有，他咬住牙关，一只手支撑着身体，没让自己倒下去。

佳佳看一眼旁边站着的杨侃，对沈鸿说：“你别起来，我来喂你就是了。”

沈鸿喘息着，身上直冒虚汗，看着佳佳勉强地笑了笑，说：“没关系，我自己能行！”

“就让佳佳喂你吧，没关系的。”杨侃上前扶住沈鸿的身体，说。

沈鸿在床上坐稳了身子，摇着头说：“让我自己来吧！”

佳佳看了看杨侃，把碗递过去。

沈鸿端着碗，觉得有些沉重，空荡荡的肚里一阵翻滚，像有什么东西在往上冒，看着碗里那白糊糊的米粥，有要作呕的感觉。他把嘴往里一瘪，强行忍住。

“你得吃点，昨天吃的都吐出来了，空着肚子会更难受。”佳佳关切地看着他，说。

沈鸿苦笑着，点点头。碗里的粥是温热的，沈鸿刚吃下去两口，脸上却挂满了汗珠，被汗水湿透的内衣贴在身上。吃到一半，便难以坚持下去，只得把碗递给佳佳。佳佳在一旁同情地看着他，给他一块毛巾把脸上的汗水擦干净。

佳佳出去了，沈鸿觉得自己又在她面前出了一回丑，便对杨侃说：“对不起！”

杨侃不以为然地笑了笑，说：“都是哥们，别说这话。”

沈鸿躺下去，调匀了气息，问依然在床边陪着的杨侃：“几点了？”

杨侃抬起手臂看了看，说：“九点四十。”

“你不去上班？”沈鸿惊讶地问。

“我昨天也喝多了，不大舒服，向老扳请了假。”杨侃说，在旁边坐下。

沈鸿知道他是为了自己，有些感动，说：“我很好，该回学校去了，李娜没准又在寝室等我。”

“你这样子怎么回得去？还是在这里歇着吧。”杨侃说。

沈鸿心里很不安，昨天约好今天要同李娜一起出去找工作的，到杨侃这里喝酒的事又没告诉过她，她现在没准在寝室里生自己的气。

“再睡一会儿吧！我看你还没完全恢复过来。”杨侃说着就要往外走。

“别走，反正我也睡不着，陪我随便聊聊。”沈鸿说。

刘伟也趿着拖鞋走进来，一见沈鸿便问：“怎么样，没事了吧？”

沈鸿苦笑了笑：“你呢？”

“我没事，只是玩了半宿麻将，困得要命。”刘伟大大咧咧地说着，在床边坐下来。

沈鸿对玩麻将的事没有一点印象，问：“你们后来又玩麻将了？”

“那时你早就醉倒了，像死猪似的躺在床上，根本叫不起来。”刘伟笑着说。

沈鸿看着刘伟那略微浮肿的眼皮，不好意思地笑了笑。

“刚才我跟我们老板打电话，顺便把你的事对他说了一下。”杨侃说。

“什么事？”沈鸿皱着眉头，莫名其妙的样子。

“怎么，昨晚的事你全忘了？”杨侃惊讶地看着沈鸿。

沈鸿想了想，还是没有印象，问：“到底什么事？”

“就是你到我们公司去工作的事呀！”杨侃忧虑地看着沈鸿。

沈鸿想起来了，昨晚闲聊时杨侃劝过自己到他们公司去干，说他是公司的人事助理，哥儿们要去绝对没问题。可是在印象中自己只说要考虑一下才能决定，没想到他竟这么快就这事捅到他们老板那里去了！于是说：“不是说这事你就能决定吗，干嘛还要告诉老板？再说我自己也还没有最后决定。”

杨侃却很得意，说：“我不是对你说过，我们老板对你特感兴趣，还说要找时间和你谈谈！”

“我有什么值得他感兴趣的，他是做生意的，我可没发现自己在这方面有什么才能。”沈鸿苦笑着说。

“我说过，你到我们那里去也不一定要做生意，我们老板并不是一个只会做生意的商人！”杨侃神秘兮兮地说。

“他到底想干什么？”沈鸿好奇地问。

“根据我的观察，他是一个很有政治抱负的人，也很有远见！”

沈鸿冷笑着说：“听说他是一个很有背景的人，属于太子党之类？”

“他岳父在中央是有些权势，但这并不能说明什么。”杨侃说。

“要是没有后台，你们公司会有今天？”刘伟插了一句嘴。

“你们可以这样想，不过这个公司的确是老板他们几个白手起家干起来的，这个公司存在本身就具有不同寻常的政治意义。”杨侃习惯地理了理头上的长发，显得十分自信。

“说说看，有什么意义？”沈鸿嘴角上挂着讥讽的微笑。

杨侃笑了笑，胸有成竹地说：“我们公司是目前国内最大的民营企业，它的存在实际上标志着一个新的阶级——中产阶级的出现，它的发展和壮大必然会冲击并最终摧毁现存政权的经济基础和阶级基础，导致整个社会向着私有化和民主政治的道路迈进……这难道不比在学校里喊几句空洞的口号更有意义吗？”

“别说得这么好听，我看你们老板也没安什么好心，钱赚够了不算，还想在权力上也捞上一把，想得倒美！”刘伟恨恨地说。

“这本来就很符合逻辑！你读过欧洲历史就会知道，资产阶级是在摧毁了封建政权的经济基础以后才发动革命最后夺取政权的。民主政治本身就是私有化的产物，没有私有化就不可能有真正意义上的民主和自由！这是被历史证明了的真理。”杨侃边说话边做着手势，显得很有些派头。

刘伟冷“哼”一声：“这么说，你们老板算得上资产阶级的代表人物？”

“可以这么说，在我们这个时代能够成为资产阶级应该是很荣幸的！因为他们是民主的希望和象征。”

“你的话只怕是言过其实了吧！”刘伟说不过杨侃，嘴上却不肯服输。

沈鸿看着杨侃，突然觉得他有些陌生，好像他身上多出点什么，而这些正是自己所缺少的。他想杨侃是对的，是到了干实事的时候了，于是便问杨侃：“在你们公司，我能干什么？”

“你是学经济的，搞经营、管理都可以，另外我们刚成立一个社会发展研究所，专门从事国内政治经济方面的研究，这对你也许更合适。”杨侃笑着，颇有些老板的气派。

“我要好好考虑一下！”沈鸿觉得头脑清醒了许多，心里也不像刚才那样难受。

“你们都奔着资产阶级去了，我他妈的该干什么呢？”刘伟做出苦恼的样子，说。

“你还是当你的职业革命家好了！”杨侃笑着，拍拍刘伟的肩膀。

开门的还是那位瘪嘴白发的老太太，麦嘉心里“咯噔”一下，以为又白来一趟，脸上还得作出恭敬的微笑去面对那张满是皱纹的老脸。老太太疑惑地盯着麦嘉看了半天，竟然认出他来，并请他进屋里去。

刚进门，麦嘉便看到了自己要找的韦老先生。老先生刚从饭桌旁

边站起来，桌上的半碗面条还在冒着热气，嘴油得发亮。

“韦老师，您好！我叫麦嘉，是从北大来的。”麦嘉满脸堆笑，一副很恭敬的样子站在个子比自己更为矮小的老人面前。

“好！好！”老先生连声说，把一只布满青筋的手递给麦嘉。

“就是他，来找过你好几趟！”老太太在一旁说。

“到书房去坐吧！”韦老先生用手示意了一下，说。

麦嘉对老太太笑了笑，跟着韦老先生向书房走去。

“您这里的书真不少！”走进书房，看着三面靠墙排列着的书架，麦嘉说。

“房间太小，好些书都没处放！”老先生说着，语气中含有炫耀的意味。

书房的面积足有十五平米，中间留出一片空间放著书桌、沙发和一张小茶几。麦嘉在一排书架站着，浏览着里面的书籍，努力使自己的神态变得自然些。

“你先坐一会儿，我马上就来。”老先生指指旁边的沙发，对麦嘉说。

麦嘉知道老先生急着要去把那半碗面条吃完，便说：“你忙您的，我在这里看看您的书。”

老先生笑了笑，走了出去。

麦嘉在书架前随意浏览着，里面马列的书倒是不少，且多是精装本，偶尔也能找到几本目前流行的关于尼采弗洛依德萨特的书，却没看到有原著。其余便是与文艺有关的，其中有些还是韦老先生自己编写的理论专著。外文书可是一本没有。记不清在什么地方看到过关于韦老先生的介绍，他好像是在延安鲁迅艺术学院呆过并由此搞上了文艺这一行，对这些搞革命的人来说，不懂外语本是很正常的事。

韦老先生是国内有名的马克思主义文艺理论家，麦嘉上大学时用的文艺理论教材就是他主编的，他也曾到自己上本科的那所大学讲过学，地方大学难得有名人去，所以麦嘉至今还有印象。他现在是《文艺理论》杂志的副主编，也是“反映论”的主要鼓吹者。在不久前那场著名的争论中明显落了下风，尤其在校园里他们更被看作是保守派，完全没有市场。

麦嘉本没想过要同这老人搅在一起，上学期他曾写过一篇关于文艺理论方面的论文作为作业交给系里一位教文艺理论的教授，教授看后觉得不错，说要帮他推荐到杂志上发表。他当时并没怎么在意，没想到这位大名鼎鼎的韦老先生竟会亲笔写信邀他来家里谈论文的事儿。

麦嘉从没想过要搞学问，对发文章的事也就不很热心，金哲却很羡慕，说韦老先生在学术界还是有些势力，同他关系搞好了，将来成名就容易了，没准还能帮着找个工作什么的。麦嘉没想过成名的事，以为这离自己太遥远，找工作的事却很现实，尤其在这穷途末路的时候！

“对不起，让你久等了！”韦老先生用牙签剔着牙齿，歪着脑袋进了书房。

“没什么。”麦嘉笑了笑，见老先生在沙发上坐稳，自己才坐下来。

老太太端着两杯茶颤悠悠地走进来，麦嘉担心她随时会摔倒，忙起身过去接过茶杯，一杯放在韦老先生面前，另一杯则端着回到自己的座位上。

“你前两次来我正好在外地开会，让你白跑那么多路！”韦老先生身体靠在沙发背上，用嘴唇捋着牙齿。

“没关系，反正年轻，跑跑不算什么！”麦嘉注视着韦老先生，觉得他比那瘪嘴老太太年轻许多。

“我昨晚上才从成都回来，老伴说你来找过我三次。”韦老先生说到这里突然停顿下来，眼睛看着麦嘉。

“这个时候来打搅您，真是不好意思！”麦嘉歉意地说。

“没关系的！”韦老先生摆摆手，把用过的牙签放进烟灰缸里。

“您这次到成都是开会吗？”想到找工作的事，麦嘉觉得有必要拍拍老头的马屁，便没话找话。

“是为编书的事，你也许听说过，很久以来我们就想编一套马克思主义文艺理论研究丛书，可就是找不到一家出版社支持我们。一次四川出版社的同志来看我，我随便对他们提起这事，没想到他们竟很感兴趣，这次还专门把我们几个人都邀到成都去商量这事。你看人家地方的同志，多有眼光，多有社会责任心！在北京就不行……”韦老先生感慨地说。

麦嘉觉得老头那样子有些可笑，故意说：“北京这地方政治上比较敏感！”

“这不是问题的关键！在我们社会主义国家的首都，宣传马克思主义的书籍竟找不到地方出版，你说说看，这意味着什么？”老头说着，两眼盯住麦嘉，像是在等待他的答案。

“现在出版社都比较考虑经济效益……”麦嘉拭探着说。

“你是担心我们的书卖不出去？”老头阴沉着脸，脸色犹如死灰一般没有一点光泽。

麦嘉连忙解释：“不，我不是这个意思……”

老先生却叹了口气，语气也缓和了些：“当然出版社考虑经济效益也没有什么不对，可是不要忘记，这也是一块阵地，是思想宣传的阵地！你看现在又是什么情况呢？那些宣传西方资产阶级思想的著作是一本接一本地出，今天是尼采，明天是叔本华，后天又不知冒出个什么特来，宣传马克思主义的书反而出不来，这难道不是怪事情？”

“在学校也一样，许多人就知道尼采叔本华什么的，一提马列就被人认为层次低。”麦嘉附和着说，神情却很不自然。

“荒唐！唉，现在的年轻人也真是的……去年有一个研究生，也是你们北大的，到我们杂志社找工作，我同他谈了谈，结果满嘴都是新名词，这个结构那个后什么的，别说我没听懂，连他自己也没闹清怎么回事！我问他读过几本马列主义原著，他说连一本也没读过。我说对不起，你还是另谋高就吧。”老先生愤愤地说。

“有些人是这样，满嘴新名词，听起来也挺唬人的，仔细一想却什么都没有。”麦嘉讨好地笑着，附和说。

韦老先生用赞赏的目光瞥了麦嘉一眼，点点头说：“正是这样！这是一种极不好的风气，就做学问而言也是很不严肃的。我曾经同你北大的几个老教授交换过意见，他们也说现在的年轻人华而不实的太多，扎扎实实做学问的人太少。”

“我也这样看，无论从做学问还是做人的角度看，我们这一代人是没法与您那代人相比的。我经常和一些同学谈论这些问题，对许多现象我们自己也是很不满意的，只是不知道怎样去改变。”麦嘉情绪受到感染，说话有些言不由衷。

老先生微笑着点点头，说：“我看了你的文章，你和那些人是不一样。这也正是我找你来谈的原因。”

“那文章并没写好！”麦嘉作出谦虚样，心里却觉得滑稽可笑，无论韦老先生还是自己。

“还是写得很不错的！我给编辑部的其他几位同志也看过，他们

也这样认为。所以我们想尽快在杂志上发表。”韦老先生看着麦嘉，像是在等他脸上的反应。

`麦嘉没想到他们对自己的文章竟有如此高的评价， 心想大概是找不到同情他们的人了，这么想，脸上却做出受宠若惊的模样，说：“您太过奖了！”

韦老先生在书桌上找到了那篇文章的原稿，戴上眼镜看了看，说：“你文章角度选得很不错，观点也很鲜明！刘再复不是强调以作者为主体吗？按照他的观点，只有作家才是创作的主体，只要忠实于这个主体就够了，是否真实反映生活则无关紧要，这完全是一种唯心主义的观点嘛！你的文章就是对这种观点的有力批判。”

听着韦老先生的话，麦嘉越发感到惶恐不安，说：“我并没想那么多！这是我的一篇课堂作业。我想，肖洛霍夫和帕斯捷尔纳克是同时期的作家，都得过诺贝尔文学奖，得获作品又都是反映十月革命的，就想作一番对比分析……”

老先生摆摆手，打断他的话，接着说：“从作家作品分析入手来阐明抽像的理论问题，正是这篇文章的价值所在！你所选择的角度是很有说服力的……他们不是说作家只要忠实于自己就够了吗？就像你这篇文章所说的，肖洛霍夫和帕斯捷尔纳克都是忠实于自己的，可是在肖洛霍夫在《静静的顿河》这部小说中却能真实地反映十月革命的真实面貌，而帕斯捷尔纳克的小说《日瓦戈医生》却在很大程度上歪曲了这段历史，原因就在于他们的世界观不同，所站的阶级立场也不一样嘛！所以忠实于自己并不等于忠实于历史忠实于生活。”

麦嘉觉得韦老先生歪解了自己那篇文章的用意，又不好反驳，便说：“对这场争论我了解得很少，在我看来，主体论也好，反映论也好，其实并没有本质的区别，只是角度不同而已。”

“绝不是角度的问题！”韦老先生摇着头说：“这场争论其实有很深的背景，不能简单地理解为是两种文艺观点的论争！这几年文艺界的情况你肯定也了解。我们有一些所谓的理论家和作家，他们反对文艺是生活反映的观点，以为艺术就是要表现自我，他们强调所谓的主体性的实质也在这里。在这种思想的引导下，不再有人提深入生活体验生活了，艺术家也不讲社会责任，一切都向钱看，什么能赚钱就写什么，他们迎合的是小市民的低级趣味，写出来的东西自然也是庸俗不堪！我个人认为，这几年文艺的不景气，主要是我们文艺的主导思想上出了问题！老实说，看到你这篇论文，我是很高兴的，作为一个年轻人能看到这些问题而且在理论上作一些探讨，这是很难得的，没错，我认为是很难得的。”

麦嘉苦笑了笑，心想这老头竟把我归到他们那条战线去了，寝室里的哥儿们听了这番话会怎么想?

韦老先生继续说：“问题主要还不是出在文艺界，我看整个理论界都是有问题的。有些人受了西方思想的影响，以为马列主义理论过时了，应该扔进垃圾堆里去。搞马克思主义研究的人也被看作是老朽是保守派。那些人其实是不懂得马列主义的！他们打着马列主义招牌反对马列主义，刘再复那些人就是！可是却有那么多的人支持他们，包括中央领导在内！”

韦老先生情绪有些激动，嘴角上留着一条白色的泡沫。麦嘉看着很不舒服，便垂下眼睑，眼睛往地面看着。

“中央有些人对理论问题很不重视，他们眼里看到的只是经济，也就是金钱！小平同志最近讲这几年最大的失误是教育，指的就是思想教育！现在社会上有一种很不好的风气，什么都讲钱，可是理论的价值是不能用金钱来计算的，难道马列主义思想也是能够用金钱来计

算的吗？拿我们现在办的那个刊物来说，本来是宣传马克思主义文艺思想一块阵地，可是最近却让我们自负盈亏，这不是很荒唐吗？最近我专门为这事找了我们的文化部长王蒙，请他为我们解决办刊物的经费问题，可他却说部里没有这笔经费。其实我也知道这不只是一个钱的问题，是有人看着我们这些老家伙不顺眼！说到钱，拍上一部《河殇》这样的电视剧不也要花很多钱吗？怎么就没听人说过缺钱呢？说到底还是一个思想意识的问题！”韦老先生说着，伸出半截嘴唇把嘴角上的咆沫舔去。

“《河殇》好像是中央电视台投资拍摄的。”麦嘉忍不住插嘴说。

韦老先生瞪了麦嘉一眼，接着说：“我指的一种社会现像！无论在学术界也好理论界也好，现在出风头的都是那些宣扬西方思想的人，有的人还是靠马克思主义出名的！前不久你们北大一位搞文艺理论的教授跑来对我说，现在他连文章也没地方发了！在我们这样的社会主义国家里搞马克思主义研究的人竟然连说话的地方都没有，这不是怪事吗？就冲这一点，我们也要把我们的刊物办下去，而且要办好它！我们的观点始终很明确，就是要为宣传马克思主义占领一块阵地，这也是我们的使命。”

老先生眨巴着眼睛，似乎被自己感动了。麦嘉却以怜悯的眼光看着他，找工作的念头也完全打消了，他本来对理论就很轻视，何况又要同这样一些人在一起，有什么意思！还不如当个中学教师活得实在。

韦老先生显得有些疲倦，他端着茶水喝着，歇了口气，又说：“对你们年轻人来说，最重要的是要有信念！有了信念，生活才会变得有意义！”

麦嘉笑着说：“我也希望自己有信念，可是要建立一种信念并不是一件容易的事！据我所知，我周围的人没有一个是真正有信念的，包括那些党员在内。”

“这需要多看书，多思考！”韦老先生说着，竟有些厌倦起来。

“我会努力这样去做的。”麦嘉敷衍着说，心里突然感到一阵厌倦。

看着对面默默无语坐在床边的老人，逸夫不由得想起了自己的父母！从外表上看，眼前的两位老人同自己的父母并不相像，自己的父母也不是农民，然而他们同样是生活在偏僻的山区，同样是那样的淳朴而善良，身体也都像干枯的木柴。所不同的是眼前这两位老人为这个世界养育了一位天才诗人，而他自己则注定要庸庸碌碌地过一辈子。

地下室里空气潮湿，含着发霉的气味，逸夫感到不舒服。屋里的人并不少，空气却显得沉闷。老人很少说话，听小戈说，他们来京后总共也没说几句话。即便谈到海子，老头也只是在默默地听着，老太太则不停地用手抹着脸上的泪水。默默地注视着那两张布满皱纹的脸，逸夫突然感到一阵心酸，心想：他们肯定不知道海子的真正价值，他们不懂诗，也不知道诗人是什么，在他们的心目中，失去的是一个儿子，而不是诗人，他们在他身上寄托着全部希望和感情！从这方面说海子是太自私了，死亡对他自己或许是解脱，可是留给活着的人的却是无尽的痛苦和怀念。

逸夫从来没有听海子说到过自己的家世，只是偶尔从小戈嘴里听到海子家里的情况。小戈曾经到海子家里去过，回来以后对逸夫说，那地方的贫穷超出了他的想像，到八十年中期了，村里却仍然点着煤油灯！当年海子就是在煤油灯下看书和写作业的，吃猪肉对一般的村民来说也是不容易的。海子上大学期间，家里就几乎没办法给他寄钱，

他是靠着那一点微薄的助学金把书读完的，这也是他后来没有继续上研究生的原因。毕业以后他便不得不用自己那点可怜的工资来负担弟妹上学的费用，而他自己则经常连每月吃饭的钱都不够。逸夫心想，对海子来说，金钱也好，物质享受也好都是无关紧要的，他在精神上早已超越了这一切，然而他毕竟也是生活在这样混浊的尘世之中，不得不为了自己和父母亲的生存而考虑，这种现实与理想，物质与精神的矛盾冲突对海子说来同样也是不可避免的。这是一个实用主义的时代，也是理想幻灭的时代，对于理想主义者来说，生活就意味着痛苦，意味着悲剧。造物主对于自己的儿子也是这样的无情和冷漠，对海子这样的人，既赋予了他天才和善良，同时又带给他贫穷、痛苦和毁灭！也许在造物主看来这样才显出公平，可是在逸夫看来则是太残酷了。

两位老人是五天以前来到北京的，明天他们又要回到那个贫穷的小山村去，他们带走的是一盒骨灰和那个装着海子衣服的旧衣箱，还有两个用床单扎起来的包裹把海子生前的大部份生活用品都裹了进去。对两位老人来说，这些东西都是用得着的，对海子那位正在上高中的弟弟来说，这里的每一件东西都可说是一笔有用的财富！其实海子留下的最大财富是他的书，他留下来的书竟有十余箱之多，这么多的书两位老人是没法带回去的，因为从北京到他们的那个小山村足有两天两夜的路程，坐了火车还要坐汽车，书对于他们来说也没什么实际用途，所以这些书便暂时由小戈保存着。逸夫用怜悯的眼光看着这两位老人，心想：他们并不理解他们的儿子，他们失去了儿子，可是他们永远也没法理解他们的儿子为什么会用死亡来报答他们对他的养育之恩，在这一点上说，拥有这样一个天才的儿子，又是他们的不幸！

小戈看了看逸夫，从口袋里掏出一个大信封来交到海子父亲的手里。那里面装有三千多块钱，是这几天来他们在北大校园里募捐来的，原想用来出版海子的诗集，可是昨天小戈却找来几个朋友商量说，现在海子的父母更需要钱，他们这次来北京的路费也全是借来的，决定把这笔钱让两位老人带回去，出诗集的事只好将来再想办法了。

海子父亲看着小戈手里那一迭厚厚的钱，脸上显出茫然的神色。小戈解释说这是从同学们那里募捐来的，也是朋友们的一点心意。逸夫在一旁看着那两位不知所措的老人，心里感到悲哀。两位老人也许从来没有过这么多钱，也不懂得“募捐”这个词的涵义，可这却是海子的死所得到的全部同情了，多么可悲！

小静把一副眼镜送到海子母亲的手里，让她回去转交给海子正在上学的弟弟。那是小静特意为他在眼镜店里定做的。逸夫听小戈说过，海子生前一直是想着要给他的弟弟配上一副眼镜，可是配眼镜那几十块对海子来说也是不容易拿出来的。小静真是个细心的女孩，也算为海子了却了一件心愿。

商量好明天给两位老人送行的事，逸夫便同小戈和小静一起离开了政法大学的地下室招待所。小戈的神情是那样的忧郁，他说他真希望能多给这两位可怜的老人一点慰藉，可是他能做到的事情却是那样少，总觉得有愧于死去的海子！逸夫理解小戈的心情，从小戈那双忧郁的眼睛里他看到了他内心的孤独和寂寞。这些天来，海子的死也给逸夫的心里抹上了一道阴影，他总是不由自主地要去思索那些关于生和死的问题。

逸夫回到学校的时候已经是下午四点多钟，正好林琳又来找他，他便带着她到校园里去散步。他突然对她谈起了海子，谈到了海子的诗歌和他的死亡，也谈到了自己对人生和对死亡的看法。

逸夫知道林琳并不了解海子，也没有读过他的诗，即便读过也肯定读不懂，因为她毕竟只是个思想浅薄的女孩！可她却默默地听着，

做出了个能够理解的样子。逸夫从她那茫然的目光中看出她其实什么也没有听进去，这使他很失望，但他还是继续对她说着，似乎是在发泄自己。

林琳听完了逸夫的话，好像在想着什么，过了一会儿，她突然看着逸夫问：“海子为什么要去死呢？活着多好！”

逸夫听了林琳的话，不由得苦笑起来，问她：“你觉得活着就那么好吗？”

“那当然，这是一个充满着爱充满着幸福的世界，世界上有那么多好的东西和好的人，难道不可爱吗？”林琳说。

逸夫看着林琳，突然有些后悔，为什么要对她说这些呢？对于自己和海子这样的人，她是永远也不会理解的，她没有经历那样的痛苦，也没有那样的智慧！她永远是生活在浅层次，根本不能体验到生活的底蕴，也正因为这样，她才能保持住那份纯真的天性。既然真实是那样的残酷，那又何必把那阴森森的现实揭给她看呢？就让她在虚幻中保持纯真好了，用不着为她的浅薄而嘲笑。

“逸夫，你是不是还在想着那个海子的死？”林琳看着沉默不语的逸夫，问。

“我想的不只是他，还有别的事情。”逸夫叹息着说。

林琳抬头看着逸夫，不安地说：“你为什么总要去想那些不愉快的事情呢？看到你整天忧郁的样子，我真的很难过。”

“我也不愿意这样，可是有些事情又不能不去想。”逸夫说。

“逸夫，你答应我，不要再去想那些事情，要想的话，就多想想那些让人感到愉快的事情，好吗？”林琳期待地看着逸夫。

逸夫不忍心让她太失望，点点头，说：“好吧！”

“我现在就告诉你一件高兴的事情，想听吗？”林琳仰着头，看了看逸夫，似乎在等着他脸上的反应。

逸夫勉强地笑了笑，漫不经心地说：“什么事情？”

林琳没能在逸夫的脸上看到期待的效果，似乎有些失望，但还是做出高兴的样子，说：“我爸爸已经为我在经贸部下面的一个进出口公司找到了一份工作。”

“哦，这么说，你就不用为找工作的事再发愁了！”为了不让林琳失望，逸夫努力做出高兴的样子。

“我爸爸说，要是你愿意到经济部门去工作，他也会为你想想办法的，他在这方面有很多关系。”林琳说。

逸夫根本没有心思去谈论自己工作的事，苦笑说：“在经济部门我能干什么呢？”

“你的外语不是很好吗？我爸爸说，你要想找到一份好工作，就得发挥你在外语方面的才能，现在这方面的人才还是很吃香的。”林琳看着逸夫，热切地说。

“可是你知道我对做生意的事并不感兴趣的。”逸夫看着林琳，她的小嘴正微微地张开着，露出了嘴里并不整齐的牙齿，突然觉得她现在的样子实在有些俗不可耐。

“可是像你学的这种专业要找一个理想的工作并不容易。”林琳撇撇嘴，有些不高兴。

“到时候总会有办法的。”逸夫觉得林琳的话里有些嘲笑的意味，冷笑着说。

林琳试图说服逸夫，逸夫心里却感到厌倦，心想：这一切是多么无聊！爱情，事业，金钱，家庭，难道这就是生活的全部吗？为什么人们对生活的理解总是这样肤浅呢？海子死了，他却还在想自己找工作的事，这不是对海子的亵渎嘛。

林琳走的时候很不高兴，逸夫却没有心思去理会。走到那绿茵茵的草地上躺下来，仰望着天空中悠悠的白云，心想：人类是多么渺小多么可怜！个人也好，人类也好，其实都不过是大自然中的匆匆过客！可是活着的每个人却都在为了满足自己的欲望在奋斗着，挣扎着，可这一切又意味着什么呢？人活着就是那么回事！就算你官当得再大，钱挣得再多，到头来总还是要死的，死亡把所有的这一切都化为了虚无！生是什么？死又是什么？死亡就像一阵风，吹过了也就完了，死亡就像天上的云，总是要化为虚无的。人活着本身就是悲剧，所有那些对人生意义的解释不是过于浅薄就是在自欺欺人，人类在存在的那天起就在同死亡进行着抗争，人类所有的文明也是这种抗争的结果，然而事实证明所有的这些抗争都是徒劳的！人类现在有了空前的文明，可是却从来没有摆脱过死亡的阴影……

第七章

四月十五日　星期六　多云

逸夫骑着车在路上慢悠悠地走着，浑身上下提不起劲来。道路两旁少有枝叶茂盛的树木，慵懒的身体时时裸露在白晃晃的阳光下。逸夫眯缝着双眼，懒洋洋地直视眼前裸露的大地，仿佛有千万道金光把身体罩住，嘴角却泛出冷漠而厌倦的笑意。

行人和车辆并不少，周围却是一片沉寂。这感觉如同小时候一个人在家乡广袤无边的黄土高坡行走一样，那片荒凉贫瘠的土地也曾给他带来这样的孤寂。他想不透那贫瘠的土地和眼前这繁华的闹市之间有什么样的关联，不过他想，自己注定要在这样的孤独中生存下去。

多么无聊！逸夫心里叹息着，心想林琳的话也许是对的，人不能总生活在梦幻中，可是难道生活在现实中就要整天去做那些自己根本不感兴趣的事情？说到底生活与梦幻并没有本质上的区别，就算梦幻是对生活的麻醉，生活本身又怎么不是麻醉？室友们都把自己比做冈察洛夫笔下的奥勃罗摩夫，可自己又哪里有那样的好福气，这个十九世纪俄罗斯的贵族至少可以安安稳稳躺在床上做着自己的春秋大梦，自己却不得不从暖烘烘的被窝里爬起来为生存而四处奔忙！

看着门上写着的校名，逸夫再次感觉到命运的捉弄。平时老想着要离政治远远的，却总也脱不了它的阴影。这不，还是自己找上门来的！

逸夫苦笑着，强打着精神走进校园。与北大相比，青年政治学院的校园实在小得可怜，站在路中间往四下看，整个校园就可尽收眼底。这可是专门培养青年政治干部的地方，据说校长也是团中央的书记，肯定是个讲政治的地方，而他是从骨子里讨厌政治的，到这样的地方来找工作，对他说来原本就是很滑稽可笑的，可就这样，人家还未必要他！

在基础部办公室，逸夫见到的是两个正在嗑着瓜子闲聊天的女人。一个看上去五十来岁，面目和善。另一个三十岁左右，脸上像涂了一层白面，给人俗不可耐的感觉。

“老师，您好！”逸夫上前对面目和善的女人说。

“有事吗？”那女人扭过头来笑了笑。

“我找邵东明！”逸夫微笑着说。

女人笑了笑，指着对面坐着的年轻女人对逸夫说：“你问她吧，她是邵东明的爱人！”

逸夫把脸转向那女人，尴尬地笑了笑，说：“您好，我是从北大来的。”

女人嘴唇上粘着一片瓜子皮，眼皮一翻，问：“你找他有什么事？”

逸夫让她看得心里直发慌，结巴着说：“我想……来找工作。”

“又是来找工作的！”女人嘴一撇，嘟噜着。

逸夫脸上一阵发热，像被人揭了癞疮疤似的，站在那里不知所措。

“你认识他？”女人用手把嘴边的瓜子皮拿掉，漫不经心地问。

逸夫摇摇头，说：“我是他师弟。”

女人审视着逸夫，终于说：“你到家里找他去吧！”她把家里的地址告诉他，脸上很有些不耐烦的样子。

按照女人的指点，逸夫来到新建图书馆后面的教工宿舍楼前，情绪却更为低落。说起来那女人还算是他的师嫂，可是她看自己时的眼神就像自己是上门乞讨的乞丐。可自己现在这德性比乞丐又能强到哪里去？怎么说那邵东明还是自己的师兄，就算不曾见过面，总还是同一个老师教出来的。要是他也同那女人一个德性，找他又有什么意思！

总算爬到四楼，逸夫喘息着，嘴角挂着冰冷的笑意，抬起那只有气无力的手在门上敲了两下，听到里面的脚步声，心情却有些紧张。

看到门里面出现的那个瘦长的身影，逸夫便知道这是他要找的人，但还是小心地问了一句："请问您是邵东明老师吗？""老师"二字从嘴里吐出来总有些拗口。

"找我有事？"那双疑惑的眼睛盯住逸夫。

逸夫有些不自在，强笑着说："我叫逸夫，是郭仲衡老师的学生。"

邵东明嘴往旁边一挤，脸颊处鼓出个小肉包，说："哦，进来吧！"

逸夫看着第一次见面的师兄，竟有些感动，一时忘记了他女人那难看的脸。

"换双鞋吧！"师兄把门关上，对逸夫说。

逸夫弯腰从鞋架上取了拖鞋正要换，却想起自己已经一个星期没有洗澡也没有换过袜子，袜子后面还有一个洞，显露出来很是难看，但事已至此别无先择，只好硬着头皮把鞋换上，踏着柔软的地毯随师兄往书房里走去。

"您这房子真不错！"逸夫一进书房便由衷地赞道。

"还凑合吧！"师兄很随便地说，看上去很有些得意。

书房不大，却很温馨。逸夫看着装满书的两个大书架，心想要是自己能有这么大的书房就好了！却又觉得想得过于遥远，眼下连饭碗都没找到，哪里谈得上别的！

逸夫坐在书架旁边的沙发上，看着书桌前面对自己坐着的师兄，心里有些不自在。这位师兄比自己高出三届，自己进校的时候他正好毕业离校，以前也很少听导师提到过。不久前因为电视片《河殇》在社会上引起轰动，才知道自己还有这么一位出名的师兄。

“不是老头让你来的？”师兄的眼光很敏锐，看上去并不迂腐。

逸夫苦笑着摇摇头。导师不久前在谈到《河殇》的时候倒也提到过师兄，言谈之中对这位爱搞政治的师兄很不以为然。老头素来反对学生参与政治，在他看来做学问就得安份守己甘于寂寞。逸夫觉得在这方面自己倒是与导师很投合，眼前的师兄则是另一回事。

师兄额头上皱起一个川字，眼睛瞪得老大，像要从眼皮里蹦出来，问：“你来找我，他不知道？”

“他不知道，不过他对我谈到过你。”逸夫不自然地笑着，生怕袜上的滋味让这位师兄闻了去，把脚尽量往后缩着。

师兄叹了口气，嘴角上泛着讥讽的笑意，说：“我就知道是这样！他最近对我很不满意。为《河殇》的事他专门给我写过一封信，指出了一些史实上的错误，愣说我做学问不严谨！这其实与做学问并没有太多的关系，我们搞的是政论片，只要能使观众接受就够了，史实方面有些出入又有什么关系？可他老先生就有那么认真，真让人苦笑不得！”

逸夫觉得这位师兄对导师也是怀着敬畏的，便说：“他就是那脾气！其实他对《河殇》也不是完全否定的。”

师兄淡淡一笑，很感兴趣似地看着逸夫：“他对你谈到过？”

逸夫点点头，说：“谈过不止一次。在我的印象中，他对其中的许多观点还是赞成的。”

“他怎么说？”邵东明身体往前靠了靠。

逸夫想了想，说：“他说那里面包含着一种强烈的忧患意识，能够启发人们去思考一些深层次的问题。”

“他能看出这一点也算难得了，要知道他是一个很传统的人！”邵东明叹息着说。

“在他们那代人中老头还算比较开明！”逸夫不想在师兄面前贬低他们的导师，说。

“老头绝对是一个好人，说他是圣人也不为过。可是就观念而言，他不应该属于这个时代。在学校的时候我经常同他发生争论，所以他大概从来就把我看作是个好学生，不过我还是很尊重他。”

听师兄这样评论自己的老师，逸夫心里松了口气，与师兄的感情似乎也贴近了些，说：“我也这么看！”

师兄沉思了一会儿，看着逸夫问：“你对《河殇》是怎么看的？”

逸夫略微踌躇了一下，说：“我没看过这部片子，你知道在学校是没法看电视的。不过里面的解说词倒是从报纸上看过一些。”

“你就随便谈谈吧，没关系的。”师兄鼓励说。

逸夫想了想，说：“我认为中国需要这样一部片子，从现实来看它也确实起到了震聋发聩的作用。”

邵东明点点头，满意地说：“这部片子在社会上能够引起这么大的反响是我们原来也没想到的。”

“不过在某些问题上我倒有点自己的看法。”

“说说看！说实在的，我还真想听听你的意见。”邵东明点燃一支烟，微笑地看着逸夫。

逸夫稍微犹豫了一下，说：“其实在许多问题上我是同意你们的观点的，不过我想，在对于中国文明和西方文明也就是你们所说的黄色文明和蓝色文明的看法上是不是有失偏颇？其实任何一种文明，既

然它能沿续下来就必然有它的合理性！我认为，东方文明和西方文明的真正区别在于：东方文明是压制人类欲望的结果，在整个中国文化中，儒释道都是强调压制乃至抹杀人的欲望，它们都希望通过压制人类的欲望来达到个人心灵乃至整个社会的和谐；而西方文明则恰恰是人类欲望不断膨胀的结果，从希腊文化到文艺复兴时期的人文主义文化，它们都是把人类欲望的满足看作是合理的追求，是符合人性的人道主义，在西方人看来，所谓的幸福就是欲望的满足，但如果每个人都要满足欲望的话，就可能伤害其他的人，所以必须通过理智，还有法律、道德以及宗教来约束个人的欲望，以达到社会的和谐，从古希腊到文艺复兴到启蒙运动，再到现代的民主法制社会的建立，西方人一直都在寻求这种和谐，西方文明也是这样形成的。所以，中国文化产生的是以封建专制为标志的落后的农业文明，而西方文化则孕育出以民主制度和高度发达的科学技术为象征的工业文明。但即使这样，西方文明也绝不能真正拯救人类，就像我们搞全盘西化也不能拯救我们这个民族一样。”

“你的观点还真是有点意思，请说下去！”邵东明用嘲讽的口吻说。

逸夫继续说：“我认为任何事情其实都是有两面性的，在地球上，人类是唯一能够直立行走而且有智慧能够创造劳动工具进行科学发明的动物，所以上帝让人类来管理地球上所有的一切。正如《圣经》所写的，人类祖先亚当与夏娃因为吃了智慧树上的果实才拥有智慧，也因被上帝赶出了伊甸园，当犹太人利用自己的智慧建造了直入云霄的巴别塔以后，上帝感到害怕便使人类语言混乱无法沟通，从而限制了人类的智慧。人类祖先生活在伊甸园里没有欲望也没有痛苦，当然也没有所谓的幸福，而拥有欲望和智慧以后在拥有的痛苦的同时也拥有了幸福，而人类为满足欲望不断创造大量物质财富的同时也制造了罪恶并把人类推到危险的境地。一方面，科学技术使人类从繁重的劳动中解脱出来，改善了人类生存的条件并延长了人类的生命，让人类享受到了难以想像的社会财富；另一方面科学不但没有真正解脱人生中的苦难，反而使人类离开自己的本性越来越远。比如，在拥有了飞机和大炮以后，人类间的相互屠杀也变得更加残酷！”

“可是人类间的相互屠杀并不是从有飞机大炮才开始的，自从人类存在的那天起这样的屠杀就没有停止过。”邵东明反驳说。

“不错，这种屠杀是从来没有停止过，将来也不会停止！可是用大刀和长矛杀人和用原子弹杀人毕竟不可同日而语。我常常想，如果说人类真有一天会毁灭的话，真正能够毁灭人类的不是天灾也不是外星人，而是人类自己！想想看，如果当年希特勒拥有了原子弹那这个世界会变成什么样？如果今天或者明天世界上出现希特勒那样的暴君和独裁者，又会怎样？所以我要说是科学和人性中的邪恶将把人类和世界推到毁灭的深渊！”逸夫侃侃而谈，有些把握不住自己。

邵东明把手放在脸颊上轻轻地擦了擦，故作老成地笑了笑，说：“看得出来你对这个问题是进行过认真思考的，可是我们在片子里主要想解决的是中国走向现代化的问题。对于中国人来说，现在最重要的是要解决十几亿人的吃饭穿衣问题，这才是我们所关心的。”

逸夫不好意思地笑了笑，说：“对不起，我扯远了！”

邵东明却摇摇头，说：“没关系！我看你这个人还是挺有思想的。看来你也不是一个循规蹈矩的人！”

逸夫怕师兄心里不乐意，便说了一句：“我谈的是我个人的看法，其实我们很多同学都是支持你们的。”

“这我就放心了。要是连北大人都反对我们，那我们这部片子也

就没什么意义了。”邵东明笑着，很满意的样子。

逸夫不想继续同他讨论这个问题，便笑了笑，不再搭话。

邵东明情绪却很好，他问逸夫：“你是为找工作来的吧？”

逸夫不好意思地笑了笑，说“听说你们这里需要人，想来看看。”

邵东明皱着眉头，说：“我们这里倒是缺老师，可你为什么想到这种地方来呢？”

“这地方不好？”逸夫问。

“怎么说呢？有人说中央党校是第一神学院，人大是第二神学院，我看这里也好不到哪里去。你知道这里原来是中央团校，这几年才改成现在这名字。虽然也进来过一批像我这样的年轻学者，但总的来说还是很保守。我不知道你是怎么想的，就我自己来说在这里呆着是很难受的，所以最近也在想调走。”

“我这个人就想在学校呆着，别的地方也不想去，可是现在学校也不好找，说是编制满了。没办法，只好到处瞎碰！”逸夫苦笑着说。

邵东明想了想，说：“既然这样，我倒是可以帮你联系一下。”

逸夫感激地看着邵东明，说：“那我把简历给你留下吧。”说着把手中的简历递过去。

邵东明低头看看那份简历，对逸夫说：“过几天你再来一趟。”

逸夫看看时候已经不早，又担心那没给自己好脸色看的女人下班回来，便起身向邵东明告辞。

“见了郭老师请代我问好！”邵东明把逸夫送出门外，握着他的手说。

“那是南阁，那是北阁，当年司徒雷登两个女儿就住在这里。后面的是俄文楼，我经常在那里上课的。”麦嘉领着姐夫和他们单位的同事在校园里走着，指着前面的建筑给他们解说着。

“这学校真漂亮，像公园一样！”姐夫的顶头上司、县商业局的副局长看着，赞叹说。

“我们那里的公园还没这么好看！”局长夫人说。

局长脸上却显不屑的神态，讥讽地说：“这可是北大，中国最有名的大学，能比吗！”

麦嘉觉得好笑，瞥一眼旁边走着的姐夫，觉得他们那样子很土，简直与整个校园幽静高雅的环境不谐调。

“这学校怕有我们县城那么大？”局长夫人问。

“哼，县城哪有这么大，从头到尾走下来还不够一根烟的功夫！”局长说。

麦嘉笑了笑，觉得这对老夫妻倒也有趣，说：“这只是一部份，教师住宅区还在外面。”

“清华大还是北大大？”姐夫突然冒出一句。

麦嘉知道姐夫有一个远房亲戚在清华上本科，淡淡一笑说：“清华稍大一点，不过校园没这么漂亮！”

“听我那亲戚说，清华可比北大要有名得多！”姐夫说。

麦嘉笑了笑，说：“得看从什么角度说，按照国际标准，北大是排在清华前面，清华主要以理工科为主，在英文里 UNIVERSITY 含义是指像北大这样的综合性大学，所以在严格意义说像清华这样的学校还不能称作大学，而只能叫做理工学院什么的，在英文里只能用 COLLEGE，比大学要低一级！”

姐夫说不出什么，却不肯服输，说：“我那亲戚说，每年清华的招生分都比北大高，学生也好分配！”

麦嘉知道姐夫是想用他的亲戚来压自己，笑了笑说：“这倒也是事实，清华以理工科为主，学的东西比较实用，用人市场也大。北大更多的是文科和理科，属于基础学科，面比较窄。比如物理系，论实力是全国最强的，也难考，可是学生毕业出来，除了搞研究还能干什么呢？国内这方面的科研机构又少，许多人在国内都没法混，只好到外国去了。”

“能到国外去不是更好吗？你为什么不想办法出去呢？”局长并不掩饰自己的羡慕之情。

麦嘉脸一红，说：“这也得看时机，再说不是每一个人都想出国的。”

“出国也不见得有多好，很多人到国外去也不过给人刷刷盆子，要这样还不如在国内呆着好！”姐夫说。

麦嘉看出姐夫的心态，故意说：“刷盆子也不是什么丢人的事，美国人自己也干的，再说就是刷盆子也比在国内过得好！”

“那倒是，不过也不是谁都能出国的。”姐夫喃喃地说。

麦嘉知道他话有所指，便笑了笑说：“对北大学生来说，出国并不是什么难事！毕竟是中国最高学府，有的是人才，去年毕业的生物系研究生差不多全到美国去了，连美国人都说北大清华都快成为哈佛的博士预备学校了。”

局长和他的夫人都“啧啧”称赞不已，姐夫却阴沉着脸不说话。麦嘉看在眼里，心里竟感到一阵快意。姐夫自从当官以后不把自己一家人看在眼里了，因为当初父母亲不同意姐姐与他的婚事，他一直有些记恨。他经常当着麦嘉的面吹嘘自己在官场上的得意，似乎姐姐找上他是占了什么便宜。他还常常说他自己家的人一个个多么有出息多么有钱，而麦嘉家的人却是又脏又笨又没有出息。他甚至不愿意把孩子交给母亲带，嫌她太脏，怕有什么不良习惯传给他那宝贝孩子。

“这是蔡元培，原来的北大校长！”麦嘉领着他们来蔡元培塑像前，说。

局长走到雕像前仔细端详一会儿，一本正经地说：“这个人我可知道，他是共产党的创始人，还参加过一大！”

麦嘉笑了笑，纠正说：“你说的是李大钊，他的塑像在刚才我们走过的俄文楼前面。”

局长不好意思地笑了笑，自我解嘲地说：“记忆力不好，把名字弄混了！”

姐夫板着脸孔，没说话。

“这就是有名的未名湖！我经常到这里来散步、念外语。”麦嘉站在湖边的石桥上，指着湖面对他们说。

姐夫看了看，皱着眉头，很有些不屑地说：“这就是未名湖，太小了嘛，湖水也不清亮。”

麦嘉有些扫兴，说：“是不大，可是很美！你看水中的塔影，还有周围的柳树，照出像来可就好看了！”

姐夫却不以为然，说：“这样的景致在我们那里实在太多，可惜不是在北京，不然也会成为有名的风景。”

麦嘉觉得姐夫是故意跟自己较劲，觉得很没趣，也不好说什么。

“我们那里可没这么多树！”局长说了一句。

“走累了，坐一会儿吧！”局长夫人看看局长。

麦嘉看那妇人着实有些疲倦，便说：“那就休息吧。”

同姐夫坐在一条长椅上，麦嘉感到有些别扭，便从椅子旁抓下一把草，放在手里撕扯着，懒得同他说话。

“到底是大学生，就是比我们那地方开放，看，都是成双成对的。”

姐夫往四处看着，对麦嘉说。

麦嘉扭过头来，见姐夫正瞪大眼睛看着对面小路上一对搂抱着走过的男女，笑了笑，说："这很平常的！"

"你找到女朋友了吗？家里人对这事可是很关心的。"姐夫看着麦嘉，关心地问。

麦嘉觉得他别有用意，又不好撒谎，含糊其词地说："也谈过！工作的事没定下来，谈了也是白谈。"

"你不是要毕业了吗？有什么打算？"姐夫做出关心的样子，问。

"我想在北京找个单位留下来。"麦嘉眼睛看着湖面，低声说。

"你想留在北京，能留下来吗？"姐夫看着麦嘉，似乎并不相信。

麦嘉觉得姐夫的话里包含着对自己的轻视，傲然地说："真想留的话，肯定没问题！"

"听说现在大学生要找工作也不那么容易？"姐夫的声音听上去有点阴阳怪气，让人很不舒服。

"还好吧，毕竟是北大，还不会惨到那地步，只是有的单位太差，没人愿意去！"麦嘉板着脸孔，心里有些发虚。

"你想到什么样的单位？"姐夫好奇地说。

"我想先到一些大学和研究机关去看看，不行的话，就到国家机关去，譬如外交部、国家教委、文化部什么的都可以。"麦嘉勉强地说。

"我看还是到国家机关去好，以后得个一官半职的，家里人也有面子！"姐夫眼里闪动了一下，说。

"在国家机关工作收入太低，就算当上个处长也不过一百来块钱一个月，有什么干头，最没出息的人才会想到那里去。"麦嘉说。

"可不能这么说，这年头有了权就什么都有了。你要回去当过教委主任什么的，光送礼的就不知道有多少，就连我这个当股长的，嘿、嘿……”姐夫说着，警惕地看一眼坐在另一张长椅上的局长夫妇。

麦嘉哈哈一笑，半开玩笑地说：“这么说我还真应该回去！”

“我看回去也没什么不好，北京这地方人才多，就算能够留下来也得不到重用，到地方就不一样了，你这么高的文凭，不用两年就能当个科局长什么的。”姐夫说。

“你是说要我回县城去？”麦嘉吃惊地看着姐夫。

“回县城去也没什么不好嘛！”姐夫喃喃地说。

麦嘉苦笑着说：“我就是想回去也不行，没人要的！再说，学我这专业的，到县里去也用不上”

“我们局长同县长是一个村的，关系很不错，到时候请他帮帮忙，县里那些单位还不是由你选！”姐夫热切地说。

麦嘉觉得姐夫有意在贬低自己，却又不知道说什么，只得苦笑了笑。

“你们在谈论什么，这样高兴！”姐夫的顶头上司走了过来。

“我姐夫说让我回县里去工作，让您帮我开后门找个像样点的工作。”麦嘉用调侃的口吻说。

“你姐夫是在跟你开玩笑，你这样的高材生哪能到县里去！”局长笑哈哈地说。

“我说的可是真话，你们真要我的话，我就回去好了！”麦嘉说着，故意对一旁的姐夫挤挤眼睛。

“你就是想回去也没人敢要嘛，县里的工作你还不知道，别说像你这样的研究生，就是像样点的本科生也没人回去，回去干嘛？用不上嘛！”局长打着哈哈说。

“那我就没办法了！”麦嘉叹了口气，用无可奈何的口吻说。

“我这么想也是为你父母亲考虑，你母亲的病更重了，估计拖不过今年。”姐夫叹了口气，说。

麦嘉一怔，心情不由得沉重起来。母亲得癌症快两年了，寒假回家去时病情又有恶化，他心里一直在为母亲担心，生怕那灾难会降临自己家人的头上。可这件事从姐夫嘴里说出来却是那么轻松，就好像同他没关系似的。也许对他来说，母亲只是累赘，生和死都是无关紧要的。

“麦嘉，你怎么啦，脸色这么难看？是不是不舒服？”局长看着他，关切地问。

麦嘉勉强笑了笑，说：“没什么，走吧，我带你们到别处看看！”

宁静的校园里突然响起哀惋的乐曲，周围的空气像是凝住了似的。麦嘉觉得头部一阵发麻，不由得停住了脚步。

“听听看又是谁死了！”姐夫轻声地说。

“金哲，你的信！”高歌推开门走进来，把手中的信递给金哲。

一见那熟悉的字迹，金哲心里竟有不安的感觉。把信放在手中掂量了一下，又吸进去一口气，这才撕开信封，把里面的信抽出来。

“儿子摔了一跤，脑袋上缝了七针……”金哲心里一阵紧缩，仿佛看见儿子摔倒时头破血流的惨状，揪心的哭叫声在耳边嗡嗡响着。怎么会这样？他紧锁着眉头，心在突突跳。儿子刚满岁，才学会走路，这一跤肯定摔得不轻，不然怎么到现在还在医院住着呢？

“你快回来吧，我实在受不了了！”金哲觉得妻子那双焦虑的眼睛正紧盯着自己，心里感到一阵愧疚。妻子本来是脆弱的，自己在外读书，儿子也便成了她唯一的寄托。每次回到家里，她说的十句话总有九句是与儿子有关的。她对儿子的那份情感简直让人嫉妒！可是现在发生这样的事情，他知道这个时候她是很需要自己的，别看她平时要强，其实也是很脆弱的。

可是自己又怎么能在这个时候离开？金哲在寝室里来回走着，像有无数只毛毛虫在心里蠕动。毕业论文刚改了一部份，入党的事也刚有点眉目。刚才同系里管组织的支部委员谈了，这人倒是很讲义气，把找工作的困难一说，他就满口答应要给自己帮忙，还说可以做做其他人的工作。可是这里面还有许多事是要自己去做的，没准什么时候支部就要讨论这事，自己一离开，万一情况有变化，刘杰的态度又总是那么暧昧，也让人难以放心。

“金哲你怎么啦，是不是家里出什么事了？”高歌坐在小板凳上，仰视着金哲。

金哲知道高歌是一个没主意的人，却忍不住告诉他：“我儿子摔了一跤，把脑袋摔破了，正住院哩。”

“那你干嘛还不回去？”高歌瞪大眼睛看着金哲。

金哲苦笑了笑：“可我怎么回得去？”

“有什么回不去的？不行的话，到系里请个假就是了，碰上这种事情他们还能不让走？”

“问题不在这里……”金哲心情更为烦躁，竟后悔同高歌谈起这事。

“那还有什么问题？”高歌满脸困惑地看着金哲。

“事情都已经发生了，我回去又有什么用？”金哲喃喃自语，低头沉思着。

“你儿子，没什么大事吧？”高歌关切地问。

“没有，只是头上缝了七针，医生说不会留下后遗症。”金哲这么说着，更像在安慰自己。可要是不回去妻子肯定不会放过自己，平时她老说自己没把她们娘儿俩放在心上。女人的心总比男人更细腻也更狭窄，一件事没做好，她就记恨一辈子。这么多年在一起他对妻子的性格算是了解透了，她一定把这件事看得很重，弄不好干出什么傻事来也没准。

“你听，外面好像在放哀乐。”高歌从小矮凳上站起来，凝神倾听着。

“又是谁死了！”金哲皱起眉头，也不由得停住脚步。

“快打开收音机！胡耀邦死了！”宋玉推开门风风火火地走进来。

金哲吃了一惊，说：“我的收音机没电池了，开沈鸿的吧。”

宋玉把头钻进沈鸿的床里，把枕头边的收音机打开，那早已熟悉的哀乐声在整个房间里弥漫着。

那悲壮哀惋的乐曲声刚落，播音员那缓慢而沉痛的声音便响起来：

“……中国共产党中央委员会沉痛宣告，久经考验的忠诚的共产主义战士，伟大的无产阶级革命家.政治家，我军杰出的政治工作者，长期担任党的重要领导职务的卓越领导人胡耀邦同志，1989年4月8日在出席中央政治局会议时，突发大面积急性心肌梗塞，经全力治疗，未能挽救，于1989年4月15日晨7时53分逝世，享年73岁……”

正听着，黄凯和刘杰也来了。谁也没说话，宋玉关掉收音机，寝室里一片寂静。

“怎么死的是他？前不久在人大会上不还是好好的吗？好像还说过什么千金难买老来瘦什么的。”首先打破沉默的是高歌，他叹息着说。

“还说他有希望东山再起呢，这下全完了！”宋玉的表情竟也十分庄重。

黄凯苦笑着说："这只是代表人民群众的善良愿望，怎么可能再让他上台呢？那还不等于打他们自己的耳光？"

"这也难说，现在台上那帮人搞得这么糟，他上去没准会好一些！"宋玉在房间里来回走着，很激动的样子。

"那也未必，他不是也在台上干过吗？那时也没听你们说过他什么好话！"高歌不以为然地说。

宋玉瞪了高歌一眼，脸上表情有些凝重："不管怎么说，他这一死，中央改革派的力量是要受到影响的！"

"到底谁是改革派？邓小平是改革派，可他的儿子却在搞腐败，赵紫阳也是改革派，他的几个儿子都是大'官倒'，这些改革派都把国家的钱改到他们家去了，老百姓却没得到什么好处！"黄凯激愤地说。

"胡耀邦还是比较正直的，至少我没听说他有儿子在搞官倒什么的。"宋玉语气比较缓和。

"也难说，也许是我们不知道罢了。"高歌插嘴说。

黄凯长长地叹了口气，说："有一点我算是看透了，现在这些当官的没有几个是真正为老百姓着想的，他们还不像毛泽东那一代人，那些人至少还有点理想主义，心里还有老百姓，这一代人却是现实主义者，他们首先想到的是他们自己，所以能捞就捞，毫不含糊，也没什么顾忌。"

"我看也是的！"宋玉也附和了一句。

金哲在一旁听着，心里却有些淡漠。对政治上的事他向来是不关心的，什么"改革派""保守派"的，在他的脑子里只是一些模糊不清的概念。这些人个个表情都那么凝重，一副忧国忧民的嘴脸，就好像这个人的死真会给这个国家带来什么灾难似的，而自己却连一点这样的感觉都没有。是自己过于麻木，还是他们杞人忧天？

“金哲，老刘，你们怎么都不说话？”宋玉看看金哲，又看看刘杰，说。

金哲不好意思地笑了笑，说：“我没什么可说的，对政治我是一窍不通的。”

“你这人没劲，还是请老刘发表一下高见吧！”宋玉说着，便把眼睛盯在刘杰身上。

金哲也把眼光移到刘杰身上。

刘杰坐在暖气管旁边的方凳上，一条长腿架着另一条长腿，身体略微向前俯着，手里夹着一支烟，看上去比所有的人都要成熟得多。也许是因为他年龄比周围人大许多，平时很少到他们寝室里来，也很少与同学在一起聊天，也很少与别人争论，但他在同学中很有威望，其中最佩服他的是宋玉。然而金哲总觉得这个人有点让人捉摸不透，尤其上次同他交谈过以后这种感觉更加明显。这两天一直想找机会再同他好好谈上一次，却又老见不着他的人影，他甚至怀疑他是有意在躲避自己。

刘杰弹了弹烟灰，用带有磁性的嗓音说：“我看中国的现状不是哪一个人能够改变的，病根是在我们的制度上，这种制度不改变，任何人在台上也将无所作为！胡耀邦也许是个好人，可是他最多也只能算是个清官，还未必有古代的包公那样清白，可就算我们今天有一千个像包公那样的清官又能怎么样？我想包公到今天也没准变成什么样子！在这样的社会里人们把希望寄托在清官身上倒也无可厚非，可是清官这个概念本身就说明了我们这个社会的可悲！在一个真正民主法制的社会里是没有清官，也不需要什么清官的。在国外，人们要伸张正义，不会去找市长或总统，而是去找律师找法官！这难道还不能说明问题吗？”刘杰说完微笑着看看周围的人，似乎在等着他们的反应。

“妈的，是这么回事，到底多吃了几年饭，看问题就是比我们深刻！”宋玉拍着巴掌，大声地说。

金哲对刘杰本来有所顾忌，没想到他的观点会这样激进这样露骨，便趁机附和说：“没错，中国社会就像一个大染缸，再清白的人掉下去也会弄得一身污泥！”

刘杰满意地笑了笑，金哲竟有些受宠若惊的感觉，似乎自己与他的关系又近了一层。然而他很快又为自己的这种心态感到羞愧起来，什么时候自己竟也变得这样奴性了？于是把脸转到一边，不再面对刘杰。

谈论还在继续，金哲却没心思去听。眼前老是晃动着妻子那幽怨的眼睛，心情也变得更为厌躁。“要不要回家去？”他心里想着，依然拿不定主意。就为毕业分配这事，他与妻子的矛盾越来越深，这次不回去她没准记恨自己一辈子，可要是回去的话，错过了时机怎么办？毕竟还是自己的前途重要！

“妈的，我看这个国家是越来越没希望了！”宋玉长叹一声。

金哲瞥了一眼刘杰那张令人难以捉摸的脸，心里更不踏实。按说他们之间的关系也还可以的，自己又帮过他，他没有理由跟自己过不去。可是在自己入党这件事上他为什么不像别人那样爽快呢？管组织的小邵也说过，这件事关键得看刘杰，他要真肯帮忙的话，一点问题都不会有。可是为什么他的态度总是那么暧昧呢？自己到底在哪里得罪过他？

刘杰吸着烟，烟雾在他的周围缭绕着，使他的面容显得有些模糊不清。他的脸总是对着宋玉，没再住金哲看过一眼，像故意躲避他似

的。他为什么要这样？是心虚还是表示对自己的漠视？

金哲越想心里越是不安，回家的念头也完全动摇了。妻子在信中不是说过儿子已经没事了，既然这样自己又何必回去？就算自己回去又能做什么？大不了也是给妻子一点安慰。既然如此写封信回去不也是一样？就算妻子一时不能理解，将来回去也是可以解释的。再说自己这样削尖了脑袋往中宣部去不也是为了她们娘儿俩吗？妻子本来就希望自己在官场去混的，要是自己真能把到中宣部工作的事定下来，她一定也会高兴的。

“一定得找刘杰谈一次，把他的底细摸清楚！”金哲这么想着，对这没完没了的谈论感到厌烦起来。

“反正国家是他们的，他们爱怎么腐败就怎么腐败好了，关我们屁事！别鸡巴在这里瞎聊了，再怎么聊也是没用的，还是吃饭去吧！”宋玉看看手表，说。

金哲舒了口气，见刘杰也准备起身，忙过去几步在他面前站住，笑了笑，轻声地说：“我想和你说几句话。”

刘杰看别人都走了出去，便问金哲：“有什么事？”

金哲微笑地看着刘杰，说：“我同系里的小邵谈过了，他说愿意帮我忙。”

刘杰皱了皱眉头，说：“怎么个帮法？”

金哲心里一凉，笑得有些勉强：“他答应出面帮我做支部别的同学的工作，说是估计没问题。”

“他要说没问题就没问题了嘛！”刘杰漫不经心地说着，眼睛却朝门外看着。

金哲直视他的脸，用试探的口吻说：“他说这事关键还得靠你！”

刘杰脸上显出不耐烦的神色，冷笑了笑，说：“他这么说可是不负责任！入党的事得经过支部讨论通过，又不是由我个人说了算。再说我这个支部书记也马上要退下来了。”

金哲心里很失望，仍然用眼睛逼视着刘杰，讪笑着说：“别人对我的情况并不了解，所以我想请你做我的入党介绍人。”

“现在谈这些还为时过早，到时候再说吧。”刘杰说着，挪动着脚步要往外走。

“那就拜托了！”金哲嘴里说着，心情更为沮丧。

“那小子该揍，换了我也不会放过他！”宋玉端着饭盆在房子里走来走去，对沈鸿说。

沈鸿淡然一笑，依旧埋头吃着饭，那只打过人的手却微微颤抖着，仿佛看见自己挥拳冲过去时那副凶狠的面孔，那气势一定把那小子给镇住了。看他嘴里骂骂咧咧却不敢靠近自己，眼睛里明显流露出胆怯的神色！他的女友就在一旁站着，那是一个漂亮的女孩，那可怜的家伙大概很想在她面前表现自己的勇猛，却没想会碰到自己头上。事后那女孩并没有上前去劝慰那被羞辱的男友，那双淡漠的眼睛里似乎包含着某种鄙夷的意味，那眼神给沈鸿留下很深的印象。

事后想起这事沈鸿感到有些愧疚。那股火其实并不是冲着那男孩来的。在食堂里插队买饭的事每天都在发生，要打架不知打过多少回了，那倒霉的家伙实在不应该碰在自己火头上！

“你当时那样子实在很可怕，没想到你打起人来会那么狠！”麦嘉用异样的眼光看着沈鸿，不认识他似的。

“你懂什么，这才他妈的叫男子汉！”宋玉用赞赏的口吻说。

沈鸿瞥了宋玉一眼，冷笑着。可惜那家伙不是孙波！不知道当时孙波是否在场？要是在场的话，他应该明白怎么回事！就算他不在，别人肯定也会把这事告诉他。当年和孙波为李娜争风吃醋的事在研究生中是很有影响的，有人甚至把这场竞争看作是两个系之间的较量。自己的获胜也算为系里的男人们争了口气，也使物理系那帮孙子倒了一回面子。为这事他们一直耿耿于怀，至少孙波这家伙是从来没有死心过！

孙波的块头比那个挨揍的家伙要大一些，不过论打架他肯定不是对手，沈鸿觉得自己完全有把握把他打倒在地，到时也可让李娜看看这家伙到底是怎样一个怂包！沈鸿对李娜的性格了解得很透，她很会利用别人，看不起那些没用的怂包，自己之所以能把她弄到手，不也正是靠的那种带着野性味的男人气概？要征服李娜这样的女孩，光靠温柔是不够的，更重要的是让她觉得你是真正的男人！

吃着午饭，寝室里又聚了一大堆人。话题又转到了胡耀邦死这件事，沈鸿因为心里有事，没心思说话。听到哀乐，他很淡漠。周围同学脸色却都是很阴沉很庄重，他似乎也受了些感染。在他的心目中胡耀邦只是个失败的政治家。他也许是个好人，也做了些好事，可是他并不相信他有能力改变这个国家，也不相信他东山再起的传闻。

“沈鸿，你说说看，胡耀邦的死对国内的形势会发生什么样的影响？”问话的是宋玉。

沈鸿抬起头来，见所有的眼睛都集中到自己身上，便淡淡一笑，说：“用不着杞人忧天，天是塌不下来的，天塌下来还有大个子顶着嘛。”

“你小子真没劲！”宋玉用手指了指沈鸿，半真半假地说。

沈鸿知道他们都对自己感到失望，却懒得争辩。在他们眼里自己总还是个政治狂热分子，这一年多的沉沦似乎也没有能够改变他们的看法，对于这件在他们看来是如此重大的事件中，自己的冷漠似乎是不可思议的。

事实上对胡耀邦的死，他也并非无动于衷。对这位失意的政治家，他心里更多的是同情，而不是敬佩。说起来自己的命运与这位政治领袖也不无关系，八七年元旦的那次风雪大游行正是由自己出面组织的，而这位老人也是在那场运动以后下了台。他仿佛还能听到系党总支书记念那份检讨书时阶梯教室里发出的哄笑声，那声音刺激着他那敏感的神经，他感到自己同这位被罢黜的总书记一起被出卖了！那种感觉给他的印象是那样的深刻，到今天仍然不能忘记！他对政治的厌倦也正是从那个时候开始的。

“这年头怎么活着都没劲，还不如来场地震的好！”宋玉伸了个懒腰，脸上露出了倦意。

“要来地震的话，先得把你小子给震死了！”金哲沮咒说。

“死了也好，我不下地狱谁下地狱！”

宋玉他们回寝室去了，房间里总算安静下来。沈鸿外衣没脱一头倒在床上，想到下午同孙波的约会，心里竟感到有些厌倦。这件事本就是自己找上门去的，这家伙纠缠李娜也不是一天两天了，再不解决自己也太没脸面。可这家伙显然也不是一盏省油的灯，就算揍他一顿也未必能让他死心。

“她走了，是和孙波一起走的！”说这话的时候“胖墩”的嘴角挂着古怪的笑意，那水桶般肥胖的身体紧塞在门与门框之间。沈鸿看出她那笑里隐含着幸灾乐祸的意味。这女孩曾对他表示过好意，而他却把这好意看作是耻辱加以嘲笑，因而伤了她的心。为这事沈鸿也曾内疚过，可当时她那副嘴脸却令他感到厌恶。他表面上装出无所谓的样子，心却在颤抖。早就约好要陪李娜出去找工作的，自己又按时来的，可她竟然连话都没留下一句就同别人一起走了，这算什么？他早就知道孙波对李娜并没死心，却没怎么在意。他对自己的男人魅力有足够的信心，也不愿意让人看作是个心胸狭窄的男人，对失败者的宽容和怜悯本就是一种美德。李娜平时在言谈中也总是表示出对孙波的蔑视，她说她只是出于怜悯才与孙波保持接触的，而他却看出她同时也是在利用他为自己办事。他想着突然感觉到某种潜在的危险，好像在这场游戏中真正可笑的不是别人而正是自己，这是他无论如何不能接受的。他不能被人愚弄，也没有人能够愚弄他！他在那门口站着，样子一定很可怕，因为他在“胖墩”眼里看到一丝怯意。

在孙波的寝室里，沈鸿见到的是一个刚从纹帐底下钻出来的瘦长脑袋，那面孔是陌生的，可是从他的眼神中，沈鸿断定他不但认识自己而且知道自己与孙波之间的关系。所以当沈鸿把那份富有挑战性的字条交到他手里的时候，他似乎并不感到吃惊。

回忆着上午发生的事，沈鸿叹息着。他不知道同孙波之间到底会发生什么事，可是他想这应该是两个男子汉之间的一场较量，在这场较量中他是不能输的。他要从这里找回他那男子汉的尊严。

到两点的时候，沈鸿从床上爬起来，拿了脸巾到水房去洗脸。从墙上的那面大镜子里看到自己魁梧的身躯，再把孙波那瘦长的身影拿来对比一番，满意地笑了笑，并对着镜子做出两个拳击的动作，脸上做出凶狠的模样。

阳光像一壶温热的水，把人晒得懒洋洋的。校园里很宁静，看上去与往常并没有两样，那哀乐和讣告似乎并没有在这里留下明显的痕迹。沈鸿骑车往未名湖走着，心里空荡荡的。

阳光下的未名湖像一幅美丽的静物画，路上很少行人。沈鸿踏上湖心岛，心里有一种异样的感觉。这本来是以前他与朋友们聚会和搞活动的地方，闹学潮的时候，他常同其他组织者一起到这里讨论问题，可是现在他却要为了一个女人去同另一个男人进行较量！

他觉得有些疲倦，在树底下的石凳上坐下来，面对着远处湖边的高塔。这也是他同李娜一起常来的地方，这石凳石桌，还有下面的船舫都曾留下过许多难忘的印迹。他们曾那样长久地坐在那石舫上，李娜把头枕靠在自己的大腿上，自己则用手轻轻地抚摸着她那柔软的头发和那张美丽的脸庞……可是那一切似乎已经离自己很远！

看看手表，沈鸿后悔自己来得太早。等待是痛苦的，在焦急的等待中他的勇气也在渐渐消散着，强壮的身体也变得软绵绵的没有气力，他突然意识到自己对这场较量并没有足够的心理准备。

沈鸿站起身来，往路那边看了看，仍然没见孙波的人影。他是不是不会来了？他寝室里的人肯定会把那纸条交给他的，没准他害怕不敢来了。看他那德性就像是个胆小鬼，这件事本就是他的错，他根本没有勇气也没有能力来与自己对抗！沈鸿冷笑着，觉得自己又突然变得强大起来。

回到那棵大树底下站着，眼睛转到湖面上。一阵大风吹来，湖面上皱起了道道涟漪，映在湖水里的蓝天和高塔也变得模糊起来。沈鸿叹了口气，突然觉得自己很渺小也很可笑。

“我这是在干什么？难道我真的要在这里为了一个女人而同别人争斗？可这又算什么呢？”他问自己，内心竟感到茫然起来。想到在食堂时打架的事，想到今天以来自己的种种举动和心态，竟感到羞愧起来。所有那些给他带来安慰和自豪的行为和想法在他心目中突然都变成了一幕幕可笑而可气的闹剧，他不敢去想也不愿去想。

想到孙波，心情竟有些紧张。他转过脸去看看路上，还是没有人影，心里总算安稳了些。他怀着一种侥幸的心理想着：“也许孙波和

李娜根本还没有回来，他们肯定到城里找工作去了，根本不可能这么快回来！这一点自己早应该想到的，可是为什么却没有这么想呢？”

“沈鸿！沈鸿！”沈鸿听到的竟是李娜的声音，不知为什么，他松了口气。转过脸去时，已看到李娜的脑袋正从那阶梯上冒出来。

“沈鸿，你这是干什么？”李娜气喘吁吁地来到沈鸿面前，板着面孔。

沈鸿冷冷地看着她：“你来干什么？”

“我不想让你干蠢事！”李娜的嘴角上竟带着一丝淡淡的笑意。

沈鸿摆出一副鄙夷的神色，问：“是他告诉你的？他自己为什么不敢来？”

“是我自己要来的，这件事本来是因我而起，我不希望你和他之间发生不愉快的事情！”李娜微微喘息着，胸部一起一伏。

沈鸿冷笑着说：“不，我这样做并不是为了你，而是为了我自己！你知道我是一个男人，男人必须有男人的尊严！”

“没有人伤害你的尊严，我说过我和孙波只不过是一般的朋友。我知道除了我以外你也还有别的女朋友，可我并不认为是伤害了我的尊严！”李娜说着，竟上前拉住了他的手。

沈鸿不知说什么才好，脸上显出窘迫的神色。

李娜好像看透了他的心思，说：“我想，你肯定也不想发生那样的事情的，如果不是我到这里来阻止你，你事后也会后悔的。”

“不，我不会后悔的！对自己做过的事情，我从来不后悔！”沈鸿昂着头，不服气地说。

李娜却笑了起来，说：“我就知道你这人会一条路走到黑的，这也是你最有个性的地方。”

沈鸿冷着脸笑了笑，说：“这是我的事！”

“说老实话，看了你那张字条，又知道你中午在食堂同人打架的事，我才知道你原来是这样的爱我，我心里真的很感动的。”李娜依偎在沈鸿身上，轻声地说。

沈鸿苦笑着，心里感到一阵厌恶。

第八章

四月二十日　星期四　阴有小雨

“快到三角地看大字报去，警察昨晚在新华门前打人了！”宋玉推开门叫嚷着闯进来。

金哲刚刚醒来，躺在床上，脸上的睡意还没有消散，听了宋玉的话，猛吃一惊，抬起脑袋来侧脸去看床下站着的宋玉，问：“怎么回事？”

宋玉喘了口气，说：“昨晚不是有人到新华门前请愿吗？他们在那里呆了一个晚上也没人理，却有人用高音喇叭喊话让撤离，见没人听，就派来许多警察，想要把人强行拉走，同学不干，他们就动手打人，还有用脚踢的，据说那些警察都是穿大头皮鞋的！”

怎么会这样！金哲皱着眉头，眼前浮现出昨晚新华门前的情景：涌动着的人群，黑压压的脑袋，飘动着的校旗，时起时落的口号声，还有穿着黄色制服的警察……他是凌晨三点钟才离开的，当时的气氛已有些紧张，他预感到情况有些不妙，没想果然发生了这样惨烈的事情！他的心往上提着，问宋玉：“有人受伤吗？”

“那还用说，这帮狗娘养的，还真敢打人！”宋玉两眼一瞪，恨恨地说。

“后来怎么样了？”逸夫也从“遮羞布”下钻出半截脑袋来。

“他们把所有请愿的同学都强行拉上汽车，统统拉回北大来了！”

金哲皱起了眉头，说：“那里面不一定都是北大的！好像外校同学更多。”

“你怎么知道，你小子是不是也到现场去过？”宋玉看着金哲，脸上露出狐疑的神色。

金哲意识到自己说漏了嘴，忙掩饰说：“这种事不用到现场也能想像得到，再说眼下又不是只有北大在闹事。”

“我想你小子也没那份热情！”宋玉嘲笑着，瞥了金哲一眼。

金哲没去理会他，神情却有些凝重。他昨晚是在新华门呆了好几个小时，但始终不过是名看客，对于这样带有政治意义的活动，他早就失去了热情。对他来说，昨晚的事也算是一次冒险，弄不好会影响自己入党乃至将来的前程，所以事前和事后他都不曾对任何人提起，就连对借车给自己的麦嘉也没敢说真话。这次冒险与其说是内心政治热情的驱动，不如说是经不住好奇心的诱惑。正因为如此他才能在现场始终保持有分寸的热情，当那些情绪激昂的同学往新华门里涌去的时候，也不过在旁边呐喊几声助助威。旁边的那个交通警察大概看出了他的学生身份，竟不停地怂恿他加入同学的行列中去，但他是个有理智的人，尤其在这关键时刻，才不会拿自己的前程去冒险。

这些天所发生的一切都是因胡耀邦之死而引起的。三角地墙上铺天盖地的大字报，各式各样的挽联和花圈，一浪高过一浪的悼念活动……似乎使那位失意的政治家转眼变成为民族英雄和伟大的政治领袖，这与他在台上时被嘲笑挖苦和下台时民众的沉默形成强烈对比。金哲当然也能从中嗅出反常的政治意味，其中似乎也包含着某种滑稽的成份，也使他对周围发生的事件产生出可怕的隔膜感。

“金哲，起来到三角地看看去怎么样？没准又有大字报贴出来。”

宋玉仰着头看着半躺在床上沉思的金哲，热切地说。

金哲本来也想去看看的，但不想跟宋玉去，这小子跟刘杰关系好，这事万一让刘杰知道了，说不准又会出什么妖娥子，于是打了个哈欠，做出困倦的模样，说："要去你自己去，我可没那情绪！"

宋玉讨了个没趣，便指着金哲笑骂着说："你小子整个一个余永泽，没救！"说完，摔门走了出去。

金哲笑了笑，从床上坐起来，抬手挠挠后脑勺，又挠挠瘦骨嶙峋的胸部，然后拿了衣服往身上套。

"金哲，你说那事会是真的吗？"一直没作声的高歌突然问。

金哲看着在小矮凳上坐着的高歌，一时没反应过来，问："什么事？"

"就是宋玉刚才说那事。"高歌板着面孔，不高兴的样子。

高歌进屋来很久了，一直悄无声息。看他心事重重的模样，金哲知道他又找自己述说女朋友的事，他对他那祥林嫂式的唠叨早就感到厌烦，假装糊涂不想理会他，于是漫不经心地说："这事么，我想是真的吧！"

高歌长长地叹口气："他们怎么能这样做呢！"

金哲只是笑笑，没搭话。伸手把裤子拿过来，两条麻杆般的瘦腿从暖烘烘的被窝里抽出来，身体往后仰着，使两条腿抬高先往后缩再伸展开去便插进两条细长的牛仔裤腿里。再翻转身体，脚踩在下面的圆铁管上，一阶阶向下爬着，最后两只腿落进地面的两只皮鞋里。

"你同刘杰谈过了吗，入党的事？"高歌想讨好他，便没话找话。

"谈过了！"金哲把裤带往上一提，双手系着腰带。

"他答应帮你忙吗？"高歌从小矮凳上站起来，在屋里来回走着。

"他说这事不大好办！"金哲埋头看着下面的裤子，腿不停地抖动着。

“他当然不会把话说死，刘杰这人我知道，他答应帮你就一定会使劲的。”高歌似乎很有把握。

想起上次同刘杰谈话的情景，金哲心里并不踏实。在自己的逼迫下，刘杰总算答应帮忙了，可他那神态却更让人放心不下。他知道高歌也是写过入党申请书的，便问：“你不是也想入党吗？他对你是怎么说？”

“他还没对我说过，反正我也是闹着玩的，入不入都没关系！”

金哲双手插进裤带里，微眯着眼睛审视着高歌，想了想，又问：“你什么时候写的申请书？”

高歌想了想，说：“总有大半年了吧！”

金哲抿抿嘴巴，说：“你们都比我早，看来我真是没戏了。”

“你可以把日期改一下嘛，这种事刘杰不说没人会追究。”高歌说。

金哲看着高歌笑了笑，心想：别看高歌这人有点粘糊，缺乏男子气，关键时候倒也很仗义，要是刘杰也能这样就好了。这么想着，觉得刚才对他过于冷落，主动问他：“你女朋友的事怎么样了？”

高歌脸上罩上一层乌云，说：“不怎么样，弄不好要分手了！”

“怎么会？前段不是还很好的吗？”金哲皱起眉头。

“也就是这几天的事！我觉得她对我没以前那么亲热了，还老挤兑我，说我没用不能混。昨天本来约好见面的她也没来……”高歌絮叨着，受了许多委屈似的。

金哲觉得高歌实在太软弱，镇不住那女孩，只能安慰他：“这不算什么，谈恋爱嘛，总要有些波折的，要是没有波折那才叫奇怪！女孩只有在真正喜欢上你以后才会对你使性子发脾气，闹上几回别扭，

感情也就稳定下来了。”

“你当年和你老婆恋爱也这样吗？”高歌半信半疑地看着金哲。

金哲笑着点点头，说：“我们闹得可比这厉害多了，好几回都差点分手。”

高歌低头想了想，脸色也开朗了些，问：“可是她为什么要失约呢？”

“这可就难说了，也许她临时有事来不了，也许还有别的原因。你最好到她们学校找她去，一来看看到底怎么回事，二来也表示你对她的关心。”金哲说着，过去拿了毛巾，准备到水房洗脸去。

“我也想这么做，可又怕她到时不理睬我，给我难看！”高歌叹息着说。

“你们是不是吵过嘴？”

高歌摇摇头：“没有，我那么喜欢她，哪里舍得同她吵嘴！”

金哲看他那窝囊样，觉得可怜又可气，说：“没吵过嘴她为什么要给你难看呢？你听我的去找她准没错，谈恋爱这玩意有时候就得脸皮厚点。就算她不给你好脸色看你也要缠着她，现在许多女孩就吃这一套！”

高歌脸上的愁云完全消解开了，说：“我听你的，这就找她去。”

正说着，传来敲门声。金哲过去把门打开，看到系党总支书记胡坤在门外站着，不由得吃一惊，却马上笑脸相迎：“胡老师，您好！”

胡坤那张瘦长的驴脸上带着僵硬的微笑，说：“我来找刘杰，他是住这个寝室吗？”

金哲微笑地看着胡坤，脑袋里飞快地转动着。很显然，胡坤这个时候来找刘杰，不是与这些天发生的事有关，就是为发展党员的事。在入党这件事上，除了刘杰以外，系党总支书记也是至关重要的。金哲本也想过要去他那里做做工作的，只是平时与他没有往来，又找不到可靠的途径。今天他自己送上门，自然是不能放过的。于是便殷勤地说：“刘杰住斜对面，我这就给您看看去。”说着就要往外走。

胡坤却摇摇头说：“我刚才敲过那屋的门，里面好像没人。”

金哲想起高歌还在屋里，便回过头去问：“高歌，你知道刘杰到哪里去了？”

“这两天他都没在学校，说到外面找地方写论文去了。”高歌走过来同胡坤打着招呼。

“哦，是这样！”胡坤皱着眉头，眼里显出失望的神色。

金哲怕他这样离去，忙笑着说：“胡老师，您先进来坐吧！”

“好，好！”胡坤微笑着连连点头，竟然挪动了脚步。

金哲连忙把胡坤引到屋里，指指床边的凳子，恭敬地说：“胡老师，您请坐！”

胡坤抬头往四处看看，嘴里说：“哦，你们屋还挺整洁的！”

胡坤这一说，金哲才想起床上被子还没叠，不好意思地笑了笑。事情来得有些突然，他似乎没准备好，不过他知道这是个难得的机遇，也许还是天意！也许老天在帮他，于眼前变得明朗起来，心情却有些紧张。他走进自己那片小天地，从书桌下的柜子里拿出上次张磊送来的麦氏咖啡，揭开盖子，用小勺舀出两勺，放进杯子里，又加上咖啡伴侣和白糖，然后倒出一杯开水，用小勺搅拌着来到胡坤跟前，微笑着说：“胡老师，您喝咖啡！”

“不用客气！”胡坤接过杯子放在旁边的凳子上，看着金哲问：“就你一个人在？别的同学都到哪去了？”

看他那认真的样子，金哲以为他是要了解系里同学在这场运动中的表现，便摇着头说：“不知道，大概是出去找工作了吧。这个寝室

除了我以外，只有麦嘉是咱们系的。”

“哦！”胡坤点点头，又问：“怎么样，找工作的事都有眉目了吗？”

金哲心里正不安，见他提到找工作的事，便摇摇头说：“没有，今年的工作实在不好找！”

“是这样，为这事系里已经开过几次会，也没有更好的办法。”胡坤感慨着。

“我们这届毕业生也真够倒霉的，考研究生的时候是最热门的，等到分配却又没人要了！”金哲发着牢骚，有意示弱，希望从他那里得到更多的同情。

胡坤似有同感地点点头，说：“是有一个时机的问题！说说看，你都联系了什么单位？有什么问题需要系里出面解决的？”

金哲做出愁眉苦脸的样子，说：“问题是有的，尤其像我这种情况……”说着，看看胡坤的脸色。

“你有什么特殊情况？”胡坤果然问了一句。

“我是结婚以后来上学的，老婆孩子都在外地。”金哲苦笑着说。

“哦，是这样！”胡坤若有所思地点着头，却又问：“那你为什么不回去呢？你这种情况，即便能在北京找到单位，家属问题也是不好解决的。”

金哲心里凉了半截，意识到这个话题的危险性，便苦着脸说：“我也不是不想回去，可是您知道，咱们这专业回到那种小地方去更难找到专业对口的单位，我实在不愿意把在这里所学专业都给扔掉。”

胡坤点点头，说：“把专业扔掉是很可惜，从我们当老师的角度来讲也不希望你们这样！”

金哲轻轻地舒口气，说：“我其实对生活没有太高要求，只想找个地方安安静静地做点学问，就算生活清苦点也没什么。”

胡坤喝了口咖啡，把杯子放下，看着金哲问：“你想到什么单位去？”

“我本来是想到高校当老师的，可是在学校家属问题又不好解决。再说现在学校到处都是编制满的，根本进不去。”金哲一脸苦相，说话竟有些伤感。

“你这种情况学校一般是不会考虑的，除非他们特别需要你。”胡坤摆出很内行的样子，说。

“是这样，所以我想先找个单位呆下来，能做学问再好不过，不能做学问将来再想办法考博士。”金哲注意观察着胡坤的脸色，心里想着是否把到中宣部找工作的事告诉他。

胡坤竟也叹了口气，说：“能留下来当然好。”

金哲觉得他还是同情自己的，试探着说：“听说在中央党政机关，这样的问题比较好解决。我有一个老乡也是北大毕业的，去年分到国家计委，现在就已经把老婆孩子都调进来了。”

“照理说也是这样，中央机关嘛，有权力，进京指标也多。我看这对你来说倒是一条不错的路子，你为什么不去试试呢？”

金哲见他那关切的样子，竟对他有了些好感，说：“我也想去试试的，可这种地方对政治方面的要求比较高，还要求是党员！”

“你不是党员吗？”胡坤吃惊地看着金哲。

金哲苦笑着摇摇头，说：“我倒是一直想着要入党的，原来也同支部的人谈过，只是觉得自己条件不够成熟，直到去年才写了申请。”

“写了申请就好，今年我们还要发展一批党员，你可以争取嘛！”胡坤端着杯子，把里面的咖啡都倒进了嘴里。

金哲一阵惊喜，竟觉得胡坤那张驴脸也好看了许多，连忙说：“我

会努力争取的，这本来也是我多年的愿望嘛。”

正谈到兴头上，胡坤看了看手表，问金哲：“这么说，刘杰今天是不会回来了？”

金哲看他想走，不由得有些惋惜，说：“大概是！您要找他有急事的话，我可以想办法去找找他。”

胡坤摆摆手，说：“那倒不必，我来不过是想让他为我买张火车票，我有一个亲戚后天要回上海去，我自己又脱不开身……”说着，看看金哲。

金哲明白他的用意，迫不及待地说：“这事您交给我来办好了！”

胡坤想了想，说：“也好，那就麻烦你跑一趟。”

“这不算什么！”金哲讨好地看着胡坤，觉得自己有些无耻。

出学校南门，沈鸿慢慢地在路上走着。科通公司在中关村大街，离北大很近，这条路走到头，对面有座破旧的楼房，就是科通公司的所在地。对他来说，那地方再熟悉不过了，每次出去，几乎都要经过。那座楼其实很不起眼，以往他也不怎么在意，后来科通公司名气大了，经过时才会留意地看上几眼。

中关村名气很大，北大、清华，还有中科院都在这附近，可以说是集中了中国最优秀的大脑。近几年因为新开了许多卖电脑的公司，也就有中关村电子一条街的名头，其实很破旧，马路狭窄，大街两旁也都是低矮破败的平房。

沈鸿是学经济的，对企业还算比较关注。也就是占着北大清华中科院的资源优势，近几年都是些知识分子下海搞起了民营企业，其中很多都是做电脑的，渐渐成了气候，也有名气，其中最有名的就是科通公司了。

在很多北大同学中，科通公司和他的创始人王铁军都已经成为传奇，王铁军本人更成为很多北大人心中的偶像。沈鸿早就听说过，这家公司是靠做打印机起家的，几年的功夫，就赚了 10 多个亿，那可是个天文数字。科通也因此成为中关村的标杆企业，而王铁军也成为中关村最有名也是最有钱的企业家之一。

沈鸿今天要去见的人就是王铁军，对这个传奇性人物，沈鸿多少还有些好奇。他原先并不认识他，只是在学校听过他的演讲，印象中他个子很高，很魁伟，声音宏亮，是个天生干大事的人。他也知道，对这个人，社会上也是有很多的传说，有人说他是从几千块钱起家干起来的；有人说他也属太子党之流，办的是私营公司，在中央最高层却有很深的政治背景；也有人说他这公司也是干着倒爷的勾当，他们的技术成果是从科学院挖墙角挖来的，这回整顿公司也应把它包括进去。可是按照那天杨侃的说法，他不仅是一个天才的企业家，是个很有政治抱负有情怀的人。

沈鸿知道，杨侃让他来见他的老板，似乎还有要拉他入伙的意思。对毕业后的去向，他其实还没拿定主意。这些日子，系里的同学也好，寝室里的哥们也好都在为找工作而四处奔忙，唯有他无所事事。周围的人对他的状态早已习以为常，不足为怪，甚至从来没人过问过，他知道他们都在想什么。在他们看来，自己有一个有权势的父亲，学的专业又好，找个单位还不是轻而易举的事儿。

沈鸿从来没想到动用家里的关系找工作，母亲倒是劝过他，让他在父亲面前服个软，或者求求父亲。他知道父亲就等着自己去求他，他相信父亲会答应他，也一定能帮他，但肯定是幸灾乐祸的，他希望他失败，也乐于看到他失败，所以他不能求他，不能给他这样的机会，

他从小也没靠过他，现在更不能，不就找个工作嘛，有什么难的，他对自己有的是信心。

杨侃前几天找他，他才知道他已经投奔了科通，而且似乎成了王铁军的心腹，所以也想拉他入伙。他以为他开玩笑，也就没当真，昨天他又一次找上门来，说老板对他有兴趣，想跟他聊聊，他还很诧异，不过他猜想一定是杨侃向王铁军推荐的他，他问杨侃老板怎么会对他感兴趣，杨侃卖了个关子，说你见面你就知道了！

“昨晚在新华门前发生的事你都听说了？”刚见面，杨侃握住他的手急冲冲地问。

“哦，听说了！”相对于杨侃的热情，沈鸿觉得自己有些冷淡，但他实在不想谈论这样的事儿。

杨侃明显感到有些失望，说：“你小子怎么啦，都这时候了，还能沉得住气，好像你不是你似的。”

沈鸿无心与他争辩，说：“不就那点事儿嘛，放心吧，天塌不下来！”

“你小子怎么这么老气横秋的，像受过什么刺激似的，说实在的我不喜欢你这样！”杨侃说。

沈鸿笑了笑，问：“你们老板呢？在哪儿？”

“你小子面子大，老板正在办公室，恭候你大驾。”杨侃说着，领着沈鸿往里走着。

沈鸿随着杨侃走进一间宽大的办公室，看见一位高大气派的中年人向他走近，突然感觉一股强大的气场在向自己压来，不由打起了精神。

“你就是沈鸿，欢迎你！”还没等杨侃介绍，那人已经握住了沈鸿的手，脸上露出爽朗而明快的笑容。

沈鸿觉得自己的手被紧紧地握住，不由得加大了力度，身体也紧张起来，抵抗扑面而来的压迫感。

王铁军松开了手，指了指旁边沙发让他坐下，说：“你的事儿，杨侃都对我说了，他对你的组织才能十分推崇，说你是难得的人才。我就对他说，我们科通公司就需要这样的人！”

沈鸿听着受宠若惊，但他毕竟有自知之明，从不敢高估自己。想到近来的茫然和颓废，多少感到有些惭愧。

沈鸿坐下，端起茶杯，打量这位腰缠万贯的大老板。这人看上去的确有气派，宽阔的额头，高挺的鼻梁，两道剑眉又黑又浓，鹰隼般眼睛很是锐利，能把人看穿似的，含有威慑力。穿着也很讲究，西装革履，头发梳得油光发亮，气质儒雅，风度潇洒，天生有着令人臣服的领袖气质。沈鸿从见到他那一刻就感觉到了他身上那种难以抵御的力量，意识到这是一个比自己更为强大的人，这令他沮丧，也令他兴奋。

王铁军随便问了几句他个人的情况，很快就问起了这两天校园里发生的事情，看得出他对校园里正在兴起的这场学潮很感兴趣。他向沈鸿询问这场运动的经过，看得出他对学校的事情知道得并不少。这些日子沈鸿原本在逃避着这场运动也在逃避着自己，但毕竟生活在学校里，校园里发生的事情不可能视而不见，与以往相比，少的是只是切身感受，却多了几分冷眼旁观得来的理性分析。

“你认为事态发展会怎么样？”王铁军沉吟一下，盯住沈鸿。

沈鸿微笑了笑，用肯定的语气说：“我认为事态肯定会进一步扩大，不过结果却只有一个，那就是失败！”

“你怎么会得出这样的结论？”王铁军皱着眉头，问。

“有三个方面的因素：一是学生运动本身的先天不足；二是学生

自身的弱点；三是缺乏群众基础。”沈鸿胸有成竹地说。

“你这么认为？”王铁军微笑地看着沈鸿。

沈鸿喝了口茶水，看着王铁军，说：“这些年我几乎参与了所有学生运动，可是每一次都以失败而告终，而这种失败总是带着强烈的喜剧或者悲剧色彩，而我们这些参加者和组织者在别人眼里终究也会沦为可悲可怜而又可笑的悲剧性人物！我们都是带着纯洁的目的和感情参与到运动中去，可这种感情却被无情地践踏着，嘲弄着，这样的现实至少对我个人来说是很难接受的，在一段时间里我的确很消沉很痛苦，于是开始了思考……”

王铁军看着他，微笑着，似乎在鼓励他说下去。

沈鸿停顿了一下，喝了口茶水，接着说：“五四以来所有的学生运动，不管怎样发生的，都是打着民主的旗号，却很少有过成功的先例。五四运动要是后来没有工人的参与，结果肯定也是悲惨的。说到底，学生运动本身主要局限于意识形态领域，它对社会的影响也只是精神层面的，对整个社会的经济生活都不会有什么影响。从我们组织的几次运动来看，政府方面也很清楚，你们怎么闹没关系，只要别扩展到工人和农民中去就是了，不就是几个学生嘛，还能翻了天，等闹完了再来收拾你们！中共原本是靠学生运动起家的，有足够的经验，对付我们那是游刃有余！从我们学生这方面说，很多人包括所有学生领袖在内，嘴里面喊着民主和自由，但他们并不真正懂得这其中的内涵。作为知识分子，他们有着无可避免的软弱性，运动高潮的时候，他们会表现出异乎寻常的狂热，可是在运动失败以后，又会感到消沉和颓废，为了个人苟且偷生甚至不惜出卖他人！还有一些政治投机分子在混水摸鱼……说到群众，民主自由对他们来说都是奢侈品，他们对这些抽象的玩意不感兴趣，关心的只是油盐柴米之类看得见摸得着的东西，那些空洞口号丝毫不能激起他们的共鸣！从这些天的活动来看，群众最关心的口号就是反对腐败，平抑物价……我感觉到在我们同学与群众之间有着可怕的隔膜，这种隔膜是难以消除的，这是我们共同的悲剧！”

王铁军手里夹着烟，弹了弹烟灰，对沈鸿笑了笑，说：“悲剧?我不这么认为！学生运动从本质上说只是思想启蒙运动，正如你刚才所说这是由学生运动自身先天不足和知识分子的软弱性决定的。从历史上看也是如此，大多数民主革命都是由知识分子和学生首先倡导起来的，最终只能由工人、农民和资产阶级来完成，几乎所有的革命概莫能外。你想过没有，为什么会这样？”

沈鸿被他看得有些慌乱，勉强地笑着，不知道该说什么。

王铁军抽着烟，吐出一口烟雾，叹了口气，接着说：“从知识分子来说，他们的确有着自身的软弱性！这种软弱性又是由他们在中国社会中的政治地位和经济地位造成的。历史上看，中国知识分子从来都不是一个独立的阶级，在社会上既没有经济地位，也没有政治地位。要不以幕僚或帮闲文人的身份依附于权贵，要不就是通过科举改变自己的政治和经济地位，成为统治阶级的一员。中国知识分子有着强烈的忧患意识，也有崇高的政治理想，却只能通过别的阶级来实现，他们从来没有真正掌握过自己的命运！”

沈鸿专注地听着，觉得眼前的这个人的确有着非凡的魅力，说起来他绝对算得上知识分子，他是清华毕业的，又是软件工程师，如今又是成功的企业家，难得他还有这样的政治眼光，还有情怀，对中国现实的了解比他要深刻得多，沈鸿以前以为做企业的人只会赚钱，目光短浅，但眼前这个人却令他刮目相看，他对他几乎有些心悦诚服了。

王铁军弹了弹烟灰，继续说：“你知道民主和自由的口号是知识分子在五四运动喊出来的，过些天就是五四运动七十周年纪念日，在这七十年里许多人包括知识分子都为实现理想在不断地呼喊不断地奋斗，可我们期待的民主却离我们越来越远！你说你们的行动得不到群众的理解，在我看来这并不奇怪。就大多数老百姓来说，他们的确还不能从切身利益上感觉到民主和自由的必要性！你不能怪老百姓，这并不是他们的错。不是老百姓不需要民主和自由，而是中国根本就不存在产生民主政治的土壤！民主政治的口号最早是由欧洲资产阶级提出来的，是他们用以反对封建主义的最有力武器，反映了他们政治和经济方面的要求。说到底对民主和自由的需求也是建立在一定经济基础之上的，而对于那些没有生存保障的穷光蛋来说可以说是奢侈品，而对有产阶级来说却意味着机会和安全感！如果你连吃饭的问题都解决不了，就算给了你自由的权力，你怎么去享受！所以我一直认为，民主政治存在的经济基础是私有制，它们的阶级基础则是中资产阶级。公有制在剥夺了人们财产的同时，也从根本上剥夺了人们思想和行动的自由。政治上的自由总是以经济上的自由作为前提，要想在中国建立真正的民主制度，首先必须建立强大的以知识分子为主体的中产阶级！对于知识分子来说，要想摆脱依附地位，要想真正挺起腰杆来做人，就必须主动地投身到经济生活中，抓住时代赋予我们的机遇，为最终实现自己的社会理想准备强大的经济基础。想想看，要是在不久的将来，中国有一大批像科通公司这样的私营企业，那会怎么样？”

沈鸿默默地听着，王铁军的话并不深奥，平时在校园，在寝室里，他们也经常会讨论，今天同样的话从王铁军嘴里说出来，却是别有一番意味。

王铁军抽着烟，挥了挥手，似乎要把眼前的烟雾拔开，接着说：“你知道现存的政党和政治体制是建立在公有制基础上的，阶级基础是他们所说的无产阶级！这几年经济改革的成果一方面使公有制企业的弊端暴露无遗，并被新兴的私有企业和集体企业蚕食着；另一方面他们所说的无产阶级正在土崩瓦解，逐渐分化出来一批有产阶级，他们正是现存经济和政治体制的掘墓人！你想过没有，为什么像科通公司这样一批私营企业在这些年能够得到如此迅猛的发展？坦率地说，并不是我们很强大，也不像社会上传说的那样有强硬的后台。说白了这是一场不平等的竞争，国有企业有强大的经济实力却被旧的经济体制捆得死死的，外资企业还没有进入到我们这块领地。打个比方说，我们本来是健全的人，却偏偏参加了一场残疾人运动会，这就是我们成功的根本所在！”

沈鸿注意地听着，听教授们上课也没有这样认真过。王铁军的声音很低沉，但对他来说，每句话都是掷地有声。没错，不仅是企业，这个国家病了，社会病了，人也病了，而且是病入膏肓，不可救药，可是没人敢说出来，也不让人说。在学校，也有教授提到过，可也是羞羞答答，遮遮掩掩的，王铁军却说得很直白，真让人感到痛快，他觉得这人太有气派，太有胆量，跟学校里的教授也太不一样了，他喜欢跟这样的人在一起。

王铁军挽了挽衣袖，更显得意气风发，提高了嗓音，说：“我在国营企业干过多年，对公有制的弊端感受很深。在我看来，公有制对于我们这个社会来说就是恶性肿瘤，这个社会就像是患了肿瘤的病人。对于肿瘤病人一般说来有两种治疗方法：一种是保守疗法，就是通过药物治疗使其苟涎残喘，眼下在企业里实行的承包制之类的改革就属于这种。另一种则是动大手术把肿瘤彻底摘除掉。这些年我们搞的所谓改革都属于保守疗法，发挥旧体制下残余的潜力，暂时缓解社会矛盾。可是随着改革的深化，矛盾进一步暴露出来，通货膨胀、官

倒以及各种社会腐败现像都是矛盾激化的必然结果！”

沈鸿听着，情绪有些激昂，说：“这个制度不改变，中国是没有希望的！这个民族遭受了那么多的苦难，都是这个制度造成的。“

王铁军微笑了笑，说：“这一点，谁都能看出来，可是要走到这一步并不容易，首先那些政治老人们就不会答应！他们当年打天下的目的就是要推翻私有财产制度，搞私有化是对历史的反动，尤其是对那段他们一直引以为荣的历史的反动，同时他们自己又是现存制度的既得利益者，他们害怕会丧失自己得到的一切！要他们接受这样的现实似乎是过于残酷了，可是没有别的选择！他们嘲弄了历史，历史也同样在嘲弄他们。”

沈鸿觉得很解气，王铁军说的这些话其实他早就明白，不只是他，全国人民都应该明白的，可是平时没有敢说出来。王铁军是个高干子弟，更是既得利益者，能从他嘴里说出这样的话，也算难能可贵。沈鸿觉得，王铁军跟自己很相像，虽然得益于这个制度，但还没有被这个制度所同化，他们还都是清醒者，也许，还应该是叛逆者。

王铁军喝了口茶，把茶杯放下，看着沈鸿，叹息说：“其实那些政治老人包括邓小平在内也是进退维谷，一方面他们也希望中国尽快地富强起来，只有把经济搞好了才有可能保持人民对他们的信任，保住他们的政权；另一方面他们中真正有头脑的人也看出来，公有制已经没戏了，搞私有化又意味着否定自己，同时使他们面临着失去执政党地位的危险。他们在这样的矛盾中寻求妥协，这就形成了所谓有中国特色的社会主义！”

沈鸿听得出来，王铁军的语气中也带有嘲笑的意味，更有几分无奈，这种心态与自己倒有几分吻合，当年他曾经充满了热血，参加学潮不过是对太现实太失望，希望改变中国的现实，希望这个苦难的国家能够变得好起来，失败后他才知道这是个制度问题，这个制度代表着很多权贵的利益，他们不希望改变，所以当改变触及他们利益的时候，他们就会反目成仇，露出狰狞的面目来。他们当年提出要新闻自由，要进行政治体制改革，要求自由民主，在他们看来，就是要动摇这个制度的根基，自然要被镇压，自然会被清算的了。

“可是我们又能干什么呢？”沈鸿看着王铁军，心里有些困惑，他想知道他叫他来的真正意图。

王铁军看着沈鸿笑了笑，说：“你说的不错，这样下去，这个国家是没有希望的，是到了要改变的时候了！眼下，我们要干的事情当然很多！我觉得你是一个很有社会责任感的青年，有理想，有情怀，也有思想，这正是我们这个社会所需要的。所以我很真诚地希望你能到我们公司来工作。说实在的，办好一个企业绝不是我最终的目的，就像我刚才说的，我是想通过办好企业寻找到一条拯救中国的路子，我很愿意把这个企业连同我自己一起作为中国民主事业的铺路石！这就是我真正想要做的。”

听着这话，沈鸿只觉得心里有一股热流在往上涌着，眼睛里也有些潮湿。眼前这位腰缠万贯的大老板在他的眼里也变得更为高大，想到自己这段时间来的作为，有种无地自容的感觉，他看着王铁军，问：“来您这儿，我能干什么呢？”

王铁军淡淡一笑，说：“你不是学经济的吗？我们这里正需要这方面的人才，另外我们还成立了一个社会发展研究所，主要是研究中国的社会发展问题的，如果你对这方面有兴趣的话，你可以先做些这方面的工作。”

沈鸿想了想，同旁边的杨侃交换一下眼色，说：“我对经商并不太感兴趣，如果可能的话，我还是希望能搞一些中国问题方面的研

究。”

“我就知道你会作出这种选择的！”王铁军满意地微笑着。

沈鸿不好意思地笑了笑，心里轻松了许多。

看到迎面走来的李娜，逸夫本想低着脑袋装作没看见，没想到她径直冲着他走过来，阴沉的脸像来索债似的。

“逸夫，你是到青年政治学院找工作去了？”李娜在他面前站下，劈头就问。

逸夫吃了一惊，心想她怎么知道，也不想隐瞒，点着头说：“是有这么回事。你听谁说的？”

李娜冷笑着说：“我也到那里找过工作，比你去得早！”

“哦，这么巧！”逸夫嗫嚅着说，心里却感到纳闷：听口气李娜是找他兴师问罪来的，可是自己跟她并不在一个系，专业也差得远，相互之间并无妨碍，怎么把她给得罪了？

李娜阴冷地笑了笑，说：“我告诉你，今年基础部就有一个进人指标，我可不想和你竞争，你要想去我让你好了！”

逸夫知道她来意，心里觉得憋屈，解释说：“我并不知道你到那里去找过工作，知道就不会去了。”

“那是你的事，反正我已经把什么都告诉你了，你自己看着办吧！”李娜瞥一眼逸夫，有些心怀叵测。

逸夫知道李娜为人刻薄，又是沈鸿的女朋友，不想得罪她，再说他原本也不想到那地方去，便笑了笑，说：“你想去就去好了，我不会跟你争的！再说，那地方，我原本就没想要去！”

李娜看着他，迟疑一下，问：“那你联系别的单位了？”

逸夫摇摇头，说：“还没有！”

“应该出去多跑跑，男孩子找工作总要比女孩子容易些，再说你外语又好，听沈鸿说系里好像还想留你！”李娜似乎有些不好意思，她安慰逸夫，也是在安慰她自己。

“没事，我没本事，不过随便找个工作还是可以的！”逸夫勉强地说，也是想维护自己可怜的自尊。

“当然，听说你女朋友是北京的，家里还很有背景的，要找个工作，当然很容易的。”李娜说完，向他摆了摆手，转身离开。

逸夫懒洋洋地推着车往宿舍走着，想起刚才李娜对自己说话那神态，感到很窝心，心想她把我当成什么人了？听口气好像我是成心要跑去同她抢饭碗似的！要是自己不让步，她肯定会恨自己一辈子。什么样的女人，要不是看在沈鸿的面上，才没人理她！她居然还提到林琳，似乎自己要靠林琳家的权势才能在北京落下脚来，自己是那种靠女人吃饭的男人吗？

想到找工作的事，逸夫感到很腻味。原先上大学都是学校包配的，没想到现在上了研究生反倒要自己去找工作了！他原本不想为找工作的事操心的，当室友们都忙着往外跑的时候，他宁愿安安稳稳地躺在被窝里做着自己的春秋大梦,他知道这是在躲避,可是有什么办法呢？也许他真的是个废人，除了读书，他似乎都不会，百无一用是书生，说的就是他这种人。也就在校园里，或者躺在被窝里，他才感到安全，对于外面的世界，他不了解，也不想了解！可是形势逼人，好不容易从床上爬起来，到外面找了回工作，没想到还把稀里糊涂把人给得罪人，还让人找来兴师问罪！这事要让沈鸿知道了，还不知道他会怎么想？他平时与沈鸿关系还算不错，要为这事把关系弄僵了，那就太不值了！

逸夫一路想看怎样才能与沈鸿解释清楚，回到寝室，却没见沈鸿，麦嘉说沈鸿一早就出去了，据说是找工作了。都说沈鸿家里很有背景，他父亲还是个高官，不过他从来不谈家里的事，更不提他的父母，所以虽然住在同一寝室，他对沈鸿其实并不十分了解，他的身世也显得十分神秘。这两年闹学潮沈鸿表现很活跃，出过风头，俨然成了学生领袖，后来还因此受了处分。那以后便变得消沉起来，前些天因了胡耀邦的死，校园里暗流涌动，三角地也贴了许多大字报，加上新华门前学生被打的事件，连逸夫都觉得校园里又有什么样的风暴正在酝酿，而沈鸿却是异乎寻常的冷淡，似乎这一切都跟他没关系。大家都在谈论那些事，他却表现得十分厌倦，根本没有兴趣谈起。

逸夫刚进屋没多久，金哲也回到了寝室，又过了一会儿，宋玉也来了，谈起这两天学校发生的事儿，大家都很兴奋。

逸夫对政治也是感到厌倦的，对校园里风行的清谈政治风气也很不以为然，平时很少看报纸也很少到校外走动，除了专业以外对别的事情都没有兴趣。其实北大人还是关心政治的，但骨子里却看不上搞政治的人，觉得搞政治的人都没本事，而且多半心术不正，心又狠辣，不足以为谋，但他们又喜欢谈论政治，甚至为学校培养的那些政客和高官为荣。他们也喜欢谈论政治，消息灵通，大到中央的人事变动和派性斗争，还有秘书党太子党什么的，小到某位领导到国外买春药搞女人，某位领导人的儿子到什么地方倒彩电赚了多少钱，他们在国外有多少个亿的存款，说起来活灵活现，亲眼见过似的。逸夫偶尔也听他们谈论，却从来插不上嘴，对他们的话向来也是半信半疑。因为胡耀邦的死，校园里又闹腾起来，每天都有新动向新内容，便为清谈爱好者提供了谈资，从那以后寝室里几乎每天都有一次这样的聚会，逸夫感到十分厌倦。

到吃午饭的时候，姜涛来了，金哲拿了饭盒，招呼了一声，向逸夫挤了挤眼睛便出去了，逸夫知道他的用意，知道他是看不起姜涛这类人的，况且姜涛每次就是赶在这个钟点来，像是专门来蹭饭的，但他没有理会。他喜欢姜涛，见了他，他的心情也好了许多。

姜涛是个流浪艺术家，曾背着画夹在全国各地流浪过八年，不切实际的浪漫性格使他相爱多年的女友离开了他。眼下孤身一人在圆明园附近租一间农民房子住着，那间不到八平米乱糟糟的破房子里寄托着他对艺术的梦想，过的是贫困潦倒的生活。因为学校伙食比较便宜，逸夫每月都要用自己的学生证帮他到膳食科买餐票，顺便也请他到食堂里吃上一顿便餐。

逸夫是上美学课的时候同姜涛认识的，以后竟成了好朋友。姜涛并没有受过正统教育，但他对艺术和美的理解却远比许多研究艺术和美学的人更为透彻。在学校里人们对艺术的理解通常是通过理性的思考来完成的，真正的艺术家却更忠实于自己的感觉。逸夫到那间杂乱腌脏的小平房里看过姜涛的画，他并不真正懂得绘画技巧，但从那些画里却找到一些朴实而纯净的东西，那正是作者内心所真正拥有的，也是这个浮华的尘世所缺少的。姜涛现在的处境很惨，除了画画以外，还经常得去外面打工养活自己，生活上从来没有保障，却保持热情豪放的个性。逸夫在他身上找到许多自己缺少的东西，同他也总能谈到一块去。

半个多月没见，姜涛似乎更为潦倒，胡子拉碴，头发乱得像鸟窝，脸色黑黑的像很久没有洗过，情绪却很好，一见面就告诉逸夫他刚刚完成一幅名为《生命》的油画，并兴高彩烈地说起这幅画的构思过程来，他那肆无忌惮的说话声却使屋里的人皱起了眉头。逸夫知道别人对这位经常来蹭饭吃的画家并没有好感，便索性要他同自己一起到食

堂去。

打来饭菜，找了一个清静的地方坐下，边吃着饭边聊了起来。谈完自己的画，姜涛注意到逸夫脸色有些难看，便问他：“我看你脸色不大好，是不是碰上什么闹心事了？”

逸夫不想让自己的事影响朋友的情绪，便摇摇头说：“没什么，大概是累的。这段时间忙着写毕业论文，又要出去找工作，有些吃不消。”

“别太玩命，还是身体要紧！”姜涛拍拍逸夫的肩膀，关切地说。

逸夫苦笑了笑，不知道说什么。

“怎么样，工作的事定下来了吗？”姜涛边吃着饭边问。

逸夫摇摇头：“还没有，今年的工作忒难找，我正不知怎么办呢！”

姜涛似乎不相信，晃着脑袋说：“你这么高学问的人还找不到工作，那才真叫邪了门！”

逸夫往旁边看了看，对他说：“我不算什么，连博士找不到工作的也有的是。现在是学位越高越不好找工作，最好找的是中专生！”

“真是邪了门了，也难怪你们大学生要闹事！”姜涛说。

逸夫没想到姜涛竟会把两件事联系起来，便说：“这可不是一回事！”

姜涛满不在乎地说：“这世道是挺浑的，我看闹一闹也没什么不好！”

“你真这么想？”逸夫把筷子立在桌上，注视着姜涛。

“不是我，是很多人。这生活太沉闷，大家都想有点变化！”姜涛说。

逸夫叹了口气，说：“再变又能变到哪去！”

姜涛伸出大舌头舔着碗，然后说：“刚才我去看过那些大字报，内容也很空洞，都是一些不着边际的话！”

逸夫不想谈论这件事，又以为他没吃饱，便看着他问：“再来点什么？”

“不用，我已经吃得很饱了！”姜涛把碗放在桌上，用手拍拍肚子。

逸夫这才想到他的来意，于是问：“饭票用完了吗？”

“还没有。”姜涛摇摇头，说：“我来是想告诉你，明天我就要到乡下去了。”

逸夫觉得有些突然，便问：“去干嘛？”

“没事，只是想改变一下我自己。你知道搞艺术最需要的是孤独和宁静，在这闹哄哄的环境里我什么都找不到，我想我应该回到自然去中，也许在那里我能够找到新的感觉。”姜涛习惯地用手捋着那又黑又乱的胡子。

逸夫沉吟一下，问：“你打算到什么地方去？”

“我说过我有个姑妈住在河北乡下，离北京也就不到一百公里，是个小山村。四面环山，附近有一片美丽的湖水，湖边有草地，草地上可以放羊，真是美极了。我小时候每年都要在那里住上一段，这几年没去了，偶尔想起来却很神往。”姜涛说着，眼睛直发亮。

逸夫听着也有些感动，说：“有时候我真是很羡慕你，干什么事都没牵挂，想干就干了。”

“别这么说，每个人都有自己的活法，也许是命中注定的。等你有空想清静一下，欢迎到我那里去，我姑妈家有的是房子，保证有你住的地方。”姜涛拍着逸夫的肩膀说。

“有可能的话，我会去的。”逸夫看大厅里人已经很少，便拿了

碗站起来。

“你来吧，我会等着你的。”姜涛边走边说。

麦嘉蹲在厕所里，不时抬头看看顶上的铁管，那向下拱着的大铁管承接着上面的便坑，老有水渗出，过几钞钟就会落下几滴，不是落到头上，就是落在衣服上，令人防不胜防，进来不到三分钟麦嘉就有好几次被击中。那水是经过铁管过滤的，不见得有多脏，却难免使人产生不愉快的联想。

顾不得把身体里面的废料清扫干净，麦嘉匆匆提着裤子从茅坑里走出来，吸着鼻子闻了闻，依然感觉到身上有种特别的滋味，令他很不是滋味。

站在镜子前洗着手，看到的是一个矮胖的身影，脸圆圆的，眼睛却很小，肩膀很宽，肚子却是圆滚滚的，既不潇洒，也没风度。麦嘉觉得很失望，冲着镜子作了个鬼脸，对着镜子喷了一口水，看里面的人影模糊一片，才苦笑着离开水房。

边用毛巾擦着脸，麦嘉又把下午要做的事情都盘算了一遍：先到系里去找李保田，完了再到三角地去看看有没有新贴出来的大字报，时间充裕的话或许应该像别人那样捡好的出来抄上几份。

外面的雨不知什么时候停了下来，天空却很阴沉。系办公室离得不远，麦嘉决定步行去。在路上走着，想着李保田那张女人味十足的脸，心里很有些不舒服。李保田找他肯定是为找工作的事，宋玉转告他时故意做出神秘兮兮的样子，说是有好事情。麦嘉心里有数，要真好事就轮不上自己了。以前没同李保田打过交道，却听人说这人有些心理变态，因为自己混得太惨，也巴不得别人比他混得更惨，在毕业分配上总是尽可能为难学生。系里同学都在背地里说他心肠过于歹毒上天才会给他那副女人相并使他断子绝孙。

麦嘉轻易不到系里来，难免有些紧张，像小时候犯了过错被老师叫去训斥时的心情。他当过多年老师，去见老师时总还是有些恐慌，可能是小时候留下的心理阴影。除了导师以外，他很少同别的老师接触，连系里小办事员对他也是半生不熟，见面连他的名字也想不起来。

麦嘉在办公室里没找到李保田，爱唠叨的王老太告诉他李老师还没来上班让他等一等。麦嘉在屋里站了一会儿，觉得很不自在，便想干脆到外面去等着。没想刚从屋里出来就碰到迎面而来的师妹李寒梅。

一见师妹麦嘉脸上便绽出了笑容。师妹长得并不漂亮，却是个聪明可爱的女孩。系里同学私下议论时总爱把她说成典型的贤妻良母，说谁要是娶了她肯定有福气。麦嘉不这么看，师妹是很能干很善良，却过于聪明，说话又刻薄，什么事情从她嘴里出来都成了狗屁不是。和这样的女孩在一起就不可能有神秘感，生活起来也会缺少情趣。

一问才知道师妹也是来找李保田，是为支边证的事。按照规定，从边疆省份来的同学都得回原地方去，除非父母亲都是当年从内地支边去的。麦嘉告诉她李保田不在办公室，于是俩人便站在那里不紧不慢地聊起来。

师妹刚从南方回来，以搜集毕业论文资料的名义去的，其实是为了找工作。麦嘉提起这次南下的收获，师妹的神情却有些沮丧。

“到那里的感觉真是不一样，那里的人都很实际，想的只是赚钱……我到深圳大学去过，那地方根本就没人搞学问。老师除了上课以外还得到外面去兼职赚钱，要不就没法过下去。学生也不看书，要看也是看那些能赚钱的书，我给他们中文系学生讲过课，都上三年级了许多学生连莎士比亚的书也没看过……那里也有从北大分去的，也

在忙着赚钱，才过了一两年，却好像变了许多，连我也觉得很难同他们谈到一起去。见他们都那样，我真的感到很可悲！”师妹说。

麦嘉对师妹南下找工作的事向来不以为然，说：“大环境就那样，不变也是不行的！说到底生存总是第一位的。”

师妹笑了笑，一本正经地说：“可人要是都变成那样，活着又有什么劲？不管怎么说人与人之间感情还是很重要的！你想想，要是我到那里受了委屈什么的，连找个哭的地方也没有。在北京就不一样了，有这么多哥们姐们的，到谁那里不能得到一点安慰？”

麦嘉听师妹这么说感到很欣慰，却故意笑着问她：“这么说你不再打算到南方去了！”

“得了吧，那不是我们这种人呆的地方！”师妹竟也叹了口气。

麦嘉也对师妹谈起自己在北京找工作的遭遇，苦着脸说：“眼看着就到五月了，我们寝室还没一个人把工作的事定下来，有时候我真觉得自己是没希望了。”

“着什么急，北京这么大还能没有你一个大老爷们安身立命的地方！”师妹笑着说。

正说着，麦嘉看见系人事干事李保田从门口走进来，便师妹对使了个眼色，师妹回过头去，偷偷一伸舌头对麦嘉做出一副鬼脸，才转过身去同李保田打招呼。

“哦，你们都来了！”李保田瞥了他们一眼，用尖细的嗓音说着，走路没有一点声响。

李保田五十来岁，身体高大，却给人一种松松垮垮的感觉。脸部皮肤很白也很松驰，往下掉似的，脖子上的喉结几乎看不出来，说话也是软绵绵的，没什么男人气。麦嘉怎么看都觉得不舒服。

“支边证的事都办好了吗？”李保田在办公桌前坐下，阴冷着脸，看着师妹问。

“还没哩，我刚从南方回来，才听说这回事。”师妹笑着说。

“那你得抓紧时间办，到时候不把支边证送到系里，按规定就得把你分回去。那时没人能帮得了你。”李保田盯着师妹，似笑非笑地说。

“我父母是支边去的，您看看我的档案就知道，还用什么证明！”师妹撇撇嘴说。

“那我不管，这是必要的手续。没有证明，谁也帮不了你！”李保田说话软绵绵的，语气却生硬起来。

师妹没办法，只好说：“那好吧，我这就打电话回去让人把证明寄来，就怕时间来不及，在时间上您能不能宽限几天？”

“这得看情况，有些事情系里也作不了主。”李保田说着，瞥一眼旁边站着的麦嘉。

麦嘉赶忙堆出一副笑脸，心情有些紧张。他看不惯李保田那副嘴脸，却不知道怎么帮师妹一把。

“找工作的事到底怎么样了？”李保田没再理会旁边站着的师妹，脸转向麦嘉。

麦嘉心里“咯噔”一下，含糊地说：“工作么，在找，只是一时定不下来！”

李保田冷视着麦嘉，嘴角上挂着讥讽的笑意，说：“我看你也别老想着要留北京了，北京是好，这谁都知道。可并不是谁都能留下来的，还得看个人的条件！今年的分配形势你们也都知道，我看还是现实点好！”

一席话说得麦嘉有些心虚，他看看旁边站着的师妹，勉强笑着说："这些情况我们也都考虑过，可是就我们这种专业，就算到了地方也未必能找到单位。"

"这里有两封来要人的信，都是南方来的，我看对你很合适，你看看吧！"李保田说着，从桌上拿了两张纸递给麦嘉。

麦嘉接过信，这才明白他叫自己来的用意。要人的是两所大学，指明是要比较文学教员。麦嘉看着倒有些欣慰，这至少说明自己这专业还不是没人要的。但他绝不想到那种地方去。这些日子是没少受过挫折，却还没死心，他相信自己的事业在北京，他一定能在这里找到属于自己的位置。于是把信交还给李保田，说："李老师，你让别的同学去吧，我不想回南方去！"

"为什么？"李保田阴沉着脸，很不高兴的样子。

麦嘉不安地看了看李保田，说："我还是想留北京！"

李保田冷笑了一声，阴阳怪气地说："我早知道你想留北京，可是你以为北京就那么好留？"

麦嘉冷视着李保田那张阴冷的脸，想着别人对他的议论，觉得他有些不怀好意，他是不想让自己留在北京的，更不想自己有好的前途！这么想着，板起面孔说："不管怎么样，我还是想找找看。"

李保田看看旁边的师妹，问她："你怎么样，想去吗？"

师妹笑着摇摇头，说："我去那地方干嘛？就算不让留北京，我也要回老家去的。"

李保田大失所望，把信扔进抽屉里，阴笑着说："既然你们都不想去，那我可要给人回绝了，希望你们将来不要后悔！"

麦嘉同师妹交换了一下眼色，对李保田说："李老师，还有别的事吗？"

李保田摆摆手，不耐烦地说：“没有了，你们走吧！”

麦嘉和师妹走出系办公室，相视大笑。

第九章

四月二十二日　星期六　多云间阴

躁动的广场终于平静下来，周围森林般的人影矮下去半截。逸夫总算可以看到广场的全景了：从纪念碑到人民大会堂，黑压压的人影把半个广场覆盖住。高大雄伟的纪念碑泛着淡紫色的光亮，在鸟蓝的天幕底下给人以阴森肃穆的感觉。

月亮不知什么时候从云层底下钻出来，大圆盘般似的悬挂在高远宁静的天空，满天的星斗像无数只闪亮的眼睛注视着广场上疲惫不堪的人群，银白色的月光水一般倾泻在广场上，照着一张张疲惫不堪的脸，把那娇嫩的身影映在那透着凉意的水泥地板上。

逸夫坐在地上，借着朦胧的月色看着枕靠在自己怀里睡得正香的林琳。林琳嘴角上挂着一丝笑意，伴随着均匀平和的呼吸声，那小巧的鼻翼仿佛也在轻微地颤动着。在月光映照下，那清秀的脸庞显得有些苍白有些憔悴。

她是累坏了，逸夫叹息着，心想真不应该让她来的，从学校到广场少说也有二十多公里，连自己也走得脚脖子抽了筋，她能走下来也算是难得了。自从那次到医院去过以后，她的身体好像虚弱了许多。尤其在一起的时候，她总是给他一种弱不经风的感觉。逸夫有时觉得她有些矫揉造作，内心的歉疚却使他不能不对她生出怜爱之情。

逸夫并没想要她参加这次活动，在他看来这样的劳累决不是她这样娇生惯养的女孩所能经受的。根据以往的经验，她所经历的劳累在很大程度都被转嫁到自己头上，所以他宁愿自己放弃参加这次活动的机会，陪她一起在学校呆着。林琳这次却表现出了少有的固执，她对他的劝阻置若罔闻，对他的冷漠更表现出极大的不满。

逸夫自己也闹不明白为什么会参加这样的活动，平日他对所有与政治相关的活动既没有热情也没有兴趣。要不是这些天来别人的渲染，那个矮小的政治家在他心目中只是一个模糊的概念，他的死也没有在他心里引起太大的震荡，室友说他是个冷血的人，胡耀邦死了，他居然无动于衷，可是他不知道这个所谓的政治领袖跟自己到底有什么关联！有时候他也想过：是不是自己比别人更自私更冷漠更缺少感情？仔细想想又觉得不是那么回事，在别人的感情似乎也隐藏着某些不真实的东西，是矫情还是虚伪，他说不清，反正差不多就是那么回事！

逸夫从来不是个政治敏感的人，可也看得出事情并不只是一个政治家的死那样简单，就像到这里来不只是为了参加追悼会一样。昨晚游行的场面的确很感人，那规模那气势那组织都是以前从未有过的。可是在那火一样的激情背后似乎掩藏着一种说不清楚的情绪躁动，这种情绪支配着在场的每一个人也左右着这场运动本身。一个几乎被人遗忘的政治家、一个谈不上有什么辉煌政绩的政治傀儡，一夜之间居然成为廉洁政治的化身和整个民族的希望，这其中不也包含着许多滑稽可笑的成份？在这个国家里，政治支配着一切，任何事情只要跟政治挨上边就会变得不真实变得虚伪—经济、道德、法律、艺术……还有人的自身！

抬头看着天空的圆月，逸夫突然想起童年的趣事。宁静的乡村，皓月当空的夜晚，他同小伙伴们踏着月色在村外小路上走着，眼睛直

勾勾地望着大上的圆月，总觉得那月亮是跟着自己走的，你慢它也慢，你快它也快，你停下来，它便也定在天上不动了。低头看时，脚底下也伴随着黑影，每一次迈出脚想把它踩住，它却总是随着脚步往前移动……每次想起这事逸夫总会哑然失笑，笑过以后便觉得自己那时候真是很傻，傻得天真也傻得可爱。

逸夫叹息着，心想：人的一生中或许只有童年和少年才是真实的，那时还没有这样强烈的欲望，也没法考虑各种各样的利益关系，心灵相对来说比较朴实单纯。随着年龄和欲望的增加，人便陷入了各种利益关系交织成的罗网中，在不断满足个人欲望的同时也扼杀着自己的天性，使自己变得虚伪起来。人，说到底不过被欲望所驱使的可怜动物！政治家也好，普通的平民百姓也好，不管他们把自己打扮得多么高尚多么无私，说到底也不过是个人欲望的奴隶！人类的物质文明其实正是人类欲望的外部转化，心灵的物化却又仿佛造成了人性的萎缩。在享受着自己创造的物质财富的同时，人类更付出了惨重的代价！

多么明净的天空，多么宁静的夜晚！逸夫心思又回到眼前，突然有一种豁然开朗的感觉：政治斗争是权力斗争，是利益分化带来的必然结果。人性其实是无所谓善和恶的，在欲望的土壤上，人性既能结出善果也能结出恶果。欲望的恶性膨胀加上无以约束的权力就容易产生腐败。西方人把人性看作是邪恶的，所以试图通过各种各样的方式来抑制这些邪恶，道德、法律、民主政治等等都是为抑制人性中的邪恶、防止人类欲望的恶性膨胀而建立起来的。所有这些文明的产生固然表现出了人类的智慧，但又何尝不是人类的可悲所在呢？人类总是习惯于把自己说成是理性的动物，可是在人的欲望面前这种理性又显得多么苍白无力！

周围的人都已经睡着了，有背靠着背睡的，有把脑袋伏在自己的膝盖上睡的，也有干脆在地上铺了报纸躺着睡的……夜晚的广场变得有些寒冷，清凉的风一阵阵吹过来，逸夫觉得浑身发冷，不由得缩紧了身体。

躺在怀里的林琳依旧睡得香甜，一绺散发盖在娇美而平和的脸上，昨晚的狂热仿佛没有留下明显的痕迹。逸夫低头看着她的脸，熟睡着的林琳比醒着的时候更安详更文静更清秀。他用手轻轻地捋着那一头柔软的头发，怜爱之情油然而生。

多么难熬的长夜！可是想到明天，逸夫却不由得感到不安。“戒严”“清场”这两个字眼在他的脑袋里盘旋着。平时对这样的字眼从来不在意，可是现在却在他心里留下了一道可怕的阴影，尤其在发生了前天新华门事件以后，更把这两个字眼渲染得有了些血腥的意味。逸夫本来对那些说法半信半疑，现在想起竟也有种阴森可怕的感觉。

“不，不会发生那样的事情的！他们有什么理由那样对待我们？”逸夫想着，似乎要给自己寻找某种精神的慰藉。

“你又在想什么？”林琳不知什么时候已经醒来，脸上依旧带着朦胧的睡意。

逸夫惊醒过来，茫然地看着林琳，说：“哦，什么时候醒来的？”

“刚醒来一会儿！”林琳的脑袋从他的臂膀上竖立起来，见他那神不守舍的样子，不安地问：“你怎么啦？”

“没什么！”逸夫握住她那清凉的小手，说。

“你一直没睡？”林琳看着他，关切地问。

逸夫摇摇头，说：“没有，睡不着！”

“天气真冷！”林琳说着，脑袋又倒在了他的肩膀上，整个身体也同小鸟一般依偎在他的怀里。

逸夫感觉到林琳身体在微微颤动，便用手把她的腰轻轻搂住，希望通过自己强壮的身体为她抵御风寒。

“现在是什么时候了？”林琳一只手放在逸夫的肩膀上，轻声地问。

逸夫把手表对着月光看着，说：“三点多！”

“这么早，难怪还这么困！”林琳用手捋了捋头发，说。

“你再睡一会儿吧。”逸夫握住她的小手，轻轻抚摩着着。

“天气太冷了，睡不着！”林琳说着，身体又抖动了一下。

逸夫扭头看她那苍白的脸，说：“不行的话，我们先回去吧！”

林琳摇摇头，说：“不，我不回去，我要和同学们在一起！”

“天亮就好了！”逸夫叹息着说。

“再过两三个小时，太阳就会出来的！有了阳光，也就不会这么寒冷了！”林琳的声音越来越小，梦呓一般。

逸夫轻轻地拍着她的后背，轻声地说：“你睡吧！”

林琳不再说话了，没多久便传来轻微而平和的呼吸声。

“明天？谁知道明天会发生什么样的事情呢？”逸夫苦笑着，看着四周沉睡着的人群，心想。

月亮钻进云层里去了，月色暗淡下来，整个广场更显得阴森恐怖。在漫长的等待中，逸夫觉得眼皮有些沉重，不由自主地往下垂着，周围的一切渐渐也变得模糊起来……

麦嘉没有勇气去面对眼前的丽华，却不时低头去看她留在地面的影子，那影子越拉越长，就要挨着自己，他身体往前稍一倾斜，便同那影子连在一起了。

“麦嘉，你在想什么？”丽华的声音轻悠悠地飘过来，落在麦嘉的耳朵里。

丽华披着朦胧的月光坐在对面，黑亮纯净的眼睛正温柔地看着他，他心里一热，慌忙说：“没想什么！”

丽华轻轻地叹息着，似乎有些失望。

麦嘉看着她，心情也很沮丧。平时老像做白日梦似的想着同她在一起，而今天赐良机，自己却这样缩头缩脑，连话都不会说了。平时那副机灵劲都到哪里去了？难道在自己喜爱的女孩面前就该这样？

麦嘉心里一片茫然，突然想起金哲走时递给自己的那眼神。很显然，金哲是借故走开的，目的是为了让自己同丽华单独在一起。当时他拍着麦嘉的肩膀意味深长地笑着，麦嘉却不由得有些脸红。可是他为什么要这样做呢？毫无疑问，他是以为自己是在同丽华谈恋爱！

然而眼前的丽华却离得那么遥远，这种距离似乎是没法缩短的。麦嘉再去看那地面的影子，觉得它离自己的距离也比先前远了许多，也许丽华对他来说永远是可望而不可及的。这么想着，麦嘉心里便生出大片悲凉来。

“你原来这样在外面过过夜吗？”丽华问。

“当然，八七年闹学潮的时候，我就到这里来过。”麦嘉笑了笑，努力想使自己的表情自然些。

“你说的是八七年元旦的事？”丽华问，似乎对这个话题很感兴趣。

麦嘉点点头，说：“说起来也真是富有戏剧性，胡耀邦也正是因为那次学潮才下台的。”

“那是怎么回事？”丽华轻叹了口气，遗憾地说：“那时我还在上高中，只是听说过这件事，并不了解事情的经过。”

“政治上的事很难说得清楚……我记得那次游行是因为有几个去

请愿的同学被公安局抓了起来，其中就有我们寝室里的沈鸿……我们先到校长办公楼要求放人，没有什么结果，于是就上街游行了……”麦嘉说话的声音很低沉，仿佛沉浸在往事的回忆中。

“也是在晚上？”丽华的声音很轻柔也很动听，就像广场上弥漫的月光。

“是的，离开学校的时候，天已经很晚了，天上下着大雪，风也很大，我们都穿着大衣，顶着风雪，一路上大声地呼喊着口号，像昨天晚上那样，一路上都有警车跟着，碰上有小轿车经过，就喊几句‘打倒腐败’之类的口号……”想起当时的情景，麦嘉笑了笑。

丽华看着他，很好奇的样子，问：“也有这么多人？”

麦嘉摇摇头，说：“没有，那次游行主要以北大为主，到了甘家口，校方说人已经放出来了，很多同学就散去了，最后到达广场的也就几百人……”

“后来怎么样了？”丽华瞪大眼睛看着麦嘉，很关注的模样。

麦嘉笑了笑，说：“大概也是在这个时候，我们终于到达了广场，雪一直没有停过，而且越下越大，很多人都冻坏了，我的腿冷得都快失去了知觉……没办法，我们只得在广场上跑起步来……”

“那一晚上，你们就在这里过的？”丽华问。

“要真那样，大概有不少人会冻死……那天晚上的气温是零下八度！”麦嘉说。

丽华似乎意识到什么，不好意思地笑了笑，又问：“后来你们是怎样回到学校的呢？”

“他们大概也知道我们会支撑不住，就从公共汽车公司调来了两辆汽车，把我们都运回了学校……”麦嘉觉得这结局似乎有着某种喜剧的意味，便故意用轻描淡写的口吻说。

“那胡耀邦又是怎样下台的呢？和学潮的事能有什么关联？”丽华看着麦嘉，眼睛里似乎还有许多疑问。

“据说他这人比较开明，对学潮的事也主张宽容。可是政治上的事情，谁又能说得清楚呢？可悲的是，他下台的时候，没有人出来为他说一句话，所有的人都保持着沉默……”麦嘉叹息着说，心里有些愧疚。

“为什么？”丽华问。

麦嘉回忆着当时的情景，说：“我还记得那天我们在阶梯教室开会，胡坤在台上念他的检讨书，用的是戏谑和嘲笑的口吻，台下人都跟着笑……现在想起来，那里面许多话明显是言不由衷的，听起来才会让人觉得可笑，可是他的下台毕竟是与我们有关的，我们有什么资格笑他呢？这两天在三角地看大字报，也有人为这事在忏悔在反思，我看了实在很感动……经历了这么多事情以后，我们毕竟都成熟起来了！”

丽华定睛看着麦嘉，过一会儿突然说：“你倒是一个很有政治热情的人！”

麦嘉让她看得有些不好意思，摇着头说：“我并不想参与政治。从内心说，我对政治上的事是极其厌恶的，我向往真诚和谐的生活，而政治则是残酷的虚伪的，至少我见过的和理解的政治是这样！”

“那你为什么还参加这些活动呢？”丽华好奇地问。

“我不想搞政治，却想为这个国家为老百姓真正干点事情。我认为这些活动对这个国家是有用的，也就没有理由不来参加。”麦嘉说。

丽华沉思了一会儿，突然看着麦嘉问：“要是伯父听到这些话会怎么想！”

提到导师，麦嘉觉得自己与丽华之间有了共同的话题，便笑着说：

“我想他还是会理解我们的！在中国知识分子中像他那样有良心又敢说话的知识分子实在不多！”

“伯父也很讨厌政治，别看他是人大委员，其实连开会也很少去的！”丽华说。

“那是因为他对中国的政治太失望了！他们那一代人，受过的政治迫害太多，对许多事情也看得很透，再说杨老师是受过西方教育的，还有什么看不明白？”提到导师，麦嘉的话也多了起来。

“还说呢，就为了这件事，他连后来的人大会也没去参加！”丽华噘着嘴说，语气中却充满着自豪感。

麦嘉知道导师参加签名的事，很为老人担忧，问丽华：“后来他们没把他怎么样吧？”

丽华摇摇头，说：“倒没有！只是后来学校又有人来找过两次，伯父不肯听他们的，他们也拿他没办法。”

麦嘉舒了口气，说：“那就好！”

这样谈论着，麦嘉心情变得越来越轻松也越来越兴奋。他似乎找到了自信，恢复了自然本性，终于可以面对丽华侃侃而谈，周围的一切似乎都在他的眼里淡化掉了，整个广场仿佛只有他和丽华在月光下倾心交谈。

时间在悄悄地流逝，丽华的脸上似乎有了些倦意，却仍然微笑地看着麦嘉，月光下那双清澈大眼睛是那样温柔动人。

“你睡一会儿吧！”麦嘉看了看周围睡着的人们，关切地对她说。

“你也累了！”丽华看着他温柔地笑着。

麦嘉微笑着，说：“你睡吧，明天说不定还得走回去！”

丽华抿嘴微笑了笑，把脸伏在膝盖上，眼帘低垂下来把那双美丽的眼睛遮盖住，没过多久，便传出轻微的呼吸声。

四周一片寂静，月亮不知什么时候从云层里爬了起来，月光又变得明朗起来。麦嘉盘腿坐在地上，情绪仍然处于亢奋的状态。不知道丽华会有什么想法，至少这样的谈话总能使她对于自己有些了解！他们谈得多么融洽，那种距离感也似乎在不知不觉中消失了。

看着丽华那张熟睡的脸，听着传来的轻微而平和的呼吸声，麦嘉似乎又找到了初恋时的感觉：那时他还是高中一年级的学生，他的同桌是一个漂亮的女孩，班上的文娱委员。不知从什么时候起他喜欢上了她，每天午睡的时候，那女孩也经常这样把脸对着自己，长长的睫毛盖在微闭的眼睛上，脸红仆仆的，熟睡的神态给人温柔的感觉。有一次，他正痴痴地看她，她突然睁开了眼睛。他的心猛然一跳，她却对着他微笑起来……在以后的三年里，他一直对这女孩怀着一种柏拉图式的精神爱恋。上大学后他以同学的名义给她写了一封羞答答的信，她也回了信，却没有一句提到感情上的事。但他们之间的关系也就这样建立起来，他一直把她当作自己的梦中情人，甚至打定主意大学毕业后到离她很近的乡村中学去工作，却又一直没勇气当面或者在信中表白自己的感情。直到有一天那个高个子的男人来告诉他那女孩将要成为他的妻子，他才从那场迷梦中清醒过来。

想起往事，麦嘉不由得有些伤感。从现实的角度看，女孩并不是自己理想中的生活伴侣，无论外表还是学识，她绝对不可同眼前的丽华相提并论。去年寒假回家时还碰到过她，她早已是两个孩子的母亲，面容憔悴，看上去至少比自己要大上四、五岁，据说在生活上很不如意。他同情她，又暗自感到庆幸，如果没有当初的分离，他就不会考研究生，他的生活就悄无声息地埋没在那个小小县城里，也没有机会认识丽华这样好的姑娘了。尽管他知道丽华对他来说只是一种奢望，一种梦想，他甚至不敢去想他与丽华之间会有什么结果，但哪怕眼下

能跟这样呆在一起，对他来说就已经足够。

清冷的夜风一阵阵吹过来，银白色的月光也显得更为清凉。麦嘉用怜爱的目光看着熟睡的丽华，本想脱下自己的外衣给她披上，却又有些不好意思。好容易辩清楚风向，便把自己的身体移到顶风的位置，用自己那宽厚的肩膀为丽华挡住那凛冽的寒风。

抬头看看天上的圆月，麦嘉嘴里不由得涌出两句诗词："人有悲欢离合，月有阴晴圆阙，此事古难全。"月亮每月总能圆上一次，生活中的事却未必能如人意。人活一辈子总难免会有许多缺憾，正因为这些缺憾，人活着才总有个盼头，有个希望，生活也因此有了意义！然而想到自己同丽华之间的隔膜，却难免有些黯然神伤。

月光暗淡下去，天色亮了起来，广场上有不少人在四处走动着。

"警察打人的时候你在现场吗？"麦嘉听到旁边有人说话，便回过头去看，说话的是一个女孩，脸面看不大清楚。

"当然，那时我们都想进中南海去，当兵的就在门口排成人墙不让我们进，我们想往里冲，结果又来了许多当兵的我们围住。他们要我们撤走，我们不干，后来就来了一辆大公共汽车，当兵的把我们一个个拉着往车里送……当时就有两个当兵的扭住了我的手，我费了好大劲也没挣脱。"说这话的是男孩，声音很低沉，看上去身体很强壮。

"不是说北师大有个女孩被打死了吗？"女孩又问。

"这不是真的，那女孩是看完戏回学校的路上让公共汽车压死的。"男孩纠正说。

沉默了好一阵，女孩突然轻叹了口气，问："不是说要清场吗？要是我们不撤走，他们会怎样？"

"清场，都这么说，应该不会吧，这么多人！"男孩安慰着女孩，声音却有些颤抖。

周围的气氛显得有些沉重，每个人的神情都很疑重，似乎危险就要降临在他们头上。麦嘉却有些不以然，在他看来，戒严也好，清场也好，似乎都离得很遥远，新华门前发生的事情在校园里已被渲染成政府残害学生的流血事件，三角地也贴出了警察殴打学生的血淋淋的照片。麦嘉却觉得有些难以置信，他对政府方面并没有太多的好感，却不相信他们会那么歹毒，再说他们并没有做错什么，他们来到这里，不就是为了参加胡耀邦追悼会嘛，这有什么错？他们游行闹学潮，不也是为这个国家好吗？难道他们真的还能对他们下毒手？不可能，他觉得有人故意制造恐怖气氛，危言耸听，那样的事情绝不可能发生的。

看着仍旧酣睡着的丽华，麦嘉脑海里突然闪过一个可怕的念头：“万一他们真要清场怎么办呢？”他眼前顿时浮现着一个可怕的画面：数万名全副武装的军警从广场四面八方向着人群包抄过来，那一张张冷酷的面孔在逼近，麦嘉的心紧缩着，身体不由自主地随着人群往后退。突然听到一声枪响，一阵可怕的惨叫声传来，前面鬼魅般的人影中竖起无数根白骨般的棍棒，广场上的人群四处逃散……麦嘉回头看时，身边不见了丽华。“丽华！”他在人群中四处寻觅着，终于看到不远处倒在地上的丽华，一个面目狰狞的家伙正举着棍棒向着丽华狠狠地打下去，“丽华！”他愤怒地吼叫着，发疯似地扑过去，那白骨般的棍棒砸下来，他只觉得眼前一黑，身体摇晃着，倒在地上……。

“麦嘉，麦嘉！”恍惚中好像听到了丽华的声音，麦嘉抬眼看时，丽华正睁大眼睛看着自己，急切地问：“你没事吧？”

“没事！”丽华摇摇头，眼睛里露出奇怪的神色。

“没事就好！”麦嘉打量着丽华，舒了口气。

“你刚才在想什么，脸色那么可怕！”丽华关切看着麦嘉，脸上

显露出不安的神色。

“没想什么。”麦嘉不好意思地笑着，说。

丽华轻轻地叹了口气，又问：“你一直没睡？”

“没睡着。”麦嘉说。

丽华抬头看看天空，说：“天快亮了！”

“天亮就好了！”麦嘉叹息着说。

“看来是不会清场了！”金哲往四周看了看，对在身边坐着的高歌说。

“都八点多了，要清场的话，早该开始了。”高歌皱着眉头，神情显得有些紧张。

金哲挺直了腰板，眼睛越过前面密密匝匝的脑袋往广场四周看看，说：“没看见有警察，也没有当兵的。”

“听说三十八军都已经进城来了，是专门要对付我们的。”高歌说着话，眼睛也不停地往四处看着。

“要对付我们这些人，用得着吗？”金哲冷笑着说，心里也有些发冷。

“我想也是，我们又不是他们的敌人！”高歌故作轻松地笑了笑，像是要安慰自己。

“有些人就喜欢危言耸听！”说这句话的时候，金哲想到的是宋玉，对这个消息灵通的人，突然有几分反感。

“不过有些事情也真不好说，就像前天新华门前的事……”提到这事，高歌似乎还心有余悸。

“这事到底怎样，还真难说。”金哲嘟囔着说，想起那天晚上的情景，心里也是犹疑不定。

“照片都贴出来了，还能有假的？”高歌紧锁着眉头，一副忧郁的神态。

金哲也看过那些照片，却总觉得事情也许并不像说的那么惨烈，从当时的情况来看，学生与警察之间的冲突是难以避免的，但学生方面肯定也有所夸张。可是说不清是什么样的心理在作祟，很多人包括金哲自己在内，似乎都更愿意相信学生方面的说法。看高歌满脸紧张，金哲用安慰的语气对他说：“你别怕，反正有这么多人在一起！”

“我不怕，有什么可怕的？他们总不能把我们都杀了吧！”高歌瞪大眼睛看着金哲，有些生气。

太阳已经睡醒，温热的阳光铺洒在广阔的天安门广场，驱散了夜晚的寒气，广场上的气氛却显得有些紧张。

金哲一直以为自己是个很理智的人，又过了容易冲动的年龄。为了混入党内，这些日子他一直很谨慎，尤其在刘杰面前。他也经常到三角地去看大字报，听人演讲，但在寝室却轻易不发表自己的想法。这次活动，他本也准备不参加的，见所有的同学包括刘杰在内都说要来，他也随了大流。可心里毕竟有些不踏实，生怕将来会有人以此为借口在入党的问题上为难自己。

“追悼会什么时候开？”高歌问。

“不说是十点吗？”金哲转脸看着高歌，高歌已经不止一次提过这样的问题。

高歌意识到了什么，不好意思地笑了笑，低头看看手表，叹口气说：“真有等的。”

各校的队伍又进行了一次调整，金哲随着北大的队伍来到人民大会堂对面的广场。前面好像是人大的队伍，金哲觉得这个位置还是比

较安全的，真要发生什么事情，跑起来总比前面的人要快些。这种想法刚一冒头，金哲心里又有些愧疚：都这个时候了，为什么还老想着个人的安危。

“我们是为国家在做事！”金哲突然想起昨晚游行时那女孩说的话，他始终没看清那女孩的脸，可是他相信女孩的表情一定是很严肃很真诚的。诸如“祖国”“人民”之类的词语在金哲听来是很陌生了，偶尔听到这样的话，也会觉得别扭，然而那女孩的话却使他感动了一把，像有面镜子照出了自己灵魂的卑微，使他感到羞愧。

在昨晚的游行中，他好像真正感觉到了在人群中所蕴藏着的那种激情，这情感对他说来似乎是很陌生的，却同样激荡着他的心。他说不清这是怎样的情感，但他想，一定是很纯洁的，正是这样的情感把这么多人结合在一起。看着周围那一张张陌生的脸，他心里激荡着从未有过的豪情，一时间他好像把所有的私念都抛到了脑后，一个声音在心底里呐喊：让入党见鬼去吧，我要成为我自己！

激情消褪以后，他又回到原来的自我。在冷静的思考中，他想得更多是他自己。个人的前途、家庭的安宁等等使他不得不以患得患失的心理来面对眼前的事件。他虽然在这场运动中体验到了一种可称之为崇高的东西，昨晚的壮举也曾令他感动，可是他希望事态不要进一步扩大。他希望能够平平静静地度过最后这几个月的时光，安安稳稳地拿到学位，安安稳稳地做自己的学问过自己的日子。

“看来他们是同意让我们留在这里了！”高歌舒了口气。

一个手里拿着半导体扩音器的同学来到了队伍中间，对同学们通报了学生代表提出的三点要求：第一、无条件保证广场上所有同学的人身安全；第二、允许同学们瞻仰胡耀邦遗容；第三、客观报导“4.20”惨案。

热烈的欢呼声和掌声表明了大多数同学的态度，金哲却想：他们未必能够答应，保证同学们的安全倒不会有太大的问题，他们总不能冒天下之大不韪对这么多人大打出手，报导所谓“4.20”事件也可以暂时敷衍一下，这么多人要瞻仰胡耀邦遗容却是不可能的事。

“北大北大，人民养大；为了人民，一切不怕！”队伍站起来有人领头喊起了口号。

从寒夜中解脱出来的同学似乎已经恢复元气，广场上的气氛渐渐有些热烈。金哲看着周围席地而坐的同学，暗自感慨。尽管气氛依然紧张，所有的人都显得很冷静也很耐心，他们坐在那里默默地等待着，也有人在小声议论。

在不远处有十几个同学头上扎着白布条，其中几个还留着很长的头发或胡子，一看就是艺术院校的。金哲看到他们，心里不由得一阵紧缩。虽然他并不知道头上扎着白布条是什么用意，但他们的形象无疑给人一种悲壮感。

“你看，外语学院也来人了！”高歌用手往前面一指，说。

看高歌那满脸忧郁的样子，金哲知道他又在想那在外语学院上学的女朋友，不由得一阵叹息。为这件事，他也没少操心，给他出过不少主意不说，还得时时准备忍受他那祥林嫂式的唠叨。可事情却不像预想的那么顺利，他同那女孩的关系时好时坏。金哲心里怪他太窝囊，根本把握不住那女孩，可是看他那可怜兮兮的模样却又不忍心拒绝他。

高歌的眼睛却在人群中寻觅着，目光里交织着渴望和焦灼的神色，金哲一旁看着不由得苦笑起来。

“她没来。”高歌低声地说，眼光暗淡下来。

金哲勉强地笑了笑，不知该说什么好。

在焦急的等待中，金哲感到有些饥饿。从昨晚到现在，他和高歌

只是出去买了一块大津煎饼吃，难怪肚子里有种空荡荡的感觉，胃部也在隐隐作痛。金哲心里不由得有些不安。这个时候可不能犯病，不然的话，入党、找工作什么的，恐怕都要泡汤！

“前面的同学，请把这筐传过去！”金哲觉得背后有人拍着自己的肩膀，回头看时，一个装着面包的小竹筐递到自己跟前，一股熟悉的香味沁入他的鼻孔，刺激他饥饿的肠胃，他不由得咽下去一口唾液，却想也没想，便接过去递给前面的同学，说：“请往前面递！”那同学对他微笑了笑，把竹筐接过去。

“那面包是给谁吃的？”高歌问。

“可能是给那些纠察队员吃的，他们最辛苦！”金哲说着，看着那一个个在人群中传递的竹筐，一种崇高的情感在心中荡漾着，感动的泪水在涌上了眼眶里，他为自己也为所有的人感到骄傲感到自豪。

然而前面的人群中突然出现了一片混乱，一只只面包被人抛到了天空，圆圆的面包在人群上空飞舞着，人群中也有人张开了双手等着落到自己的头上。金哲明白发生了什么事，那刚刚涌上来的自豪和骄傲顿时化作了深深的耻辱。他对着前面的人群大声地叫着：“你们不能这样做！”

“你们应该感到耻辱！”人群中涌起了一阵愤怒的谴责声。

“怎么会这样？怎么会这样？”一个男同学流着泪水从队伍中间往前走去，那失望的神色使人不忍目睹。

“那些人实在太不像话了！怎么能这样做呢？”高歌愤慨地说。

金哲没有说话，却有些兴味索然。从昨晚到现在，他一直以为每个人都已经变得很纯洁，可是现在却发生这样的事情，好像是对他感情的愚弄和讽刺。无论从感情还是从理智上说，他都有一种受欺骗的感觉。

在焦急的等待中，各校的队伍也开始有些涣散。金哲仍旧坐在队伍中间，除了高歌以外，没有熟悉的面孔。前面是密密麻麻的人群，一直越过前面的马路，直逼近人民大会堂附近。

那几个挎着半导体扩音器的同学仍然在人群中走动着，不时有人走到他们跟前去打探消息，他们也只能苦笑着说些安慰的话。

“那些学生领袖都到哪里去了，怎么连他们的人影都见不着？”终于有人忍不住了，用埋怨的语气说。

“说是还在谈判，可是谁知道呢？”

“不管怎么样，总得把消息告诉我们一下嘛，让我们在这里傻等着，算什么！”

听着旁人的议论，金哲心里也很不是滋味。他的眼光骤然冷却下去，眼前的一切也似乎变得有些模糊。“这一切到底是为了什么？”他想着，只觉得心里一片茫然。

“北大北大，人民养大；为了人民，一切不怕；为民请愿，把地坐穿！”又有人领头喊起了口号，人群中的声音却不像刚才那般慷慨激昂。

终于传来了消息，治丧办的人对同学代表的要求作了以下答复：（1）允许同学们在广场上参加胡耀邦追悼大会，并通过音响向广场转播追悼大会实况；（2）只要学生队伍不乱，保证同学们的人身安全……而关于瞻仰遗容及报导“4.20”事件的要求则没有明确的答复。

“能参加追悼会就行了，看不看遗容又有什么关系？”高歌皱着眉头，脸上带着困惑的神色。

“事情恐怕不会这么简单！”金哲苦笑着，感到有些厌倦。

“还能怎么样？”高歌不解地看着金哲。

“我也不知道，你等着看就是了！”金哲含糊其词地说。

“追悼会都结束了，他们还要干什么？”李娜踮高了脚往前面看着，嘴里嘟囔着对沈鸿说。

沈鸿不时抬头往前面看着，心里也有些茫然。凭着自己的直感和以往的经验，他相信指挥这场运动的学生领袖现在肯定聚集在队伍前面。前面密密麻麻的人群挡住了他的视线，他看不到他们，也不知道将要发生什么事。

几个挎着半导体扩音器的人在队伍中间走动着，显得有些无所事事。已经有很长时间没有消息传过来了。沈鸿心想，要是能够见到刘伟就好了，他知道刘伟和郭振清都是这次活动的组织者，当然还有那个渐渐有了些名气的张锋！

经历昨天晚上的游行以后，沈鸿明显地感觉到自己的思想和情感都正在潜移默化之中。他本来是带着冷寂的心来冷眼旁观的，可是当他面对这热血澎湃的场面时，却也被深深地感动了，甚至不上一次流下了眼泪。他不能不承认，昨晚的游行无论在规模气势还有领导组织方面都远远超出他的预想，也超越以往他参加过的任何活动！然而最令他惊讶的却是周围同学的热情，这样的热情以前也并不少见，可他明显地感觉到在人们的情感中似乎增添了更为圣洁的东西。他说不清这是什么，却知道正是这种东西把所有的人联系在了一起。行进在这样的队伍中，他觉得周围的人都变得熟悉而又陌生，那一幕幕动人的场面不止一次打动了他那颗冰凉的心。

沈鸿当然也知道，今天的活动不只是为了参加胡耀邦追悼会那么简单，但胡耀邦的死无疑给这场运动带来了契机也赋予了悲剧的意味。对于这场运动的发动者来说，胡耀邦的死与去年的柴庆丰事件没有本质的区别。搞政治的人都善于把一件平常不过的事情上升到政治的高度，当年的柴庆丰事件在整个北大闹得沸沸扬扬，许多人都为这个自己并不认识的人流下了同情和悲痛的眼泪，可是现在又还有多少人能够想起他？现在想起来，这件事情本身似乎又包含着许多滑稽可笑的成份。这场运动到底会走到哪一步？沈鸿没法作出明确的答覆，可他知道，无论从政府方面还是从学生方面来看，事情总不会轻易罢休。

沈鸿静静地坐在人群中间，周围的同学看上去都很年轻，好像都是本科一二年级的同学，没有人认出他来，也没有人注意到他。沈鸿心想，他们肯定没有听过自己的演讲，也没有见过自己当年组织学潮时的风姿。可是即便见过听过又能怎么样，他们早把自己忘记了！在许多人眼里，热衷搞政治的人都不过是些没本事而又可笑的小丑！人们看到的只是组织者们振臂一挥万众欢呼的场面，却又哪里理解他们所承当的责任和牺牲？这么想着，难免有种酸楚的感觉。

“到底怎么回事，这么长时间了，什么消息都没有！”

“不是说要瞻仰遗容吗，也许还在谈判。”

“谈也白谈，这么多人，怎么可能呢？”

“再等一会儿看吧，也许他们还在商量什么对策。”

“不管怎么样，他们至少应该把情况给我们通报一下，这样傻等着，算是怎么回事？”

听着旁人的议论，沈鸿感觉到人群中正蔓延着厌倦的情绪，从而也发现了今天组织工作的漏洞。作为运动的组织者应该觉察并引导大众的情绪，这就需要相互之间保持思想和情感上的交流，失去了这种交流，便会相互孤立，从而使自己处于十分可笑的境地。在这样的时

候，这种交流尤其显得重要，可是那些运动的组织者却偏偏忽略了。

他们现在到底都在干什么？沈鸿想着，不由得往人群前面看着。根据以往的经验，沈鸿知道这个时候对于组织者来说最为关键，他们不仅要对现在的形势做出正确的判断，还要做出相应的对策。也许在人群中的某个地方，那些人正聚在一起商量着争论着。各种各样的说法，各种各样的意见，还有各种各样的面孔，真令人眼花缭乱头昏脑胀。明明一个很简单的问题，却硬要争得脸红脖子粗，所做出的决策又往往不如人意。

“要是今天我处在他们的地位又会怎么样？”一个念头突然从沈鸿的脑海里冒了出来，从以往的表现来看，自己在那些人中间还算是比较冷静的一个，可是现在想起来，自己也未必能够保持应有的理智。那感觉就好像有股躁动不安的情绪在支配着自己，说话也好，想问题也好，都有些不由自主。也许在那样的处境下每个人都带有几分赌徒的心态。有人说，玩政治的人在某种程度上都带有赌徒的心理，这话并非完全没有道理，可是由这样的赌徒来支配着这样的政治运动，绝对是危险的。

“我们回去吧！”李娜扭过头看着他，满脸不耐烦的样子。

沈鸿没有作声，也不想作声。李娜到这里来充其量是一个看客，他却不是。他对自己现在所处的位置已经习以为常，在这样的环境中，他看清楚了别人，也看清楚了自己。

那个挎着扩音器的同学终于来到了人群中间，向同学们宣布了一个重大的消息：总理李鹏已经答应与广场上的学生代表见面！他的声音很宏亮也很振奋，可是同学们的反应却不像他预想的那样强烈。

“这怎么可能呢？”

“有什么可见的，真是没事找事！”

“管他呢，等等看吧！”

沈鸿对这个平庸懦弱的总理并没有好感，也就不会把他的接见当做一回事，对这件事情本身也有些半信半疑，记得在学生代表提出的要求中也并没有要见李鹏这一条，就算李鹏出来接见一下又能怎么样？说来说去，他不过是一个傀儡，什么事也没作不了主的。

“李鹏，对话！李鹏，对话！”人群中突然爆发出海浪般的叫声，这声音此起彼伏，一浪高过一浪，席卷着整个广场。

这怒涛般声音直向着沈鸿涌来，他觉得一股热血在胸中激荡着，也放开了嗓子随着周围的人吼叫起来。

“李鹏，出来！李鹏，出来！”失望中声音越来越激愤。

“别叫了，再叫他也不敢出来的！”旁边有人说。

“不说他们是人民的公仆吗？怎么连主人求他们见上一面都不行。”语气带着戏谑也含着许多无奈。

“要是周总理在的话，早就出来了！”说话的是个女孩，她的眼睛里含着失望的泪水。

“他是什么人，怎么能跟周总理比？”说话人语气明显带着鄙夷的意味。

怒涛般的声音终于平息下去，在旁边同学的议论中沈鸿感觉到一种失望的情绪正在人群中间蔓延。那种崇高的感觉似乎正在人们的心中崩溃，同学们的表情也不再严肃，明显带着玩世不恭的意味。说话时或嘲讽或挖苦或尖酸刻薄。沈鸿苦笑着，心里好像被掏空了似的。

“看，大会堂顶上好像有人！”旁边一个女孩用手往上指着，说。

沈鸿抬头看去，果然看见大会堂顶上果然冒出来几个模糊不清的脑袋，因为太远，看不清是谁。

“好像是赵紫阳，正用望远镜看着哩！”那眼尖的女孩说。

女孩这一说，沈鸿倒也觉得其中的一个脑袋像是赵紫阳，又有些疑惑，不知道他们到底要干什么。

“李鹏，出来！李鹏，出来！”那怒涛般的声音再一次席卷了整个广场。

沈鸿还没明白怎么回事，前面突然一阵骚动，周围的人纷纷站出来往后退着。沈鸿一看不好，一把拉起旁边的李娜站起来。

“怎么回事？”沈鸿看前面的队伍一片混乱，便问。

话音刚落下，前面的人群突然往后一退，沈鸿被周围的人群裹住了，不由得随着人群往后走，只是抓住李娜的手不放。

“踩死人了，这是怎么回事！”李娜在人群中叫起来。

“妈的，警察打人了！”有人愤怒地嚷着。

人群松散开来，沈鸿把李娜拉到自己身边，问：“你没事吧？”

李娜摇摇头，说：“没事，只是我的脚让人踩了一下。”

“这到底是怎么回事？”沈鸿向旁边的人打听着。

“好像是前面的同学突破了警察布置的警戒线，所以发生了冲突。”

“有人受伤吗？”沈鸿问。

“不知道！”

正说着，前面的人群突然散出一条道来，两个男同学搀着一个泪流满面的女同学从人群中间走出来。

“是警察打的吗？”旁边有人问。

那女孩只是哭泣着，夹在两个男同学中间一瘸一拐地往外走着。旁边一个男孩却点了点头。

“他们凭什么打人！”沈鸿只觉得一腔热血正往头顶上涌着，脸色变得铁青。

“你想干什么？”李娜惊恐地看着他，使劲攥住他的手。

沈鸿没说话，嘴角泛出可怕的冷笑。

“我们走吧，说不定真会发生什么事情。”李娜恳求着对沈鸿说。

“你想走的话就自己先走好了。”沈鸿朝着李娜瞪了一眼，不耐烦地说。

这时，前面的队伍里又是一阵轻微地躁动声。

“看，有三个人上去了！”旁边有人说。

沈鸿抬头看去，果然看见有三个学生模样的人正沿着台阶向着人民大会堂走去，其中有一个手里举着一卷白纸。

“这是要干什么？”有人问。

“不知道，可能又是要递交什么请愿书之类吧。”另一个人猜测说。

那三个同学上到台阶的一半却停住了，他们并排站在那里，站在最左边的那个同学把手里的那卷白纸举过头顶。

沈鸿屏住呼吸，一双眼睛紧紧地盯住那三位在人民大会堂前站着的同学，他的周围也变得格外安静。

过了一会儿，终于有两个人从人民大会堂的门前走了下来，他们走到那三位同学面前，好像在对他们说着什么，三位同学却没有把请愿书交给他们。

“李鹏，出来！李鹏，出来！”人群中又响起一阵愤怒的喊叫声。

那两个人沿着台阶走了回去，而那三位同学仍然站在那里。远远看去，他们的身体是那样的弱小，沈鸿看着，心里抽得很紧。

突然，那个举着请愿书的同学一下跪在了地上，接着另外两个同学也跪了下去。沈鸿看着，只觉得自己的心一下也被提了起来：“这是要干什么？为什么要这么做？”他还来得及对这件事做出反应，整

个广场已经沸腾起来，周围的同学纷纷向前涌去，沈鸿看许多人的眼里都含着泪水，他也被感动了，不由自主地随着人群向前涌去。

“李鹏，出来！李鹏，出来！”这声音响成一片，在整个广场的上空回荡着。三位下跪的同学都埋下头去，像在失声痛哭。

广场躁动起来，大会堂那边仍然没有什么反应，几个同学上去把那三位同学搀扶着从台阶上走了下来。

绝望化作了愤怒，广场上群情激愤。那些手里提着半导体扩音器的学生骨干向人群传达了学生领袖们的指示：鉴于当局对于同学们的请愿行动采取不理睬的态度，经各校学生代表研究决定，从明日起全市各高校举行无限期罢课，并通电全国，号召全国高校统一罢课。

“新华门前，警察施暴；天安门前，和平请愿；二十小时，不吃不喝；政府不理，无奈无奈；通电全国，罢课罢课！”在激愤的口号声中，队伍开始撤离广场。

“我们走吧！”李娜侧过脸看着沈鸿，催促说。

沈鸿看着正在撤离的人群，对李娜说：“你自己坐车回去吧，我要和他们一起走着回去。”

李娜诧异地看着他，无奈地叹了口气。

第十章

四月二十四日　星期一　晴转多云

看着门外站着的杨丽丽，金哲觉得有些尴尬。没想到杨丽丽会在这个时候找上门来。知道她结婚的消息，以为他们之间的关系也已经结束，这一年里她也没再来找过他，如今却突然挺着大肚子出现在他的眼前，身后还站着一个显然是她丈夫的男人。

“怎么样，没想到吧？”杨丽丽笑着，很矫情的样子。

金哲勉强笑着，把他们让进屋。屋里坐着聊天的宋玉和逸夫一见，随便打了个招呼便借故走了出去。金哲知道他们都对杨丽丽没好感，不想在屋里呆着，他们脸上的表情很古怪，很有些嘲讽的意味。

“这是罗小飞！”杨丽丽站着，看了看，然后指着身旁的男人对金哲作了介绍。

金哲向罗小飞伸出手去，罗小飞把头盔换到另一只手，伸手过来。金哲握住他的手，打量他。小伙很高大也很强壮，傻笑着，看上去还很憨厚，似乎是个实在人，看上去比杨丽丽要年轻不少。

金哲早听杨丽丽说过，罗小飞是一个高干子弟，父亲是大兵团级的军队干部，他自己也在邓仆方的康华公司里做事，也算是太子党之列，年纪比她还小三岁，却很会疼人，对她极好，当初人家给她介绍，她还看不上，不过他对她倒是死心塌地的。杨丽丽对他说这番话的明显有些显摆的意味，也是对他的报复，他不是看不上她嘛，这不，人

家找的男人可是比他强多了。

怀了孕的杨丽丽变得更难看了，金哲本不忍心看她，却又没法逃避。这女人变化真快，才大半年的时间，杨丽丽看上去老了许多，那张脸更宽了，还胖了许多，身体有些变形，皮肤变得那样粗糙，鼻子两旁更是布满了雀斑，颧骨也高出许多，穿着牛仔服，肚子挺得很大，外表显得有些邋遢，那张脸仍是那样俗不可耐。

“是罗小飞用摩托车搭我来的。”杨丽丽这样对金哲说，并把手里的小提包交到罗小飞手里。

“我本来想开小车来的，可这两天老爷子正好有事要用车。”罗小飞说着，接过小提包，看看杨丽丽那隆起的肚子，一脸担忧的神色。

“得了，我知道你关心的可不是我！”杨丽丽不耐烦地打断了罗小飞的话，双手交叉着放在隆起很高的腹上。

“你看看，又耍小孩子脾气了！”罗小飞说着，很无奈地对金哲笑了笑。

金哲勉强地笑着，心里却不是滋味，他知道这两口子是在演戏，都是做给他看的。当初是他拒绝了她，伤了她，她觉得没面子，如今人家找了有钱有势的好老公，自然要在他面前显摆一番。而她在丈夫面前的颐指气使，又表现出某种优越感，毕竟她一个名牌大学研究生嫁了个没上过大学的小伙是吃了大亏的，她必须从中找到心理的补偿。她的这种心态，金哲一眼就看出来，觉得很可笑。他知道这伤不了她，当初她是爱他的，但他从来没把她当回事儿，她从来就没进入他的心里，她怎么做都伤害不了他，只是显得更可笑而已。

“金哲可是很有学问的人，以后你得跟他多学着点！”杨丽丽拉他丈夫在她旁边坐下，笑着说。

“这我还能看不出来！”罗小飞说着，又对金哲挤挤眼睛笑了笑。

金哲一直以为在杨丽丽的潜意识里隐藏着对自己的报复心理。在以往的交往中，他觉得这女人不仅虚荣心强，心胸也比较狭窄。她在炫耀着丈夫的家世的同时，对这位窝囊的丈夫又存着很深的鄙夷和蔑视，而她的那些故作姿态的语言和行为却又有一种邀宠的意味。

“你最近在忙些什么？”杨丽丽突然改用日语对金哲说，眼睛并不去看身旁的罗小飞。

金哲一愣，没想到杨丽丽会在这样的场合用日语同自己说话，但马上意识她是在以这种方式在她丈夫面前显示她的身价而加深她丈夫的自卑感。他勉强地用日语回答了她的提问，并转过脸去看看她身旁坐着的罗小飞。罗小飞神态茫然中却又有几分自得，仿佛为自己有这样一位有学问的妻子而感到荣耀。

看上去罗小飞对自己这位研究生妻子还是很满意的，见他温情脉脉看着挺着大肚子的杨丽丽的神态金哲便忍不住哑然失笑，内心里却又带有几分同情和怜悯。他曾经听杨丽丽说过，罗小飞祖父那一辈也算得上是书香门第，从他父亲那一辈以后却再没出一个像样的读书人，他父亲最大的遗憾是他的独生子罗小飞几次参加高考都名落孙山，而今找了她这么个上研究生的儿媳妇也算是为这个家族挣了面子。所以她在他们家的地位非同寻常，一家人对她几乎百依百顺。

杨丽丽继续说着日语，金哲也只好陪着她，心里却忐忑不安，不时歉意地看看罗小飞。他觉得自己不知不觉成了杨丽丽的同谋，正对这可怜的男人进行着摧残和迫害。他对自己不得不担任的这个角色实在深恶痛疾，却又没法从中摆脱出来。这个爱玩心计的女人在玩弄她丈夫的同时好像也在玩弄自己，这个感觉使金哲感到屈辱，对她的反感也变得越来越强烈。

罗小飞的麻木令金哲感到悲凉，这种悲凉感把他心中的同情心转

化为一种快意的报复心。真不明白这可怜的男人为什么要娶这样的女人作为妻子，就算是要弥补自己的心理缺陷，也该找个好点的。对罗小飞来说，娶一个名牌大学研究生的妻子也许暂时可以满足一下虚荣心，寻找到心理的平衡，却在自己的脖子上套上了一条难以挣脱的锁链。金哲实在没法想像面对着那样一张丑陋而平庸的脸人生还能有什么乐趣！

“你们叽哩呱啦的到底在说什么，我可是一句也听不懂！”罗小飞笑着说，似乎很为自己有这么一个能用外语说话的妻子而感到自豪。

“听不懂一边歇着去，反正也跟你没关系！”杨丽丽用手在罗小飞的臂膀上拍打了一下，说。

金哲看罗小飞脸色有些难看，怕他产生误解，忙解释说：“我们只是谈论一些专业上的事，顺便练习一下口语。”

“没关系，你们谈你们的，谁让我自己不懂外语呢？丽丽老说整天憋在家里连外语都快不会说了，现在有这么个机会，不赶紧多说说，回去又得怪我！”罗小飞瞅一眼杨丽丽，对金哲说。

杨丽丽的日语其实说得很蹩脚，发音不标准，还经常出现语病错误。偶尔用上一两个生涩的单词，她便听不懂了，金哲觉得同她交谈实在很费劲。可是在罗小飞的眼里，他妻子的日语简直是没人能够比拟的。看得出杨丽丽是有意要给他造成这样一种印象，平时在这方面也没少费力气。

金哲实在不忍心与她同谋去欺骗罗小飞，便笑着对她说：“我们还是用中文说吧，这样更轻松点。”

“也好，我们就照顾一下罗小飞吧。”杨丽丽撇了撇嘴，无可奈何地瞅着她身边坐着的罗小飞。

说到婚后的生活，杨丽丽用炫耀的口吻告诉金哲，老爷子最近刚为他们弄到一套两室一厅的房子，不过他们平时还是同老头老太太住在一起，他们家有车有保姆，住在那里生活要方便些。

对金哲来说，同一个没有思想外表也不漂亮的女人交谈实在是一件很痛苦的事，尤其这女人又是一脸的矫揉造作。说起来杨丽丽在师大也是学文学的，金哲同她几乎找不到共同语言，她的思想实在太肤浅，又没读过几本书，国内作家她不知道马原、舒婷和顾城，国外作家更不知道加西亚.玛尔克斯、昆德拉， 甚至连尼采、叔本华的书都不曾读过。真不知道她研究生是怎么上的！

“工作的事怎么样？”金哲不想再听她那东拉西扯的唠叨，便故意问她。

杨丽丽笑了笑，说：“工作上的事，我还没怎么操心过，不过现在有两家单位都想要我：一家是解放军艺术学院文学系，另一家是八一电影制片厂文学部。我自己是想到八一厂去，那地方好玩，而且你知道我也喜欢搞创作。可小飞和他老爸都想让我到艺术学院，说是那地方整天没事更舒服些。现在我心里也是很犹豫。说实在的，两个单位都很不错……我来也是想听听你的意见。”

杨丽丽说话的语气很轻松也很自信，好像这两家单位都是她家办的，而她自己更是人人想要的宝贝疙瘩。然而金哲总觉得她的话有些靠不住，这女人平时是说惯假话的，她的话至少要打上半成的折扣。况且不久前金哲自己也到解放军艺术学院去过，那位训练部长告诉他文学系今年根本就没有进人的指标，他不相信杨丽丽的老公真有那么大的本事！于是便用试探的口吻说：“当然，这两个单位都不错，对你来说专业也很对口，听说现在进军队单位也不容易！”

“是不容易，不过对我来说就是另外一回事了！你说是不是，罗小飞？”杨丽丽说着，瞥一眼傻乎乎在一旁坐着的那小伙。

罗小飞连连点着头说："那是，我们家老爷子原来在总政干过，那里的几个部长都是他的部下，老爷子都同他们打过招呼，丽丽想到什么单位，可以直接从他们那里要来指标。"

金哲见他说得那认真，倒有些相信了，心里却有种悲凉的感觉，心想自己费这么老大的劲来上研究生，三年来拖着瘦弱的身躯埋头攻读，到头却混到这等地步。杨丽丽在学问上臭狗屎一堆，只是因为找了个有背景的老公就可以轻而易举地获得一切，这他妈的也太不公平了！

"你怎么样？"杨丽丽看着金哲，问。

金哲知道她问的是找工作的事，一时却不知怎么回答。他不想把自己真实处境告诉她，他既不需要她的同情，也不想让她幸灾乐祸，使她的报复心得到满足，却也不想对她说假话，于是苦笑着说："不怎么样！你知道我的情况比较特殊，要在北京找个单位并不容易，找了几个单位都没定下来。"

"今年找工作本来就不容易, 你又有家属问题！"杨丽丽笑了笑，用悲天悯人的语气说。

金哲实在不喜欢她用那种语气对自己说话，便傲然地说："要不是为家里的老婆孩子考虑，对我来说找个单位并不很困难！"

"你可以先不提家属的事, 等自己先安定下来再说。"杨丽丽说。

"那怎么行？我上学这几年，我妻子在家里也吃了不少苦，我不想再对不起她，所以，除非能尽快解决她和孩子的进京问题，不然的话，我就回老家去了。"金哲说着，竟也有些动情。

"话是这么说，可要干事业的话，还是留在北京好，我想你妻子应该支持你才是。"杨丽丽酸溜溜地说。

金哲不愿意在杨丽丽面前谈论妻子，说："她对我已经够支持的了，我想我也应该多为她考虑一下。”

杨丽丽没有去接金哲的话，却转过头对罗小飞说：“看看人家是怎么关心自己老婆的！”

罗小飞只是傻笑着，没说话。

杨丽丽想了想，说：“要解决家属问题的话，你还是去部队比较合适，不过那种地方也不是正儿八经搞学问的地方。”

“现在也顾不得那么多了，只要能够给我解决老婆孩子的进京问题，搞不搞学问并不重要，反正将来还可以考博士。”金哲叹息着说。

杨丽丽好像突然想起了什么，说：“你愿不愿意到军事科学院去？你要是愿意去的话，罗小飞的姐夫是那里的一个大校，也许可以帮你想想办法。”

金哲苦笑了笑，说：“可是我到那里去能干什么呢？”

“罗小飞的姐夫就在外国战史部，你外语那么好，到那里去搞点翻译什么的总不会有问题的。”杨丽丽说。

金哲看看罗小飞，说：“有可能的话，试试也好。反正我对自己是没抱什么希望的。”

杨丽丽转过脸去，用命令的口吻对她丈夫说：“罗小飞，你可听清楚了，这件事就交给你去办了，这两天你就去找你姐夫一趟，看他们那里需不需要人。”

“放心吧，夫人，你要办的事，我可不敢有半点含糊！”罗小飞说着，对金哲笑了笑。

金哲看看手表，快到吃午饭的时候了，看他们没有要走的意思，心想他们一定有什么事要求助于自己，便用试探的口吻问：“你们在这里吃午饭吧？”

“不用，我们回去还有别的事情！”杨丽丽这么说着，仍旧坐在

床边没有动弹。

听她这么说，金哲倒也放下心来。虽然他以前也请杨丽丽到学校食堂吃过饭，可现在她俨然把自己当成了一个贵妇人，而且确实过上了优越的生活，相比之下学校里的饭菜就显得有些寒碜了。可是她这样大老远跑找自己到底有什么事？金哲在心里猜想着，渐渐有些不耐烦，又问："有什么事吗？"

罗小飞好像也有些耐不住，愣头愣脑地对金哲说："我们是想请您帮帮忙……"说着，讨好地看着杨丽丽。

"有事就说好了，只要我能做到的，一定尽力去做。"金哲勉强地笑着，心里有些发怵。

杨丽丽笑了笑，说："其实也就是一点小事！我的毕业论文，你是知道的，刚写完了初稿，可是我自己总觉得不大满意，本来想再找些资料来看看，可是最近身体又有些不舒服，一看书就脑袋疼。我知道你在这方面很有研究，所以想先请你帮我看看，提提意见，有什么地方你觉得不妥的，就帮我改改！"

听她这么一说，金哲心里直感到后悔。这可不是好干的活！杨丽丽的水平他是再清楚不过的，而且这又算什么！于是作出很为难的样子，说："看看倒可以，说到修改，我可没那水平！"

在一旁站着的罗小飞却猛地拍了一下他的肩膀，说："哥们，你就帮着改改吧。别看我们是第一次见面，我可常听我夫人说起你，我也看得出来你是一个真正有学问的人，干这种事肯定小菜一碟！当然我夫人也不是没这个本事，可是就她这样子，你想我能让她干吗！"

杨丽丽推了他一把，嗔怪说："得了，轮不到你来拍马屁，我们是多年的老朋友了，这点事还有什么说的。"说着，自作多情地瞅了一眼金哲。

金哲尴尬地笑着，这才发现自己落到了这两口子设下的陷阱里，连一点反抗的机会也没有，只好苦笑着点点头，说：“这样说，我只能尽力而为了。”

“我相信你会改好的！”杨丽丽笑着说。

逸夫骑车往图书馆走着，路上行人很少，校园里似乎平静了许多。图书馆的大门像往常一样敞开着，门前却显得冷清，只有三两辆自行车孤零零地停在那儿。逸夫下了车，把自行车锁好了，拎了书包往图书馆门口走去。走到门口，看见门口站着两个学生模样的人，一高一矮，神情都很严肃，见他过来，将他拦住，那矮个子的同学阴沉着脸对他说：“对不起，你不能进去！”

逸夫一眼看到他们臂上的红袖章，知道是纠察队之类的人物，笑了笑，问：“为什么？”

“罢课了，你难道不知道？”那小矮个瞪着眼，没好气地说。

逸夫不由得皱起眉头，说：“不是说罢课不罢学嘛！又不是上课，只不过想进去查点资料。我们是毕业班，要写毕业论文！”

“那也不行，这是规定！”小矮个态度仍旧很生硬，完全没有商量的余地。

“谁的规定？”逸夫心里有些恼火，脸色阴沉下来。

“同学，我们不是有意与你为难。既然宣布了罢课，就得做出个样子来，这样才能给政府造成压力。我们都得为大局着想，你说是不是？”高个子同学过来拍着逸夫的肩膀，和颜悦色地说。

听他这样一说，逸夫倒也不好再说什么。

回到自行车旁站住，逸夫一时竟不知该往何处去。杨丽丽没走，

寝室他是不想回去的。杨丽丽来寝室的时候，他正窝在床上，光着身子，听他们在那儿谈天说地，自己却在床上动弹不得，难受死了。好不容易等他们去吃饭，他才从床上爬起来，赶紧逃出来。随便在食堂里吃了饭，本想到图书馆查查资料，以便尽快把毕业论文写完，却没想到因为罢课的事儿，连图书馆也进不去了。

逸夫推着自行车在校园里慢吞吞地走着，小矮个阴沉的面孔不时在他眼前晃动，他的心情变得有些沮丧。对罢课的事他本来就有些不以为然，他不懂政治，对罢课的事不关心，也不认为会有什么结果。想以罢课来要胁政府让步的想法实在过于天真了，说到底学生上不上课对他们来说既没有损失也没威胁，他们又怎会让步，最终受到损失的还不是学生自己！况且同学们大都是缺乏耐性的，一天两天的或许还能坚持下去，时间一久就难说了。

逸夫素来对政治冷漠，那天看到三位学生代表在人民大会堂前下跪心里也被震撼了一下。他不明白他们为什么要那样做，在他看来，那是令人屈辱的，然而他们的行为却使在场所有的人感到政府的冷漠，那种被遗弃的感觉刺激着同学脆弱的神经，从而也使那已经松散的心重新凝聚到一起。

逸夫越想越觉得窝火，对那些运动的组织者渐渐有些反感。开追悼会也好，罢课也好，都是他们策划出来的，下跪也是，跟演戏似的，把还胁迫了在场所有的人，大家也跟着他们在演戏。这样做到底有什么意义？最终又会导致怎样的结果？什么“民主”“自由”的，到底又有多少人真正理解其内在的涵义？那些人总是习惯于用一些冠冕堂皇的言辞来打扮自己，可是在关键的时候他们却比谁都胆小。去年的柴庆丰事件不也是他们弄起来的，结果怎么样？关键时刻，他们跑得比谁都快！

逸夫边走边想着，发现自己朝着通往三角地的路上走着，心想到那里看看也好。自从胡耀邦逝世以来，那里逐渐成为运动的中心。大字报铺天盖地，寝室里的同学有事没事的都要每天到那里去上一回两回的，不是看大字报就是听演讲，回到寝室便交流和议论各种信息。逸夫自己偶尔也去看过一两次，却从来没有感受太多的激情。

“逸夫！”猛然听到有人叫着自己的名字，逸夫抬起头来，却见那个曾让自己填过出国申请表的“疙瘩姑娘”站在自己面前，在她旁边站着的那个戴眼镜的小伙也是他熟悉的。他就住在自己那单元的六层楼上，好像是社会学系的研究生，平时老见面，只是叫不出名字来。

“见你一面真是不容易，我到你们寝室里找过你好几次，就是找不到！”那张长着疙瘩的脸上堆出笑容，本来太小的眼睛眯成了一条细缝，显得更加难看。

逸夫一脸苦笑，不知道说什么好。他对这女孩实在没有任何好感，见了她就像吃了食堂里的扒肘条似地感到腻味，那次给她填表的事在以后几个星期里几乎成了同学中的笑料，以后她来找的事，也是寝室里的同学告诉他的，他实在不想再见到这女人，可偏偏还就在这三角地碰上，只得自认倒霉。

“忘了给你们介绍，这是马达，他是社会学系的研究生，英语也是很棒的！”“疙瘩姑娘”瞅一眼旁边站着的小伙，对逸夫说。

逸夫对那小伙微笑着点点头，心里却充满了怜悯之情。这小伙看上去文质彬彬的也是一表人才，没想到却被这样一个女人纠缠住。同这样一个女孩在外面走来走去，也不觉得跌份！

“出国的事联系得怎么样了？”逸夫觉得没话可说，随口问一句。

“你给我填的表我都寄出去了，估计没什么问题的！”“疙瘩姑娘”说得很自信，旁边站着的小伙却不由得皱起了眉头。

逸夫淡淡一笑，并不相信她的话。这女孩总给人一种不真实的感觉，她说的每一句话，做的每一个动作都显得那样虚假和做作。

“我们约好要去和一个老外见面的，有空我还会去找你！”“疙瘩姑娘”装模作样的看看手表，对逸夫说。

逸夫松了口气，却忍不住瞅一眼那一直皱着眉头沉默着的小伙。

离开那两人，逸夫继续往前走着，走了没多远，却又忍不住回头看了一眼。只见那女人竟挽住了那小伙的臂膀，不由得笑着心想：林子大了，什么鸟都有，就这样的女人，居然还有人稀罕。

三角地里并没有想像中那般热闹。两天没来，倒有不少新贴出的大字报，其中有不少是与前天发生的事有关，情绪也是激昂的，光从题目上就能看出来，诸如“蒋介石也不敢违悖民意”、“国徽下的耻辱”、“民心不可违，人心不可欺”。有些小字报则明显带着渲泄和戏谑的意味，诸如“个体户宣言：一根扁担两杆秤，跟着老邓闹革命。”“毛主席，像太阳，照得哪里哪里亮，邓小平像月亮，初一十五不一样！”。此外还有许多横幅标语，主要是罢课宣言，各系的都有，连向来比较老实的东语系也扬言：“忍无可忍－罢课！”

逸夫四处浏览着，人渐渐多了起来。有的大字报前面往往围着十几个人，有对着大字报边看边抄写的，也有边看边对着手里的录音机念的。逸夫觉得站在那密密麻麻的人群中间实在有些难受，便索性站在人群的外围听别人念着。

把贴在宣传橱窗上的大字报小字报和标语都看过一遍，逸夫的心依旧很平淡。这里所包含着的思想似乎并没有过人之处，比起平时在寝室里谈论的那些观点来很明显是有所保留的。逸夫心想，这肯定是出于策略上的考虑，政治总是需要谋略的，玩弄政治也就不能有真诚和坦率可言。

来到二十八楼前面，逸夫便看到了那篇名为《中国的前途－私有制宣言》的大字报。如此醒目的题目，内容却不像想像的那样精采，给人意犹未尽的感觉。文章的观点无疑是很大胆很鲜明，作者把公有制看作是一切社会罪恶的根源，而把私有制当作民主和自由的根基，扬言要在中国真正实现民主政治，必须首先彻底根除公有制经济。然而在理论阐述上却显得苍白无力，在许多问题的论述上更是浅尝辄止，逻辑不严密，语言能力更让人不敢恭维。

逸夫并不习惯从政治或者经济的角度来看问题，他总是把思考问题的出发点放在人性上。正是从这样的角度出发，他对私有制和公有制同样没有好感。从现实的角度看，社会主义的公有制带来的是专制、贫穷和愚昧，无休无止的阶级斗争以及各种社会腐败现像。资本主义及其私有制也好不到哪里去，私有制是以人类欲望的无限膨胀和对自然的掠夺作为代价，它在给人类带来了极大的社会物质财富和科学进步的同时同样也带来种种社会邪恶。物质财富也好科学也好它们并不能给人类带来真正的幸福，相反，当人类的欲望发展到了不可抑制的地步，物质财富和科学就会成为使人类走向毁灭深渊的帮凶。物质和科学只有暂时填充人类欲望的深壑却永远不能填补人类心灵的空虚，人类社会越向前发展，对自身生存的问题却变得更为迷茫，人类注定要这样焦灼的状态中生存下去，这也正是人类的悲剧，也是任何社会制度所没法解决的。然而社会已经发展到了这样的地步，人们不能不站在人类生存的角度来考虑一切问题，一切极端和偏颇都是有害的，人类必须首先必须通过拯救自己的灵魂才能真正拯救世界！

逸夫在沉思中神情有些麻木，看完那张大字报，缓缓转过身来，面对的竟是导师那苍劲的脸。导师仰头看着墙上的大字报，并没有看见逸夫。逸夫没想到竟会在这种地方见到导师，心里有些紧张。本想悄悄溜走，却怕被他发现反而更加狼狈，只好硬着头皮对着导师叫了一句：“郭老师！”

导师被惊醒了，当他看见自己眼皮底下的逸夫，竟也有些尴尬，勉强地笑了笑，对逸夫说一句：“哦，你也在这？”

逸夫的确没想过会在这种场合与导师相遇，在他印象中导师从不过问政治，也不希望自己的学生参与政治。平时谈到与政治有关的话题，导师也总是很谨慎，轻易不发表个人的看法，逸夫一直在想，导师在政治上的谨慎是不是因为被打成过右派的缘故。从导师的神态中，逸夫似乎觉得导师也并不想在这个时候同自己见面的，便解释说：“我刚到图书馆去，本来想到那里去查点资料，可有人把着门不让进去……所以顺便来这里看看！”

“为什么？”导师皱起了眉头，脸上一副困惑的神情。

“说是罢课了，图书馆也不让进！”逸夫苦着脸说。

“怎么会这样？”导师叹息了一声，对逸夫说：“现在这情况是有些特殊，可论文的事还是要抓紧，缺什么资料可以先到系里的资料室去找，再不然就到北图去看看。”

看导师那一脸认真的样子，逸夫也有些感动，郑重地点点头，说：“我会想办法的。”

导师想了想，又问：“找工作的事有什么进展？”

第一次听导师问到自己工作的事逸夫很吃惊也很感动，前些日子在外面奔波了一阵，对找工作的事本有些心灰意懒，便对导师说：“这些天也出去找过几家单位，只是没什么结果。”

导师犹豫了一阵，说：“今年我们教研室倒是有一个进人指标，如果可能的话，我希望你能留下来。当然这件事并不是我一个人能够决定的，我想这两天就去找系领导商量这件事。我先给你打个招呼，你先别对任何人说！”

听着导师的话，逸夫心里一阵惊喜，在失望中又看到了一丝新的希望。对他来说，还有什么比留在系里更好的呢？尽管导师只是给了他一丁点希望，可是从他的话里却能感觉到他对自己的关心和器重，于是点着头对导师说：“我不会对任何人说的。”

导师满意地点点头，说：“这样就好，多把心思放在学习上，政治上的事能不参加就不要参加。”

逸夫注视着眼前的导师，觉得他有某种难言之隐，他不想让导师失望，便郑重其事地点了点头。

导师又抬头看看墙上的大字报，叹息着说：“这种地方你最好也要少来，政治上的事是很复杂的，你们太年轻！有些事情到你明白的时候，恐怕就已经太晚了！”

想到当年导师被打成右派的事，逸夫更觉得导师这番话很有些意味深长，便用安慰的语气对导师说：“知道，我对政治本来就没有一点兴趣！”

“那就好！”导师点点头，眼神里仍旧充满着忧虑的神情。

导师先走了，逸夫站在那里看着导师渐渐远去的背影，突然觉得导师的脊背竟是佝偻着的。

看着门口悬挂着的那面小小的招牌，麦嘉嘴角上泛出了苦涩的笑意。门里面的这座小院子是那样的狭小和破败，左边一幢灰色的四层楼房，右边一幢绿色小楼，把一块篮球场般大小的水泥场地夹在中间。楼房是破旧的，院内也有几棵树木，看上去死气沉沉又没有韵味。

麦嘉站在门口犹疑了好一阵，只觉得心里一片茫然。这地方对他

来说是陌生的，他从来没想过要来企业工作，他是学文学的，到企业能干什么！这实在太荒诞太可笑了！可是找工作这么难，他已经没有选择的余地，有时他觉得就像一头饿狗，饥不择食，只要有口吃的，哪还顾得上挑三拣四，就这地方，人家还不一定要他呢。

在无奈中麦嘉只能以这种自我嘲笑的方式来给自己寻求解脱，于是他对自己说他是不想辜负那位热心提供帮助的哲学系教授才到这里来的。事实上到现在为止他对这个单位并没有什么了解，介绍自己来的哲学教授说这是一个由企业办的专门从事社会科学研究的单位，还说企业办科研企业办文化正是今后社会发展的方向，国外都是这样干的。可就算这样，他一个学文学的到企业里来又能做什么？他往里走着，心里发虚，脚步也有些虚浮无力。

事到如今麦嘉知道自己没有选择的余地，就算进去让人作践一把嘲弄一番也只能义无反顾。这些天出去奔波找工作说不上有别的收获脸皮倒是厚了不少，要是在两个月前，麦嘉还能保持较高的心气，对这类单位也有底气不屑一顾，可是现在心境已经发生改变，命运是这样作弄人他也只好这样作弄着自己。

院子的门倒是敝开着，麦嘉终于鼓足勇气，嘴角带着自我嘲弄的笑意埋头往里面走着，内心里不时发出无奈的叹息。

“喂，你是干什么的？”猛然听到一声吆喝，麦嘉停住脚步往回看时，只见一个戴着眼镜的瘪嘴小老头正怒气冲冲地向自己走来。

“你是干什么的？”老头走到他面前，老花镜后一双凶狠的小眼睛瞪着他。

麦嘉惶恐不安地站着，不明白这老头为什么要发这么大的火，慌忙陪着笑脸说：“我来找人。”

“找人怎么也不打声招呼？你眼里有人没人？”老头叫嚷着说，

抬头往旁边指了指。

麦嘉往门那边看去，这才注意到门右边有一间很不起眼的小平房，想必这老头就是从那里面冒出来的，刚才自己只顾了匆匆忙忙往里进，没注意到那上面还插了一块小招牌上面写着“传达室”三个字。明白了老头发火的原由，麦嘉心里反而坦然了许多，歉意地对老头说：“对不起，我没看见！”

“什么叫没看见？你长眼睛没长？”老头恶狠狠地说。

麦嘉脸上的笑容僵住了，脸色变得阴沉起来。可是面对这样一个不讲道理的老头，又能有什么办法，只有苦笑而已。

老头的火气总算平息下来，把他带进那间狭小的平房里，问他：“你找谁？”

“郑天石。”麦嘉看着老头的脸色，小心地说。

“找他有什么事？”老头的语气平和了些，一双浑浊的小眼睛奇怪看着麦嘉。

麦嘉犹疑了一下，含糊地说：“我来，找工作。”

“又是找工作。”老头嘴里嘟囔着，不屑地看着麦嘉，把一个小本子递到他的跟前，说：“填一下会客单！”

传达室老头这一顿下马威把麦嘉轰得晕头转向，从传达室里走出来，他更加心灰意懒，对这个单位全然没了好感，心想：就冲传达室老头那副德性请我还不来哩，什么时候受过这等窝囊气！

找人的事却是出人意外的顺利，说是来找郑天石，别人对他都很客气，麦嘉的心情也好了些。他不知道这个郑天石在这里是个什么角色，那个介绍他来的教授只是告诉说他是这里的一个负责人，到底什么职务却也说不清楚。从别人的脸色看，麦嘉觉得这个人应该是有实权的。

一位面目和蔼的女人把麦嘉领到一间办公室门口，告诉他那是郑主任的办公室。麦嘉感激地看那女人走开，从衣袋里掏出来前教授写的推荐信揣在手里，定了定神，这才举手在门上轻轻地敲了几下。

“请进！”里面的声音很宏亮也很浑厚。

门是虚掩着的，麦嘉轻轻一推，便看见一个身体肥硕的男人正坐在对面的办公桌前埋头写着什么。

“我找郑天石老师！”麦嘉看着那人，怯生生地说。

一个肥硕的大脑袋从办公桌前抬起来面对着麦嘉，一双鼓出来的金鱼眼睛紧盯在麦嘉的脸上，过一会儿才问：“找我？”

麦嘉知道这正是要找的人，便在脸上堆出一副笑容，毕恭毕敬地说：“郑老师，您好！我是北大来的的，黄德辉老师让我来找您。”说着，便把手里的信递了过去。

“哦！”那人接过信，指了指旁边的椅子，说了句：“坐吧！”便从信封里抽出信纸看起来。

麦嘉坐下，打量着眼前这个人，他看上去五十来岁，身体矮胖，肥头大耳，红脸膛，略微有些秃顶，脑门又宽又亮，脸上却是横肉丛生，看上去很气派并给人不怒而威的感觉。

“你是学哲学的？”那个肥硕的脑袋又抬了起来，鼓着眼睛看麦嘉。

麦嘉让他看得有些心虚，强笑着说：“不，我是学文学的。”

郑天石想了想，问：“有简历吗？”

麦嘉心里一动，忙说：“有！”说着，连忙从衣袋里拿出简历递给他。

郑天石接过简历看着，麦嘉不安地看着他。屋子里十分安静，安静得让人难以忍受。

“你的成绩倒是很不错。”郑天石点着头，又把脑袋竖立起来，金鱼般的鼓眼睛在麦嘉脸上停留了好一会儿，脸上露出了笑容。

麦嘉松了口气，心里仍旧是一片茫然。

“说实话，你对我们这个单位到底了解多少？”郑天石突然问。

麦嘉猜不透他的用意，老实说：“以前并不知道有这个单位，只是来以前才听黄老师提起过。”

“也难怪，我们这个单位是刚办起来的，在社会上影响还不是很大。”郑天石点燃一支烟，说。

麦嘉见他并没有把自己拒于门外的表示，不由得有些惊奇，心情也坦然许多。

郑天石吸着烟，慢条斯理地说：“我们是一家由企业创办的从事社会科学研究的民办科研机构。从国外的经验来看，社会办文化，社会办科研，可以说是社会发展的必然趋势，目前在北京除了我们这个单位以外，科通、四通、还有中信也都办有类似的机构。我们的目标是把这个单位建成中国的兰德公司。哦，对了，你知道美国的兰德公司吗？”

麦嘉摇摇头，为自己的孤陋寡闻感到惭愧。

郑天石淡然一笑，继续说：“兰德公司是美国一家非常有名的从事社会发展战略研究的智囊性机构，说得上美国政府的思想库！我们这个单位是刚刚建立起来的，在各方面都没法同人家比……我们认为，作为一个民办的科研机构，我们有自己的优势，同时也要保持自己的特色。从科研方向上说，我们是立足于企业，面向社会；从科研方法上说，我们反对那种学院式的研究方式，更注重实际的效益，同时要尽量地不受官方的控制和影响。譬如说我们现在正在搞一个观念变革问题的研究，这是紫阳同志亲自布置下来的课题，你看这里还有

紫阳同志的亲笔批示。”他说着，拿几张纸在他眼前晃了一下。

麦嘉往那纸上瞅了一眼，果然看见上面有几行潦草的字迹，心想看来这个单位还真有些来头的。虽然郑天石还没有明确表示要自己，可他说这些话分明又是在吊自己的胃口。

郑天石吐了个烟圈，笑了笑，说：“我们这个公司建立的时间并不长，不过发展还是很快的。社会上很多有名的人都希望到我们这里来工作，《河殇》的作者之一苏晓康是我们这里的兼职研究员，还有一个叫王鲁湘的也准备调到我们这里来工作。前段时间我们搞的几次学术讨论会在社会上造成了很好的影响，应该说我们的发展潜力还是很大的。”

麦嘉微笑着点点头，可还是闹不明白自己到这里能干什么，便用试探的口吻问：“咱们这里主要都研究些什么问题？是不是以经济问题为主？”

郑天石摆了摆手，说：“那倒不一定，当然经济问题是我们研究的重点，但是对于一些社会问题我们也同样感兴趣。就像刚才说的，在经济转型过程中人们的观念转化问题，还有腐败问题等等，都可以进行研究。总的说来，我们虽然是企业办的研究机构，可是我们的眼光绝不局限于企业自身！”

麦嘉觉得他所说的与自己所学的专业没有太大的关系，心里难免有些失望却又不得不硬着头皮听下去。

郑天石停顿了一下，说：“情况就是这样！如果你想到我们这里来工作的话，首先在思想上要有充分的准备，尤其你又是学文学的，这样的专业离开现实远了一些，到我们这里来的话恐怕就有一个适应性的问题，当然我并不知道你个人对这个问题到底是怎么想的？”说着，鼓着那双金鱼眼睛看着麦嘉。

麦嘉听着有些意外，看样子还是有希望的，这令他有些意外，他原本是没抱任何希望的！虽然他对这个单位并不了解，也不知道自己到这里到底能干什么，事情来得这样突然，他根本没有足够的心理准备，然而他意识到这对自己来说是难得的机会，便说：“我是研究文学的，可是从性格上来说，我并不喜欢那些虚无飘渺的东西，我希望生活得更实在也更充实一些，况且我在上研究生以前参加过工作，对社会也是有所了解的。”

郑天石用审视的目光看着他，点点头，说：“这样就好！我们这里有一个文化研究所，刚才我说的观念变革的问题就是由这个所来承担的，根据你所学的专业，我看你到这个所比较合适。”

没想到事情竟这么轻易地定了下来，麦嘉觉得有些不可思议，用狐疑的的目光看着郑天石，说：“当然，我对文化问题是很感兴趣的，可是还需要我干什么呢？”

郑天石不解地看着麦嘉，说：“你还想干什么？”

麦嘉怕他误解了自己的意思，连忙解释说：“对不起，我是想问一下，还需要办什么手续？”

“从我们这方面来说，基本上是没什么问题了，不过因为你是外地生源，有个进京指标问题，所以还得报到市里去批一下。”郑天石说话并不含糊，像是个说话算数的人。

麦嘉听着有些紧张，问：“您看市里会批吗？”

郑天石笑了笑，说：“一般说来是不会有什么问题的，不过这种事情我也不能打包票。你要是觉得没有把握的话，也可以再到别的单位去找找。”

麦嘉以为他对自己不满意，连忙解释说：“您这单位对我是最合适的，要是能定下来，别的单位我就不考虑了。”

郑天石却不以为然地说："我说的可是真心话，你还是有选择余地的！"

"只要您这边没问题，我是不再变卦的。"麦嘉表决心似地说，却又觉得有些言不由衷。

郑天石满意地笑了笑，突然看着麦嘉问："这几天学校的情况怎么样？"

麦嘉对这个给自己带来机遇的人怀着由衷的感激之情，正想找机会同他多聊聊，以便加深他对自己的印象，见他对学校的事情感兴趣，便很详细地把这几天校园里发生的事情对他说了一遍。

郑天石听得很认真，时而低头沉思，时而皱起眉头，有时也会向麦嘉提几个问题。等麦嘉把话说完了，他想了想，问："你们这样闹到底要达到一个什么目的？我们说干什么事情总要有个目的，那么你们的目的又是什么呢？"

"我们目的是要推动中国的改革。"麦嘉想了想，说。

郑天石听了似乎并不满意，摇摇那肥硕的脑袋，说："这话说得太空泛，也没有力量！难道你们这样上街去游游行喊喊口号就能推动中国的改革了？"

麦嘉觉得他的话里有些嘲弄的意味，便说："我知道我们的力量是很微弱的，可是中国都被搞成这个样子了，总得有人站出来吼叫几声才是，不然的话这个国家连一点希望也没有了。"

郑天石叹息了一声，说："我相信你们的愿望都是好的，可是问题并不像你想像的那样简单，善良的愿望并不一定能得到好的结果。八七年的学潮不就把胡耀邦给闹下去了吗？政治斗争是复杂的尖锐的，你们还太年轻，没有经历过五七年的反右斗争，也没有经历过文化大革命，在政治上你们实在太幼稚了！"

麦嘉用虔诚的目光注视着他，心想，看上去这也是一个经历过许多政治磨难的人。虽然他并不完全同意他的观点，却不想同他争辩，点着头说："是的，在许多方面我们的确很幼稚！"

郑天石想了想，突然看着麦嘉问："你在政治上是不是也很活跃？"

麦嘉怕他产生误会，连忙摇头说："我对政治并不感兴趣，充其量是一个旁观者。"

"什么意思？"那双金鱼眼睛鼓出来凝视着麦嘉。

麦嘉淡然一笑，说："我并不喜欢政治，不过对我个人来说经历一些这样的运动并不是什么坏事情，它能使我看到许多平时看不到的东西，也可以使我思考许多问题。"

"你能这么想就好！"郑天石微笑着点点头，满意地说。

麦嘉看出他对自己再无疑虑，轻轻地舒了口气。想到未来，却感觉到命运的捉弄，心里不由得一阵悲凉。

杨柳挤在人群中看着大字报，沈鸿站在她身后用自己宽阔的胸膛为她抵住后面的人群。一股淡淡的香味沁入他的鼻孔，流入他的肺腑，他感到有些陶醉。

四面的压力使他与杨柳越贴越近，他们的身体几乎贴在了一起。在一阵惶恐不安过后，沈鸿感觉到的却是愉悦和欣喜。他同她已经有很久没有离得这么近了，他乐意化作一堵墙堵断所有的危险。

沈鸿并没想到还能见到杨柳，上次离别的时候她说过还要回来，他却没敢抱太大的指望。中午杨柳到寝室里敲门的时候，他正准备上床睡觉，见到杨柳他很惊喜也很狼狈。

杨柳站在人群中，目不转睛地看着墙上贴着的大字报，那专注的神情是沈鸿早就熟悉的。八六年闹学潮他们就在一起，也曾经一起到三角地看大字报，游行的时候更是在一起手挽着手。那时候她是一个热情活泼的女孩，而现在看上去却成熟了许多。

这里的每一张大字报沈鸿都是再熟悉不过的，曾经有一段时间他不习惯于到这个地方来，他不能忘记曾经被人遗弃的耻辱，也怕别人认出他来感到尴尬。他在逃避着过去逃避着别人也在逃避自己。当他好不容易鼓起了勇气走入人群中才发现人们好像早就把他忘记，他的警惕和戒备反而显得有些自作多情，这使他感到十分的失落和尴尬。

沈鸿现在的心思都放在了杨柳身上，他不时侧过脸去看她，她的心思却好像都倾注到墙上的大字报上，很久没有回过头来看他一眼。过去一切好像已经离得很遥远，杨柳身上好像也有了一种使他感到陌生感到惊奇的东西。

“我们出去吧！”杨柳总算回过头看了沈鸿一眼，微笑着对他说。

沈鸿点点头，身体沿着人群的隙缝中往后退却，把留下来的空间让给前面的杨柳，使她从人群的包围中解脱出来。

“感觉怎么样？”他微笑地看着她，问。

“哦，很好的！好多年没有经历过这样的场面了。”杨柳显得有些兴奋。

“在美国你当然见不到这样的场面！”沈鸿用嘲笑的口吻说。

“你看，这场运动会有什么样的结果？”杨柳看着沈鸿，问。

沈鸿苦笑了笑，说：“就那样吧，你还能想有什么样的结果！”

杨柳用奇怪的眼光看他，说：“你好像对这一切并不感兴趣。”

“我只是有些厌倦，这种事情就这样，闹来闹去莫非是大家凑在一起发泄一次，发泄完了事情也就结束了！”沈鸿说着，往人群中看了看。

杨柳叹了口气，说："要是我妈知道你这种态度，也用不着为你担心了！"

"她担心什么？"沈鸿用自嘲的口吻说。

"还能担心什么，还不是怕你头脑发热，一时冲动！"杨柳抿嘴一笑，说。

沈鸿其实知道老太太更担心的是她自己，作为系里领导，自己的研究生出了事，当然很不光彩，老太太又是极顾脸面的。可是他不想对杨柳说穿这一点，笑了笑，说："放心吧，我现在比绵羊还温顺！"

在人群中转悠了一阵，杨柳突然想起什么，问沈鸿："不是说下午在五四操场有个集会吗？我们也去看看？"

杨柳这一说，沈鸿才想起集会的事。昨天刘伟找过他，说起今天集会的事，说学生会都是当局收买的，根本不能代表全体同学，他们准备以投票方式罢免学生会并成立新的组织以领导这场学生运动，并希望沈鸿也能参加。沈鸿不以为然，他觉得这样做并没有意义，也不会成功。但有时他也很羡慕刘伟，他任何时候对任何事情似乎都充满了激情，但往往缺乏理性，有时还显得盲目。他原本没打算去参加集会的，但既然杨柳想去，他也只能陪着她去了，这个时候对他来说，做什么并不重要，能跟杨柳呆在一起才是最重要的。

五四操场在校园东面，离开三角地也就三四百米的距离。他们随着大股的人流往前走着。

来到五四操场，远远看见宽阔的田径场上零零散散聚集着两三千人，东边的火炬台旁边的高台上放着一张小课桌，一个人正对着桌上的麦克风在说着什么。沈鸿看着有些纳闷，不是集会吗？怎么这么冷清！

进口处有人把守，杨柳没有学生证，沈鸿费了些口舌才使他们放行。刚刚走进人群，就听见一阵震耳欲聋的起哄声："下去！下去！"没等看清楚台上说话人的面目，那人便灰溜溜地下台去了。

"到底发生了什么事？"杨柳扭头看着沈鸿，神情显得有些紧张不安。

沈鸿没说话，皱着眉头往台上看着。

台上站在的几个人正在交头接耳，好像在商量什么，却没有人到台前来。台下闹哄哄的一片混乱，人们三五成群地站在一起在议论着什么。

沈鸿同杨柳走进人群中，问："发生了什么事？"

"说不清楚，好像是发生了内讧！"

"什么内讧？"

"还不是有人在争权夺利！"

沈鸿听着周围人的议论，心里不由得一阵悲凉。运动才刚刚开始，就开始争权夺利了！就这样一些人来领导学潮还能有什么好结果？这些人当中到底有几个人是真正想要为这个国家干点事的？有些人习惯于把自己打扮得很崇高很纯洁，可是他们心里到底想的什么谁又能说得清楚？

还是没人敢走到麦克风跟前去，台上的那几个人神情都有些慌乱，似乎根本不知道怎样收拾今天的残局。沈鸿注视了他们很久，没有找到那些熟悉的面孔。郭振清、刘伟、还有那个在这次学潮中很出风头的张锋都到哪里去了？这样的场面他们是不应该缺席的，他们是否也参与了这场内讧？

终于有人向着话筒走去，人群中响起一阵稀稀拉拉的掌声。沈鸿抬头看去，只见一个戴眼镜的清秀小伙站在了麦克风前，他向下面的人群扫视了一眼，又清了清嗓子，再用手把话筒移到了自己嘴巴下面。台下突然变得一片寂静，所有的人都用期待的目光注视着他，似乎抱着很大的希望。沈鸿心里却有一种不祥的预感，心在不断地往上提着。

那小伙深吸了一口气，突然用富有激情的声音说："我爱做梦！也许有人说我是一个梦想家，可是我却经常为自己的梦而陶醉，我正是在梦中找到了自我，也找到了人生的真谛！我的梦，寄托着我对人生的追求，也寄托着我对民主和自由的向往……"

"下去！滚下去！"人群中发出一阵哄笑声，把台上的声音淹没下去。

"要做梦回家躺床上做去！"有人刻薄地说。

沈鸿转过脸去看，见说话的竟是一个外表清秀的小女孩，不由得苦笑起来。

台上的小伙没法再做梦了，呆呆地站在台上，两眼茫然地看着台下闹哄哄的人群，仿佛不明白自己这样精彩的演讲别人怎么会听不进去。

"这小男孩看上去挺可怜的。"杨柳轻声地说。

沈鸿不喜欢杨柳用这种口吻说话，这似乎使她显得很成熟。相别了三年多，他更习惯于仍然把她当作过去那样纯洁热情的少女。她这种口气却使他突然记起来他们已经是很成熟的男人和女人，而她早成为他人之妻。

另一个男孩走到那小伙跟前说了几句，小伙这才如梦初醒，用无奈的神情往台下看了看，终于在别人的搀扶下走下台去。

"怎么都是这样一些人？"杨柳显出失望的神色。

沈鸿其实比杨柳更失望，尽管他已习惯于冷眼旁观，其实内心里对这场运动还是抱有期待的，即便不会有太好的结果，总还不希望收

场得过丁狼狈。他相信大多数人都是抱着纯洁的目的来参加这场运动的，生活中麻木的人们难得有这样的激情。那些心怀叵测的个人野心家们败坏了运动的纯洁性，他们出卖了别人也出卖了自己。为了挽救这场运动也为了不让那些在这场运动中献出真情的同学感到寒心，沈鸿觉得有必要了解事件的真相。

“你在想什么？”杨柳微仰着头看着他，轻声地问。

“事情怎么会弄成这样！”沈鸿叹了口气，说。

“也难怪，我看台上的人都太年轻，他们有热情，可毕竟太年轻。这么大的一个北大居然只有他们才敢站出来，那些硕士生和博士生都到哪里去了？”杨柳说。

沈鸿看着杨柳，没想到杨柳的反应居然如此激烈，觉得她这些话也针对着自己说的，不由得有些愧疚，说：“不错，今天的事值得反思，我想，也许我们所有的人都不像我们自己想像和说的那样纯洁和高尚，在那些慷慨激昂的言辞后面也许还包含着别的东西！”

“你是在解剖你自己？”杨柳定睛着沈鸿，问。

沈鸿抬头看看周围散去的人群，叹息着说：“我是在解剖我自己，也在解剖别的人！”

杨柳若有所思地看着沈鸿，好像明白了什么，对他说：“我们也走吧！”

“走吧！”沈鸿说着，缓慢地迈开了脚步。

第十一章

四月二十六日　星期三　晴转多云

一缕轻淡的阳光透过白色纱帘映照在窗台上，无数细小的尘埃在光带里跳跃飞舞。沈鸿静静地躺在床上，睁开慵懒的眼睛往窗外看着，脸上的睡意并未消散，脑袋也是晕晕乎乎的。

躺在柔软的席梦思床上，身上盖的鸭绒被既轻又软，沈鸿心里并不踏实，看着身边睡得正香的李娜，苦笑着心想：她倒是睡得安稳！

斜对角梳妆台上那面大镜子清晰地映照着床上的一切，沈鸿从那面镜子里看到的是自己那慵懒的脸和裸露在被子外面的肩膀，而身边的李娜则完全被埋没在那海浪般柔软的鸭绒被里。

沈鸿的眼光终于落到墙上的结婚照上，照片里这对男女就是这套房子的主人。男的西装革履，胸前戴着小红花，戴着眼镜，文质彬彬，脸上带着自信的微笑。女的穿着白色婚纱，手里握着一束鲜花，笑得也很甜，很满足的样子。沈鸿却想：谁知道那笑里面隐含着什么！

躺在柔软的席梦思床上自然很舒服，但毕竟不属于自己，沈鸿感到有些心虚，尤其照片上的主人又用那样的眼光看着自己！李娜说照片上的女孩是她的大学同学，前两天刚和丈夫到南方旅游去了，便把房间的钥匙给了她。这两天学校乱闹哄哄的，李娜想找个清静的地方写毕业论文，却又不敢单独在这里住，便让他来陪着。

沈鸿知道李娜的用意，不过呆在学校也是无聊，也就顺手推舟随

了她的意。发生那场内讧以后，尽管有人出来收拾残局，对大多数人的情绪是一次沉重的打击，沈鸿甚至对这场运动不敢再抱什么希望。

屋子里很清静，只听到李娜轻微的呼吸声。李娜依旧睡得很安详，看上去像一只柔顺的小猫。昨夜的疯狂似乎并没有在她身上留下什么印记。他们在一起这么久，她从来没有那样主动过，那被情欲燃烧而不断扭动着的躯体，那令人心情颤动的娇喘声，挑动着他的情欲。当他把她压在身体底下的时候，他竟也变得那样疯狂，好像要把她完全撕碎了似的，同时内心也有一种从来没有过的满足感。这不只是肉体上的满足，也包括精神在内。对李娜这样的女孩，只有在真正占有她征服她的时候才会有几分真实感。

不过沈鸿觉得自己还是真心地爱着李娜的。自从杨柳出国以后，在很长的一段时间里他对待生活颇有些玩世不恭，他身边从来不乏女人，不管是爱他的还是他爱的，他对她们向来只是逢场作戏，从不当真的。在同李娜好以前他曾经同好几个女孩发生过关系，可是没过多久就分手了。在追求李娜的时候他也不是很认真，那时他并没有想过要和她长久好下去，没想到他竟会这么快在这个女人面前沦陷下去，难以自拔。他并没觉得自己多爱李娜，有时他甚至很讨厌她，想离开她，可离开后又忍不住想她，最后还得回到她的身边，久而久之，他在她面前越来越被动，越来越弱势，而李娜则越来越强势，控制欲也越来越强，令他难以忍受。

同智商过高的女人谈恋爱实在是很累人的事，沈鸿对自己的智力有着足够的信心，在情场上久经考验，可李娜对他来说就像天上的浮云一样难以把握。她有一张变幻莫测的脸，情绪的波动更让人没法预料。昨天上午她还在为杨柳的事生自己的气，到了晚上又主动邀请自己到这地方来。这样的游戏在他们之间从来没有间断过，经常使他感到厌倦，可是有时却也希望通过这样的情感游戏刺激一下自己那变得麻木了的神经。

沈鸿叹息着，不由得又想到了杨柳。杨柳是坐昨天的班机走的，他本来想过要去送她的，但犹豫半天终于没有去，倒不是怕李娜嫉妒，而是不愿意同导师见面。学潮闹得这么凶，老太太见自己难免会有一番教诲，那会让他起一身鸡皮疙瘩的。况且自己的论文没有半点进展，在老太太面前也没法交代，老太太批起人来可不留情面，即便在杨柳面前也未必会给自己留什么面子。

那天同杨柳分手以后，他有一种很强烈的失落感。尽管他极力在寻找过去的感觉，然而却悲哀地发现他与杨柳之间的距离是越来越遥远了，他自己的感情也似乎发生了变化。他也曾暗地里把杨柳同李娜做过对比，对他来说，杨柳是完美的女神，代表着美好和浪漫，可是令他越来越遥不可及。而李娜庸俗而性感，他既爱她，也讨厌她，却代表着现实，她能满足他现实的情感，还有性欲，让他离不开，舍不得。理想虽然美好却容易破灭，而现实却能随时把握在自己手里。没有梦想，没有了希望，他也只能抓住现实了，对他来说，这是救命的稻草，也能暂时弥补心灵的空虚。

李娜翻了个身，脸朝着沈鸿躺着，一只藕一般洁白圆润的手臂放在他的胸前，一条大腿从被子底下裸露出来。沈鸿看着她的脸，把压在自己胸前的那只手轻轻地放下去。李娜咂着嘴，两片鲜嫩的嘴唇有节奏地张合着，发出“叭叭”的声响，像在品味精美的食物。两颊红润，呼吸均匀而平和，微弱的鼻息吹拂在沈鸿的臂膀上，软和而温馨。盖在她身上的被子有些滑落，露出了她那圆润的肩膀和胸前高耸的乳峰。沈鸿看着，情不自禁地伸出手去在那赤裸的身体上轻轻地抚摸着，并俯过身去对着那鲜嫩的嘴唇亲吻起来。

李娜睁开眼睛，看着正俯在自己身上的沈鸿，有些厌倦，说：“你干什么？”说着便用手把沈鸿的脸推开去。

沈鸿抓住她的手，凑过脸去在她那绯红的脸上亲了一口，涎着脸说：“你还没睡够？”说着手又在她胸前抚摸起来。

李娜去把他的手推到一边，很不耐烦地说：“你别烦我了，我困着哩！”说完便翻过身去，用背脊对着他，同时把被子也往上拉了拉，把身体完全裹住。

沈鸿顿时觉得大为扫兴，身体里涌动着的热流骤然冷却下去，长叹一口气，仰面躺下去，心里觉得很是窝囊。说起来自己也是个顶天立地的男子汉，怎么会一到她面前就处处显得被动呢？甚至在床上也是如此，她需要的时候自己总是不得不迁就她，迎合她，自己需要的时候她却从来不肯屈就！他越想心里越恼火，很想过去强迫她一回，又觉得没什么意思，只好忍气吞声。

沈鸿觉得很无聊，本想起床了事，可是起床以后又能干什么呢？来的时候李娜劝他也趁着这个机会写写毕业论文，他也的确把论文的初稿和一些用得着的书本带了来，可这时候又哪里能够静得下心来？

沈鸿一直强迫自己不要去想校园里正在发生的事情，却又难免不去牵挂。即使不发生那天的内讧，他对这场运动也没抱很大的希望。昨天他到三角地去看过，那里又出现了新的大字报，学生方面在二十八楼设立的广播站也在不停地播送着各种信息，摆出要打持久战的架势。他见了却只有苦笑的份，学生领袖们总是习惯于把自己当成救世主，以为通过一股热情就能改变这个国家，似乎不闹出个结果来就不肯罢休，可是这种事情还能有什么样的结果呢？说是要民主，要自由，要求新闻自由，要求反腐败，对现有政权来说，这都是要命的事儿，人家怎么可能给你？别看眼下校园里闹得凶，可是到底坚持多久，事实上很多人已经不耐烦了，用不了多久，就会像他们当年那样，课罢不下去，人心也散了，官员们就会出来收拾残局，他们会摆出长者的面孔，对所有的人进行着恩威并施的训导，于是学生们便成为迷途的小羊羔，学生领袖更成了不识时务的小丑，受到所有人的嘲笑，而唯一永远正确的只有我们的党和我们的政府！当然，党和政府总是仁慈宽厚的，他们会把那些别有用心的黑手关进监狱，绳之以法，而对于被蒙蔽欺骗的大多数加以批评引导，使他忏悔，最终让迷途的羔羊回归正道，回到党和政府的怀抱。这些年，沈鸿参加过学校里发生的每一次学生运动都是按照这样的模式进行的，概莫能外，让人看不到任何的希望。在沈鸿看来，这一切却是那么荒诞，又是那么无奈，明明知道是荒诞的，却无力去改变，这样的现实真是让人感到窒息！

沈鸿正想着，突然觉得自己的手臂被碰了一下，扭头看去，竟是李娜在睁着眼睛看着自己，想到刚才所受的冷遇，他本不想理睬她，她却已经把身子靠了过来。

“你又在想什么？”李娜把脸靠在沈鸿的手臂上，轻声地问。

“没想什么。”沈鸿冷淡地说，故意不去看她。

“是不是在想她？”李娜问。

“想谁？”沈鸿知道她指的是杨柳，却故意问。

“想你的心上人呗，可惜她已经走了。”李娜酸溜溜地说。

沈鸿瞥了她一眼，故意叹息着说：“没错，我是在想她，我想你是不会为这种事吃醋的。”

“我当然不会吃醋的，她毕竟没有得到你，你也不可能得到她。”李娜冷笑着说。

“我知道，你不会为我吃醋的，对你，我根本不算什么！”沈鸿看着李娜，阴沉着脸。

李娜看着沈鸿，然后轻轻地叹了口气，说：“你要这么想我也没有办法。”

沈鸿觉得腹部有些胀痛，从床上坐了起来。

“你要起床吗？”李娜问。

“我要上厕所。”沈鸿没好气地说着，走了出去。

沈鸿上完厕所回到卧室，李娜却已经在穿衣服，沈鸿不想同她说话，便走到电视机前打开了电源，然后拿着遥控器回到床上躺下来。

李娜不满地瞥了他一眼，说：“别尽躺着了，没事的话我那里有份英文资料，你帮我翻译一下。”

沈鸿眼睛只是看着电视荧屏，心不在焉地说一句：“再说吧！”手却不断地用手按着遥控器上的按钮。

荧屏上出现了一个穿着黑色西服表情庄重的播音员在念稿子，沈鸿一看知道是新闻联播，换另一个频道，仍然还是那个在念稿子的播音员，心里觉得有些奇怪，便想看个究竟。

播音员神情严肃，义正辞严地念着稿子：“……但是，在追悼大会后，极少数别有用心的人继续利用青年学生悼念胡耀邦同志的心情，制造种种谣言，蛊惑人心，利用大小字报污蔑漫骂攻击党和国家领导人；公然违背宪法，鼓动反对共产党的领导和社会主义制度；在一部分高等院校中成立非法组织，向学生会‘夺权’，有的甚至抢占学校广播室；在有的高等院校中鼓动学生罢课，教师罢教，甚至强行阻止同学上课；盗用工人组织的名义，散发反动传单；并且四处串联，企图制造更大的事端……”

沈鸿听着，只觉得浑身发冷，情不自禁地大叫起来：“这些政治流氓，无耻！”

李娜从外面走进来，惊讶地看着沈鸿问：“你这是怎么啦？”

沈鸿用手指了指电视荧屏，气急败坏地说：“你听听他们在说些什么！”

李娜皱着眉头，站住，看着屏幕。

播音员继续念着：“全党同志，全国人民必须清醒地认识到，不坚决地制止这场动乱，将国无宁日。这场斗争事关改革开放和四化建设的成败，事关国家民族的前途。中国共产党各级组织，广大共产党员，共青团员各民主党派，爱国民主人士和全国人民要明辩是非，积极行动起来，为坚决迅速地制止这场动乱而斗争……”

李娜走过去把电视关上，然后默默地看着沈鸿，叹息着说：“看来他们是要拿人开刀了。”

沈鸿激动地在卧室里来回走着，吼叫着：“那就让他们来拿我们开刀好了，有本事把我们这些人都杀了，只留下那些俯首帖耳的奴才，那样一来这个国家他们爱怎么糟踏都没人管了。”

李娜叹了口气，说：“这个国家我算是看透了，整个一个没希望！我想我们还是多为自己个人的前途多考虑一下。”

“妈的，我就不信他们能够为所欲为！”沈鸿恶狠狠地说。

“你并不是什么救世主，这个国家已经烂透了，一点指望都没有，你要陷进去的话连你也会一同毁灭。”李娜冷着脸说。

“那就让他们毁灭好了，我不在乎！”沈鸿大声地说着，拿了衣服往上套。

李娜看着沈鸿，问：“你要干什么？”

“我要回学校去。”沈鸿边穿着衣服边说。

金哲坐在书桌前，看着杨丽丽的论文，心里气得直骂娘：什么狗屁论文！要观点没观点，要论据没论据，逻辑混乱，语句不通，说起来也是名牌大学研究生，原来就这德性！这什么叫《论邓小平文艺思想及其对新时期文艺的影响》，这不纯粹瞎掰！邓小平懂得什么文艺？他又有过什么文艺思想？说到底还是权力问题。有了至高无上的权力，连放个屁都是思想！无聊的文人学者们会从中总结出许多放之四海为皆准的理论来，所谓的哲学思想、军事思想、法律思想都是这么出笼的。在国外就从来没有听说过有什么里根思想布什思想，就算有过戈巴契夫的所谓新思维，那也是实实在在的，根本用不着别人来总结的。中国学者的可悲也正在这里！因为这些思想产生的影响，几十年来中国没有出现过一位真正伟大的作家也没有出现一部真正伟大的作品，甚至连巴金老舍沈从文这样本来富有创作力的天才也被这些思想扼杀死了。这论文要是这样写还有点意思，可是谁敢呢？杨丽丽不敢，他也不敢！

“妈的，什么玩意！”金哲想起杨丽丽求他时的忸怩作态，感到一阵恶心。妈的，这回他是上了这女人的套了，我凭什么要给她干这破事，还真以为自己喜欢过她呢，也不想想她那德性，就她那模样，比钱丽差远了！跟这种女人在一起，真是倒霉死了。她居然自作聪明，跟自己玩心眼，以为自己真那么傻看不出来！还有她那傻乎乎的丈夫，真是天生的一对！还说什么要给自己找工作，不就是找了个老公，还真以为自己是个人物了。

金哲越想越觉得搓火，再没心思改那狗屁论文，索性把稿子扔在桌上，撩开遮挡的布帘，站起身子从里面走出来。

“又怎么啦？”麦嘉躺在床上看著书，扭头看他。

“妈的，闹心！”金哲苦着脸，在寝室里来回走着。

“又怎么啦？”麦嘉把书放下，抬高身子看着他。

“妈的，什么破论文，都烦死我了！”金哲站住，打了个哈欠，叹息着说。

“烦什么，帮美女改论文，多幸福！”麦嘉坏笑着，颇有些幸灾乐祸。

“幸福个屁！你说人家也是名牌大学的研究生，这论文写这么臭还好意思让我来改，长得那么丑，也好意思！再说老邓的文章我也从来没读过，这么破的论文，真想改好，差不多就得重写了。”金哲说着，愁眉苦脸的样子。

“重写就重写的，这事对你，那还不是小菜一碟！”麦嘉看着他，笑着说。

“她是我什么人，我为她费那劲！”金哲冷笑着，想起女人的忸怩作态，觉得一阵恶心。

麦嘉把书放在一边，看着金哲，半开玩笑地说：“我看人家对你还是一往情深的，不然也不会把这样的好事让你干。”

“我把这好事让给你干怎么样？”金哲抬头看着麦嘉，笑了笑，说。

“我可没那福份！”麦嘉嘻笑着说，又捧著书本看起来。

高歌幽灵般地走进来，他对着金哲笑了笑，也没说话，便在那张小矮凳上坐下来。金哲对他的古怪行为早巳经习以为常，加上自己心情也不好，便没有心思理会他。

“我昨天去找那女孩去了。”高歌突然说了一句。

金哲知道他这话是对自己说的，却不经意地问：“怎么样？”

“她对我还不错，我想我们是能和好的！”高歌说着，脸上竟露出了笑意。

“那就好！”金哲随意说了一句，神情有些冷淡。

高歌并不在意金哲脸上的表情，继续说：“现在的问题是要想办法让她留在北京，不然的话还是成不了。你知道女人都是很现实的！”

“是她让你帮她在北京找工作？”金哲看着高歌问，心想没准那女孩又在泡他玩。

高歌笑了笑，说：“不，是我主动提出来的。当然，她也对我说过这事。”

金哲看着高歌那张充满自信的脸，却不由得苦笑起来。心想：高歌这人也真是个情种，那女孩刚刚给了他一点甜头就忘乎所以了。他自己还没找到工作，还要操心女孩的事，不嫌累得慌！那女孩可是个有心计的人，高歌玩不过他的，到头来鸡飞蛋打可就惨了！

“我们约好明天一起出去找工作，先到国旅总社看看，我有一个大学同学在那里工作，还是一个小头目，他要是帮忙，应该没问题的。”高歌说。

金哲敷衍地笑了笑，想到找工作的事，他心里更加烦躁。昨天他又给中宣部的粱局长打了电话，那边的情况并没有变动。原来还担心学潮的事对中宣部进人会有影响，打电话的目的也是想让粱局长知道自己并没有参加运动，但粱局长似乎并不在意，对学校发生的这些事，他甚至连问都没问。看来问题的关键是看自己能不能入党，在这方面他是越来越没底了！

刘杰态度还是那么暧昧，一点也不像他平时的为人，金哲找他谈过几次，可这家伙口风很紧。他找几个对党内事务了解的人咨询过，别人都说这件事情只要刘杰肯帮忙的话应该不会有什么问题，可刘杰却老说这事并不是由他一个人说了算，而且每次都要找出一大堆理由来搪塞他。金哲觉得心里有些发慌，逼急了他也想过干脆请他到外面去撮上一顿好好谈谈，或者花点钱给他送些礼品，可又怕闹不好会适得其反，前功尽弃。

“下午开会的事你知道吗？”高歌突然问了一句。

“开什么会？”金哲困惑不解地看着他，问。

“说是什么入党积极分子大会，凡是写过入党申请书的人都可以参加。”高歌说。

“谁通知你的？”金哲紧盯着高歌，问。

“还能有谁，当然是刘杰！怎么，他没告诉你？”

金哲摇摇头，脸上犹如罩上一层浓霜，心在颤抖着。他早听人说过，这样的会通常都是很有些名堂的。因为学生支部的党员都要参加，要是能在会上给他们留下好印象，以后的事情就会好办得多。再说学生支部的人他并不认识几个，正想着找机会认识了将来上门去做点工作也方便些。可是这么重要的事情刘杰怎么会不告诉自己呢？他这样做到底安的什么心？

“这么重要的事，他怎么能不告诉你呢？”高歌嘟囔着说，脸上也是一副困惑的神色。

“刘杰在寝室吗？”他铁青着脸，问高歌。

高歌摇摇头，说：“不在，昨天就出去了，一直没有回来过。”

“他是什么时候告诉你开会的事？”金哲盯着高歌，又问。

高歌想了想，说：“下午吧，好像是三点左右！”

那个时候自己还在床上躺着，刘杰寝室就在斜对面，就算发生地震也来得及过来通知一下，可是他为什么不这样做呢？难道他真要存心坑害自己？金哲的心在不断地往下沉着，更意识到事情的严重性，又追问高歌：“他没让你通知我？”

“没有，那时他正收拾东西，准备要出去，我以为他会过来对你说的。”高歌从小矮凳上站起来，在屋里走动着。

“他还对说什么了？”金哲眯缝着小眼，盯着高歌，似乎还要从他身上挖出点什么来。

高歌犹豫了一下，说：“他让我准备一下，在会上发个言。”

“都说些什么？”金哲逼问着，话一出口便觉得有些过份。

高歌倒像是没在意，说：“还能说什么，无非是对党的认识还有入党动机什么的。我已经写好了一个发言提纲，你要不要看一看？”

金哲想了想，摇着头说：“不用了！”

“刘杰一定是忘记告诉你了。不过也没关系，反正这样的会谁都可以参加。”高歌用宽慰的语气说。

金哲却冷笑着没有说话。很显然，这是个阴谋，刘杰是存心要这样做的！刘杰是个很有心计的人，做事也谨慎，如果他真想帮自己，决不会做出这样的事情！而且他对自己和对高歌完全是两种态度，他让高歌在会上发言分明也是有所考虑的。可是他为什么要这样坑害自己呢？自己在什么时候得罪过他了？金哲皱着眉头，百思不得其解。

“快来看姚文元的大手笔，《必须旗帜鲜明地反对动乱》！”宋玉拿着几张报纸走进来，说。

金哲冷眼看着宋玉，苦笑了笑，心想：这篇社论昨晚就播了，他还拿来这里当作新闻传播。

“你们看这篇社论，整个一个文化大革命的腔调！难怪有人说是姚文元写的！”宋玉拿着那份报纸边念着边说。

麦嘉从床上伸出一只手来，对宋玉说：“给我一份看看！”

宋玉抽出一份《北京日报》递给麦嘉，情绪激动地说：“妈的，这帮政治流氓！真是太无耻了！”

金哲手里拿着一张报纸看着，心里仍然在想着自己的事，心想：等见了刘杰，一定要问清楚这件事，如果他真要同自己过不去，自己也只好采取必要的措施了。反正他也有把柄在自己手里，无论如何要让他明白这一点！

“看来他们又要开始整人了，这里说的少数别有用心的人肯定是指向云天方励之王若望这些人。”麦嘉叹息着说。

“那还不是明摆着的事！”高歌说着，继续在屋里走来走去。

金哲没有说话，只是把报纸还给了宋玉。

宋玉把屋里的三个人挨个打量着，说：“你们也真他妈的沉得住气，人家都给咱们扣上‘动乱’的帽子了，你们还这样无动于衷，真他妈是一群冷血动物！”

没有见到意外的效果，宋玉失望地走了。

“看来又得闹下去了！”麦嘉沉着脸，眼睛里含着忧郁的神色。

“不闹怎么办？那么一顶大帽子扣下来，谁受得了！”高歌却有些愤愤不平。

“我真不明白他们怎么那么傻，要是没有这篇社论，事情也许很快就过去了！这一来可就不好说了！”麦嘉说。

“老这样闹下去也挺烦的！”高歌说。

听着他们的谈话，金哲心里憋得难受，恨恨地说：“妈的，就这世道，闹一闹也好！”

高歌用奇怪的眼光看着他，不安地问：“下午的会你还去参加吗？”

“当然去，为什么不去呢？”金哲说着，竟古怪地笑起来。

“他肯定是有意的！可是他为什么这样做呢？”金哲紧锁着眉头，在寝室里来回走着。

麦嘉感到腹部有些胀痛，正想赶快爬到床上躺下。见金哲愁眉不展的样子，笑了笑，说："不是把事情说清楚了吗？"

金哲苦笑了笑，看着麦嘉，问："他的话，你信？"

麦嘉让他看得有些心虚，说："这个，我也说不好，反正也没耽误你开会，到时候你好好表现就行了嘛。"

金哲用审视的眼光看着麦嘉，若有所思地点点头，又在寝室里走了起来。

金哲的眼光刚一移开，麦嘉赶紧爬到床上去，把被子掀开身体躺下去，用手紧摁在那疼痛的部位。

"也只能这样了！不过我会把这件事弄清楚的！"金哲叹息着说，低下头去脱着脚上的皮鞋。

麦嘉仰面躺着，用手在疼痛的部位使劲顶着，疼痛并不因此有所减弱，他心里突然变得有些烦躁不安。一个在心底里埋藏已久的念头突然又闪现出来："是不是得了肝癌？"这个念头在他的脑海里盘旋着，他只觉得眼前发黑，浑身直冒冷汗。

"怎么会这样？"他心里绝望地呼叫着，仿佛看到死亡的幽灵正一步步向着自己逼来。他惊恐地瞪大着眼睛，眼见那黑色的利爪伸到自己脖子底下，在恐惧中他感觉到自己的灵魂正在向体外飘去……

"麦嘉，你怎么啦？"恍惚中听到有人对自己说话，他晃晃脑袋，那可怕的影像从眼前消逝，循着那声音扭头看去，却见坐在床上的金哲正用惶恐不安地看着自己。

"怎么啦？"金哲关切地问。

麦嘉意识到自己可能有些失态，忙笑着掩饰说："没什么！"

"你脸色很难看，是不是身体不舒服？"金哲紧盯住麦嘉的脸。

麦嘉脸上露出不安的神色，连忙问："我脸色怎么难看了？"

“你脸色有些发黄！”金哲用手摸摸自己的下巴，说。

“是吗？”麦嘉用手摸摸自己的脸，故作轻松地笑了笑说：“我这脸就这样，也许是太累的缘故。”

“要老这样就有问题了，我看还是到医院去检查一下！”金哲说着，把腿进被子里，仰面躺下去。

“没事的，你睡吧！”麦嘉满不在乎地说着，心却跳得更厉害。

金哲不再作声，寝室里一片寂静。“要不要到医院去检查一下？”麦嘉看着白色的屋顶，心里想着。他本来对自己强壮的身体是很有信心的，有生以来没有到医院住过院，平时有过头疼脑热的，硬挺着也能过去。可癌症这东西是防不胜防的，就算你身体再好，它要找上你也没办法。何况在自己亲人中有很多都是得这种病死的，伯父，还有两个叔叔都是，两年前母亲也被检出得了子宫癌……难道现在又轮到了自己头上？不，不会，怎么可能呢？自己还这么年轻？命运不会这样残酷地对待自己！

他用手轻轻地揉着依旧疼痛不止的腹部，心里不断地安慰自己：不，不会的！不就是腹部有些疼痛吗？这算不了什么，这种感觉以前也经常有过的，没过多久就自然好了。可能是因为吃得太饱，要不就是因为中午吃多了辣椒的缘故。再说，除了腹部疼痛以外，也没发现别的症状，大不了就是胃部或者肝部出了什么问题，决不可能是那种病的。这么想着，总算舒出一口气。

“可是真要得了那种病怎么办呢？”麦嘉心里一紧，那种可怕的感觉又攫住了他，使他再次坠入绝望的深渊。在现代医疗条件下，癌症就意味着死亡，那么死亡又意味着什么呢？那是肉体和灵魂的消亡！要是有一天这个世界真的没有了自己会怎么样？很显然，这个世界不会因为自己的消失而有任何改变：地球还会照样运转，人们还会

照样快乐或痛苦地生活着……而他却寂寞地躺在那无尽的黑暗中，没有了思想，也没有了感觉，世间的一切都不再属于他！不用多久，所有的亲朋好友也会把自己忘记，就好像自己从来没有在这个世界上存在过一样！生命是如此脆弱，如此可悲，简直令人感到绝望！

“我不想死，我不能死！”麦嘉仿佛听到自己的灵魂在那无尽的黑暗中绝望地呼叫着，但那死亡的阴影把他整个的心灵完全笼罩住，他的身体也好像在那黑暗的泥沼中越陷越深，那滚动而来的淤泥就要把他的肉体和灵魂一起掩埋住……

一种久远的对死亡的记忆从心底里浮现出来，眼前出现一个穿着破布棉袄的黄头发小男孩的影像，这是他儿时的伙伴。那时他刚上小学二年级，一场流行性脑膜炎在他生活的那个县城里蔓延，数天内就有数百人死去。一个阴雨绵绵的下午他正和别的小伙伴在玩着游戏，一阵撕心裂肺的哭叫声从街那头传过来，他只觉得头皮一阵发麻。沿着铺着青石板的街道，他们来到了那个小伙伴的家门口。得知小伙伴去世的消息，他好久没有说话，身体却因恐惧而颤栗！不久以前，他刚同他闹过一场别扭，彼此成了冤家，他手里还有他的一支铅笔和一把小弹弓，分手的时候没来得及还给他，原以为过不了几天他就会主动上门来找自己和解，没想到他竟会突然死去！那时他并不懂得死亡的真正含义，可是他知道死亡是一件很可怕的事情。他再也没法见到那个同自己闹过别扭的小伙伴了，也没法把自己欠他的东西交还到他的手上！他感到忧伤感到懊悔，阴沉着脸好久没有说话。听着别人叙述小伙伴死的情景，他只觉得浑身发冷，仿佛死亡离开自己并不遥远。

他对死亡的理解正是从那个可怕的夜晚开始的。他孤零零地躺在楼上那张木板床上，床头那盏发着豆大光亮的小煤油灯在四周浓重的黑暗中显得那样渺小那样孤独，使他想起棺材底下的长明灯，仿佛闻到那股带着浓重油漆味的死亡气息！静静地躺在黑暗中，“梆，梆，梆”的声音穿过沉寂的小巷敲打在他的心头，那是父亲在为小伙伴做着小棺材！也许到明天小伙伴就要被装进那个狭小的小木箱里然后被人抬到山上的某个地方掩埋起来。他们再也不能见面，再不能在一起玩了！死亡是这样的可怕，可是大人们都说，人总是要死的，总有一天他自己也会像小伙伴那样死去！他想像着自己死去的样子，仿佛看到自己正闭着眼睛躺在一张破旧的草席上面，“梆、梆、梆”的声音在空寂的荒野上回荡着，那是父亲在为自己做棺材，然后便看见几个大人把自己的尸体搬进小棺材里。父亲站在旁边木然地看着他，然后搬来棺材盖盖好，接着便传来“叮叮咚咚”声音，那是父亲在钉着棺材盖。只要那棺材盖一钉死，他将永远生活在黑暗中。在无尽的恐惧中他突然清醒过来，用手在棺材盖上死劲地拍打着，喊叫着，想让父亲听到自己的声音，然而没人理会他。随着那斧头敲击着铁钉的声响，他觉得自己的肉体和灵魂正一起向着无底的黑暗坠落下去，他绝望地哭叫起来……从幻梦中清醒过来，只觉得死亡的阴影正从四面的黑暗中向自己压过来，他的心在猛烈地跳动着，浑身直冒冷汗，胸口像被什么东西压住了似的喘不过气来，他感到没法忍受，只能用厚实的棉被把自己的脑袋紧紧裹住。

那个可怕的夜晚在麦嘉的生活中有着不同寻常的意义，他的心灵深处从此留下一道死亡的阴影。那种对死亡的恐惧便始终伴随着他，使他心烦意乱，使他心灰意懒。他老是担心着自己会突然痛苦地死去，经常怀疑自己身体里潜伏着某种无法治愈的疾病。胃痛的时候他以为自己是得了胃癌，偶尔鼻子里流了血他便怀疑自己得了白血病，几年前曾经被狗咬过，他便害怕自己有一天会因为狂犬病发作而死去。这样的恐惧不是每一天都存在，一旦想起来却使他浑身颤栗。他对生的

欲望是那样强烈，不能不承认自己是害怕死亡的。

麦嘉在床上翻来覆去睡不着，死亡的阴影纠缠着他，使他不得安宁。在无望的抗争中，他感到恐惧感到厌倦感到绝望。索性睁大眼睛在床上躺着，可怕的影像从眼前倏地消逝，他脑袋里却晕乎乎的，抬手一摸额头，也是满头冷汗。他有一种浑身要虚脱了的感觉，心情更是沮丧，就像是打了一场败仗一样。用手在腹部轻轻地揉着，疼痛似乎有些减弱，心里才算得到少许的安慰。

一阵敲门声把他从恐惧中解救出来，他定了定神，那仿佛在体外飞舞着的神思回到了空荡荡的躯壳，他重新有了一种充实的感觉，用底气充足的嗓音对着门外大叫了一声：“请进！”

门“吱啦”一声开了小半，贴着门板进来的是一个陌生的小伙，看上去二十一二岁，个头矮小，外表也猥琐，看着床上翻转身体过来的麦嘉，说：“我找麦嘉！”

麦嘉定睛打量着他，却想不起在哪见过，说：“我是麦嘉，找我有什么事？”

小伙脸上换上惊喜的神色，说：“麦嘉老师，您好，我是县一中毕业的，您的学生。”

麦嘉注视着这个称自己“老师”的人，记忆里找不到任何熟悉的影子，便问：“你是哪个班的？”

“八十一班，您没教过我们的课，但在学校时见过您，只是您的变化太大，一时没敢认。”那小伙说着，显得有些兴奋。

麦嘉穿了衣服从床上爬下来，对小伙说：“你坐吧！”用手把头发胡乱梳理了几把，自己也在逸夫的床边坐下。

寒暄一阵，麦嘉才知道这个称自己“老师”的小伙名叫王忠民，现在是湖南师大政教系三年级学生，这次来北京的目的是要了解学生运动的情况。

麦嘉不知为什么对这小伙并没有太好的印象，不过那几声“老师”叫得他有些陶醉，毕竟很久没有人这样叫过自己了，这能使他想起自己当老师时候的许多趣事，心里便有了种温馨的感觉。说到学潮的事，麦嘉想起报纸上说的几天前在长沙发生的事件，便问是怎么回事。

“主要是一些市民在那里闹，和学生没关系！”王忠民含糊其词地说。

麦嘉感到很有些失望，长沙和西安发生的事情无疑给整个这场运动罩上了一层阴影，和许多人一样麦嘉不相信报纸，并希望这个称自己“老师”的人用事实来证实报纸上说的那一切不过当局别有用心的诬蔑和陷害，然而从他的脸色来看，那一切都是不可变更的事实，麦嘉顿时觉得有些沮丧。

“那里的情况跟北京是没法比，素质不高，消息不灵通，组织上也有很多漏洞……我就是因为失望才到这里来的。”王忠民感叹地说。

“你在你们那里是不是很活跃？”麦嘉看他并不像个有号召力的组织者，但听他说话那口气，忍不住问。

“说不上！”小伙不好意思地笑了笑。

麦嘉想了想，问：“你想了解什么情况？”

“主要想了解一下这场运动整个过程，当然最好能够了解高层组织内部的一些情况，譬如组织结构、运作方式等等。”王忠民说。

麦嘉感到有些为难，说：“我对政治并没有很高的热情，一般的情况还能知道一点，说到他们那些组织嘛，我真说不出什么来！”

王忠民不在意地笑了笑，问：“有个叫郭焱的您认识吗？他在一中实习的时候教过我们班课的。”

麦嘉看着他，这才明白了他的真正来意，原来他是利用自己同郭焱接头的！这么一想，倒是觉得自己有些不知趣，一时兴味全无，勉强笑着说："当然，我们很熟悉的。"

王忠民笑了笑，说："听说他现在很活跃，又是学潮的组织者……"

"没错，他那人就喜欢搞搞政治什么的，也很有热情。"麦嘉用嘲笑的口吻说。

"能找到他吗？我想，他对情况一定了解得很多！"王忠民说。

麦嘉觉得话不投机，正想摆脱出来，便说："他现在可是个红人，找他当然不容易，找找看吧！"

"什么地方能找到他？"王忠民站起来，看着麦嘉问。

"到三十楼去看看吧，没准他们在那里开会！"麦嘉边往外走边说，其实心里并没有把握。

三十号楼在学生宿舍区的中心，离麦嘉住的研究生宿舍有四五百米。原来的研究会办公室就在这里，研究生会被罢免以后，便被在这次学潮中涌现出来"学生自治会筹委会"占据了，郭焱是筹委会的人，没准在那儿能碰到他。

来到楼前，看到的果然是一派繁忙的景像，很多人在这里出出进进，有的人手里还拿着卷起来的白纸，麦嘉心想他们一定是在为明天的大游行作准备。

进了大楼，麦嘉带着王忠民直奔一楼的研究生会办公室，那里果然有许多人，有伏在办公桌上写标语的，也有站在屋子中间谈话的，却没见郭焱人影。又到另一间办公室看了看，这里坐着十几个人，像是在开会，还是没有郭焱。他有些失望，见有人从里面走出来，便问："请问郭焱在什么地方？"

那人往屋里看了看，皱着眉头说："他刚才还在这里的，你到那边看看去吧。"说着，他用手往前面指了指。

麦嘉顺着他的手往走廊的另一头走去，没走几步，果然看见郭焱迎面走过来。

"郭焱！"麦嘉叫了一声，上去拍拍这位著名学生运动领袖的肩膀。

"麦嘉，你怎么在这？"郭焱见到麦嘉，脸上显出高兴的样子，并像往常一样握住麦嘉的手不放。

麦嘉怕他过来搂住自己的肩膀，便有意识地往旁边退了一步，然后指着身后站着的王忠民对他说："这是你在××一中教过的学生，有印象吧？"

王忠民上前一步，微笑着对郭焱说："郭老师，您好！"

郭焱热情地握着王忠民的手，脸上却显出困惑的神色，问："你是八十一班的？"

"他在师大上学，也是学生运动积极分子，这次来北京就是想了解北京的一些情况，取取经，好回去开展运动！"麦嘉说。

"我现在正忙着准备明天游行的事，实在没时间，这样吧，我给写个字条，你先去找找楼上我们的对外联络部，他们是专门负责接待外地同学的，你先同他们谈一谈，觉得不满意的话，我们再找时间谈，你们看怎么样？"郭焱说着看看王忠民，又看看麦嘉。

正说着，麦嘉向他打听过郭焱消息的小伙走过来，一看见郭焱便很不耐烦地说："郭焱，你还在这里干什么，那边忙不过来，正到处找你哩！"

"这里来了个外地同学，我正和他们谈点事。"郭焱对那人说。

"外地来的同学你让他们去找对外联络部就行了，事情这么多，

什么都管，哪里顾得上来！”那人没好气地对着郭焱说。

“好吧，告诉他们，我这就去。”郭焱对那人说着，然后回过头来对麦嘉笑了笑，歉意地说：“真没办法，我的事情实在太多了！”

麦嘉笑了笑，说：“你忙你的去吧，等有时间再去找你。”

郭焱又同王忠民握了握手，说：“对不起，我要走了，见了一中的同学，请代我向他们问好。”

麦嘉突然想起一件事，便拍着郭焱的肩膀说：“听说你已经结婚了，怎么也不事先打个招呼，不然我们可以一起闹一闹。”

郭焱竟不好意思地笑了笑，说：“等这事过了以后再说吧。”然后又同麦嘉握了握手，匆匆而去。

王忠民看郭焱走远了，对麦嘉说：“真是一个热情的人！”

麦嘉叹口气：“他是太有热情了！”

“你们不要参加明天的游行，我不许你们去！”林琳的父亲对餐桌对面坐着的逸夫和林琳说。

逸夫抬眼看看那光秃秃亮堂堂的大脑门和那张泛着红光的脸，淡淡一笑，又埋下头去把眼睛盯在自己的碗里。难得他这样把自己同林琳放在一起相提并论称作“你们”，以前可是从来没听他这么说过，这就算是自己与林琳关系的一种默认？然而他实在不喜欢这种居高临下的腔调！

“我们只是去看看，不会有事的！”林琳撅着嘴，撒娇似地说着，偷偷地对逸夫挤挤眼睛。

逸夫明白林琳的心意，却没有说话。他虽然不是第一次到林琳家来，可总觉得有种陌生感。林琳想方设法要把他拉人这个家庭的氛围中来，可在这样的氛围里他就是感到不自在，说话也好，做事也好，都好像不再是他自己！他也知道林琳的父母亲都是很好的人，知识分子，对自己也不错，可和他们在一起，总觉得没话可说，好像有什么心理障碍似的。

“胡闹，这种事情能有什么好看的？这是严肃的政治问题，不是开玩笑！”林琳父亲绷着脸说，伸出筷子在碗里夹了一块大排骨。

逸夫瞅着正啃着排骨的林琳父亲，觉得有些滑稽。他并没想过要去参加明天的游行，来的时候林琳也没提过这事，不知为什么林琳竟会为这事同父亲抬起杠来。林琳对她这当司长的父亲向来是崇拜的，平时总爱把她父亲说成是天下最慈祥也最有本事的人，甚至希望自己也能像她的父亲那样。他对此很不以为然，平时用开玩笑的口吻说林琳有一种“恋父情结”，老惹得林琳不高兴。

“《人民日报》的那篇社论你们都看过没有？”林琳父亲用餐巾纸擦着油腻腻的双手，眼睛看着逸夫。

逸夫摇摇头，说：“昨晚听过广播。”

“你们都应该好好看一看，那里面的定性就是中央对你们的态度！这是不言而喻的！”林琳父亲用手纸擦着嘴上的油，说。

“还说呢，要不是那篇社论，也不会有明天的游行了！人家都说那篇社论是姚文元写的。” 林琳抿嘴笑着，说。

逸夫听说笑了笑，想起校园里流传着的笑话来：狱中的江青看过那篇社论后大吵大闹，惊动狱中看守。看守问她闹什么，江青说：姚文元都放出来，为什么还不给我平反？看守问：你听谁说姚文元放出来了？江青便拿出那份《人民日报》来，说：这社论不是姚文元写的？

“你们啦，实在太年轻！没有经历过五八年的反右，也没有经历过‘文化大革命’，不知道政治斗争的残酷性，还以为是好玩的事情，

等你们明白怎么回事的时候恐怕太晚了！”林琳的父亲叹息着说。

“那你说政治是怎么回事？”林琳好奇地看着她父亲，似乎要从那肥厚的脸上寻找出某种答案来。

林琳的父亲喝了口酒，脸红得发亮，说：“政治嘛，说白了就是你斗我，我斗你，今天你把别人斗下去，明天你又被别的什么人整下来。那些冠冕堂皇的政治口号都是说来给人听的，其实就那么回事！成者为王，败者为寇。其实台上的不一定都干净，下台的也未必就不是好人……胡耀邦就是一个很好的例子。”

逸夫惊讶地看着林琳的父亲，印象中这是一个循规蹈距的人，一个在官场很得宠的技术官僚，没想到竟会说出这般沉痛的话来！

“我看你是酒喝多了！”林琳母亲嗔怪地对老伴说，往逸夫碗里夹了些菜，说：“别只顾听他说，多吃菜！”

逸夫微笑着点头，看着林琳父亲，希望他说下去。

林琳父亲定了定神，说：“说起来我也算是官场上的人，虽然是技术干部，但总算跟政治沾点边！在中国谁离得开政治呢？就是你想离开也不行……我自己是陷进去了，可是我不希望你们重蹈覆辙！世界上最靠不住最肮脏的就是政治……你们知道不知道，从五八年反右以来，中国有多少知识分子被平白无故地毁掉了？那时我正在清华上学，也和你们现在一样血气方刚……你去看看当时的报纸就会知道，你们现在提出的许多观点，我们那时候都提到了，什么权力制衡、多党制、议会制等等。可是没过多久，就开始了反右斗争……那场斗争毁掉了整整一代知识分子！打成右派的不说，我们这些漏网分子在精神上也被摧残得不成样子！虽说那个时代已经一去不复返了，可是谁又能肯定历史的悲剧不会重演呢！”

逸夫看着林琳父亲，想从那肌肉松驰的脸上找到年轻时的英姿。

林琳曾经把她父亲上大学时的照片给他看过，照片上的年轻人的确说得上英俊潇洒风流倜傥，那双炯炯有神的眼睛更给人锋芒毕露的感觉。而眼前这个身体臃肿的人则显出一副老态来，眼睛也变得有些浑浊不清。然而被改变的岂止是外表？心灵的衰老往往比身体的衰老更为可怕！

“他们会把我们……怎么样？”林琳把筷子放进嘴里吸吮着，看着父亲问。

“不管怎么说，你们都不要去参加明天的活动，这是我对你们的要求！”林琳父亲说着，眼睛盯在逸夫身上。

逸夫知道他的用意，正想说话，林琳却抢先说：“可是我实在想不出我们做错了什么，我们上街游行不也是为了这个国家好吗？”

“那是你们一厢情愿的想法，别人可不这样认为。唉，让我怎么说你们呢？你们真是太幼稚太不懂事了！”林琳的父亲叹息着说，很失望的样子。

“爸爸，我不能同意您的观点！您总是把不同意您观点的人说成是幼稚是被人利用，就像报纸上说的那样。这是不公平的，我们会用自己的大脑进行思维！再说北大清华这样的学校可以说集中了我们这个国家最优秀的人才，要是他们都那么幼稚那么容易受骗，是不是说明我们这个民族的素质有问题呢？”林琳很认真地说着，转过脸来看看逸夫，似乎想从他这里得到支持和鼓励。

逸夫微微一笑，心里很有些得意。这些话是他刚才在路上对林琳说过的，想不到她竟会原封不动地搬来对付自己的父亲。

林琳父亲一怔，似乎没想到林琳竟会说出这样一番话来，苦笑着说：“你们这些人啦，我真不知道怎么说你们才好！有时候我真觉得你们都是一群娇惯坏了的孩子，做什么事情都是由着自己的性子，还

没等大人们把巴掌举起来，就像受了多大委屈似地诉起苦来！从这一点来看，说你们不成熟一点也不过份。不错，清华北大是集中了一批很优秀的人才，可是你们想过没有，‘文革’的第一把火也是从这里烧起来的。”

“这不是一回事！算我说不过你，逸夫，你快来帮我一把！”林琳撒娇地说着，对逸夫使了个眼色。

逸夫拘谨地笑了笑，说：“就算‘文革’的第一把火是从学校校园里烧起来的，这笔帐却不应该算在学生身上。我认为，‘文革’是权力斗争的产物，从根本上说也是我们的制度造成的。是这样的制度培养了一批像当年的红卫兵那样没有思维能力的丧失了理智的人。而我们这一代人与他们最大的不同也正在于我们不再有偶像并且学会了真正用自己的大脑去进行思维！如果真的有人想再发动一场‘文革’那样的政治运动，最先觉悟的应该是我们这些人！”

“你们这些人！”林琳父亲讥讽地笑了笑，说：“可是除了上街游行以外，你们还能干什么呢？中国的问题可不是上街游行就能够解决的。就说腐败这个问题吧，说实在的，现在社会腐败的程度决不是你们能够想像得到的。这一点中央是知道的，他们肯定也想反腐败，可是怎么反呢？再好的医生也不能给自己看病动手术，道理就在这里。所以事情要一步一步来解决，不能操之过急！”

“从这个角度说，搞多党制和议会制倒是很有必要。我这样说并不是要否定共产党的领导地位，只是想通过一种外部的力量迫使他们痛下决心，割掉身上的毒瘤，使自己变得健康起来！”逸夫用和缓的语气说着，心里却觉得有些别扭，似乎这些话并不是真正从自己心底生出来的。

林琳父亲看着逸夫，突然叹口气，说：“政治上的事实在很难扯得清楚，我们还是不要谈的好。不管怎么说，你们不要去参加明天的活动！我这样要求你们是为了对你们负责。”

逸夫正想说什么，一旁的林琳又插了话：“爸爸，你别顾把眼睛看着他，我说过他这人除了看书对别的都不感兴趣。政治上的事你就是请他也不会去的。”

林琳父亲听了林琳的话，把筷子往桌上一放，微笑着说：“那就好！年轻人嘛，就该多看书多学本事，这年头什么都靠不住，只有学点本事才是真的。我是学工科的，什么样的社会都需要……”

逸夫听着却很不是滋味，他知道林琳父亲是很看不起学文的，以为学文的人除了会摇摇笔杆耍耍嘴巴皮子以外什么都不能干。林琳告诉过他当初她父亲听说她找了个哲学系研究生就很不满，在他那自鸣得意的神态中仿佛也包含着对自己的奚落和蔑视。

林琳似乎觉察到了他的心情，忙对她父亲说：“爸爸，您别自吹自擂了。你不看看科学院那些科学家，一个个不也是穷馊馊的嘛！”

她父亲瞪她一眼，说：“你这丫头，怎么尽跟我作对！”

林琳笑着对她父亲做了个鬼脸，说：“本来嘛，谁让您说的话没道理！”说着，得意地看着逸夫。

逸夫勉强地笑了笑，在这样充满家庭气息的氛围里，他突然有一种局外人的感觉，好像有什么东西把他和这个家庭隔绝开来。

“喝碗汤吧！”林琳的母亲说着，用大勺舀了汤往他碗里倒。

逸夫感激地笑了笑，突然感到有些拘谨。

第十二章

四月二十八日　星期五　多云间阴

沈鸿轻轻地握了握那只伸过来的手，那手软绵绵的，带着湿润的温热。按平时握手的习惯，沈鸿总要用力攥住抖几下，可这一回却只抓住几根手指，与其说是握手，不如说是在敷衍。

“请坐吧！我给你们倒水去。”向云天的夫人刘芸教授倒是给人快人快语的感觉，她用手往沙发上一指，走出了客厅。

“你们坐吧！”向云天说着，自己先在对面的单人沙发上坐下来。

沈鸿看了看身边的刘伟，在沙发上坐下。看上去这房间是客厅兼作书房用的，三面墙上都摆放着书柜，里面放满各种各样的书藉，整个房间里似乎弥漫着书的飘香，给人舒适的感觉。

沈鸿的眼睛很快回到眼前书房的主人身上，这个大名鼎鼎的人物看上去其实也很平常。中等个子，头发黑黑的，像是染过。身体有些发福，坐在沙发上腹部很明显地鼓出来圆圆的小山包，稍一低头下巴便叠出双层来。脸是长方形的，一双三角眼，脸上带着清淡的笑意，表面很随和，略带倦意的眼神里却显出骨子里的傲慢来。穿戴也比一般的教授要讲究，虽然是在家里，却扎着领带，头发也梳得光亮，好像要去参加什么外事活动。

“这是沈鸿，我对您提到过的！”刘伟指着沈鸿对向云天说。

向云天打量着沈鸿，微笑地点着头，说：“我们见过面！”

沈鸿感到有些惊讶，说起来这是第三次见到他了。第一次是去年在二教听他关于《物理学和美学》的学术讲座。八六年学潮以后他成为国内外瞩目的人物，并作为资产阶级自由化代表人物受到批判，被调到了北京天文台。在很长一段时间里没有他的消息，他那次讲座在校园里引起很大的反响。因为去的人太多，整个教室被挤得水泄不通，致使讲座差点不能进行下去。沈鸿当时也是被挤在教室后面的过道里，因为离得远，当时并没有看清楚他面目。不过向云天给人的感觉却有几分滑稽，虽然他在讲座尽量做到一本正经，而且并不哗众取宠去谈论那些人们要听的政治问题，却也把物理学的发展与文化大革命和反资产阶级自由化联系在一起，颇有些玩世不恭的意味。后一次见他就是在不久前在塞万提斯铜像下举行的那次民主沙龙上。主持那次活动是刘伟，发表讲演的是向云天夫妇，沈鸿向他们提出过几个问题。活动结束以后，刘伟便把他介绍给了他们夫妇，不过当时的人太多，沈鸿一直以为他们对自己不会有什么印象，没想到他们还能记得自己。

“我看你也是有些面熟！”刚刚端着茶水进来的刘芸教授也打量着沈鸿，点着头说。

见他们夫妇都这样重视自己，沈鸿难免有些受宠若惊的感觉，心情变得舒坦起来，说话也不像进来时那样拘谨。

“学校的情况怎么样？”问话的是刘芸教授，她刚刚在丈夫旁边的另一张单人沙发上坐下来。

“还不错，昨天的游行很成功，罢课也还在继续。”刘伟说着，兴致勃勃地谈起了昨天游行的事，讲到怎样冲破警察布置的封锁线时更是眉飞色舞：“我当时就在队伍的最前面，那些武警都排成人墙站着，开始我们还想着打动他们，可是没用，又怕他们动手打人，很多同学就用照相机对着他们，他们一动手就拍下来。当时大家的情绪都

很激动，我们也很难控制……结果使劲往前一冲，竟把他们的人墙冲开了……有了第一次，后面的事就好办多了……”

向云天夫妇专注地听着，不时点头表示赞赏。

“这两天我们都呆在家里哪也没去。他们把我们盯得很紧，对了，你们刚才来的时候，是不是附近有人在监视？”刘芸教授看着他们俩。

沈鸿想了想，说：“好像没什么人！”

“楼下面倒是有个修鞋的人，我们过来的时候用眼睛看了我们好几眼，没准就是安全部派来的密探。”刘伟煞有介事地说。

“有这回事？嗨，这些人什么手段都使得出。你们不知道，这些日子只要我们一出门，后面准有尾巴在跟着。现在安全部的人到处都是，北大里面，科学院也有，反正他们是无孔不入的，你们自己可得小心点！”刘芸教授说。

“我们人多倒没事，只是担心你们！”刘伟说。

刘芸教授冷笑着说：“我们不会有事的，他们暂时还不敢动我们！说实在的，我倒是希望把我们抓去，那样一来整个世界都知道他们真面目了。”

“向老师名气这么大，他们得考虑国际影响。”刘伟说着，用虔诚的眼光看着向云天。

向云天却不经意地摆摆手，说：“别去管他们，不嫌累的话，就让他们监视好了。在这种时候，他们要是轻易肯放过我们，那才是怪事情！”

沈鸿一直没说话，觉得他们在这件事情上大做文章未免大惊小怪，那修鞋的是一个老头，看上去并不像安全部的人。就算他们要派人来监视，也大可不必用这样原始的手法。要真那样，也未免把安全部那些人看得太过简单了。

“我们都知道《人民日报》那篇社论主要是对着您来的，同学们对您现在的处境都很关心，想知道您的近况，这也是我们今天来找您的目的。”沈鸿对向云天夫妇说明了来意。

向云天冷笑了笑，用嘲讽的口吻说：“那篇社论我早看过了，说实在的，我只是觉得很滑稽很可笑！没想到他们会这么抬举我，把我摆到那样重要的位置上去！其实我有什么呢？我是一个普普通通的知识分子，手无缚鸡之力，不过敢说几句真话，他们就这样诚惶诚恐，好像几句话就足以把他们的江山弄倒塌似的。他们是不是过于脆弱了？其实大可不必这样，不是有几千万党员和几百万军队在那里撑着吗？就说学潮吧，他们有那么多的宣传舆论工具和数百万吃了饭没事干的党务工作者，却不能对你们施加影响，让你们按照他们的意志循规蹈距。而我呢，整天在他们的监视之下，连起码的行动自由都没有，更不用说和同学们在一起接触了。所以，看了那篇社论，我心里真感到惭愧。他们给了那么些高帽子，我倒是都愿意戴上，只是受之有愧！请您们相信，我这么说不是害怕，也不是要推卸责任。说良心话，如果可能的话，我倒是想按他们说的那样去做，因为我相信同学们的行为是正义的，是经得起历史考验的！可是我没法做，所以只有内疚的份。”

这席话说得很幽默，听起来有些玩世不恭的意味，又蕴含着一股正气和超人的胆量及勇气。沈鸿听着，心里不由得产生出敬意来，他沉吟一下，问：“您认为他们这样做的目的是什么？”

“那还用说，当然是要挑拨我们与同学们之间的关系，使我们相互孤立，以便对我们进行政治迫害，这也是他们惯用的伎俩！”在一旁的刘芸教授插嘴说。

向云天嘴角泛着冷淡的笑意，没说话，似乎默认了他夫人的说法。

向云天受批判以后，刘芸教授却很活跃。她被选作海淀区人大代表，经常在学校的各种集会上出现。据说张锋他们组织民主沙龙也得到她很大的支持。然而人们总是习惯于把她当作是向云天的化身，似乎她只是向云天意志的体现，这也是她在同学中越来越受欢迎的原因。沈鸿发现，这其实也是一个很有个性的女人。即使不如向云天那样深沉老练，也没有他那样的幽默感，但也是一个很有胆量和勇气的人，像年轻人一样容易冲动。和向云天相比，她更让人觉得亲近。

“可不可以这样理解，这篇社论只是一个信号，意味着有人又要发动政治运动对知识分子进行迫害？”沈鸿接着问。

向云天用手松了松领带，说：“有人说文化大革命已经结束，可对于中国的知识分子来说恐怕还不能这么说。事实上在实行所谓的改革开放以来，对知识分子的迫害并没有结束。从魏京生事件到反资产阶级自由化以及这几年的学潮可以看出这一点。说到底文化大革命是制度的产物，这些年这个制度在某种程度进行了一些改良，但本质上却没有什么改变。看看人类历史就会发现，人类最残酷的灾难总是与专制和愚昧联系在一起的。我们现在实行的制度很难说是真正的社会主义，它的内部包涵着许多封建主义的东西。譬如说专制和愚民主义统治等等，只不过家族式统治被政党式的统治所代替。眼下愈演愈烈的各种腐败现像、官倒还有国营企业的困境说到底也是由这个制度造成的。现在人们越来越看得清楚，那种小打小闹的改良已经不起作用。不从根本上改变现有的体制，我们就没法走出目前的困境，即便暂时从中摆脱出来，又会重新陷进去。”

向云天说到兴头上，挽起衣袖，情绪放开来，语气中没有了那种玩世不恭的意味，表情也很严肃。沈鸿看着他，也有些肃然起敬，其实这些言论他曾在那些供批判用的小册子里看到过，不过听他说来倒也别有一番意味。尽管受到批判，向云天是少数几个值得让人尊敬的学者，他的见地与众不同，他的勇气和智慧更让人望尘莫及。

“在同学中有这样一种观点，中国经济改革的主要障碍来自现有的政治体制，我们应该像苏联那样先进行政治体制改革，对这个问题，您是怎么看的？”刘伟虔诚地看着向云天，问。

“对苏联进行的改革，我想还要看一段时间才能作出评价。不过我敢说，对于一个执政党来说，政治体制改革比经济体制改革要艰难得多，因为这里面要牵涉到执政党的切身利益。经济体制改革使很多有权势的人摇身一变成了大富翁，他们是改革的最大获益者。可一旦进行政治体制改革，我说的是在中国实行真正的民主政治，而不是他们所说的所谓党政分开政企分开，就有可能使他们丧失执政地位，由执政党变为在野党。这就要看你这个党是真正把全民的利益放在首位，还是把政党的利益凌驾全民利益之上。共产党历来自我标榜大公无私并且全心全意为人民服务，要真这样的话，做到这一点似乎也并不困难！”向云天说着，嘴角上又泛出讥讽的微笑。

“他们真要做到这一点的话，中国也就不会是今天这个样子了！就像开追悼会那天发生的事儿，他们连一点面子都不肯牺牲，何况让他们把江山交出来？在他们的头脑里有这样一种根深蒂固的观念，这天下是老子打下来的，哪能随便让给别人！就冲这个，他们比过去的封建皇帝实在好不到哪里去。”刘芸教授忿忿地说。

向云天看着夫人，笑着点头，接着说：“从这个角度说，中国的民主化是一个很艰难的过程。八六年学潮的时候中央有人对我说，所谓民主就是我们给你们的权力！这叫什么话？可他们就是这么想的，所以对于他们，我们不能有太多的指望。我们不需要别人的施舍，要在中国实现真正的民主，主要还得靠我们自己去争取。在目前国民素

质低下的情况下，我们知识分子更应该责无旁贷地担负起历史赋予的使命！”

他说话的声音不大，语调也很平缓，微眯着的眼睛里放出的光亮却越来越锐利，给人强大的震撼力。沈鸿再一次从他身上感觉到那种不同寻常的魅力。以前他并不懂这个国内外知名的物理学家怎么会参与进政治中来，有时还难免把他想像成一个堂吉诃德式的悲剧人物，可是现在他有些懂了。在这个人身上的确有着一股强大的力量和勇气，而这正是现今知识分子所缺少的。

刘芸教授给他们泡好了咖啡，沈鸿端起咖啡喝着，看得出来，这对夫妻很是恩爱，心意相通，着实令人羡慕。

向云天端起咖啡喝了一口，沉吟了一会儿，接着说：“从八六年学潮以后我思考得最多的就是中国知识分子的问题，我一直认为中国的知识分子是我们这个时代最有觉悟的，应该担负着社会启蒙的重任，事实却不是这样。几千年的封建统治使他们先天不足，集权统治把他们中的大多数人改造成没有思想也没有个性的奴才。历次运动中，他们被整得很惨，但整人最凶的也同样是这些人，他们出卖自己的良心，整治别人，不过是要讨碗饭吃！他们是被这制度阉割了的可怜虫。我对中国知识分子一直是很失望的，不，应该说很绝望，他们被打断了脊梁骨，站不起来了！不过在你们这一代人身上我似乎看到了希望！你们这些天的活动使我感到欣慰，我在想你们这一代人应该不会像我们这代知识分子那样活得这么窝囊，是到了中国知识分子直起腰杆来做人的时候了！我不怕他们给我安上怎样的罪状，但我确实就是这样想的，我并不想隐瞒自己的观点，也不在乎他们会怎样来迫害我。”

“向老师可是有国际影响的，他们还能怎样！”刘伟看着向云天，有些担忧地说。

“你小看他们了，他们在政治斗争上从来都是不择手段的。你们太年轻，不知道政治斗争的残酷性。事实上他们对我们恨之入骨，之所以没有对我们怎么样是因为还没到时机，也找不到合适的借口。可以老实地告诉你们，我们对他们是不抱任何幻想的，我和向老师早就做好了牺牲的准备。”刘芸教授说。

“他们真敢这样做的话，我们是不会答应的！”刘伟挥舞着手，激动地说，脸色涨得通红。

屋里的气氛变得有些悲壮，沈鸿觉得有些压抑，想从中解脱出来，突然想起一件事，对向云天说：“有人说您最近要求世界银行以停止贷款对中国政府施加压力，要求在中国实行民主制度改革。对这个问题同学们有很多议论，我很想知道您真正的想法。”

向云天淡淡一笑，说：“我的确在一次会议上提出过这样的设想，但还没来得及去做，没想到有人会利用这件事情大做文章。我是这么想，中国搞建设是需要很多资金，可是在现有体制下资金再多又有什么用？还不是让那些贪官污吏们给贪污了，而由此带来的负担却肯定要转嫁到老百姓身上。”

沈鸿不以为然地笑了笑，觉得他的话里有些狡辩的意味。他敬佩他的才智和勇气，对用老外来对中国政府施加压力这却很有些反感。他沉吟一下，又问：“您看这次运动会成功吗？”

向云天想了想，说：“这个问题嘛，得从什么角度看，你们的活动组织得那样成功，说明你们比过去更成熟了，这就是收获。此外你们的行动将有力地推动中国的改革事业，从这个意义上说你们已经取得了很大的成功！”

“学生运动在很大程度上只是民主思想的启蒙运动，能够让越来越多的人意识到民主的重要，目的也就达到了！”刘芸教授说。

他们的话很富有煽动力，沈鸿似乎也受了些感染，想了想，说：“可是很多人担心这样闹下去会产生难以预料的后果，像八七年那次。事实上每次学生运动以后总有一批人成为牺牲品，他们都是中国民主运动的精英人物，这里面包括您也包括胡耀邦。”

“我们从事的是一项伟大的事业，牺牲总是难免的。要奋斗就会有牺牲嘛！说到我自己其实也没什么，莫非是被撤了职，受过批判而已。这不算什么！即使有一天我真的为了中国的民主大业而死，我想也是值得的。”向云天情绪有些激动，脸上凝重的表情使人感觉到义无反顾的悲壮。

沈鸿默默地看着这对夫妇，内心充满敬意。

抬眼看见那面白色条幅，金哲只觉得后脑勺有些发麻。条幅是从四楼的窗口悬吊下来的，大约有十来米长，上面写着：“4.27，历史将永远记住这一天！”这话是对昨天的游行说的，金哲觉得未免有些夸张，崇高的评价里似乎带着某种自我标榜的意味。

金哲没有参加昨天的游行，一来没有那么高的热情，怕一天走下来身体吃不消；二来考虑到眼下正是入党和找工作的关键时刻，怕被人抓住把柄，把前程赔进去。然而队伍出发时他还是忍不住到现场看了看，跟着队伍到了中关村，亲眼看见游行队伍冲过警察布置的封锁线。

楼道里光线暗淡。

金哲上着楼梯，心里却有些踌躇。他是下了很大的决心才来找葛明的，自从上次碰到那样的事情，心里便有了顾虑。可是找工作的事能够帮得上自己的人还真就不多，中宣部的事好歹是人家介绍的，不来招呼一声实在说不过去。

葛明房间的门并没关严实，留出一道细缝来。金哲松了口气，悬在心口的石头总算落下来。他自我解嘲地笑了笑，上前敲门。

听到里面葛明的声音，他推开门。先看到的是走过来的葛明，然后便看见了在床边坐着的李伟。

“我刚给你打过电话，没想到会在这里碰到你！”金哲同站起来的李伟握着手，客气地说。

“我也是刚过来的！”李伟笑了笑，问：“怎么样，入党的事？”

对入党的事，金哲其实心里并没底，前天发生的事情在他心里留下很深的一道阴影。后来刘杰特意上门来对自己作了解释，反而增添了他的疑虑。他不想让李伟和葛明知道自己的处境，微笑着说：“估计没太大问题，只是担心这一闹学潮，对我这事会有影响。”

“不见得吧，不行的话，让我这位师兄帮帮你，在这方面他是很有办法的。”李伟用手指指葛明，说。

“这忙可不好帮！”葛明连连摆着手，说。

寒喧一阵，三人坐下闲聊起来。

金哲想趁机多了解中宣部那边的情况，便问李伟：“你们那里不会有什么变化吧？”

“放心吧，老梁那人说话还是算数的。再说我们那地方也没什么好去的，穷馊馊的不说，干的也是没屁眼的活。整天写那种破文章，说的也是没人要听的瞎话废话，对别人对自己都是一种精神摧残……要不是你也像我一样有老婆孩子的问题，我还真劝你别去！”李伟说话语气中显出北大人常有的狂放，与金哲在中宣部办公室见到时判若两人。

金哲知道他是为自己好，想要进一步搏得他的同情和帮助，便做

无奈的样子，说：“这些情况你上次也对我说过，我自己也考虑了很久。可是我没有选择的余地，只要能帮我解决家属问题，我已经很满足了。”

“妈的，这世道真是逼良为娼！”李伟嘴里骂着，脸上却是厌倦的神态。

金哲惊讶地看着李伟，没想到一个博士和一个中宣部的处长竟也会说出这样粗鲁的话来。然而他知道这才是他的本性，北大人狂放和傲慢的性格也在这里体现出来，反而使人更为亲近。

“这世道，怎么逼良为娼了？”葛明用讥讽的口吻说，似乎有意要同李伟争论一番。

李伟似乎知道他的用意，瞪他一眼，说：“你别笑，其实我们比那些在大街上出卖肉体的女人好不到哪里去，至少人家能给别人带来某种快乐，有利于维护安定团结的政治局面。可是我们给社会带来的又是什么呢？我就不用说了。就说你吧，你搞那些所谓新权威主义理论，说说看，会给这个国家，给老百姓带来什么？有时候我真想，当初就不该上什么大学，更不该读什么博士。当个平头百姓，凭劳动吃饭，钱可能少一点，可心里踏实。这一上学当了知识分子，连自己的人格都没了！”

金哲看李伟说话的样子实在滑稽，滑稽后面似乎又隐含着辛酸的悲壮，让人听着不是滋味。真想像不出李伟这种性格的人怎么能在中宣部混得下去，居然还能当上处长！

葛明表情变得有些古怪，笑着说：“你别自己没人格，就把别人也说得像你一样！你可以不赞成我的理论，可你应该相信，我不是那种没有人格的人。我提出新权威主义的理论完全是从中国的现实出发的。你们总是过于强调事物的结果，却往往忽略了事物发展的过程。

让我们回到刚才的争论上来吧！我说过，民主政治是我们追求的终极目标，在这一点上我们并没有分歧。可是怎样去实现这个目标呢？这就是我们要探讨的问题。而在这方面你恰恰提不出任何有建设性的观点和办法来……”

“就你的理论是建设性的？你们提出的‘精英政治’从本质上说与民主政治是背道而驰的，说穿了是要把整个国家的命运寄托在少数几个精英人物身上，这和过去的清官政治并没有什么不同。在某种程度上，我觉得你们就像是一个赌徒，满怀希望把整个国家和人民的命运都押在你所谓的那几个精英人物身上。可是这些人靠得住吗？在一个缺乏民主机制的国家里，社会本身就是一个大染缸，就算你们看中的那些精英人物现在还是好的，你能担保他们以后不会变质？就拿毛泽东来说吧，他是一个真正从人民中间走出来的政治领袖，他对人民的感情和浪漫主义气质与情怀、他的功绩和才能，决不是你所说的那些精英人物所能比拟的。可是后来怎么样，他对这个国家这个民族犯下了怎样的罪行，给这个民族带来了多么深重的灾难！连毛泽东最终没能挽救这样的制度，他自己却被这个制度毁灭了！想想看，你的那些精英人物有谁比毛泽东更伟大更可靠？”李伟说着话，挺直了腰板，语气更是咄咄逼人。

葛明摆了摆手，大声地说：“你从根本上误解了我们的观点。我们只把‘精英政治’看作是这个特定历史时期的产物，是通向民主政治的途径，而不是终极目标。说到底，这是一种无奈的选择。我们应该认识到，中国的民主化进程是任重而道远的，我们不能指望某一天早晨醒来中国就成了一个民主化的国家，只有那些不了解中国国情的不切实际的幻想家才会这样想。我们应该以更为现实的态度来看待这个问题……那种自下而上的改革显然是不符合今天的时代潮流的，那

很容易导致暴力冲突，其结果很可能爆发内战，把整个民族推向灾难的深渊，这是我们不愿看到的！”

“你别说得那样危言耸听！”李伟站起身来，打断了葛明的话，说：“都什么年月了，哪能说打仗就打仗？再说，这样不死不活的，大家都憋着心里难受。反正这个社会是看不到有什么希望，推倒重来也没什么不好的。”

葛明脸色一变，严肃地说：“我说这话绝不是危言耸听！对中国的现状，我自信比你们了解得更多一点。应该承认，这些年的改革在经济上是得到了很大发展，人民生活水平也有提高，可是随之而来的却是各种社会矛盾的尖锐化。社会分配不公、贪污腐化、道德沦丧、社会秩序混乱，致使整个社会怨声载道，社会各阶层之间充满着仇恨……在经济上，旧体制下蕴藏着的潜力已经发挥殆尽，冲破旧的体制却违害大多数既得利益者的权益。还有中央和地方的矛盾……有人说，眼下的中国就像一个火药桶，只要有人点上一根火柴，就有可能发生爆炸……”

李伟皱起眉头，讥讽地说：“既然这样，你是不是认为，只要有了你们那些精英人物，就会国泰民安天下太平了？”

葛明在屋里来回走着，情绪很激动，对着李伟说：“我是反对集权政治的，可是在一定的历史时期，集权主义是能起到一定作用的。在某种程度上说，集权政治也是社会凝聚力的一种体现。而在当今的中国显然是需要这样一种凝聚力的。我们的思路就是要通过一个强有力的领袖人物的权威和意志，把中国引导到民主化的轨道上来……这就是我们常说的以非民主的手段来达到民主的目的。在我看来，这是一条最安全最保险的道路，从国外一些国家的经验来看也是行得通的……”

“就算是这样，可是你们能把宝押在哪个大人物身上呢？邓小平吗？他是走不到那一步的，他的整个思想和观念与民主政治是格格不入的，再说他是很现实的人，不可能把一个政党连同自己全家的命运来打这场赌！说到赵紫阳，他始终只是一个傀儡，在中央的地位又是笈笈可危，而且你们也知道在搞腐败这方面他比别人走得更远……对这样一些人，我们又能有什么指望？到头来，没准你们自己反而会成为权力斗争的工具或牺牲品。”李伟冷笑着说。

两位博士的争论越来越激烈，金哲坐在一旁根本没法插嘴，只是默默听着。别看都是博士，他们争论的问题却很现实。因为所学专业的关系，金哲平时更多的关注那些形而上的问题，对现实则往往熟视无睹。政治方面的观念在他的脑海里始终模糊不清，他对政治上的事也只能凭着自己的本能思考来进行判断。他本来对新权威主义理论了解甚少，可是他对一切被官方接受的东西都没有好感。所以，虽然李伟在这场争论并不占上风，但从感情上说他更容易接受他的观点。

“照你这么说，我们就什么也不用干，什么游行、闹学潮，都是瞎扯蛋的事。我们只能傻乎乎地等着哪个大人物来给我们施舍一点民主！要真是这样的话，我倒是很乐意这样！”李伟说着，竟打了个哈欠，脸上显出厌倦的神态。

葛明似乎也不想再争论下去，笑了笑说：“这话可是你自己说的，我是绝对没有说过的。说到闹学潮，你又参加过几次？”

“话可不能这么说，我们所处的环境不一样！”李伟似乎有些心虚，语气便也不如刚才那样硬气。

葛明淡淡一笑，却也没有反驳他。

李伟突然叹口气，转过脸来对金哲说：“我说的是真话，中宣部那种地方可不是我们这种人呆的地方，你真要去的话，必须有这样的

心理准备。”

金哲不明白他为什么又要说出这种话，问：“你在那里不也呆得很好吗？”

没等李伟说话，葛明抢先说：“你别看到这里牛逼烘烘的，回到办公室，可就是另一副德性了！”

金哲转过脸去看李伟，李伟竟然没有反驳。金哲突然感到很失望，内心又变得迷茫起来。

逸夫看看前面走着的林琳，嘴角咧出无奈的笑意，依旧懒洋洋地挪动着脚步。林琳是个性情温和的女孩，平时不轻易生气，生气时多是赌气不说话。逸夫了解她的脾性，想像得出她生气时的模样。只要他上前去对她说上几句好话，答应顺了她的意思去做，阴沉的脸便会晴转多云。可如今他又哪里有那心情，哄女孩的事，他实在也学不会。

林琳跑来把消息告诉他的时候的确是满怀着喜悦的，逸夫从她那故作神秘的眼神中看出了这一点。她肯定没想到他的反应竟是那样冷漠，也许在她看来，他有些不知好歹。她父亲给他提供了这么好的机会，怎能这样不珍惜？进出口公司，那是多少人想去的地方！工资高，待遇好，还有出国机会。为这事她老爸真没少费劲！你一个学哲学的，都快到穷途末路的地步了，有这么好的单位等你去，还能有什么说的？你可好，这一路上要不是像押解犯人似的跟着你，没准走到半路还得缩回去！

逸夫边走边揣摸着林琳的心理，心里一阵悲凉。他知道，为了让父亲帮着找这工作，林琳没少费心。从目前的处境来说，这机会的确很难得。可是在一起这么久，她为什么还是这样不了解自己？

那天在林琳家吃完晚饭，逸夫同林琳父亲到书房单独谈了一阵，其中就谈到毕业分配的事。林琳父亲显然不赞成他留在学校做学问，在他看来，做学问是清贫生活的代名词，更何况搞的又是玄而又玄的美学！他建议凭着他的外语优势到公司去当个职员，并主动提出帮他联系单位。逸夫早就看出学工科出身的林琳父亲是很实际的人，他不想让女儿跟着自己过那种清苦的生活。可是他不想同他争论，又有林琳在一旁怂恿，只得含糊地答应下来。没想到这么快就有了结果，逸夫连一点思想准备都没有。

林琳说他穷途末路也并不算太夸张，对找工作的事，他连一点辙都没有。好不容易出去找过那么一回，事情还没眉目就让李娜恶心了一回。从那以后，他真有些心灰意懒，好几天躺在床上没挪窝。然而不管怎么说，他怎么也不想要到进出口公司去做生意，再说他知道自己不是那块料。让他做生意去，这实在太滑稽可笑了，亏得林琳想得出来！

“你就不能走快一点！”林琳在前面不远处停住脚步，眼睛瞅着他，脸上有些不耐烦。

“走那么快干吗！”逸夫嘴里这样说，却有意识地加快了脚步。

“你这是怎么啦，像别人欠你似的。”林琳等他走到面前，嘟着嘴说，一副受了委屈的模样。

逸夫知道她想同自己和解，笑着说：“是我欠你的，行了吗？”

林琳咧嘴一笑，过来挽住他的手臂，说：“别愁眉苦脸的好不好，看你那样子就像要上刑场似的，我看着心里就来气。”

逸夫苦笑了笑，说：“这滋味比上刑场好不到哪去！”

“看你说的！”林琳嗔怪地瞪了他一眼，说：“我知道你不想到这种地方来工作，可是你总得为我想一想！再说这一回我老爸为你这

事也没少费劲，你怎么也得给他老人家一点面子吧？”

林琳说着，眼圈有些发红。看她那可怜兮兮的样子，逸夫心有所动。他知道林琳也是为自己好，可一想到在公司上班那种单调无聊的生活，便提不起精神来。来在这种地方他也缺乏自信，除了外语以外，对生意上的事自己既没兴趣也一点不懂。即便人家能要自己，也完全是靠林琳父亲的关系。在林琳父亲眼里，他这个学美学的研究生本来就没什么用，连找工作还得让人家帮忙，这算什么！

林琳见逸夫没说话，耐着性子对他说：“我知道你不想到这种单位！这样吧，先把这单位定下来，就算有个退路。要是你将来找到更好的单位，不来就是了，到时候我来解释。可是今天你得听我的！”

逸夫见林琳说话这样果断，有些惊讶，苦笑着说：“到时候我当傻瓜，你可别把我卖了就是！”

来到一幢大楼前，逸夫一看门口挂的招牌，其中就有他们要去的那个公司的名字，没来得及犹豫，林琳拉住他的手往里走。

“你们找谁？”一个臂上戴着红箍的老头站在他们面前，一双浑浊的眼睛盯在他们脸上，布满皱纹的脸上没有一丝笑容。

逸夫心里有些惊慌，眼睛去看旁边的林琳。林琳笑吟吟地对老头说：“我找冯奇生冯总经理！”

老头打量着林琳，语气和缓下来：“你找冯总有什么事，有预约吗？”

“上午我给他打过电话，是他自己让我来的。不信，你打电话问问！”林琳满不在乎地说。

“填一下会客单吧！”老头说。

填完会客单，林琳便拉着他上了电梯。逸夫没魂似的全然没了主见，什么事都由着林琳。林琳对这里很熟悉，像是以前来过。她始终拉住他的手，逸夫见开电梯的女人老往自己看，有些不好意思，想把手抽回来。林琳却紧抓住不放。

“要是冯叔提出什么条件，你别管他先答应下来再说。”走出电梯，林琳再一次嘱咐逸夫。

逸夫点点头，苦笑着，心想：看她那神情倒好像自己真成傻瓜了！

在一间宽大气派的办公室里，逸夫见到的是一个五十多岁的老头，花白头发，身体有些发福，肚子挺得很高，看上去很精明。林琳一见他便一口一个“冯叔”叫得亲热，倒把逸夫晾到了一边。

来以前听林琳说过，这位“冯叔”原来是她父亲一手提拨上来的，连老婆也是她母亲给介绍的，两家的关系不同寻常，所以她父亲把他找工作的事情一说，“冯叔”便满口答应下来。今天来的目的只是见个面，事情其实早就定下来了。然而在这位公司老总面前，逸夫感到有些底气不足。

“这就是逸夫，我爸爸早对你说过的！”林琳指着旁边傻站着的逸夫，对“冯叔”说。

老头转过脸来打量着逸夫，伸出手来同他握手，连连说：“好！好！一表人才，一表人才嘛，好，有眼光！”说着，笑了起来。

逸夫觉得他对自己过于冷淡，似乎并没有把自己放在心上，只是勉强地笑了笑，没说话。

冯总回到办公桌前坐下来，看着同逸夫一起坐在沙发上的林琳，说：“几年没见，没想到你都大学毕业了。听你爸爸说，你要到一家外企去工作？”

“我是这么想，可我爸妈不乐意，为这事前几天我还同他们吵哩！”林琳撅着嘴说。

“你爸妈就是太保守！不过话要说回来，他们也是为了你好

嘛！”冯总哈哈笑着，脸上的肥肉往两边扩展，显出一副大圆脸来。

逸夫傻呆呆地坐在那里，听着他们说笑，觉得自己就是个局外人。这老头似乎对他并不感兴趣，除了刚才同他握了一下手以外，眼睛很少往他这边看，好像他这人根本不存在似的。

“冯叔，这回我们可是特意投奔您来的，您可得收留我们！”林琳说着，对逸夫使了个脸色，示意他说话。

逸夫觉得没话可说，只是对冯总笑了笑。

冯总这才对逸夫笑了笑，做出很无奈的样子，说：“没问题，你爸都说话了，还能有什么问题嘛，谁让我是你冯叔嘛！”

林琳用手指指逸夫，说：“你要不肯收下他，我就只好跟着他到外地去了！”

逸夫皱起了眉头，心想：又不是来要饭的，用得着说这话！

“放心吧，有你冯叔在，什么事都不会有！”冯总爽快地说着，转过脸去看着逸夫：“把你的简历拿来我看看！”

“逸夫，快把你的简历给冯叔！”林琳侧过脸来，欣喜地对逸夫说。

逸夫有些恼火，却也不好说什么，只得按她说的把早准备好的简历递给冯总。

冯总从桌上拿了眼镜戴上，手拿着简历放在下巴两尺远的地方，两只眼睛微眯着，看上去很吃力的样子。逸夫觉得滑稽，不由得与林琳对视一眼，忍不住微笑了笑。

“你不是外语系的？”冯总突然抬起头来，看着逸夫问。

逸夫看着他，不明白他的用意，说：“我是哲学系的，专业是中国美学。”

冯总皱起眉头，说：“我一直以为你是学外语的。这样嘛，事情可就难办了！”

“别看不是学外语的，可他的外语并不比外语系的人差，不信您可以找人来考考嘛。”林琳急切地说。

“问题不在这里！你爸爸在电话里没有说清楚，他问我这里需不需要外语方面的人才，我以为是外语系毕业的，就一口答应下来！你知道，我们是做进出口生意的，外语方面的人才本来就需要。至于哲学专业嘛，和我们的工作实在离得太远……”冯总说着，脸上一副很为难的样子。

逸夫勉强地笑着，心里却很难堪，像身上的疮疤突然被人揭开，血正从疮口里流出来。

“可是您说过您会要他的！”林琳眼圈有些发红，说话也带着哭腔。

“林琳，你先别着急，让我想想。你们的事冯叔不会不管的。”冯总皱着眉头，安慰林琳。

林琳用手擦擦眼睛，期待地看着“冯叔”。逸夫心灰意懒，用眼睛看着林琳，做出要离开的样子。

“你写东西怎么样？”冯总看着逸夫，突然问。

逸夫正想说话，林琳却抢先说：“没问题，他的文章写得很漂亮，还会写诗写散文哩！”

冯总若有所思地点点头，说：“根据你的情况，从外语方面进人是不大可能。也许你的外语的确很好，可是你毕竟不是外语系毕业的，这样我也不好说话。正好我们办公室缺一个秘书，我看你可以先以秘书的名义进来……不知道你对这工作是否感兴趣？”说着，用询问的眼光看着逸夫。

逸夫苦笑了笑，说：“这个，只怕我干不来！”

“这样的话，事情可就难办了！”冯总瞅着林琳，一副爱莫能助的样子。

林琳瞪一眼逸夫，示意他别再说话，然后转过脸去用恳求的眼光看着冯总，说：“冯叔，你能不能再想想别的办法。”

“我实在想不出别的办法！”冯总双手一摊，为难地说。

林琳还想说什么，逸夫摆手把她拦住，对冯总说：“冯叔，您别为难了。其实我这人不适合于在公司干，对生意上的事也不感兴趣！”

“是呀，你那专业，离现实也太远了点！”冯总遗憾地说。

逸夫觉得他话里隐含着对自己的蔑视，却也懒得计较，冷笑着不说话。

“冯叔，您还是让我们商量一下再说吧。”林琳说着，狠狠地瞪了逸夫一眼。

逸夫板着脸，装着没有看见。

冯总看看林琳，又看看逸夫，叹口气说：“你们商量好以后打电话告诉我就是，我这边是不会有什么问题的。”

逸夫对冯总笑着，内心感到深深的屈辱。

麦嘉骑车在路上走着，心里有几分哭笑不得。堂堂北大中文系毕业的研究生竟要到那管生养孩子的地方去讨饭吃，要是让寝室里那几个哥们知道了，还能不笑掉大牙？要是一个月以前有人提起这事，他一定会以为是对自己的蔑视和嘲弄，可现在到了这份上，也只好饥不择食了。再说，他总不能辜负丽华的一片好意！

想到丽华，他心里便有种暖融融的感觉。尽管丽华说起这事的时候他的确感到难堪，但不管怎么说从这件事情上总可以感觉到她对自己的关切。“先在北京留下来再说嘛！”见他犹豫，丽华这样对他说。抬头看到她那焦灼的眼光，麦嘉便把心里的那点小自尊抛到了九霄云外。

“真不知她是怎么想到这一步的？”麦嘉苦笑着，心里充满怜爱之情。他相信丽华为自己的事没少费心，不然也不会把她这位在计生委工作的姑妈抬出来。

“见了她姑妈怎么说？”麦嘉想着，不由得有些踌躇。丽华告诉他她姑妈是秘书处的处长，今年宣教司和办公厅都有进人指标，让他来找她姑妈，至于她同姑妈谈了些什么却没有对他透露半点。

在天安门广场度过的黑夜和白天对麦嘉来说是美好的，因为丽华的缘故，内心的悲壮早已淡化，留下的只是那股淡淡的温馨。在三个学生代表下跪的时候，他的心也只在丽华身上。与警察的发生冲突时，他随时都在准备用自己的身体保护丽华。那个时候，他们的身体离得很近，心也似乎贴得很紧。“下回我们还一起来！”分别时，丽华看着他说，眼睛里有些不舍。

麦嘉一路想着，神情有些沮丧。他知道自己是喜欢丽华的，丽华对自己也未必没有好感，可是在丽华面前，他总是缺乏信心，没有勇气迈过那道门槛。

麦嘉一路打听终找到了上园饭店。看上去这饭店并不起眼，沿着一条五米长的林荫道走进去，南面有一幢四层高的楼房，门旁边挂着块大招牌，正是丽华介绍他来求职的单位。

麦嘉把自行车推到楼前的车棚里锁好，径直走进楼里。楼道里很安静，地面上铺着地毯。走廊很狭窄，楼层也低，给人一种压抑的感觉。

上到二楼，找到门前插着写有“秘书处”小牌子的办公室，里面

两个女人正站在屋子中央说着什么。麦嘉站在门口犹豫一阵，怯怯地问出一句："杨敏之老师是在吗？"

"有事？"一位五十多岁的女人和蔼地看着他，问。

麦嘉看那女人的眉目与丽华有几分相像，猜想这就是丽华的姑妈了，便上前两步对她说："我叫麦嘉，是北大来的，杨老师的学生！"

那女人打量着他，笑了笑说："我先谈点事，你在外面等我一下！"

麦嘉笑着点点头，退了出去，把门关上。

在狭窄的走廊里站着，麦嘉觉得很无聊，也有些紧张。不时有人从身边走过去，偶尔有人往他身上瞟上两眼，眼神很冷漠。都说国家机关比较清贫，那些人穿着却比学校的教授们要讲究得多。那些从他身边走过的人个个面无表情，虚假的笑容里透着冷漠，气氛也是压抑，了无生气，自己真要到了这儿，除了帮人写写材料伺候好领导，还能干什么？难道他注定要这种地方生活一辈子，不，那样太无聊了，这样的生活也绝不是他想要的！

"我这简直是在糟践自己！"麦嘉无奈地叹了口气，想起上次同姐夫的谈话，不由得苦笑起来。还好，总算还没惨到要姐夫开后门回老家找工作的地步！能在中央机关找到一份体面的工作，要在家里人说起来是再荣耀不过的了，可是对他来说，真的是太无聊了！

麦嘉正胡思乱想着，丽华姑妈走出来，一见麦嘉便歉意地笑了笑，说："让你久等了！到办公室去吧。"

麦嘉笑了笑，跟着她进了她的办公室，心里却有些忐忑，因为丽华的缘故，他对这位姑妈也很有好感，甚至想要讨好她。

丽华姑妈让他坐下，给他倒了杯水，打量着他，微笑了笑。麦嘉让她看得有些心虚，无意识地缩紧了身体，要把自己熔化了似的。

“你的事丽华跟我说了，没想到你来得这么早。”丽华姑妈从桌上拿了份文件，看了看，放在一边，看着麦嘉。

“丽华上午来找的我，本来说要一块来的，她临时有事，来不了，我就自己来了。”麦嘉勉强说着，心里有些发虚。

“这丫头，还那么性急！”丽华姑妈笑着说，语气中却充满怜爱之情。

麦嘉笑了笑，他看得出丽华姑妈对丽华是很宠爱的。

“你和丽华认识多久了？”丽华姑妈用审视的眼光看着麦嘉，问。

麦嘉意识到她话里的含义，不由得脸一红，说：“快三年了吧，我上杨老师的研究生没多久就认识了。”

“哦，是这样！”丽华姑妈若有所思地点点头，又问：“你们经常在一起？”

麦嘉连连摇头，说：“不，我只是在杨老师家见到她。”

丽华笑着点了点头，对麦嘉说：“带简历了吗？拿来我看看。”

麦嘉见她没再追究自己同丽华的关系，松了口气，把早准备好的简历拿出来递了过去。

丽华姑妈低头看简历，问麦嘉：“你了解我们这个单位吗？”

麦嘉摇了摇头：“不是很了解！”

丽华把单位的情况向麦嘉做了介绍，然后对他说：“根据你的情况，我们这里也只有我们处和宣教司对你还算合适。我们是新办的单位，编制是有的。不过我告诉你，到我们这里来就得放弃你在这学校里所学的专业，所以我希望你认真地考虑一下，特别要征求导师的意见。”

麦嘉没把到这里找工作的事告诉过导师，也让丽华先别提这事，可迟早还得让他知道的。老先生对做学问看得很重，肯定不愿意自己

的弟子到这种地方来，不然早就介绍自己来了。然而看今年这就业形势，能在北京找到工作就不错了，即便不喜欢，麦嘉也不敢轻易放弃，好歹也是个机会，于是便说：“我已经考虑过了，我是很喜欢自己的专业，可是现在到处不要人，到哪里去找专业对口的单位呢？我想杨老师是能够体谅的。”

丽华姑妈点点头，想了想，又说：“按照规定，凡是到我们这里来的人都要经过考试。正好我们也要向社会上招收一批人，到时你也参加一下考试。你是研究生，这样的考试对你来说应该不算什么！”

麦嘉听着有些发慌，问：“考些什么？”

“也就是一些基本知识，比如与计划生育有关的政策法规什么的，还有与工作有关的知识。”丽华姑妈轻松地说。

麦嘉心里凉了半截，说：“这可是我从来没有学过的。”

“没关系的，等下我给你找几本书，你拿回去看看就是，你这么年轻，记忆力又好，不会有问题的。”丽华姑妈笑着说，似乎并没把这考试当回事。

麦嘉心里没底，也不好说什么。

丽华姑妈把话题一转，问麦嘉：“学校是不是还在罢课？”

麦嘉点点头，说：“是的，不过对我们毕业生没太大影响，我们课都上完了，现在主要是找工作和写毕业论文。”

“学校里搞的那些活动你都没去参加？”丽华姑妈又问。

麦嘉稍微犹豫了一下，说：“也参加过，主要是去看一看。”

“丽华呢？”丽华又问了一句。

“她很少去，您知道她对政治并不感兴趣。”麦嘉说。

丽华姑妈舒了口气，说：“那就好，不过她毕竟是太年轻，你要好好劝劝她。你自己也一样，我们是属于政府部门，政治上要求很严格，要是出了问题，我也帮不了你。”

麦嘉微笑着，点了点头。

第十三章

五月三日　星期三　多云转晴

从睡梦中醒来，沈鸿觉得胸口被什么东西压着，身体左侧像贴了什么，有些温热，转过脸去，看见一张女人的脸，被散乱的头发遮盖着，鬼似的，那脸贴他很近，他能闻到她的鼻息声，她的手臂放在他的胸前，粗壮的大腿架在他的腿上，像一条蛇缠绕着他，他感到有些沉重，身体往外挪了挪，身体差点失去依托，看那床实在太小，只好叹息一声，同女人挨在一起。

一条小薄被勉为其难地盖在俩人身上，女人赤裸的肩膀露在外面。女人的肩膀很宽，给人厚实的感觉，皮肤却远不如李娜那样细腻白皙。

想起昨晚的事，沈鸿有些沮丧。从“苏格拉底”要请吃晚饭的那一刻，他就意识到会有后面的结局，他没有拒绝。那时他刚刚为了一点小事同李娜吵过嘴，心里正烦着，想找个地方消解一下。吃完晚饭，“苏格拉底”要请他到这间从农民那里租来的小屋里来，说是要把刚才谈到的一本书给他看。他知道这是一个预先布置好的陷井，还是毫不犹豫地跳了进来。

小屋里灯光很暗，气氛很暧昧，女人很急切，他听到她急促的呼吸声，还没来得及反应，女人已经扑进他的怀里，他站在那儿，很被动，女人蹲了下去，解开了他的腰带，脱下了他的裤子。

他原以为，学哲学的女人一定很理性，很孤冷，“苏格拉底”平时也是给他这样的印象，想不到她竟也会如此疯狂，那神情，像要把他撕碎了似的。

但他很快发现，女人虽然急切，却并无经验，也不得要领，看她那窘迫的样子，他心里突然生出一片怜悯来，于是耐心地引导，使她渐入佳境，很快进入疯狂的境地。

事后他发现床上有些湿润，撩开被子，看到血迹，他很吃惊，抬头看女人，女人脸色潮红，看着她，有些羞涩。他心里突然生出了怜悯，女人也趁机扑进了他的怀里。

女人说他真的是她的第一个男人，不过她不会怪他，也不会让他负责。沈鸿觉得她有些娇情，但也没说什么。对他来说，不过是逢场作戏而已，这女人不好对付，他可不想与她有任何瓜葛。

鼾声不绝于耳，越来越沉重，沈鸿心里有些烦躁不安，转脸看那女人。女人仰面躺着，一头散乱的头发滑落在枕头上，脸显露出来，那脸很粗糙，很平庸，甚至有些丑陋。仔细看，发现那眼角和额头上都有明显的皱纹，很有些老态。她说她今年二十六岁，显然是隐瞒了真实年龄。不过他并不在意，她多大年龄跟他有什么关系，反正他以后再也不会跟她发生任何瓜葛。

房间小得像个鸟笼，除去他们躺着的这张床，几乎没有多余的空间。沈鸿打了个哈欠，脸上的睡意渐渐消散。女人翻了个身，把沈鸿身上的被子扯了过去，他身体便裸露到被子外面。看看窗口照进来的光线，沈鸿知道时候已经不早了，准备起身离去。

从床上坐起来，看见散乱在地上的衣服，沈鸿不由得想起昨夜的狂热和疯狂，苦笑了笑，弯下腰去把地上的衣服捡到床上，找出自己的衣服和裤子。瞅一眼后背对着自己的女人，一声不吭地穿起衣服来。

套上裤子，两只脚落进地面的皮鞋里，沈鸿小心地离开那狭小的

床。他不想惊动女人，也不想同她说话，只想悄悄地离去。这一夜的疯狂将烟消云散，从他的生活中抹去，像从来没有发生过一样。

“怎么，要走？”沈鸿正系着腰带，听到背后女人的声音。

女人仰面躺着，一只手枕在脑袋后面，被子滑落到了胸前，露出一对高耸的乳房来。她的脸对着沈鸿，眼睛像罩着一层薄雾，表情很冷漠，昨晚的激情似乎并没有她身上留下任何印记。

沈鸿感到很失望，不想面对那张丑陋的脸，说了一句：“我回学校去有事！”便故意低下头去看自己的腰带。

“什么时候再来？”“苏格拉底”似笑非笑地看着沈鸿。

沈鸿敷衍地笑了笑，说：“有空我会来的！”

“我会去找你的。”女人似乎并不相信他的话，轻轻地叹了口气。

沈鸿心里一阵烦恼，也顾不得多想，看看身上已经穿戴整齐，又用手理了理头发，这才冷淡地对那女人说一句：“我走了！”

“就这样走？”“苏格拉底”嗔怪地说着，一只手向他伸过来。

看着那张矫揉造作的脸，沈鸿心里一阵恶心，勉强伸出手去碰碰她的手，转身向门口走去。

沈鸿一路上走得很匆忙，像后面有人追赶似的。他知道那女人很失望，没准还在诅咒自己。可是有什么办法呢？大白天的他连多看一眼那张丑陋的脸心里也会感到难受，更不用说亲吻了！

沈鸿并没有从那种压抑的心境里解脱出来，他知道这是一个难缠的女人，尤其在有了那事以后，她更不会放过他。她不是说过还要来找自己吗？这事情闹下去也许还真会有些麻烦。好在自己也不是第一次碰到这样的事情了，总会有办法对付的。说到底自己并不欠她什么，还是她引诱了自己，自己之所以屈就于她在很大程度上还是出于怜悯之情。

“女人都是庸俗的动物！”沈鸿苦笑着心想，心情总算舒坦些，很快把女人的事抛到一边。

校园里很平静。未名湖畔依旧景色怡人，有人坐在湖边的长椅上看书，有人坐在那里发呆沉思，也有情人在湖边的小路漫步。树上知了的鸣叫声，似乎抽走了他的神思，一种难以忍受的孤寂攫住了他，他感到内心空荡荡的。

想起几天来发生的事情，沈鸿有些沮丧。学潮已经延续大半个月，政府方面的沉默消磨着同学们的耐心和激情，一场轰轰烈烈的运动眼见着就要自生自灭了。罢课还在继续，一种厌倦情绪却在同学中间蔓延，加上领导这次学潮的“高自联”内部也发生了内讧，一些学校已经开始复课。刘伟说“五四”再搞一次大规模的游行活动以后就宣布复课，看来这场运动就要接近尾声了，对这样的结果，沈鸿虽然有些失望，但并不感到意外，每次运动不都是这样嘛，除此以外，难道还能有更好的结果。

“就算闹下去又能怎么样呢？”沈鸿心里一片茫然，眼前的景致也变得模糊起来。民主、自由，多么动听的字眼，可是谁需要？也许他们的话是对的，中国的老百姓还没到那个层次，他们关心的只是那些看得见摸得着的东西，如果单位发不出工资或者物价上涨到难以承受的地步，他们会发牢骚甚至起来闹事。什么民主，什么自由，太抽像，又不能当饭吃的玩意，太奢侈了，老百姓消受不起！我们满腔热情，自以为在拯救这个社会。可是谁需要我们去拯救？

“结果怎样，与我有什么关系！再过两个月我就要离开学校，今后会怎么样，又有谁说得清楚？”沈鸿这么想着，想使自己解脱出来。走到十字路口，却又经不住诱惑，犹豫了一阵，还是往三角地去了。

来到三角地，见到的却是一片萧索的景像。五六十米的狭长地带，

只有零零散散几十个人在四处游荡，慵懒的阳光把他们孤单的身影印在空旷沉寂的柏油路面。几双眼睛从沈鸿脸上扫过，落寞中又似带着某种企盼，同沈鸿那冰冷的眼光碰撞后又化作孤独的叹息，便自我解嘲似地笑笑，拖着懒散的步子走开去。

眼前的情景使沈鸿想起那不堪回首的往事。那是一个阴雨绵绵的早晨，他和杨侃、刘伟、郭振清几个人站在雨中等待着，明明知道校方对同学们施加了很大的压力，但他们内心里仍然怀着某种希冀在这里等着。沉重的压力使刚刚宣布成立的“行动委员会”退却了，他们却站出来对所有同学许下诺言：我们不会在任何压力下屈服！他们耐心地等待着，本来对形势并没有作乐观的估计，心想哪怕有一千人甚至一百人跟着，他们就敢把队伍拉出校门。他们在雨中徘徊着，坚毅的脸上透着深沉的悲壮。雨水洒落在他们的头上、衣服上，湿漉漉的头发紧贴在额头上……有人背着书包从这里路过，冷漠的眼睛在他们身上稍一停留便转开了去，在眼光对接的那一刹那，沈鸿感到了内心的颤栗。一种绝望的情绪正吞噬着他，使他浑身颤栗，他难过地低下头，没有勇气去看周围的同伴。……当校卫队的人把他们一个个带走的时候，周围只有几个热心的看客。一双双淡漠的眼光使他感到寒心。他们被出卖了！他感到绝望，内心的悲壮顿时化作惨淡的笑意。从那以后，他便远离了政治，也远离了那些曾与自己志同道合的朋友。在种种无聊的情感游戏中消磨着自己的青春和生命。

看到那篇批评郭振清的文章，沈鸿又是一阵感慨。事后他才知道追悼会那天跪倒在人民大会堂前三位学生代表中那个举着请愿书的人就是郭振清，那以后他便成为校园里人人称颂的勇士。然而没过几天因为参加了袁木主持的对话会，便由人人称颂的勇士而成为卖身投靠的学贼。其实这事怪不得郭振清，他本来是以个人身份参加的，在对话中他屡次向公众说明了这一点。回到学校便把录了音的磁带在广播音播放出来，并发表演讲揭露袁木等人玩的把戏。事后却有人愣把学贼的罪名加到他头上。

“从勇士到小丑，这变化是不是来得太快了些！”沈鸿苦笑着，觉得运动本身有着许多非理性的因素在作怪。有些人甚至是怀着一种唯恐天下不乱的心理在发泄着自己，似乎不闹个鱼死网破不肯善罢甘休。要是这场运动这样结束，肯定会有人不甘心！不用说别人，他自己不也常常怀有这样的心理。虽然对这场无休止的运动难免有些厌倦，可想到这场运动竟闹到这样狼狈的境地，难免有一种失落感。

人倒是越来越多，沈鸿在人群中转悠着，说不清自己到底在寻找什么。看着那一张张冷漠的脸，一种孤独的感觉攫住了他，眼前的人影变得越来越模糊。他叹息着，怀着落寞的心情离开人群。

从导师家出来，麦嘉觉得心里空荡荡的。今天到导师家来，名义上是交论文，其实是想见到丽华。见她的理由很充分：到她姑妈那里找工作的事得告诉她一声，明天又有游行活动，想问她是否参加。上次她说过有这类活动还和他一起去，他不想丧失这个机会。按预先的盘算，丽华应该是在导师家的，没想到会扑空，又没好意思向导师打听，只好神不守舍地同导师闲聊着，心里却老想着丽华会突然出现给自己一个意外的惊喜。等了很久，希望还是落空，又不能老在导师的书房里呆着，只好带着遗憾离开。

导师照例没离开书房送他，要是丽华在，她会把他送到楼门口，那个时候，他便可以趁机把想说的话告诉她。丽华肯定很愿意同自己在一起，明天是“五四”青年节，也许是毕业以前最后一次活动了，

要是能和丽华在一起度过就太好了，他甚至想好要找宋玉借相机的，没准可以一起照照相，拍几张合影什么的。哦，这么久了，他还没有跟丽华一起出去玩过，也没照个相，也许这是个机会。本来一切都想得很好，没想到运气会这么不好！这真的是个不好的预兆，谁知道呢，也许这一切都是他一厢情愿，他和丽华之间根本不会有什么结果的。

麦嘉明明知道丽华是对自己好的，又觉得他们之间有着一道难以逾越的障碍，这障碍到底是什么？丽华是很漂亮，很优秀，但他也没理由自卑！丽华对自己显然是有好感的，追悼会那天也可以看出来，她对自己是很依恋的。可是这种依恋里到底包含着什么？友谊？同情？还是爱？他真有些拿不准！

有时候他想，对于美的东西，只能是一种无目的观照。以占为己有为目的来看待美，是对美的亵渎和伤害。丽华对他来说，是一朵美丽动人的鲜花，只能欣赏，难以采摘。然而他又觉得这想法原本隐含着某种虚伪，又好似是在为自己的无能和懦弱辩解。

倘若没有那天的经历，麦嘉也许会把自己的情感永远压制在潜意识里。从根本上说麦嘉是个宿命论者，同丽华的意外相遇使他感到命运的召唤。他似乎感觉到了自己与丽华之间有某种不能割舍的联系，他的欲望也从被压抑的状态中释放出来。这几天里，他总是爱想像把自己同丽华联系在一起，在虚幻中体验那美妙的幸福和快乐，而这虚幻是如此的脆弱，没等他在现实中迈出第一步，那虚幻的梦想眼见着就烟消云散了！

进了东门，麦嘉推着车在校园里慢悠悠地走着，心里仍然怀有某种期待，眼睛看着路上来往的行人。

校园里有些冷清，行人很少，偶尔有人骑车从身边走过，他漫无目标地走着，心里空落落的。前面就是图书馆了，他站在路口想了想，还是决定到三角地去看看，这个时候，除了三角地，他似乎也没什么地方可去。

三角地依然聚集着很多人，有看大字报的，有聚在一起谈论什么的，也有像麦嘉这样没事儿来闲逛的。

麦嘉把自行车停在一边，混在人群当中，慢吞吞地走着，眼睛注意地看着来往的行人，心里怀里某种莫名的期盼。周围很是沉寂，行人静静地走着，幽灵似的，很少人说话。运动延续了这么久，麦嘉自己原先那点热情快要消磨殆尽，他原本对政治不感兴趣，闹到今天也看不到什么希望,他跟许多同学一样都开始对这场运动感到有些厌倦，校园里已经有人在抱怨那些自以为是的学生领袖们。

麦嘉在宣传橱窗前站住，看着上面贴着的大字报，没发现什么新的内容。这些天来，校园里的罢课还在进行，政府也继续玩着对话的游戏，今天是市领导到市属院校座谈，明天又是某个领导到部属院校与学生对话，各省市领导也在纷纷仿效。倒把领头的北大清华撇在一边，这样的对峙消磨着同学们的热情，一种悲观厌倦的情绪在同学中蔓延着，麦嘉已经能够感觉到，这场轰轰烈烈的校园学生运动就要落下帷幕。

按照麦嘉的理解，学潮原本就是不能指望什么结果的，莫非是大家心里憋得慌，聚在一起发泄一把，自己为自己感动一把完事。那些冠冕堂皇的口号在他的感觉里似乎离得有些遥远。都说这个社会已经腐败到了无可救药的地步，可是在所有同学中到底有几个是有过切身体验的？就算你怀着满腔热情忧国忧民，人家不理你不也是白搭？

看到那张关于明天游行的通告，麦嘉心想：这也是最后一搏了，不会有什么结果的。那些“对话”游戏不就是个前奏？先利用他们掌握的舆论迫使同学生们在道义上处于不利的地位，使他们扮演“迷途

羔羊”的角色，而他们自己却以大慈大悲的拯救者和传教士的面目出现，这是他们惯用的伎俩，几十年没变过，屡试不爽，乐此不疲，真是让人感到厌恶。

周围的人群突然向前涌动，麦嘉抬起头来，却见几十片白纸在空中飘动着往下坠落，人群中顿时出现一片混乱，有人跳跃着挥舞着双手试图抓住那飞舞的纸片，也有人弯下腰去在地面寻觅。

麦嘉站在那里没有动弹，一张白纸却向他的头顶飘过来。他一抬手，便把那白色的纸片捞到自己手里。低头看时，内容是早已熟悉了的。两天前他球场上听过新成立的“高自联”召开的一次新闻发布会，会上有人宣读了几份“声明”“宣言”和“公开信”之类的东西，无非揭露“对话”的骗局，提出平等对话的条件。

用眼睛搜寻了每个角落，依然没有见到丽华的身影，麦嘉有些心灰意懒，甚至想要放弃明天的游行了。为了丽华那句话，他一直盼着这样的机会。既然找不到丽华，这样的活动对他也就没有太大的吸引力。

希望已经破灭，麦嘉想要回寝室去。人却越来越多，看到很多人手里都拿了饭盒，麦嘉才想起到了吃饭的时间了。他推了车在人群中走着，川流不息的人群使他难以左右自己。走到学校商店门口，眼见着就要走出人群，却听到身后“咔嚓”一声响，接着是一个女人刺耳的尖叫声。

“哎哟，砸我脚了！”

麦嘉转过脸来，只见两辆自行车倒在地上。一个女人正龇牙裂嘴地瞪着他，一只手按在抬高的脚上，嘴里不停地骂着脏话。麦嘉觉得理亏，便歉意地笑了笑，说一声：“对不起！”

“你是怎么搞的嘛，长眼睛没长？”那女人恶狠狠地骂着。

麦嘉看这女人满脸俗气，看样子不是学生，便不想同她计较，推着自行车想要走开。

“干什么，砸了人就想走！”一个块头不大却很敦实的男子突然走到麦嘉跟前，一把抓住他的衣领。

看着那双凶狠的眼睛，麦嘉以为他要动手，硬着头皮说：“你，要干什么？我不是故意的！”

“我不管你是不是故意的，砸了人就别想走！”那张凶狠的脸向麦嘉逼过来，抓住衣领的那只手往上提着。

麦嘉觉得周围无数双眼睛正漠然地看着自己，那种屈辱的感觉使他整个身体在颤栗着，用抖动着的声音对那男子说：“我已经说过对不起了，不信，你问她。”说着，用手指指对面站着那女人。

“放了他吧，我没事了！”那女人用劝解的口气对男子说。

那男子松了手，却用教训的口吻说：“下回走路可得小心点！”

麦嘉没敢看那对男女，众目睽睽之下推了车默默地离开，无法消解的屈辱感使他浑身颤栗。他不明白自己怎么会那样懦弱，竟拿不出勇气和力量来捍卫自己的尊严！那男子是长得很结实也很凶狠，可真要动手，自己未必输给他。平时在同学面前老以男子汉自居，还老爱在他们面前动拳动脚，可在一个恶棍面前却束手无策！要是有同学看到自己那副熊样子，那才叫狼狈！麦嘉越想越生气，恨不得地下有条裂缝让自己钻进去。

“上哪去了？丽华来寝室找过你！”一推开寝室门，沈鸿便瞪着眼睛问他。

“丽华？她在哪儿？”麦嘉愣愣地看着沈鸿，问。

“早走了！你怎么啦？脸色这么难看？”沈鸿看着他，有些吃惊。

“没什么！”麦嘉故作轻松地笑了笑，定定神，问沈鸿：“她说什

么了？她找我，什么事儿？”

“她没说，就算有事，也不会对我说的。”沈鸿眨眨眼，笑着说。

麦嘉明白沈鸿话里的用意，嘴角却泛出苦涩的笑意。他知道丽华找他是为明天游行的事，这本是他期待已久的，可是现在他已经没有勇气去面对丽华。刚才的事对他的打击太大，却也使他更清楚地了解了自己。他平时总想保护者身份出现在丽华面前，并希望以男子汉的气概去赢得她的好感，但所有这一切只不过是一种可怜又可笑的自我欺骗！一个连自己尊严都不能够维护的人，又怎么能够保护别人？

“要不，你就去找她一趟吧！”沈鸿过来拍拍他的肩膀，用劝慰的语气说。

“没必要！”麦嘉叹息着，心里很失落，似乎觉得有种叫命运的东西在跟自己作对，成心要玩弄自己。

“你会见到一个你绝对意想不到的人物！”杨丽丽坐在对面沙发上，臃肿的身体被一件肥大的白底碎花连衣裙包裹着，得意地看着金哲。

看她那神秘兮兮的模样，金哲觉得好笑，能有什么意想不到的？冲他们夫妻那德性，大不了认识几个“太子党”，靠着老爷子吃饭的，再有权势，自己也犯不着去巴结，于是不经意地笑了笑，问：“谁呀？”

“不告诉你，到时候让你大吃一惊！”杨丽丽似笑非笑地看着金哲，脸上颧骨鼓得老高，脸的形态成拉长的六边形。

金哲淡淡一笑，感到有些厌倦。一个快三十岁的已婚女人还这么忸怩作态，实在让人受不了！

看金哲反应冷淡，杨丽丽有些失望，说：“他可是当今文艺界的大红人，路子也多，没准对你找工作的事有帮助。”

“是吗？”金哲微笑地看着杨丽丽，心里不以为然。他知道她想在他面前炫耀，当初没看上她，她觉得没面子，现如今找了个太子党，自己跻身到了上流社会，来往的都是有钱有身份的人，帮他是假，压他才是真！然而这太可笑了，这种女人，她过得好不好跟他有什么关系！他不羡慕，也不吃这一套！

“他这人很有才华也很有趣，我同他也认识不久，却已成为好朋友。趣味相投嘛，我想我们都是一类人，你一定也会喜欢他的。”杨丽丽说。

金哲笑了笑，心想女人到底是女人，对什么事情都容易大惊小怪。就当今中国文坛那德性，又有什么值得让人尊重的？师大的学生见识毕竟少得多，北大人眼里就没有这样强烈的名人崇拜心理，用平时在寝室里的话说，中国百分之九十以上的名人都是“臭狗屎”！

“他这人别的方面都好，就是有点架子，又特忙，以前我也请过他，他都没来，这回也算是你的运气好！罗小飞说没准你们还真有缘。”杨丽丽说着，把底下的裙子往上一挪，露出半截大白腿来。

金哲赶忙把眼睛移开，心里感到厌恶，后悔没有赶早走人，现在想走也来不及了。

“你看，他们来了！”杨丽丽刚一抬头，眼睛突然一亮，微笑着站起身来，赶上前去迎接。

金哲勉强地站起来，看见罗小飞正和一个理着小平头的男人一起走过来，那男人看上去不到三十岁，穿一件极普通的圆领套衫，中等个，圆脸，身体略微有些发胖，眼睛不大，神情有些慵懒。

“不好意思，让你们久等了！”那男人走到杨丽丽跟前，嬉笑着说。

罗小飞看着同杨丽丽说笑的男人，讨好地笑着。

男人转过脸来，看一眼金哲，笑了笑。

罗小飞拉住金哲走上前去，说："我来给你们介绍一下。"说着，指着那男人对金哲说："这位就是大名鼎鼎的大作家许由，许老师！"

金哲看着那男人，矜持地笑了笑。怪不得杨丽丽故弄玄虚，原来这人竟是当今文坛最红火也最有争议的"痞子作家"许由。他的小说中的主人公都是京城里玩世不恭的年轻人，有时打架斗殴追逐女人，有时古道热肠帮助别人，有时无所事事寻欢作乐。他们是叛逆者，一切过去被视为神圣的东西在他们眼里都变得荒唐可笑。在嘲笑别人的同时，他们更不留情面地嘲笑自己，知识分子更成为他们挖苦和嘲讽的对像。他因此而饱受争议，正统的文学批评对他的作品不屑一顾，他却在经常被他嘲笑的知识分子尤其是青年知识分子中大有市场，就连金哲也喜欢他的作品，他的机智和勇气都令他折服。

罗小飞很是得意，指着金哲，对许由说："这是金哲，北大高材生，也是很喜欢读你小说的。"

许由笑着把手伸过来，说："北大学生都会闹事，你怎么样？"

金哲同他握着手，笑着说："一般吧！"

"那就好！"许由笑了笑，挨着金哲坐下。

"金哲是专门研究文艺理论的，正准备写一篇评论你小说的论文！"杨丽丽在一旁插嘴说。

许由连连摆手，对金哲说："别介，我写那些东西不过是混饭吃的狗屁玩意，你们读了别骂我祖宗三代就是，犯不着做什么研究！"

金哲听杨丽丽说那话本有些恼火，却又不好辩解，只好说："你的作品在校园里很有市场。"

"北大学生爱读我的书？没人骂我是痞子？"许由看着金哲，眼睛竟有些发亮。

“有这种说法，但不一定带贬意的。要说痞，北大学生有时也是很痞的。这年头只要痞得真实，总比那种道貌岸然的伪类好得多！我想这大概也是许多人爱读你小说的原因。”金哲笑着说。

“这么说我还同你们北大学生痞到一块去了！怪不得我对你们北大人也那么有好感。”许由说着，爽朗地笑起来。

金哲附和地笑了笑，觉得这人虽然有几分狂妄，倒也没有什么名人的架子，倒是很对自己的口味。

穿旗袍的服务小姐把菜端上来，他们边喝酒边聊起来。

“说说看，北大现在闹得怎么样了！”许由看着金哲，问。

金哲对他有好感，觉得气场对，便把学校里发生的事从头到尾绘声绘色地叙说一遍。

许由注意地看着金哲，饶有兴味的样子，说：“早听说北大在闹事，本来也想去看看的。可一想又怕别人不让我进大门。就我这副德性，你们看像不像幕后策划的动乱份子？”说着哈哈大笑起来。

“你真要去的话，肯定会很受欢迎的！”金哲说。

“那好，等会你留个地址，我到北大就找你。”许由认真地说。

“没问题！”金哲微笑了笑，觉得他那样子有些滑稽。

“这年头是个人就活着没劲，是该闹一闹了！什么鸡巴稳定，就他们这样整天想着搞腐败，能稳定下来吗？要是老这么稳定下去，他们以为老百姓都是傻子，也就可以放心大胆地把国家往他们家搬了。”许由喝了口酒，脸色通红，说话更有些肆无忌惮。

“话也不能这么说，我看真要乱起来对谁也没有好处。”罗小飞插嘴说。

“乱一下也没什么不好的！这个社会已经烂透了，一点希望没有。与其这样不死不活地挨着，不如加一把火把它整个烧掉。对了，这就

叫阵痛，就像女人生孩子一样，痛一阵，就把新生婴儿生出来了。我看中国就需要来一次大的阵痛，不然就没有希望。”许由一本正经地说。

“我可不这样想。”罗小飞看一眼旁边坐着的杨丽丽，似乎对自己的话缺乏信心。

“我要是你也不会这么想！这年头也就你们这种人活得滋润。说到底你是既得利益者，这个社会有的好处你们不得也就没人得了！你说你已经吃遍了北京城里所有的高级饭店，可想想看哪一餐不是吃社会主义的？就说你今天请我们吃这餐饭吧，我敢打赌你不会掏自己腰包。”许由用讥讽的目光盯住罗小飞，语气很有些咄咄逼人。

罗小飞听着脸色变得很难看，勉强笑着说：“这算什么，说实话我是没捞到什么好处的。”

“你别误会，我说这话可没有要谴责你的意思。其实我是希望你多捞点，不然的话，社会主义大厦怎么会倒塌呢！这日子过得不死不活的，实在让人觉着憋得慌！”许由似笑非笑，玩世不恭的样子。

罗小飞还想说什么，杨丽丽却瞪他一眼，转脸对许由说：“政治上的事有什么好谈的，我这人对政治不感兴趣，还是谈点别的好！”

“这你可错了，我看就这个问题谈起来有劲！来来来，我建议为大学生们干一杯！”许由说着，端着酒杯站起来。

金哲和许由边喝酒边聊着，越来越投机，倒把那对夫妇冷落在一边。许由喝起酒来很豪爽，酒量却不如金哲好，几杯白酒落进肚里，脸色便红得发亮，说话也渐渐显出醉意来。

“……说实话，我这人最看不上的就是知识分子，他们一个个穷酸酸的还他娘的摆出道貌岸然的神态，其实整个一个虚伪没骨气！……只是你这人还很投我的口味。”许由拍着金哲的肩膀，满嘴酒气。

金哲想起他小说里那些酸溜溜的知识分子，说：“其实，知识分子里面也是什么人都有，并不是每个人都像你小说里写的那样！"

"这我知道，说实话我对知识分子没有恶意，他们也是可怜虫，活的没个人样……可是我不挤兑你们还能挤兑谁呢？工人和农民是领导阶级，没有他们就吃不上饭。解放军叔叔掌握枪杆子，再说这年头他们也够惨的……想来想去只好把知识分子拿来作践一番！"许由说着竟苦笑起来。

金哲觉得他的做法实在很没道理，对他的话却并不反感。平时在寝室里谈论他的小说，总以为他是自己没上过大学，内心很自卑才拿知识分子开涮的。现在听来却有些不以为然，他的坦城也使金哲对他有了更多的好感。

"许由，你同金哲谈得这么投机，干吗不想办法给他找份工作？我知道你的路子野，这种事情一定有办法的。"杨丽丽说。

许由用一种奇怪的目光盯着金哲，问："你想到文艺界找活干？"

金哲本不想在这时候向许由提到工作的事，但见杨丽丽把话说出来，只好苦笑着点点头，说："没办法，我学的就这破专业！"

许由摆摆手，说："我说你别这样糟践自己，我看你人好好的进什么文艺界嘛？你知不知道我到现在还是一个没有单位的所谓文艺个体户！有人劝我去加入什么作家协会，我说我本来是个自由的人，干吗非要找个套子往自己头上戴呢？……老实跟你说，这年头，最没意思的就是干文艺这一行了！我知道你是专门搞理论的，你说说看，文学是什么东西？作家又是什么东西？"

金哲见许由醉态十足，也没了心思同他讨论，便摇了摇头，笑着说："我可说不清楚。"

"这样的问题你还能不知道？我跟你说，艺术就像一个婊子，作家也是！有人说我是在玩文学，既然文学不过是一个婊子，我为什么

不能玩？只要能来钱就行！这年头什么都可以卖的……说穿了就是这么回事！”许由摇头晃脑地说着，从桌上端了酒杯又要往嘴里送。

“许由，你醉了，快别喝了！”杨丽丽担忧地看着许由，示意罗小飞阻止他。

“我没醉！我还能喝！”许由嘀咕着，身体却软倒在椅子上。

“有话你就说吧，我马上要到系里去。”逸夫看着低头在大树旁边默不作声的林琳，很不耐烦地说。

林琳抬起头来看着他，眼圈有些发红，眼泪要流出来，咬咬嘴唇，用质问的口气说：“你是不是给冯叔打过电话了？”

看林琳那委屈的样子，逸夫有些内疚。按那位“冯叔”的安排，他明天应该到他们公司参加业务考试。用“冯叔”的话说，这不过是例行程序，进人的事是由他说了算的。可是再三考虑，逸夫觉得那地方毕竟不是自己能呆的，况且对那样的工作他连一点兴趣都没有，事先也没同林琳协商，他便擅自给“冯叔”打电话谢绝了他的好意。

“打过了，怎么啦？”他尽量挤出笑脸，掩饰内心的歉疚。

“你怎么不事先同我商量一下就回绝人家？”林琳瞪着逸夫，语气竟有些咄咄逼人。

逸夫觉得林琳那样子有些陌生，在他的印象中林琳是个温柔的女孩，说话细声细气不温不火，受了委屈也是闷在心里。可看她现在的样子，就像憋了满肚子的火要发泄似的。逸夫绷紧了脸皮，说：“我早你说过，那工作对我不合适！”

“什么工作对你才合适？……我知道你就想看书做学问，可谁要你呢？”林琳没好气地说。

这话触到逸夫的痛处，他的脸顿时涨得通红，恼怒地说：“谁说过我想做学问了？告诉你，我什么也不想干！”

“你怎么能这样对我说话！”林琳受了莫大的委屈，眼睛里顿时充满泪水，说：“我这样做难道是为了我自己吗？你知道为了帮你找工作，我费了多少心？可是你事先不与我商量一下就把人给回绝了，以后见了冯叔我还有什么脸面？”

林琳这一说，逸夫倒有些内疚，解释说：“我已经把我的想法对冯叔说了，他也赞成我的选择！这件事情是应该事先同你商量的……你知道我是不喜欢别人强迫我去做自己不喜欢做的事情。”

“谁强迫你了？要是你自己有本事找到工作，我才懒得操那份心！”林琳噘着嘴，恼恨地说。

逸夫觉得自己的心被什么东西猛刺了一下，脸色变得铁青，冰冷的眼光看着林琳，过了好一会儿，才用缓慢的语调说：“我是没本事，这你早知道，我也从来没骗过你。如果你感到后悔，可以走，趁现在还来得及！”

林琳吃惊地看着逸夫，似乎不明白他为什么突然变成这样，慌忙走到他面前，低着头说：“我没有别的意思，只是想……”

逸夫凄苦地笑着，摆着手说：“我并不怪你，我是在怪我自己！你没说错，我是一个没本事的人，这个世界上没有人需要我！其实我早知道是这样的，只是没有勇气承认。我早说过，跟着我你只能受苦……我并不想拖累你！你走吧，找一个有本事的人去，我不会怪你的！”

“你快别说这样的话，你知道我不想伤害你的自尊，我是真心爱你的！”林琳拉住他的手，恳求说。

“我说的也是真心话。你知道我的处境很坏，不知道将来等待我的是什么。我本来是贫民家里出来的，什么事都得靠自己，什么苦都

吃过……你不一样，你不应该跟着我受苦！”逸夫满脸寒霜，心已冻结。

“逸夫，你不能这样想！你知道我并不是那种爱慕虚荣的女孩。”林琳说着流下了眼泪，委屈地把脸靠在逸夫胸前。

逸夫一动不动地站着，表情依旧冰冷。过了很久，才慢慢地用手扶起林琳的脑袋，说：“我到系里去了！”

林琳幽怨地看着逸夫，似乎在期待什么。

逸夫不忍看她那凄楚的脸，垂下眼睑，转身离去。没走几步，仿佛听到一阵痛苦的抽泣声，他反而加快脚步，直到那声音从耳边消逝。

“你能做什么？”逸夫在路上走着，林琳的话不时在耳边回响着。这本是他一直在回避的问题，林琳却又一次把它摆到自己面前。“我能干什么呢？”他不断地问自己，心里一片茫然，嘴角泛出凄楚的笑来。“林琳的话没说错，我是一个没用的人，学的也都是一些没用的玩意！……这个社会越来越讲究实用，人们只对那些能够赚钱的东西感兴趣！哲学、美学、文学……研究的都是些看不见摸不着的玩意，既不能转化为可以享用的物品，又不能赚钱，谁需要？人是被利益驱使着的动物，难怪这年头搞哲学的人智商都那么低下！大多数人选择哲学不是因为内心的喜好，而是出于历史的误会或无奈，他们都把哲学当作混饭吃的玩意。与其说是在研究哲学，不如说是在使哲学变得世俗化……那些自命不凡的学者往往摆出忧国忧民的姿态感叹社会人文精神的失落，然而在他们向社会呼唤人文精神的同时真正失落的却是他们自己！”

“多么可悲！”逸夫苦笑着，说不清可悲究竟是自己还是别人，想起刚才林琳对自己说话的神态，心里更不是滋味。“她那话并不是无意说出来的，她同她父亲一样把自己看作是一个没用的人！当她说到爱自己的时候总有自我牺牲的悲壮意味，好像是在给自己施舍似的，她的父母亲也一样，从这次找工作的事完全可以看出这一点！还有那个所谓的‘冯叔’，那天说话的表情就好像要赏自己一碗饭吃，而那时自己的感觉的确也同一个乞丐没有区别！……可是他们难道没想过自己毕竟是一个有自尊心的人，并不需要别人的怜悯！”

“是到了该作抉择的时候了！”逸夫在俄文楼前走着，眼见着要到系办公室，脸上的神情变得更为冷峻。想起刚才同林琳的争吵，却有种若有所失的感觉。“也许我是不该那样对待她的，不管怎么说她还算得上是个好姑娘。她的那些做法是让自己难以接受，可也是为了自己……不过这样也好，没有她，自己也就没有了牵挂，自己这身臭皮囊怎么着都是好打发的……既然自己命中注定要受苦，又何必拖累人家！那是不道德的……也许我们之间的关系从一开始就是一个错误，因为我们本是不同类型的人！”这样想着，似乎觉得心里坦然了些。

逸夫来到系办公室，系主任黄德辉教授正同人谈着话。那个正对着系主任喋喋不休的是个长臂弯腰小脑袋的老头，看上去就像只大马猴。逸夫平时很少到系里来，系里的老师认识也少。此公在哲学系的名气却很大，系里的同学想不认识他都难。他叫戴英洵，号称是搞马列主义人学研究的，思想极左，又不肯静下心来做学问，却频频出现在各种与自己专业有关或无关的学术会议上，系里的老师私下里都称他“会议教授”，系里的硕士生和博士生更把他看作是哲学系乃至整个哲学界的耻辱。听到有人提他，便赶紧声明他不过是哲学系最差劲的教授，并不能代表哲学系的水平。逸夫本来没同他打过交道，对他没什么好印象，加上心情不好，心里更是别扭。

“进来先从坐一会儿，我们就要谈完了！”黄德辉见到门外站着的逸夫，便微笑着说。

逸夫犹豫着，听他这么说，只好进去，对戴教授笑了笑，在旁边的椅子上坐下来，见桌上有书，便随手拿着翻看起来。

戴教授瞥了逸夫一眼，打着手势说："我对他们说了，我是当教授的，我的任务就是给同学上课，哪怕只有一个学生，我还是要上的。你们不是口口声声说要自由吗？有你们罢课的自由，难道就没有我给同学们上课的自由？老黄，你说是不是这么回事？"

逸夫本没心思听他们的谈话，听到"会议教授"这番话，不由得反感起来，心想：就他那德性，别说这个时候，就是在平时也没人愿意去听的。

黄德辉教授对他的话显然也大不以为然，用缓和的语气说："从道理上说是这样，不过现在情况比较复杂，上课的事还是以后再说。反正别的系也都还没上课，学校方面对这事也没有明确的说法。"

戴英淘却很不满意，说："我可不想看着他们这样胡闹下去，我已经对我那几个研究生说了，谁也不许罢课！谁要是缺一节课，我就不认他作我的研究生。不让进教室，就到我家去上课！"

逸夫眼睛盯在书上，心里却想：当他的研究生也真是倒死楣了，学不到东西不说，还得受这种窝囊气！

黄德辉教授皱起眉头，说："你这样做是不是太过份了？现在学生的情绪都比较激烈，我担心这样会把事情闹大的。"

"没什么大不了的！怎么说我是个教授，别人的事管不了，自己学生的事还能管不了！我今天来就是要向系里表明我的态度，如果得不到支持的话，我还会去找学校领导的。"戴英淘说。

黄德辉教授板起面孔，说："也好，这事反正同系里没关系，你看着办就是了。"说着，把眼光转到逸夫身上。

逸夫并不知道系主任找自己谈话的用意何在，大概是不轻易到系里来的缘故，当系里的那位同学把口信告诉他的时候，心里总有不祥的预感。一般说来系主任是很少找研究生谈话的，要找到你头上，必定就有什么事情要发生。三年来逸夫还是第一次被系主任找来谈话，心里难免不踏实。想来想去似乎觉得与毕业分配的事有关系，是福是祸却难以预料。

戴英淘又缠住黄德辉教授唠叨一阵，终于走了。黄德辉教授看他走出门去，长叹口气，转过脸来对逸夫说："说说你的事吧！"

逸夫看着系主任，一时没明白他的意思，眼睛里流露出茫然的神色。

黄德辉教授聊家常似的问起了他的一些情况，逸夫不明白他的用意，只是老实地把自己的情况告诉他。后来便谈到了找工作的事，逸夫也很沮丧地把自己的窘况讲了一遍，然后说："实在没想到找工作会这么难！别的系也一样，我现在住的那寝室里有中文系的也有经济系的，到目前为止，还没有一个人把工作单位真正定下来的。"

黄德辉教授若有所思地点点头，看着逸夫，突然问："你知道我找你来的用意吗？"

逸夫摇摇头，觉得系主任那张脸似乎变得有些神秘莫测。

黄德辉教授笑了笑，说："是这么回事，美学教研室有一个进人指标。系里征求了郭老师的意见，他认为你比较合适。系里经过研究，初步同意让你留在系里担任美学课教员。今天找你来就是想听听你个人的意见。"

逸夫听着感到意外，留校的事导师郭仲衡教授曾经向他提起过，可是他没敢抱太大的希望。对哲学系的研究生来说，留校当然是最好的选择，以前为留校的事，没少发生过同学之间勾心斗角的事。而他

生性淡泊，从不想卷入这样的漩涡中去。没想到这事就像天下掉馅饼似地砸到自己头上！然而他没有感受到那种意外的惊喜，只是平静地接受了这一意外的收获。

“你知道，哲学系是全校最穷的系，条件很有限……留在系里做学问就要耐得住贫穷和寂寞，像你的导师郭老师那样！系里争取到一个留校名额不容易，所以留下来的人必须要保证质量，这也是我们想让你留在系里的原因……我们相信你不会让人失望的！当然，这件事并没有完全定下来，你可以考虑以后再作决定！”黄德辉教授恳切地说。

“不用考虑了，我没意见！”逸夫平静地说，心里却想：要是林琳知道了会怎么说?

走出系主任办公室，逸夫并不感到特别喜悦。想起刚才同林琳的争吵，他再次感觉得到命运的捉弄。来的时候还感觉自己是个没处栖身的流浪汉，转眼间却有了工作，而且可以留在这美丽的校园里，过那种自己向往的那样平静安宁的生活！要是早些知道这消息，也许就不会对林琳发脾气了。林琳并不希望自己留在学校里做学问，可是不管怎么说，他总算凭着自己的本事找到了一份职业！哲学系再穷，却也没人敢小看一个未来的北大教授。从这一点来看，即使林琳的父亲也没话可说！

“也许我真的已经失去林琳了！”逸夫想着，心里一阵悲凉。他突然觉得自己其实是很需要林琳的，几年来她似乎成为自己生活中的一部份。失去她，便少去一种依赖，况且她这样可爱的女孩子也并不多见！刚才的事其实也是自己的错，林琳的确是一心为自己着想的，可是自己为什么要对她发那么大的火呢?都怪自己心绪坏，现在后悔也来不及了。

逸夫怀着深深的遗憾走出了哲学楼，刚到门口却停住了脚步：一双幽怨的眼睛迎住了他！顿时心里一阵发热，一股热血在全身流淌着。“林琳！”他轻轻地叫了一声，加快脚步向她走过去。

第十四章

五月六日　星期六　晴间多云

“沈鸿，你等一下，我想和你谈谈！”张锋说着，眼睛又转到那个和他说话的女孩身上。

沈鸿已不习惯别人用这样的腔调对自己说话。“我想和你谈谈！”每回父亲板着面孔对他这样说，心里便有种不祥的预感。这句话本身似乎包含着居高临下的意味，又太严肃太一本正经，像领导对自己的属下说话。这个大学三年级的本科生竟也用这样的口吻对自己说话，岂不太可笑？论年龄论学历论经验，他算什么？

沈鸿百无聊赖地坐在一旁，见张锋眼睛直勾勾地盯在那女孩脸上，面带微笑倾听着女孩说话，心里更不是滋味。“他倒是春风得意！可惜女孩长得不好看。”他想着，不由得冷笑起来，后悔听了刘伟的话来参加这个会议。这次会议是要研究这次运动的形势和对策，参加会议的人很杂乱，除了几个著名的学运领袖以外，还有学运积极分子。大多数人观点很激进，主张继续罢课，大有不达目的不肯罢休的势头。可是到底要达到怎样的目的？这样闹下去会有什么结果？沈鸿感到困惑，相信那些人也未必比他更清楚。

“以后广播站的事就由你来负责，这是我们最后的一块阵地。只要运动不结束，就要坚持下去。”张锋对女孩说。

女孩瞪大眼睛看着张锋，面带着微笑，很尊敬很崇拜的模样。女孩长得不漂亮，那双大眼睛却很清纯动人。沈鸿对张锋那命令般的口吻很不以为然，这个清秀男孩外表上的沉静显得有些做作，故意营造出的成熟感，为的是要弥补性格和年龄上的稚嫩。然而沈鸿不得不承认，自己以前的确低估了这小男孩的能耐。这个大二学生已经迅速成为这场学运中最为耀眼的明星！虽然他从来不是最出风头的人物，更没有郭振清那样在天安门广场下跪的壮举，他的名声却越来越大，几乎成了这场运动的主心骨。在学运领导层不断变更的情况下，他的地位却在稳固上升，在许多人眼里他成了“不怕死的硬汉子”，俨然成了这场运动的旗帜。从刚才的会议上也看出这一点，他的沉静给人以稳重和谦虚的感觉，他的发言很好地控制了会议的局势，使之按照自己的意愿进行下去。在这一点上，连沈鸿也不能不服气。

“稿源也是问题，写稿的人越来越少，又没有多少新的内容……”女孩看着张锋，说。

“这个问题嘛，你去找郭振清商量一下，宣传方面的事由他负责。”张锋说着，转过头来对沈鸿歉意地笑了笑。

沈鸿的耐性正经受着考验，无聊的等待早已使他焦躁不安。按平时的脾性，早就拍拍屁股走人了。可是他没有这样做，对这个比自己小许多的领袖人物，他不能不采取宽容的态度，他不想让别人以为自己在嫉妒他的成功。事实上这里根本就不存在这样的问题，他对这场运动自始至终没有太大的热情，也就没有心情去嫉妒别人。

女孩终于走了。张锋把她送出门外，回到房间，歉意地对沈鸿说：“对不起，让你久等了！”

“没事！”沈鸿淡然一笑，说。

张锋在桌子对面坐下来，面对着沈鸿，笑了笑说：“说实话，我一直想同你谈一谈。你也许不知道，我对你是很尊重的。八六年闹学

潮的时候，我在北大附中上学。在三角地听过你的演讲，这件事对我印象很深。可以说，我后来之所以对政治感兴趣，这也是一个很重要的因素。”

沈鸿记得第一次同他见面的时候也听他说过类似的话，可是现在听来更觉得刺耳，好像包含着讥讽的意味，他笑了笑，感到有些难堪，又不好发作，只得叹息着说：“那都是过去的事了，你现在比我干得好！”

“今天的这场运动是以往所有运动的继承和延续。如果说这场运动到目前为止还进展得比较顺利，主要原因是我们同学比过去任何时候都要成熟得多，当然还有整个社会的觉悟程度也不一样……在这里任何个人的作用都是微不足道的！这是我个人的观点。”张锋笑着说，似乎对自己提出的观点感到很满意。

沈鸿苦笑了笑，心想：这人说话倒还有些实在，不是那种不知天高地厚的主。这样想着，不由得收敛起那一脸的矜持和傲慢，脸上的肌肉松驰下来，说：“我说的是真话，你们在组织方面的确很成功！”

张锋摆摆手，说：“不，事实上我们的工作还是有很多失误的。最主要的原因是我们领导层的素质不尽如人意，你也知道，现在走在前面的多数是同我一样本科一二年级学生，有的是热情，可毕竟缺乏经验……老实说，有时候我也感到悲凉。这么一个人才济济的北大，难道就只有我们几个未脱稚气的本科生敢站出来？”

沈鸿见他眼睛看着自己，心里竟有些惭愧，心想：他这不也是在说自己？当年自己不是也有过这样的感慨？逃避本身就是怯弱的表现，自己经常那样谴责别人，可是自己又干了什么？

“说实在的，我也是在不得已的情况下才站出来的……在这个位置上，我也是很勉为其难，力不从心。老实说，我一直盼望，也可以说是等待有一批真正有知识有才能又有组织能力的硕士生博士生站出来，利用他们的名望和号召力，把这场运动推向一个新的高潮，就像你这样……”张锋说着，微笑地看着沈鸿。

“我算什么！”沈鸿摆摆手，说。

“我们虽然是第一次这样交谈，可是从刘伟他们那里，我听说过很多关于你的故事，他们对你也是非常敬佩的。”张锋说。

沈鸿倒不怀疑他的话，刘伟原来的确是把自己当作偶像来崇拜的。可是最近几次见面，却对张锋赞不绝口，说他既有组织能力，头脑又冷静，很有点领袖人物的魄力。那神情让人看着实在不是滋味！不管怎么说，刘伟也是一个研究生，用那样的语气谈论一个比自己小得多的本科生，也不嫌丢份！不过他知道，刘伟是一个需要偶像来支撑自己的人，过去自己一度成为他的偶像，现在又变成眼前这个小本科生了。

“不管别人怎么看，我一直相信你是一个富有政治热情和社会责任感的人，就因为这个，我坚信我们总一天要走到一起来的。”张锋眨了眨眼睛，语气中充满了自信。

沈鸿却感到厌倦，心想：他怎么也学会来教训自己了？这年头是个人就觉得比别人高明，可是那些教师爷的面孔多么让人厌恶！于是板起面孔说：“我恐怕只会让你们感到失望，事实上我现在对什么都不感兴趣，包括对我自己。”

张锋用手理了理头发，说：“我相信这并不是你的心里话，我知道你是受过伤害的……”

“我并没有受过什么伤害，也没人能够伤害我！”沈鸿觉得又羞又恼，赶忙打断他的话。

“对不起！”张锋茫然地看着沈鸿，似乎不知道他为什么会突然发这样大的火。

“有什么话你就说吧！”沈鸿脸上一副厌恶的神色，没去看他。

张锋看着沈鸿，竟有些不知所措，两只手在一起拧着，叹口气，说：“现在的形势，我想，你是知道的。上次对话，一方面当然是政府耍的花招，可是从另一方面说，我们这一方面也是缺乏必要的准备工作，所以有些被动……这一次，我们吸取了教训，组织了一个阵容强大的对话代表团，参加的都是各个方面的硕士和博士。可是这方面的组织工作却很不理想……我们经过商量，想请你把这个工作抓起来。”

沈鸿听着苦笑了笑，问：“你以为他们真的会答应我们的条件，同我们进行平等的对话？”

“这很难，但并非完全没有可能。再说，现在这种情况，我们只能摆出这样的姿态来。我们没有别的选择！”张锋说。

“我看完全没有可能。别忘了，他们是讲脸面的，为了这脸面，他们敢冒天下之大不韪……何况现在大多数学校都已经复课！他们更没有什么好担心的。”沈鸿说。

“我们也不会退却。如果他们以为我们是可以随便摆弄，那就低估了我们！不错，由于我们工作的失误，是有学校复课，可只要北大这面大旗不倒，这场斗争就能进行下去。”张锋说。

沈鸿看着张锋，突然觉得有些陌生。那张清秀的脸突然变得严肃起来，眼睛里闪动着坚忍的寒光，嘴角挂着讥讽的笑意，给人凛冽的感觉。从这副面孔里，他看到了这个外表清秀的历史系本科生的另一面，淡然一笑，说：“就算罢课还能坚持下去，那又怎么样？你以为他们会让步？”

“我们会迫使他们让步的！”张锋冷“哼”一声，说。

“你以为他们怕我们闹罢课？你要这么想就错了！他们都是一些

鼠目寸光的人，在他们看来学生罢课对他们并不损失什么，只要把工人农民稳住，学生怎么闹都没关系。再说他们中的许多人都是搞学生运动起家的……你我心里都清楚，同学们的耐性是很有限的，罢课能不能坚持下去还是问题！”沈鸿说。

“你也应该看到，越来越多的市民在支持我们！只要我们坚持下去，工人和农民也都会起来的……而且我们也准备组织一批工作队到工厂和农村去做组织和发动工作。”张锋说着，眼睛里放射出狂热的光亮。

“可是，你们到底要干什么？”沈鸿惊讶地看着张锋，觉得眼前这个小男孩简直有些不可思议。

“我们并不想干什么，只是迫使他们接受我们的条件！”张锋冷笑着说。

沈鸿叹了口气，说：“这样下去只怕会事与愿违！不错，是有一些市民对我们表示支持，那是因为我们提出了反对腐败平抑物价的口号，说到底他们只是从个人利益的角度来看待这场运动的。有些人甚至把运动本身当作发泄情绪的机会……如果盲目地相信这种力量，就有可能把这场运动引入歧途！”

“我承认，市民对我们的支持是建立在对自身利益的关切上，这是很自然的事情。当年中共也正是通过搞土地革命才赢得了农民，最终夺取了天下……我们的目的也正是要使人民从自己切身利益上认识到民主政治的必要性，真正做到了这一点，那是我们的成功！”张锋在房子里来回走着，很激动的样子。

“问题在于我们并不能做到这一点，他们是搞了土地革命才赢得了农民的支持，可是我们除了喊几句口号以外还能干点什么？就算现在有一部群众支持着我们，可当他们发现我们并不能给他们带来所需

要的利益的时候，他们就会毫不犹豫地把我们抛弃！”沈鸿说。

“我并不认为人民会像你说的那样势利，当他们真正觉悟以后也会为理想去斗争的。现在他们中的大多数人对中共已经失望，而我们则是代表着社会上的一股正义的力量，我想他们会同情我们支持我们的。”张锋说。

沈鸿突然意识到他们谈论的话题已经超越了学生运动的范畴，想把话题收回来，沉吟了一下，问：“要是罢课进行不下去怎么办？”

“那我们就绝食！是的，绝食！我们要发动同学到天安门广场去绝食！”张锋说着，狂热的光亮在那清秀眼睛里闪动着。

沈鸿凝视着张锋，觉得他那模样简直像一个狂热的赌徒，心想：这个人真快到了丧失理智的地步了！叹了口气说：“我希望不要走到这一步！我并不认为这样做对这场运动有什么好处！”

“谁都不希望走到这一步！可如果有人愣要逼着我们这样做的话，我们也会在所不惜！”张锋在屋子中间站住，语气坚定地说。

“这样一来我们可能付出惨重的代价，政府也未必会让步！”沈鸿用规劝的语气说。

“只要我们把斗争坚持下去，他们不让步也不没什么，那样至少会有更多的人看清楚他们的残忍面目，也会争取到更多群众支持我们！”张锋冷笑着说。

沈鸿突然觉得那张清秀的脸变得有些残忍，心里不由得有些反感，说：“你们要真这样做，就等于在同政府玩一场赌搏，用的就是那些参加绝食同学的生命作为赌注。”

“搞政治本来就是不择手段的，重要的是要有高尚的目的！”张锋说。

沈鸿感到一阵悲凉，没有心思同他争论下去。见有人推门进来找张锋，便趁机向他告辞。

金哲用怜悯的眼光看着汪学文，觉得他突然变得那么苍老。刚过不惑之年，竟是两鬓霜白，胡须杂乱，白了大半，微微向前突着的眼睛暗淡无光还带着迷茫的神色，给人以苍凉的感觉。看来这两天发生的事对他的打击实在过于沉重，可是谁让他思想那么左还不知好歹多管闲事呢！金哲原本抱着幸灾乐祸的心态来看把戏的，如今却有些同情他了。

凭心而论，老汪并没干什么伤天害理的事情，只不过在中文系十位教授写的一份要求同学们复课的呼吁书上签了名。金哲在三角地看过老汪签过名的那份呼吁书，没觉得那里面有什么攻击或污蔑学运的言词。不幸的是它出笼的不是时候，十位教授便成了活靶子。中文系学生大都有舞文弄墨卖弄才华的欲望和习性，他们认为十位教授的那封信实在太给中文系师生丢脸，便极尽尖酸刻薄之能事，大肆攻击。十位教授平时的言谈举止乃至服饰习惯都成为挖苦和讽刺的材料，并号召同学拒绝选修他们的课。这场风波也殃及到金哲身上，系里同学也拿这件事来寻他开心，让他觉得很没面子。

金哲在汪学文面前尽力掩饰着自己的心态，脸上似笑非笑，眼睛也尽量眯成一条线，做出同情和理解的样子，虔诚地看着老汪，随时等着他的训示。

汪学文低头翻着金哲刚交给他的论文手稿，看得出来他的心思并没有用在那上面。金哲从他那游离不定的眼光中看出他内心的不安。

“这论文是按照您的意见改的，您要我看的那些书我也都看过了！”金哲小心地解释着，生怕不小心惹恼了他。

“哦，是这样，还是等我看完以后再说吧！”汪学文抬起头来，叹口气，把论文稿放在旁边的书桌上。

金哲看着汪学文那可怜兮兮的样子，倒也动了恻隐之心，想说几句安慰的话，又不知从哪里说起，心里很是为难。

汪学文妻子从外面走进来，对金哲一笑，问汪学文：“下午系里要开党员会吗？你怎么没去？”

汪学文瞥女人一眼，冷冷地说：“我请假了！”

女人皱起眉头，没好气地说：“好好的请什么假？你没干什么见不得人的事，怎么连去开会的勇气都没有！”

汪学文脸色变得很难看，不耐烦地说：“别来烦我好不好！”

“就你烦？当初不让你签那名，你偏不听！事情闹到这个份上，你自己倒霉不说，全家人都跟你遭殃。你倒好，可以整天躲在家里不出门，别人哪有这福气！你知道不知道，这两天我一到外面走，就有人指着我脊背说这就是汪学文的老婆，就好像我是什么牛鬼蛇神似的。单位同事也在背后幸灾乐祸地笑话我，回到家里还要看你这副脸色，连孩子也为你遭老罪了……”女人说着，流下了眼泪。

“别说了，算我欠了你们的还不行？”汪学文走到女人跟前，用恳求的语气说。

金哲没想到会碰上这样的场面，一时不知道怎么办才好。汪学文那窝囊相把残留在他心目中最后那点导师的尊严全部扫荡干净，剩下的只是留在眼角的轻视和鄙夷。他对自己那位仍然年轻漂亮的师母印象却好得多，那眼泪震动着他的心，可是除了同情以外，他又能干什么！

女人揩着眼泪走出去，留给房间里的是一片难以忍耐的寂静，汪学文无奈的叹息声仿佛使屋里的空气凝结起来。金哲感到浑身难受，只想尽快离去。

“你坐一会儿，我想和你谈谈！”汪学文看着金哲，恳切地说。

金哲看他那可怜样，竟也动了恻隐之心，点了点头，坐下。

汪学文犹疑一阵，看着金哲，问：“那些大字报，你都看过了？”

金哲知道他要同自己谈论这件事，含糊地说：“随便看了看。”

“对这个问题，你是怎么看的？”汪学文吃力地问，神情显得有些紧张。

“这个嘛……”金哲没想到老汪主动让自己谈对这件事的看法，心里有些慌乱，一时竟不知说什么好。

“你怎么想就怎么说吧，我不会见怪的。”汪学文对他摆摆手，古怪地笑着。

金哲知道他其实很在意，他那话就像布下陷阱等着自己跳进去，想了想，谨慎地说：“我觉得他们根本没有理解老师们苦心，那种做法也有些过份。”

“这不是过份的问题，他们简直是在搞人身攻击！他们不是说要争取民主和自由吗？我们不过是写了一份要求同学复课的呼吁书，有什么错？难道我们连表达自己思想和感情的权利都没有了吗？”汪学文说着，眼睛死盯着金哲，好像他就是那些人中的一个。

金哲觉得很不自在，勉强笑着说：“他们这样做是不像话！”

汪学文略一停顿，语气缓和下来，说：“对同学的行动，我是理解支持的……有人说我是吃马列饭的，思想左倾，我不在乎！我搞的是马列，信仰的也是马列，有什么错！我一直认为马克思主义是一门伟大的学问，在西方不是也还有很多人在研究嘛！我们是社会主义国家，搞的是社会主义，不信仰马克思主义怎么行？这些年来我们在意识形态上是有问题的，不然也不会闹到今天这样的地步！”

看老汪痛心疾首的样子，金哲觉得好笑，故意说："其实有些事情也不能全怪同学们，毕竟受党教育这么多年，又生活在这样的国度里，说完全不信仰马列主义，或者说对社会主义没感情，连我也不相信！可是咱们这社会主义实在没搞好，又有那么多的腐败，让人觉着实在没什么指望。"

"你可不能这么想！看什么事情就要分清楚主流和支流，就说社会分配不公吧，这个问题我的感受可比你们要深得多……说起来我也是个教授，可到现在还住在这样的房子里，每月的工资还不够有钱人吃一顿饭的。要说我没有怨气那是假话，可是我并不放弃希望，对于这个国家，对于这个党，我还是有信心的！"汪学文摆出一副高姿态，说。

"可惜这年头像您这样想的人并不很多！"金哲用恭维的语气说，其实暗含着讥讽的意味。

"怎么说我也是个北大人，是有良心的知识分子。对于社会腐败现像，我比你们更痛心！问题是应该采取什么样的态度，打个比方说，你的亲人得了病，你是想办法送他到医院去治疗呢还是干脆给他吃一包毒药让他死去？这个比方也许不大恰当，不过道理却很明白……中国现在是存在很多问题，可是这些问题并不是游几次行罢几回课就能解决的。我相信，大多数同学都是好的，爱国的，他们所做的一切都是为了这个国家好，可是他们毕竟太年轻太幼稚，良好的愿望有时候并不一定能够达到好的结果。"

听着汪学文的话，金哲突然冒出一个怪念头：运动结束后，他会不会把今天对自己说的这番话当作资本，把自己标榜成一个敢于坚持原则，在逆境中无所畏惧的英雄？他苦笑着，心想那样一来自己可就要成反面典型了。

“其实，对于我们同学，我是理解的。尽管他们有人伤害过我，我也并不在意。怎么说他们都是我的学生，一个教师怎么能和自己的学生计较呢？我所能做的只是帮助他们，引导他们，使他们充分认识这种行为的危险性……”汪学文得意地说着，似乎完全陶醉在自己的高尚之中。

金哲觉得他话里包含着太多的虚伪，汪学文原本心胸狭隘，宽容不是他的本性，这段表白里掩饰的是他的虚弱和无奈！然而面对这位对自己毕业分配操有生杀大权的导师，他不敢得罪，便顺着他意说：“总有一天同学们会理解您一片苦心的！再说，那些大字报只是代表少数人的意见，大部份同学并不那样看。”

汪学文眼睛一亮，盯住金哲问：“哦，你说说看，他们是怎么看的？”

看老汪那迫不及待的样子，金哲硬着头皮说：“他们的看法嘛，其实也就同我的看法差不多……反正不同意那些同学的做法。”

汪学文似乎并不满足，那双微微发红的眼睛死盯住金哲，像要从他这再挖出点什么来，问：“他们……都什么看法？你说！”

金哲看穿他的用意，笑了笑说：“其实这场运动本身就存在许多非理性的成份。领导这场运动的那些人素质也不高，其中好些人都只是本科生，即使上研究生的成绩也不好。有个叫郭焱的人和我们寝室的麦嘉是老乡，是代培研究生，据说在系里就因为成绩不好不大被人看得上，麦嘉说正因为这样他才会在政治上出风头来寻找心理平衡。”

汪学文听着果然来了兴头，做出一副忧心忡忡的样子，说：“怎么会有这样的人？”

金哲觉得他那样子实在做作，带着一种恶作剧的心理，索性又把前些日子发生的内讧和郭振清被误解的事都说了出来，并注意观察着

他的表情。

汪学文时而皱着眉头，时而轻轻叹息，表情却很兴奋，说：“怎么能这样对待自己的同学呢？就算有什么错，也不能采取这种人身攻击的方式嘛！”

看老汪那样德性，金哲觉得可笑。他知道，汪学文此时是怀了幸灾乐祸的心理的，他内心一定把自己所受的攻击同郭振清的被误解等而视之，以为自己也是受了莫大冤屈，而这冤屈本身又恰恰足以证明他个人的正确和这场运动的错误。正因为看穿了他的用心，金哲心里产生出一种负疚感，以为自己的行为是对这场运动的亵渎。

“看来这场运动对每个人都是一场考验！”汪学文感叹着说，说话的神态完全恢复了导师的尊严。

金哲敷衍地笑着，心里感到厌恶。

汪学文好像突然想起什么，问金哲：“听说你正积极要求入党，有这回事？”

金哲点点头，说：“正在争取，不知道有没有希望！”

“只要你真诚去追求，希望总是有的嘛。你近来的表现不错，连系里的胡坤书记也对我提到过你。”汪学文用告诫的语气说。

金哲心里一动，忙问：“他对您提到过我入党的事？”

“那倒没有，不过他对你近来的表现是很满意的。”汪学文说。

“是吗？”金哲笑了笑，心里却很失望。

“不管怎么说，你在这个时候提出入党申请是很难得的。我希望你能经受得起更加严峻的考验，到时候我会把你在这场运动中的表现向党委汇报的。”汪学文用导师的语气说。

金哲瞅了他一眼，心想：把我当成什么人了！嘴里却说：“我会尽力而为的。”

汪学文满意地点点头，说："这样就好！对了，如果你愿意的话，我还可以当你的入党介绍人。"

"谢谢您，汪老师！"金哲做出受宠若惊的样子，说。

"你的事我们已经研究过了，很遗憾不能满足你的请求！"那麻杆似的瘦女人用阴冷的眼睛盯住麦嘉，皮笑肉不笑地说。

麦嘉心里一凉，刚堆出的笑脸顿时僵住，疑惑地看着那女人："是没有进人指标？"

"今年我们系有两个进人指标，不过你知道想来我们学校工作的人很多，我们挑择的余地很大。"女人说。

"你们选了哪两个？"麦嘉觉得心里憋气，忍不住问。对那几个竞争者的情况，他早就从校友那里打听清楚了，无论从哪方面的情况看他们都没法同自己相比的，他觉得这里一定有猫腻。

女人的脸顿时拉长了许多，冷冷地说："这是我们内部的事，我们用不着告诉你！"

她这么说肯定心里有鬼！麦嘉想起校友对自己说过的话，确信这女人对自己是怀有恶意的。可是为什么呢？就因为自己当初找的不是她，而是那位刚刚离职的系主任？老系主任对自己是很感兴趣，可自己同他也就见过两次面。命运就是这样捉弄人，好不容易碰上一个肯要自己的，却偏偏在这个时候下了台！

"其实我们这里也没什么好的，工资待遇很低，不能解决住房……也不是做学问的地方。"女人用缓解的语气，用眼睛挤出一丝同情来。

麦嘉觉得心灰意懒，原来他把这里当作进入电影界的最后希望，刚才在路上他还是满怀着信心的，现在却眼睁睁地看着希望从眼前轻

飘飘飞走了，甚至来不及做任何反应，就像拳击手还没登台就被人打晕了一样，实在觉得窝囊。

“这该死的女人！”麦嘉心里恶狠狠地骂着，只觉得那假惺惺的脸上充满着对自己的嘲弄，真想上前在那阴冷的脸上抽两个耳光扬长而去。

从那阴暗的办公室走出来，麦嘉心里有种难言的苦涩。早听说影视界是个名利场，山头林立，裙带之风盛行，没想到连学校也一样。那两个人肯定与这女人有什么关系，没准还有过硬的后台。

想起女人那古怪的表情，麦嘉感到厌恶。没想到自己自己竟会栽倒在这样一个女人面前！早听那位校友说过，这是一个性情怪癖的女人，四十多岁没结婚，只是凭着同现任付校长曾有过不清不白的关系才坐到了系主任的位置上。可是自己同她无怨无仇的，她为什么要与自己过不去?

“没准那两人都比自己高大英俊，这女人是想留着给自己做面首的。可就她长得好模样，又一大把年纪，别人未必看得上她！”麦嘉苦笑着，怀着女人的满腔仇恨。

“我们都让这女人给涮了！”刚听完麦嘉的叙述，引荐他来的校友叹息着说。

“到底是怎么回事? ”麦嘉忙问。

“你不知道那女人是特没劲的，系里的老师没人说她好。倒是有人都说她有点心理变态，大概是年轻时为恋爱的事受过什么刺激……”校友冷笑着，用尖酸刻薄的语气说。

“可这样的人怎么能当系主任呢? ”麦嘉皱着眉头，心里怀着报复的快感。

“这女人论做学问连屁都不是，却很能折腾，野心也大……她原来是系副主任，老想着要把老系主任拨拉到一边自己干，与系主任的关系很不对付。前些日子，老系主任在男女关系上出了点事，被她抓住把柄，便上窜下跳到处活动，加上她在上面有人，逼得老系主任辞了职，她就当上了这个代系主任……”校友说着，叹了口气。

“不就是当一个系主任吗？犯得着这样？”麦嘉觉得很无聊，更增添了对那人的蔑视。

校友端起茶怀，喝了口水，笑了笑说：“想搞学问的人都不想当官，可是像这种女人，学问又做不下来，不当官更没人把她当人看了！这女人官瘾特大……以前大概连小组长都没当过，现在当上了系主任，就不知道自己姓什么了……”

麦嘉对女人的事没兴趣，只想知道事情的真相，问：“可我在这里又算怎么回事？”

“你的事我问过老系主任，他告诉我，系里几位领导已经碰过头，你条件比那几个人都好，正准备把材料交到人事处去，我以为这事不会有什么问题了，没想到会发生这样的事！”校友说着，有些懊恼。

“我同她无怨无仇，她为什么要这样害我？”麦嘉看着校友，语气中带有悲愤的意味。

校友苦涩地笑着，说：“这还不明白，一朝天子一朝臣嘛！你是通过老系主任的关系进来的，我想她是把你当成他的人了……”

“这么说，我成了他们权力斗争的牺牲品？”麦嘉盯住校友，眼神很有些可怕。

校友点点头：“可以这么说！”

“真他妈的没劲！这破地方，不来也罢！”麦嘉觉得心里堵得慌，只想找个人发泄一番。

“本来就没劲，你刚来我就对你说过的。”校友说。

麦嘉苦笑了笑，说："原来我想，在学校会好一点，毕竟都是受过高等教育的知识分子！"

"这你就老外了，知识分子整起人来更厉害，还羞羞答答的，特没劲！"校友懒散地说着，竟打起哈欠来。

"我也知道没劲，可是你说在哪儿有劲呢？"麦嘉看着校友，却又像在问自己。

"这年头到哪儿都是他妈的没劲！"校友把脚到书桌上，袜子的臭味在房间里弥漫。

"再没劲总得活下去！"麦嘉苦笑着说，心里一片茫然。原来他一直以为自己是有目标的，现在却像在大海里行驶的一叶孤舟，不知命运的波涛把自己冲向何方。

"你不来这里也许是一件好事，再说不是还有俩单位想要你吗？"校友用安慰的语气说。

"那叫什么单位？不过，现在对我来说，到哪都一样！反正是混饭吃！"麦嘉说着，心情更为沮丧。

"都一样，谁不是混饭吃！"校友叹息着，把臭烘烘的脚塞进鞋里。

叫水花的少女把逸夫引到旁边的那间小屋，说："这房子是涛哥住的，涛哥临走时说你来了就让你住这儿！"

逸夫笑了笑，难得姜涛把事情安排得这样周到！可是他不在，自己又怎么好意思住下去，于是问水花："他什么时候能回来？"

"不会太久！他说过要你等他回来的。"水花靠门站着，清亮的眼睛注视着逸夫，一点不觉得害羞。

逸夫手拎背包站着，眼睛四处打量着。房间不大，向着院子的那面墙上镶着透明玻璃，屋里光线明亮，也给人整洁舒适的感觉。桌上的画笔颜料都摆放得很整齐，与姜涛平时的风格全然不同，显然是特意整理过的。从墙角上立着的画夹和墙上挂着的那两幅油画里，逸夫能够感觉到姜涛身上特有的气息。

“你路上一定很累，把包放下歇息一会儿，我去给你做碗面条！”水花说着，便从他手里接过包放在凳子上。

逸夫有些不好意思，忙说：“我不饿！”

“你歇着吧！”水花瞅着他笑了笑，低头往外走。

逸夫看她走出房去，愣愣地在屋子中央站了好一会儿，叹了口气，走到床边坐下来，神情有些落寞。

“我该怎么办？”逸夫犹豫着，皱起眉头。他是应姜涛邀请到这里来的，姜涛在信中以他特有的热情让他来乡间他姑妈家住上一段，还花许多笔墨描述这乡间的风景，按他的话说，这里简 是人间仙境世外桃源，不来这儿住上一段，人生等于虚度。一方面是盛情难却，加上校园里混乱的环境使他感到厌倦，正想找个清静的地方安安心心把毕业论文写完，于是便坐火车来到这个离京城一百多公里的偏僻乡村，没想到姜涛竟临时有事进城去了。

“涛哥要你一定等他回来！”水花的声音在他的耳边回响着，听她那口气姜涛倒是知道自己要来而且做了准备的，这一家人给他的印象也是热情朴实的。可是姜涛不在，自己又怎么好意思住下去？

一个女人的声音从外面传过来。透过墙上的玻璃看到外面的院子里有一个两岁左右的小男孩正蹒跚地迈着小腿在院子里走来走去，不远处站着一个年轻的少妇，手里端着一个小碗，正用慈爱的目光看着那小孩，不时用小勺轻轻地敲打着碗边，意思是让他到跟前来吃饭。

那小孩竟好像听懂了她的意思，扭头看着她，咧嘴笑着，蹒跚地走到少妇跟前。那少妇便蹲下身去，把一勺米饭喂进了小男孩的嘴里，小男孩咂着可爱的小嘴蹒跚着走开去……多么富有诗意的情景！逸夫看着竟大为感动，想到自己慈爱的母亲，虽然对自己的幼年已经完全没有了记忆，也想像不出来母亲年轻时的模样，但总觉得母亲当年也是这样喂过自己的。

逸夫这样痴痴地看着，竟不由自主地朝着那窗口走去，走到窗前站下，隔着玻璃，欣赏着这富有生活情趣的画面，心里有说不出的愉悦。直到那少妇回过头来对他笑了笑，他才意识到了自己的失态，不好意思地笑了笑。

逸夫在床边坐下，感到了肚子的饥饿，便想去洗个脸去弄点吃的。

“要洗脸么？水龙头在那。”少妇见逸夫手里拿了毛巾出来，没等他说话，用手往旁边指了指，说。

逸夫感激地笑了笑，走到水龙头旁，拧开了，洗着脸。

“你还没吃饭吧？我这就给你做面条去。”那少妇往小孩嘴里喂进去一口饭，直起腰来看着逸夫。

“不用，不用，我带了方便面。”逸夫摆着手说。

“不用客气，在这里住着，就是一家人了！”少妇说。

正说着，水花从正屋里走出来，一见逸夫便笑了笑，露出两排洁白的牙齿来，说：“面条马上就好！”

逸夫心里一阵感动，不知说什么好。

“姑姑，抱！”小男孩蹒跚着走到水花跟前，张开两只小手，仰头看着她。

水花微笑着弯下腰去，伸手把他托起来抱在怀里，在他的小脸蛋上亲了两口，小男孩便欢快地笑起来。

“别缠住姑姑，快到妈妈这里来。”那少妇对小男孩说。

“不嘛，我要跟姑姑一起玩！”小男孩摇着头，嗲声嗲气地说着，一双小手搂住水花的脖子不放。

“姑姑陪你玩！”水花用手拍拍小男孩的脸蛋，眼睛却微笑地瞅着逸夫。

逸夫心里突然有一种奇异的感觉，不好意思地笑了笑，拧干毛巾，低头往屋里走去。小男孩愉悦的欢叫声在耳边回荡。

晾好毛巾，逸夫忍不住回头往外看，水花的身影却已经在院子里消失，只有那小男孩一个在院子里孤独地走着。

逸夫突然感到有些疲倦，在床上躺下来，瞪大眼睛望着顶上的天花板出神。房间里一片寂静，他静静地体味着这份宁静，似乎在寻找着自己与这个陌生空间的契合点。那富有情趣的画面不断地在自己的脑海里浮现出来，那孤独和寂寞的感觉在无形中消解着。

听到门的响动声，逸夫抬起头来，只见水花端着大碗笑吟吟地走进来，碗上冒着热气。

“吃碗面条吧！”水花把碗放在桌上，对逸夫说。

“谢谢！”逸夫看着她，有些不知所措。

“吃吧。”水花莞尔一笑，用手指着桌上的面条，身子却不动弹。

逸夫只好走到桌子旁坐下，不好意思地看看她，拿了筷子，埋头吃了一口，不由得抬起头来。见那双清亮的眼睛正微笑地看着自己，感激地笑了笑。

“好吃吗？”水花问。

“好吃，好吃！”逸夫连连点头，说。

水花眼睛一闪动，抿嘴笑着，看看手表，对逸夫说：“你吃吧，我得到学校上课去了。”

“谢谢！”逸夫说着，起身送她。

“别客气！”水花笑了笑，身影很快在门外消失。

逸夫隔着玻璃看着她走出外面的院子，心里一阵发热。

吃完面条，少妇把碗收走了。逸夫用手抹抹油腻的嘴唇，觉得屋里太闷热，便想到外面走走。

“上哪去？”在院子里洗衣服的少妇看着逸夫问。

逸夫笑了笑，说：“到外面走走！”

“别忘了回来吃饭！”少妇叮嘱着，像对孩子说话一样。

走出四合院，逸夫在一条狭长的小巷里走着，乡间清新的气息使他想自己的故乡。那也是一个偏僻的小山村，也有许多这样的四合院，只是那院墙大多是土坯垒起来的。小时候常常同小伙伴们一起在这样的巷子里玩着各种打仗的游戏，欢快的笑声仿佛还在耳边回响着。

从村庄里走出来，逸夫便看见了远处连绵的群山。刚下过一场小雨，天空还是阴沉的，远处那苍劲的群山也被一层薄雾笼罩着，显得朦朦胧胧，给人一种神秘莫测的感觉。

逸夫漫无目的地沿着那条乡间小道走着，两边是绿色的菜地，那嫩绿的菜叶刚被雨水淋过，湿漉漉的，挂着晶莹的水珠，显出无限的生机。一股清新的风吹来，带来的是泥土的清香。逸夫处在这如诗如画的境界中，贪婪地吸吮着那透泥土清香的纯净的空气，内心感到说不出的惬意。

爬上一座山坡，回头再看那小村庄，那一大片房屋却已经被一片绿色的土地掩盖住了，能看到的只是点点黑色的屋顶和冒出饮烟的烟囱。绿色的土地，看不到人的踪影，偶尔有几只小鸟从天空掠过，不知疲倦的知了在鸣叫着，大地却好像在沉睡。逸夫仿佛感觉到了其中所蕴含着的生命的力量。他在这茫茫的绿色中行走着，沉溺在这片宁静中。面对着宁静的大自然，他怀着的是一种儿女对母亲的无限依恋的情感，来到这里就像回到母亲的怀抱，他渴望着把自己消融在壮丽无比的自然之中。

他悠然地行走着，湿润的泥沾在鞋底，加重了行走的负担，他并不在意，只是一门心思往前走着。又翻过两座小山坡，便看见远处那一平如镜的湖水。这片湖泊正是逸夫在姜涛的风景画里见过的，但他没想到这片湖泊竟是这样的宽阔，看上去竟比自己家乡的那片湖泊还要宽广得多。看到这片湖泊，逸夫才真正有了回到家乡的感觉。

来到湖边，沿着湖边的小道静静地走着，眼睛深情地注视着这一片宁静的湖水。天空好像变得晴朗起来，大地光亮了许多，湖面上闪着碧色的鳞光。逸夫在湖边的那一大片草地上坐下来，沉思着，想起了自己家乡的那一大片湖泊，想起童年时候的趣事。那是一个天真无邪的年代！现在回想起来，只觉得那样的生活才是真正富有诗意的。那时候他们同大自然的关系是那样亲近那样和谐！仿佛看到小时候的自己正和小伙伴们骑在牛背上来到湖边绿色的山坡上，那正是秋高气爽的季节，天空是蔚蓝色的，一平如镜的湖水在阳光下泛着鳞鳞金光，小伙伴们快乐地欢叫着，脱光了衣服，赤裸裸地扑进了那透明的湖水中。他从小对水有一种特别的偏爱，一跳进水里就像要融化在里面似的，时而一头扎到很深的水里去，时而又一动不动地张开四肢让身体在水面上浮着，有时他也会和小伙伴们一起在水里玩着各种各样的游戏……玩累了，他们就爬到岸上来，看看谁家的菜地离得近，便去那里摘上几根黄瓜来分了给大伙吃，有时也采用猜拳的办法，谁输了就摘谁家菜地里的东西吃，这种事情即便是大人知道也不会责怪的，因为村里的风俗就是这样。

逸夫看着那一片映着蓝天白云的湖水，心里突然萌动着一种要把

自己投到那平静的湖水里去的欲望，这种欲望刚一冒头却被理性抑制住。他感到一阵悲凉，心想：这些年自己是与自然离得远了，也失去了自然所赋予的天性。在这乱纷纷的尘世中，丧失了少年的纯真丧失了幼想，也丧失了对生活诗意的感受。生活失去了诗意也就失去了美，生活也将成为灰色。

从野外回来，天色已变得有些昏暗。逸夫走到村边，却听到前面的一排平房里传来朗朗的读书声。他突然想到了那位朴素而富有青春魅力的水花，顿时好像有一种力量支配了他，不由自主地朝着那里走去。

走进那个由两排平房构成的院子，听到一阵阵欢快的笑声，一群孩子正在操坪上嘻闹着，逸夫一眼便看见在一大群孩子中间的水花。她身后跟着一大溜孩子，每一个人都抓着前面一个人后面的衣服。水花满脸微笑，看着对面的一个小男孩，双手张开着，挡住他的去路。那小男也看着她，不时地左突右冲，试图寻找机会突破她双手布下的"防线"。逸夫一看便知道这是一种名叫"老鹰抓小鸡"的游戏，小时候他和小伙伴们也是经常玩的，只不过不是在这样的操坪里，而是在村外的晒谷坪上。在他的记忆里，他们总是在月光皎洁的夜晚才玩这样的游戏。那样的夜晚总是美丽的：月亮像银色的圆盘悬挂在明净的天空中，满天的星斗，月光如银如水，倾泻在晒谷场上，远处可以看到天空底下的那片群山的轮廓，整个山村仿佛都在沉睡着，只有孩子们欢快的笑声打破了天地间的宁静……

一阵欢快的笑声把逸夫从回忆中惊醒过来，抬头看时，那个扮演老鹰的小男孩终于突破了扮演"老母鸡"的少女布下的防线，一个反应迟钝的小男孩便成了他的"俘虏"。水花和孩子们在一起欢快地笑着，她笑得那样欢快那样自然。逸夫看着不由得愉快地微笑起来。

孩子们渐渐散开了去，水花突然转过身，见到逸夫，不好意思地笑了笑。逸夫也对着她傻笑了笑。

铃声响了，水花带着她的学生们向着教室走去，到教室门口，却又回过头来看了逸夫一眼。

逸夫看着她走进教室，叹了口气，心里感到一阵暖意。

国家图书馆出版品预行编目资料

炼狱 / 麦嘉着. —初版.—台中市：白象文化，
2020.6
　　册；　公分.
简体字版
ISBN 978-986-358-999-0(全套 ：平装)

857.7　　　　　　　　　　109003505

炼狱

作　　者　麦嘉
校　　对　麦嘉
专案主编　林荣威
出版编印　吴适意、林荣威、林孟侃、陈逸儒、黄丽颖
设计创意　张礼南、何佳諠
经销推广　李莉吟、庄博亚、刘育姗、李如玉
经纪企划　张辉潭、洪怡欣、徐锦淳、黄姿虹
营运管理　林金郎、曾千熏
发 行 人　张辉潭
出版发行　白象文化事业有限公司
　　　　　412台中市大里区科技路1号8楼之2（台中软件园区）
　　　　　出版专线：（04）2496-5995　　传真：（04）2496-9901
　　　　　401台中市东区和平街228巷44号（经销部）
　　　　　购书专线：（04）2220-8589　　传真：（04）2220-8505
印　　刷　基盛印刷工场
初版一刷　2020 年 6 月
全套定价　NT.698 元